광복 75년 분단 70년

나라와 민족의 선각자

仁村 金性洙

애국 애민 정신과 민족교육 계몽철학

김형석 외 18인 공저

📖백산출판사

사진으로 본 仁村 先生 활동

▲ 영국에서(1930)

▲ 본관 신축현장 앞에 선 김성수(1933)

▲ 인촌 생가

▲ 인촌이 성장한 양부 댁의 전경

▲ 대운동장 준공─당시 동양 최대의 학교운동장(1938)

▲ 서관이 일부 준공된 고대 전경(1955.5.)

▲ 동경에서-김성수(오른편)와 송진우(1925)

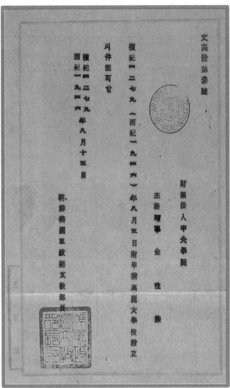

▲ 고려대학교 설립인가서(1946)

▲ 인촌이 간디에게 보낸 영문편지(1926)

▲ 인촌이 편지에 대한 간디의 답신(1927)

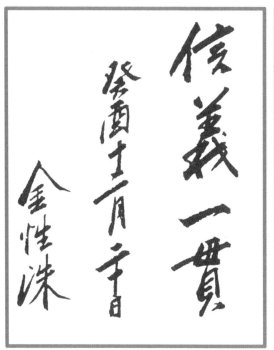

▲ 신의일관

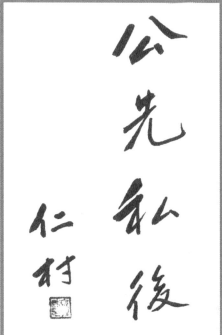

▲ 공선사후

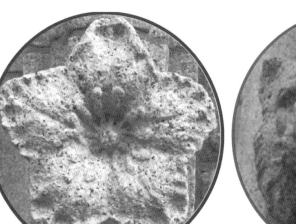

▲ 본관 정문 무궁화 조각

▲ 본관 정문 호랑이(1934)

▲ 1946년 8월 15일 현상윤 총장과 함께(오른쪽 인촌)

▲ 동아일보 사옥(1926년 준공)

▲ 동경 시절의 김성수(앉은 이)와 김연수 형제

▲ 이탈리아에서 장덕수와 함께(왼쪽 인촌)

▲ 부통령 시절의 김성수와 이승만

▲ 부통령 시절의 인촌

▲ 이대통령 신임 김성수 부통령 접견(1951.5.29.)

▲ 부통령 시절의 김성수

▲ 한민당 총재 시절의 인촌(오른쪽)

▲ 안암동 인촌 동상 제막(1959.5.)

▲ 김성수의 영전에 조문하는 이승만 대통령

▲ 인촌 김성수 초상화

▲ 인촌 동상 제막(1959.5.)

▲ 인촌의 서거와 국민장(1955)

高大建元東亞聖日帝彈廳語論守銅
像體安校行情義李勳說得本長歲冷
寒期誤記先生沈默昊觀下蟲垢光溲桎
三二兩國旗夫連邦

題仁村金城洙先生揮毫詩
時化庚子作春年金衰傳和

▲ 인촌 김성수 선생 휘호 한시 예서　　　作品(200×70cm)
　 작가 해금 배정화(서학가, 화가)

仁村 金性洙 先生 휘호 한시

高麗建元東亞聖　　고려대학 동아일보 창건한 님

日帝彈壓語論守　　일제 언론 탄압 지켜냈네

銅像解體母校行　　동상해체 모교 제자 행해지고

情義李勳說得本　　정의 이훈 박사 설득에 본좌되었네

長歲冷寒期誤記　　오해의 긴 세월 서릿발 몇 해던가

先生沈默昊觀下　　선생님은 침묵으로 바라보네

蟲垢光復柱三一　　일본 궁창에 나라 살린 삼일 광복 주역

兩手國旗夫連邦　　국기 양손 높이 올리네 건국의 아버지시여!

(칠언율시 해석)

仁村 金性洙 先生 七言律詩(仄聲)
書學家 海金 裵情和

책을 출판하며!

2019년 봄 나라를 걱정하는 민족단체와 시민운동가 임직원 여러분과 매주 정기모임을 갖던 중 새로운 정당을 창당해 나라를 바로 세우자는 논의와 함께 난상토론 결과 많은 분들이 필자에게 다양한 봉사 및 NGO활동, 북한평화방문단장, 남북경제협력위원장, 통일국민당창당발기, 평화통일프로세스국내외 강연, 금강산 마을 보건소 현대화와 남북 순수민간 의료봉사실천 등의 경험을 살려 당을 이끌어 달라는 부탁이 있었다.

이에 필자는 이제 나이가 많아 젊은 친구들이 나서야 하고 뒤에서 돕겠다고 했으며, 2019년 10월 3일 평화통일당을 창당해 선관위에 등록을 했다. 그 과정에서 연대 출신 김학주 사무총장이 "인촌 선생 친일에 관한 문제가 대법원 판결이 났는데 어찌! 30여 만 고대 교우들은 함구하고 있습니까? 민족 고대 맞습니까?"라며 항변해 이어 필자가 1989년 인촌 동상을 지켰던 사실을 설명하자 공감해 인촌 선생 출판을 하기로 했다.

책 출판은 2020년 3월로 예정했고 우선 필자가 50여 년 전부터 인연을 맺었던 철학계의 원로 연세대 김형석 박사님께 연락, 홍은동에서 만나 뵙기로 했다. 김 박사님은 30대에 중앙학교 교사 시절 인촌 선생을 모신 유일한 생존자이시기에 인촌 선생 출판에 대해 말씀드리고 귀한 조언을 듣고 정중히 원고 청탁을 드렸다. 그러자 100세이심에도 소년처럼 웃으시며 기뻐하셨고 원고도 보름 만에 제일 먼저 보내주셔서 큰 힘이 되었다.

　금년은 광복 75년, 6.25 전쟁과 분단 70년이다. 때문에 인촌 선생의 확고한 신념과 빛나는 업적, 민족과 나라를 사랑하는 개척 정신과 철학이 더욱 아쉽다. 한반도 미완의 광복과 처참한 분단현실, 나아가 강대국의 힘이 작용하는 상황을 보면 올바른 지도자의 능력이 참으로 귀하게 여겨져 인촌 선생의 리더십이 더욱 그립다. 아마 생존하셨다면 이미 분단 극복은 물론 평화로운 대한민국으로 우뚝 서 선진국들과 어깨를 나란히 했을 것이라 생각해 본다.

　코로나19로 국가재난사태가 선포된 상황에서 코로나바이러스가 인류의 모든 일상과 경제 활동을 크게 위축시키며 많은 생명을 빼앗아가고 있다. 강대국은 오랫동안 국력을 과시하며 우주정복과 핵무기 등을 개발, 과학 만능 시대를 만끽해 왔다. 그러나 지금은 미세한 코로나바이러스와 전쟁 중이며 6개월이 지났으나 아직 그 대책이 묘연하다. 이 가운데 우리는 코로나 모범 국가로 인정받고 있다. 이것은 의료진의 투철한 사명감과 희생적인 봉사정신, 그리고 국민들의 협력이 주효했다고 본다.

　책 출판을 허락해주신 백산출판사 진욱상 대표님, 기꺼이 원고를 써주신 집필진 여러분, 책 제목과 인촌 선생에 대한 7언율시를 써주신 해금 배정화 화백(서학가, 수필가) 그리고 지난 30여 년 동안 금강산 황금화 전시회를 후원해주신 이수성 전 국무총리께 진심으로 감사드립니다. 끝으로 지난 60여 년 동안 가르침을 주신 故 허백련 선생, 정주영 명예회장, 안호상 박사님, 이철승 총재님, 김상협 총장님, 강영훈, 정원식 총리님, 김대중, 김영삼 전 대통령의 영전에 엎드려 삼가 명복을 빕니다. 감사합니다.

2020년 8월 15일
나라와 민족의 선각자 인촌 김성수 출판 위원장
교육개혁실천시민연대교실련 상임대표
리 훈(인류학 박사)

차 례

나라와 민족의 큰 어른
인촌이 가신 지 벌써 65주년이 되다니…

김 형 석(철학 박사)
연세대학교 명예교수

내가 인촌(仁村) 선생 밑에서 사귐을 가진 것은 30세를 전후한 7년간이었다. 그 당시 인촌은, 낮은 야산만 보고 살았던 나에게 큰 거봉과 같은 인상을 주었다. 일제강점기에 중앙중고등학교, 경성방직, 동아일보와 (현)고려대학교를 설립 운영했다는 업적 때문만은 아니다. 그가 지니고 있던 애국심 때문이다. 인촌이라는 인물 앞에서 나 자신을 살펴볼 수 있었던 것이다. 유한양행을 창설하고 모범적인 기업체로 육성한 유일한 선생도 인촌같은 인물을 모방하고 싶었다는 고백을 하고 있었다. 그만큼 사회적 존경을 받은 인물이었다.

지금은 내가 인촌보다 30여 년이나 더 긴 세월을 살았다. 그동안 많은 사람을 만났다. 그런데도 여전히 인촌을 존경하는 마음은 가시지 않고 있다. 왜 그랬을까. 인촌선생은 세상을 떠날 때까지 변함없는 애국심을 지니고 살았다. 그 정성어린 열정이 남겨놓은 업적이 지대하기에 역사와 더불어 남아 있는 것이다.

중앙학교 당시를 생각하면 빼놓을 수 없는 한 가지 추억이 있다. 내가 중앙학교에 부임한 것은 1947년 10월이었다. 27세 풋내기 때였다. 그래도 그 나이다운 열정은 있었다. 학생들과 정이 들기 시작할 무렵에 나는 몇몇 기독학생들의 요청을 받아 학교 밖, 한 교회에서 기독교 강좌 시간을 갖기로 했다. 일요일 오후 2시로 정했다. 한배호 교수가 학생 때 그 중심이 되었다. 내가 한 군의 교회에 나가고 있었기 때문이다.

6·25전쟁이 터졌다는 소식이 갑자기 서울 도시를 들끓게 했다. 그곳에서 모였던 사랑하는 제자들에게 오늘을 마지막으로 다시 모이기는 어려울 것 같으니 각자 집으로 돌아가 피난 준비를 하라고 말하면서 마지막 기도를 드렸다. 우리 학생들과 대한민국을 보호해 달라는 기도였다. 마음이 아팠다. 왜 그런지 눈물이 흘렀다. 지금도 그때 불안한 마음에 휩싸여 집으로 돌아가던 제자들의 모습을 잊을 수가 없다.

다음 날 아침 중앙학교로 갔다. 나도 어디서 그런 착상과 용기가 생겼는지 모르겠다. 심형필 교장에게 "이번 전쟁은 국지 분쟁이 아니고 전면 전쟁일 것 같으니까 학교 재정을 은행에 맡겨두면 공산군의 손에 넘어갈 것입니다. 그 예금을 찾아 3개월씩 월급을 모든 교사와 직원들에게 먼저 지급해 주었으면 좋겠습니다"라고 제안했다.

고마운 것은 내 제안을 받은 교장이 곧바로 학교 설립자인 인촌 선생에게 그 뜻을 전했다. 인촌 선생은 경험과 도량이 넓은 분답게 그렇게 하라고 허락했다. 그 덕택으로 우리 학교 교직원들은 계속된 전쟁 3개월 동안은 편히 지낼 수 있었다. 3개월 후에는 우리 정부가 서울로 환도했다. 인촌이 같은 뜻을 당시 고려대학교 현상윤 총장과 상의했으나 공금을 그렇게 처리할 수 없다고 거절했다고 전해 들었다.

그리고 1년쯤 지난 후에 부산에 중앙학교 분교가 설립되면서 내가 젊은 나이로 교감직을 맡게 되었다. 아마 그 사건을 계기로 심교장이 인촌에게 추천해 교감직을 맡게 되지 않았나하는 생각을 했다. 교감직을 수행하면서 설립자 인촌을 만나 대화할 기회가 여러 차례 있어 인촌 선생의 고결한 인격과 다정했던 모습을 직접 경험할 수 있었다.

아무것도 배우지 못하고 철없는 나에게는 인촌이 큰 어른과 같은 생각이 들었다. 항상 여유롭고 양반스러운 분위기를 느끼곤 했다. 인촌은 내가 지니지 못한 인격과 품위를 갖추고 있었다. 중앙학교, 보성전문학교(현 고려대학교), 동아일보는 물론 경성방직을 설립해 영향력을 미치고 있으면서도 말년에는 어쩔 수 없이 정치계에 몸담아 헌신했다.

인촌 선생은 언제나 자신보다는 유능한 인재를 기르고 뒤에서 도와주는 역할을 했다. 덕치德治는 인치人治에서 나온다는 말이 있듯이 인촌은 그 대표적인 사람인 것 같다. 그는 아첨하는 사람, 동료를 비방하고 편 가르기를 하는 사람은 옆에 두지 않았다. 나는 인촌을 대하면서 나 자신이 그런 사람이 되어서는 안 되겠다는 생각을 굳히기도 했다.

인촌은 한번 믿고 일을 맡긴 사람은 끝까지 도와주곤 했다. 비록 자기를 떠나더라도 그가 사회적으로 필요한 인물로 활동할 것이라는 생각이 들면 기회가 있을 때마다 기꺼이 도와주었다. 인재를 키우고 뒷받침해 주는 일에 있어서는 누구보다도 앞선 어른이었다. 나는 인촌에게 많은 것을 배웠고 인촌처럼 살아가려고 노력해 왔다.

어떤 면에서는 나에게 부족했던 인격을 채우도록 가르쳐 주었고 어디에 가서 무슨 직책을 맡든지 내 밑에 있는 사람들의 존경과 아낌을 받는 사람이 되어야 한다는 가르침을 갖게 해 주었다. 중앙학교에 가르치러 갔던 시절의 내가 인촌의 가르침을 받고 자란 것을 지금까지도 행운으로 생각하고 있다. 그 다음부터는 그런 가르침을 준 사람이 없었다는 생각을 하면, 인촌은 유일한 은인이 된 셈이다.

어느 해인가 중앙학교 교사로 있을 때 봄이었다. 학생들에게 시험지를 나누어 주고 감독하는 시간에 창밖을 내다보았다. 교정에 피어있는 복숭아나무에서 꽃잎이 계속 떨어지고 있었다. 그 모습을 보고 있던 나는 혼자 속으로 중얼거렸다. '철없는 이상주의자가 되지 말고, 험난한 현실을 극복해 나가는 휴머니스트가 되어야 한다고' 그 기간에 밀려오는 역사적 사건들을 체험했기 때문이다.

물론 존경스러운 선배들이 많은 것도 사실이다. 그분들의 가르침과 충고를 많이 받은 것이 나의 성장에는 큰 도움이 되었다고 생각한다. 그러나 인촌 선생은 공선사후公先私後의 정신이 몸에 밴 생활을 했으며 누구보다 합리적인 판단을 내리는 가르침을 주었다.

인촌 선생을 사모하는 사람이 많은 것은 그만큼 합리적이며 용의주도했고 모든 일에 모범을 보여 주었기 때문이다. 그래서 인촌과 지냈을 때 배운 것이 지금도 생생하게 떠오르곤 한다. 그 하나는 편견과 편 가르기는 하지 말아야겠다는 다짐을 갖고 오늘날까지 살아왔다.

동양의 스승이었던 공자의 『논어』를 보면 공자는 언제나 선하고 아름다운 인간관계를 강조하고 가르쳤다. 학문은 학문대로 소중하다. 그러나 선하고 아름다운 인간관계가 어떤 학문보다도 우리의 삶에 가치와 행복을 더해주기 때문이다. 지금 생각해도 인촌 선생을 만난 것은 큰 행운이었다.

내가 2016년 말에는 존경해 오던 안창호의 도산인상을 받았고, 다음 해 초에는 유일한 상을 받았다. 그리고 같은 해 연말에는 인촌상을 받았다. 존경하면서 직접 모시고 살았기 때문에 더욱 영광스러운 수상이기도 했다. 그분들의 유지를 이어가는 데 작은 도움이라도 되는 여생을 살아가야겠다는 다짐을 했다.

오늘 대한민국을 탄생시키고 존립하게 해준 출발점은 3·1운동이다. 3·1운동을 계기로 생활과 사고의 단위가 국가와 민족으로 승화되었기 때문이다. 나라와 민족이 있어야 나와 내 가족이 존재할 수 있다는 의식이 크게 싹텄다. 온 백성이 배워야 산다고 깨달았기에 각 지역 교회마다 학교가 생겼다. 당시 춘원 이광수와 인촌 김성수 선생 등에 대한 평가는 역사가들이 내리겠지만, 춘원과 인촌 같은 이들이 국내에 없었다면 독립을 할 수 있었을까, 고 생각해 본다.

故 안병욱 교수는 이광수의 소설 『유정』을 읽고 민족의식을 깨달았다고 고백했다. 그 시대사람 중 절대다수 국민은 춘원 같은 이들을 통해 민족의식을 갖게 됐다. 일제 강점기 동안에는 누가 애국자인가? 모든 분야에서 한국인이 일본사람보다 앞서는 인물이었다. 음악과 무용에서는 안익태와 최승희가 그 대표자였다. 그런데 대한민국에 적을 둔 안익태는 친일파가 되었고, 최승희는 북한에서 최고의 영예를 누리고 있다. 친일·항일이 정치적 편 가르기에 예속되는 사회가 되어서는 안 된다.

인촌이 들려 준 한 가지 일화가 생각난다.

해방 후 미군정 때였다. 하지 장군이 국정을 위임 맡고 있었다. 그런데 그는 현역 군인이었기 때문에 정치 경력은 없었다. 당시 우리 정치계는 심한 난맥상에 빠져 있었다. 정당 대표자들과 사회지도자들은 저마다 군정청 하지 장군을 찾아가 진언을 하고 지지를 받고 싶어 하는 분위기였다. 그런데 하지 장군은 주견 없이 때와 사건에 따라 발언하곤 했다.

A에게는 이런 말을 하고 B에게는 다른 말을 하는 식이었다. 그렇게 일관성 없는 발언의 결과가 한국 정계에 혼란을 일으키는 사례가 적지 않았다. 그런데 누구도 하지 장군에게 그 실수를 지적하거나 충고하는 이가 없었다. 그 사실을 배후에서 누구보다도 잘 감지한 인촌이 장덕수를 통역인 삼아 함께 방문했다.

하지 장군에게 "단둘이 얘기를 하고 싶다"라며 측근 비서를 방에서 나가게 했다. 그리고 "그런 실수를 하지 않았으면 좋겠다"는 우정 어린 당부를 했다. 하지 장군은 처음엔 얼굴을 붉히면서 그런 일이 없다고 했다. 하지만 인촌은 며칠 전 R씨에게는 이렇게 말하고 S씨에게는 또 다른 얘기를 하지 않았느냐고 지적했더니 항의 없이 수긍하는 눈치였다고 했다.

인촌은 "이런 얘기를 해 대단히 죄송하지만 나는 당신과 우리나라를 위해 함께 일하는 좋은 친구가 되고 싶다"라고 했다. 진심 어린 자세를 본 하지 장군이 악수를 청했다. 돌아오면서 인촌은 "하지 장군이 내 간곡한 충고를 순수하게 받아 주었으면 좋겠다"고 걱정했다. 그다음에는 다시 만나거나 얘기할 기회가 없었다. 그런데 몇 달 후 어떻게 알았는지 인촌 생일에 기대하지 않은 하지 장군이 카드를 보낸 것이다.

서양인에게는 카드를 주고받는 일이 깊은 우정을 표시하는 관습이다. 그래서 인촌도 고마운 마음으로 하지 장군을 대하게 되었다는 얘기다. 어떻게 보면 사소한 사건일 수도 있다. 그 얘기를 들으면서 나는 국가와 민족을 먼저 생각하는 정치가가 많아졌으면 좋겠다는 생각을 했다. 인촌은 자신보다 유능하고 존경하는 인물이 있으면 뒤로 물러나 그 사람을 추대하는 데 주저하지 않았다. 장덕수나 송진우는 모두 인촌의 후원으로 정치적 지도력을 발휘한 인물이다.

인촌은 해방직후에는 자유민주주의를 위한 이승만 정부 수립에 지대한 노력을 기울인 사람이다. 그러나 후에는 이승만 박사와 뜻을 달리했다. 인촌이 이승만 대통령과 뜻을 달리한 것은 이 대통령의 영구집권과 정권적 욕망에 실망했기 때문이다. 그런 면에서는 민주정치와 국민의 주권을 위해서는 인촌의 판단이 옳았다고 생각한다. 그러나 사석에서는 인촌이 이 대통령을 비난하거나 그의 과거 업적을 폄하하지는 않았다.

지금도 우리에게는 이승만과 박정희에 대한 평가가 많은 화제로 떠오르고 있다. 그런데 그들이 진정으로 애국심을 갖고 한 일은 역사에 남았다.

그러다가 정당을 만들고 정권을 유지하려는 기간에는 공·과가 반반이었다. 그들이 말년에 영구집권을 위했을 때는 본인들의 부끄러운 종말과 국가의 불행을 초래했다. 같은 지도자로 있으면서도 애국심 여하가 그렇게 큰 차이를 남겨주곤 했다.

최근에 우리 정치지도자들을 보면 애국심보다는 정당과 정권으로 출발해 정권욕으로 끝내는 경우가 허다하다. 그러니까 정권과 더불어 끝나는 운명을 자초하는 것이다. 적지 않은 정치인들은 자신의 출세와 권력을 위해 정치에 뛰어들었다가 이기적인 목적 때문에 사라지곤 했다. 이기주의자는 정치만이 아니다. 사회 모든 면에서 버림받도록 되어있다.

많은 사람이 도산이나 인촌을 존경하는 것은 그분들의 애국심 때문이다. 인촌이 병중에 있을 때, 새해에 세배를 드리러 간 일이 있다. 그때도 인촌은 눈물을 머금고 조국과 겨레를 위해 기도를 드렸다. 그러나 얼마 후에 그만 세상을 떠났다. 그 애국심의 업적들이 역사건설에 인촌이 남겨준 바가 클 뿐 아니라 우리 사회에 모범이 되었다.

같은 시대를 살면서도 역사를 건설한 지도자들은 세 분야로 나누어 평가할 수 있다. 정치, 경제, 문화로 나누어 좋을 것이다. 정치적 업적은 그 시대로 그치는 것이 보통이다. 경제적 건설은 좀 더 긴 세월을 차지한다. 그런데 문화와 교육 분야는 유구한 세월까지 영향을 미칠 뿐 아니라 국가 발전에 원동력이 된다.

우리는 아직도 경제적 건설의 공로자를 공정히 평가하지 못하고 있다. 치부와 소유욕의 주인공같이 일방적 비판을 가하기도 했다. 그러나 최근에 이르러서는 정치보다 경제가 더 소중했다는 사실을 인정하는 것 같다. 사실은 정치의 목적이 경제이지, 경제의 목적이 정치에 있는 것이 아니다. 정치의 일차목적이 경제였다고 보아도 잘못이 아니다.

박정희가 정치적 실패에도 불구하고 긍정적 평가를 받는 것은 그 시기에 국민이 절대빈곤에서 벗어날 수 있었기 때문이다. 정치인들은 국민 전체의 관심대상이 되면서도 기업인들이 공정한 평가를 받지 못하는 것은 우리 사회의 편협한 가치관 때문이다. 그러나 정치의 더 높은 목적은 교육과 문화에 있다.

　　앞으로 한 세기만 더 지나보면 알 수 있을 것이다. 인류사회는 문화의 가치를 최고의 사회적 순위로 인정하게 될 것이다. 또 그런 시대가 속히 오기를 우리는 기대하고 있다. 물질가치에 대한 정신적 가치의 고귀성이 인정되어야 한다.

　　우리 민족의 진정한 의미에서 축성된 문화가치는 민족의 정체성과 직결되기 때문에 그 무엇보다 소중하다는 뜻이다. 내가 인촌에게 항상 감사한 마음이 드는 이유는 그분이 생애에서 지속적인 관심과 노력의 과제로 삼은 것이 교육과 문화였기 때문이다. 동아일보가 그러했고, 보성전문을 유일한 국가대표격인 민립대학으로 육성한 것도 그렇다.

　　이런 일들에 비하면 인촌이 말년에 정치에 참여한 것은 사회의 요청에 따른 의무였다고 보아도 좋을 것이다. 그분의 업적이 오늘까지 사회적 의미로 남는 것은 진정한 의미의 애국적 선택이었기 때문이다. 사람은 누구에게나 장단점이 있다. 절대 선도 없고 완전한 악만도 존재하지 않는다. 우리는 긴 세월에 걸쳐 민족의 고질병으로 남겨진 흑백논리의 후예여서 그런지 모르나, 잘못이 없는 지도자, 용서받을 수 없는 악인이 있는 듯 착각한다.

　　우리는 지도자에게는 잘못이 없어야 하며, 실수나 과오가 있는 사람은 용납해서는 안 된다는 양극논리를 넘어서지 못하고 있다. 잘못을 뉘우치면서 성장하며 선을 추구하는 동안에 악에서 벗어나는 것이 인생이다. 비교적 선한 사람, 모두의 안목에서 보았을 때 존경스러운 사람이 필요하다. 따라서 극단적 평가는 자제되어야 하고 삼가야 한다.

그런 의미에서 인촌의 탁월한 장점은 인재를 배출했고 아끼며 믿고 위해 주었다는 사실이다. 인재의 표준이, 나를 도왔다든지, 우리 편이었기 때문이라는 이기적 판단이 되어서는 안 된다. 사회와 국가를 위해 필요한 사람이라든지 장차 그런 인물이 될 가능성이 있는 사람을 아끼고 위하는 마음이었기 때문이다. 인촌을 잘 아는 사람들과 그 주변 사람들은 모두가 공감하며 인정하는 사실이다.

내가 연세대에 있을 때, 학교의 중책을 맡았던 강만유씨가 있었다. 나보다 10년 위의 선배였다. 그가 들려준 얘기를 지금도 기억하고 있다. 그는 일본 도쿄에 유학하면서 YMCA운동에 가담하고 있었다. 그 시기에 한국에서 건너간 유학생들의 대표적인 젊은이들이 YMCA를 중심으로 민족운동을 일깨우고 있었다. 3 · 1운동에 선구적 역할을 맡았던 사람들의 모임이었다.

그중에 C라는 우수한 젊은이가 있었는데 지나친 우월감과 자만심으로 동료와 친지들의 심한 비난의 대상이 되었다. 결국은 C를 매장하자는 극한적인 방법이 채택되었다. 장례식에 해당하는 행사였다. 빈 관 위에 C의 이름을 써 붙이고 장례를 치른다는 의식이었다. 산 사람을 매장시키자는 의도였다. 참으로 극단적인 인물을 평가하는 상징적 사건이었다.

그 소식을 전해들은 인촌이 유능한 친구인 C를 구출하기 위해 그를 빼돌려 영국으로 유학을 보냈다. 후에 귀국한 C와 인촌이 더불어 정치활동을 했고 C가 인촌의 청을 받아 통역을 담당한 일도 있었다. 인촌이 그를 앞세워 정치하다가 그가 암살되었을 때는 누구보다도 슬퍼했다. 그 당시 우리 사회에서는 보기 힘든 우정 어린 모습이었다.

우리나라 근대역사에서 인촌만큼 많은 인재를 동반한 사람이 없었을 것 같다. 유능하고 장래성이 있는 인재로 예측될 때는 끝까지 후원해 주곤 했다. 영문학자 이인수도 그런 사람 중의 하나였다. 고려대학 김성식(서양사) 교수는 나에게 "인촌이 살아있을 때는 야당이 분열한 적이 없었는데 인촌이 떠난 후에는 야당이 합쳐지는 것을 보지 못했다"는 고백이었다.

나는 30대 초반에 중앙학교 부산분교 교감이란 책임을 맡으면서 인촌을 공사 간의 일로 몇 차례 뵈었으나 철없는 젊은 교사를 그렇게 믿어주던 생각을 하면 지금도 '존경스러운 분'이었다는 생각을 한다. 인촌은 언제나 자신보다 유능한 적임자라고 인정할 때는 서슴지 않고 그 직책을 맡기고 자신은 뒤에서 돕는 자세였다.

나도 그러한 교훈을 따르고 싶었다. 교육계에 몸담고 있으면서 나에게 주어지는 직책을 권유 받아도 나보다 유능한 동료나 후배가 있으면 추천하고 양보하면서 지냈다. 나는 또 다른 일로 직장을 도우면 된다고 생각했다. 내 가까운 친구 안병욱, 김태길도 그랬다. 대학에 있을 때는 개인보다 대학이 소중했고, 국가와 민족을 위해서라면 더욱 그래야 한다는 생각을 하고 살았다. 두 친구도 애국심에는 차이가 없었을 것 같다.

지금의 나이가 되면서 다시 한 번 과거를 돌이켜 본다. 내가 나를 위해서 한 일은 사라져 버린다. 더불어 산 데는 행복이 있었다. 그러나 민족과 국가를 위한 마음과 정성은 버림받지 않는다. 인촌은 나에게 더불어 삶의 지혜와 인생의 궁극적인 가치를 일깨워 준 분 중의 한사람이다.

주 : 이 글은 과거 발표했던 것들을 포함해 다시 추가 정리한 것임을 양해바랍니다.

인촌의 효심과 애국심을 위한 개척정신

배 갑 제(효도회 이사장)
사단법인 한국효도회

인촌은 전라북도 고창군 부안면 인촌리에서 1891년에 호남 거부 김경준의 넷째 아들로 태어났다. 그리고 세 살 때 그는 백부이신 큰아버지 김기중의 양자로 들어갔으며, 대가족이 한울타리 안에서 살았기에 두 집에서 그 극진한 사랑을 받고 자랐으며, 대체적으로 자유로운 분위기에서 생활했다. 6살에 한문 공부를 위해 훈장을 집에 초대해 지도를 받았으나 얼마 후 인촌의 간청에 의해 마을 어린이들과 함께 면학에 정진했다.

인촌의 성격은 밝고 명랑했으며 장난기가 심해 간혹 가족들을 당황케 할 때가 있었으나 어른들의 관용에 의해 잘 선도되어 선비가 갖추어야 할 덕목을 착실히 쌓아갔다. 1903년 전남 담양군 창평 소재 영학숙에서 신학문을 배우는 과정에서 평생 동지인 고하 송진우를 만나게 되었고, 송진우(1890~1945)는 전남 담양의 명문가에서 태어나 인촌과 깊은 우정을 나눌 때가 18세였다.

인촌의 양가 부모님은 아이들이 12번 변한다는 말을 믿고 모든 사리 판단을 스스로 하도록 기다리는 자세에서 가정교육을 이끌었기에 인촌은 여기에 고무되어 이치를 깨닫고 행하는 데 부족함이 없었다. 인촌은 나이가 들면서 거의 완전한 사리판단력을 갖게 되었고 효심 또한 지극했다. 1908년 군산 금호학교에서 신학문을 배웠고 그해 10월 송진우와 군산항에서 일본행 배에 올라 1909년 와세다 대학에 고하와 함께 입학했다.

여기서 효도의 무한한 가능성에 대해 언급하고자 한다. 효는 인간의 모든 행동과 양식에서 근본에 해당한다. 따라서 건강한 정서적 가치를 쌓아

갈 때 가족과 이웃 그리고 사회와 나라에 봉사하고 정의로운 정서와 가치로서 예절과 겸손을 생활화할 때 효의 정신이 발현된다. 이것이 사회적 역량으로 드러났을 때 비로소 나라를 위한 충성심으로 확장될 수 있다.

1910년(8월 29일) 일제가 조선을 강제로 병합하자 고하와 인촌은 나라를 사랑하는 애국심 등의 견해 차이가 있었고, 고하의 대범한 성격은 고국으로 돌아가게 했고, 인촌은 와세다 대학 정치경제학을 전공하며 약 6년 동안 동경에 머물면서 일본의 신문화와 근대화 사상 등에 깊은 관심을 갖으며 일본사회 전반에 대해 탐구하며 과연 조국을 위한 일이 무엇인가에 대해 생각하고 몰두했다.

여기에서 인촌은 학문에 대한 열정과 일본 사회 실상에 남다른 관심을 갖고 나라의 장래를 위해 탐색하는 자세에서 인촌의 참모습을 관찰하지 않으면 안 될 것이란 생각을 하게 된다. 이런 인촌의 기본적 정신은 효심과 나라를 사랑하는 마음 그 자체에서 발현된 것이고, 그것은 가족과 이웃 그리고 나라를 위하고 민족을 사랑하는 참모습이 아닌가 한다. 특히 인촌은 부모님의 뜻은 저버리지 않겠다는 각오와 노력하며 어린 시절과 청년 시절을 보냈기에 나라가 원하는 청년애국자로 우뚝 서게 되었던 것이다.

인촌의 어린 시절과 청년 시절의 면학 과정을 살펴보면 사랑이 가득한 가족과 함께 일찍이 인성교육의 기본을 형성할 수 있는 한학을 익혔을 뿐 아니라 그와 함께 적절한 가정교육의 훈도 아래 열심히 노력하며 최선을 다해왔던 것이다. 사람은 누구나 학문을 하지 않으면 진실로 그 어느 것이 효가 되고, 충이 되며 어느 것이 공손함과 신信이 됨을 알기 어렵다. 고로 반드시 글을 익혀서 이치를 깨닫고 옛 성인의 교훈을 본本 삼아 굳은 마음으로 비로소 선善에 힘써 행할 수 있다는 것이다.

인촌은 어릴 때 개구쟁이로 지내기도 했으나 그것은 자유분방한 대가족 제도에서 야기될 수 있었던 귀염둥이 정도 수준이었고 차차 나이가 듦에 따라 스스로 면학에 정진하며 가족과 이웃, 친구와의 신의를 바탕으로 정의롭게 살기 위해서는 올바른 인성과 함께 지혜를 계발하는 노력에 최선을 다해야 한다는 자세를 견지하며 매사에 임했다.

결국 인촌은 신의일관을 생활 모토로 삼아야 한다는 심정으로 모든 것을 정도로 보고 듣는 것을 실천한 모범청년이었고 나아가 행동은 남달리 민첩했으며, 의심나는 것은 탐구하고 어려움이 올 것을 예견하고 이득을 보면 의義를 생각해야 한다는 사실을 너무도 잘 이해했던 것으로 본다.

인촌의 효심은 윗자리에 있다고 해서 교만하지 않고 일상의 모든 행동을 준엄하게 여겼으며 사람들과 사사로운 일로 다투지 아니하며 일상생활에 임했다. 자고로 극진한 효행은 가족과 이웃의 본보기가 될 뿐 아니라 스스로 천지신명에게도 그 뜻을 통하게 해 세상에 빛을 환하게 비춰주고 모든 이에게 감흥을 불러일으킨다는 의미로도 해석하기도 했었다.

인촌 선생은 나라와 민족을 사랑하고 애국하는 열정은 이러한 의미에서 살펴야 한다고 믿는다. 즉 효의 광명에서 그 참뜻을 찾아야 한다는 것이다. 효의 광명이란 효는 하늘의 법도이며 땅의 의리이고 만민의 행도行道이다. 따라서 하늘의 밝음은 몸으로 받고 타의 이로움을 용用으로 하여 천하를 순리로 다스리게 되면 여기에는 그 교화가 엄격하지 않아도 이뤄지고 그 정치는 순리 자연의 이치에 따라 총체적으로 다스려진다는 것이다.

그래서 하늘이 낳은 갸륵한 효자는 덕성이 성인과 같고 하늘 아래 가장 존귀한 위치에 있게 하고 그 가진 바는 은혜롭고 풍요로움이 사해四海와 같다고 했다. 인촌 선생께서 품었던 꿈과 이상은 이런 숭고한 뜻과 의미에서 형성되었고 나라를 빼앗긴 서러움과 함께 성숙한 것이 아닌가 한다.

■ 청년 인촌의 꿈과 희망 그리고 일본 유학

인촌이란 아호를 만들어주신 분은 서궁요 선생이었다. 어릴 때 집에서

부른 이름은 판석이었다. 인촌이란 아호에서 느낄 수 있듯이 소박함과 겸손함이 넓은 도량과 어진 성품으로 드러나 보인다. 인촌이란 말은 인촌이 태어난 동네 이름을 그대로 쓴 것이다.

전자에 말 한 바와 같이 인촌은 발랄하고 화기애애한 대가족 생활에서 구김 없이 자랐으며 넉넉한 살림살이 때문에 훈장을 집에 초대해 가정에서 교육을 받았고 자연스럽게 만난 영원한 친구이자 동지인 고하 송진우 등과 함께했던 것이 인촌을 더욱 알차게 했던 것으로 본다.

인촌의 나라와 민족을 사랑하는 애국심은 고하 송진우를 만나고 달라졌고 급기야 신학문과 민족지도자들의 독립정신과 활동을 보고 많은 감응을 받았다. 가장 핵심적 영향은 일본 침략자의 만행과 조국을 빼앗겼다는 설움, 나아가 조선의 완전한 독립을 완주해야 한다는 생각과 신념 그리고 각오가 남달랐기 때문이다.

나라를 빼앗긴 서러움 그것이 가슴에 벅차 참을 수가 없었고 오직 배워야 한다는 생각과 함께 진정한 독립은 배우지 않고서는 저토록 잔인한 일본을 이길 수 없다는 생각에 몸서리쳤을 뿐 아니라 호랑이를 잡으려면 호랑이 굴로 들어가야 한다는 생각을 했던 것이다.

인촌이 일본 유학 시절 남달리 관심을 가졌던 것은 단연코 게이오 대학을 설립한 복택유길福澤諭吉에 의해 주장된 대동아공영권 이론을 개발한 사상적 기반이었다. 복택유길은 일본 개화기 때 선구자이자 최초로 서양 유학을 마친 사람이고 총리대신을 사양한 학자이기도 하다. 그는 현재에도 사용되고 있는 일본 화폐 고액권에 초상화 인물로 채택되었다.

일본은 오래전 서양 문물을 받아들인 결과 정치인들은 정쟁과 야욕을 품게 되었다는 사실과 교육이 인간에게 얼마나 중요한 요인要因인가에 대해 또다시 깨닫게 되었던 것이다.

또한 인촌이 일본에서 관심을 가졌던 사실은 서점 거리에 나온 산더미 같은 무수한 책들을 보고 놀라며, 새로운 지식을 갈망하는 많은 대학생의 면학정신을 보았던 것이다. 인촌은 나라가 잘 되려면 교육과 언론 그리고 출판 등의 활동이 매우 중요하다는 사실에 대해 절감했던 것이다.

빼앗긴 나라를 다시 찾고 민족이 제대로 된 독립을 하기 위해서는 무엇보다도 이 점에 총력을 경주해야 한다는 생각도 아울러 했다. 인촌은 1914년 7월 대학을 마치고 귀국했다. 먼저 교육에 앞장서 최선을 다하며 민족교육에 헌신했다. 때문에 인촌과 고하는 상경할 때면 조선 광문회光文會를 찾아 최남선과 교류하며 많은 대화와 의견을 나누기도 했다.

광문회는 백암 박은식의 발의로 육당 최남선이 창립한 조선을 다시 일으키자는 조직이었다. 당시 조선은 나라를 빼앗긴 서러움과 함께 애국애족을 위한 민족정신을 찾기 위해 거듭 노력했고 이에 동요한 애국지사들의 집결지이기도 했다. 광문회의 업적으로는 동국통감, 택리지, 율곡전서, 삼국유사, 열하일기 등 100여 권의 구학고전 번역 사업을 펼치는 신문화 운동의 산실이었고 발생지이기도 했다.

인촌과 고하는 광문회에서 외국 간행물을 탐독할 수가 있었다. 더 타임즈, 워싱턴 포스트, 아사히 신문 등이었고 심지어 미국 윌슨 대통령의 민족자결주의에 관한 해설기사도 접했던 것이다. 나아가 이승만, 안창호 등이 조국의 독립을 위해 외국에서 헌신 노력한다는 사실도 알게 되었다.

당시 조선의 신지식인 모두가 날마다 광문회에 모여서 외국 언론 동향과 함께 새로운 정보와 신지식을 접하고 토론하며 독립운동에 열의를 모았으며 인촌과 고하는 민족 독립과 민족교육에 대해 비전을 갖게 되었던 것이다. 훗날 육당은 제자 홍일식에게 기미년 1919년 3월 1일 독립운동에 대해 숨겨진 일화를 알려주었다.

내용인즉 "거사를 목전에 두고 있을 때 기독교계의 거목인 남강 이승훈 선생이 평양에서 어렵게 빈손으로 내려왔을 때 "정말 눈앞이 캄캄했다네.

남강이 어디 보통 인물인가? 조선에 대표적인 교육자요, 독립운동가 아닌가? 자칫해 다른 단체들이 참가해도 영향을 미칠까봐 한때는 3.1 운동 거사자체가 무산될 위기였지 그때 그 위기를 주목하게 한 분이 바로 인촌 김성수 였다네"라고 회고담에서 밝히고 있다.

인촌은 당시 거금 5000환을 선뜻 내놓으면서 출처를 밝히지 말고 남강에 전달케 해 육당은 한걸음에 종로 황금여관으로 달려가 남강에게 인촌의 뜻과 함께 거금을 주었고 그 덕분에 3.1 운동이란 거사를 성공시킬 수 있었다고 회고하고 있다. 그때 인촌의 나이 28세였다. 참으로 놀라운 일이 아닐 수 없다.

당시 5,000환이었지만 현재에 환산해 보면 약 50억원에 해당되는 돈이었음을 상기해 볼 때 더욱 놀라운 일이 아닌가? 때문에 조선의 지식인들은 한결같이 인촌을 큰 인물로 존경했을 뿐 아니라 민족독립과 민족교육의 중심에 우뚝 선 "조선의 거목"으로 추앙했었다.

조선광문회에서 인촌이 느낀 점을 조국의 진정한 독립과 국권 회복은 민족교육과 민족 계몽에 있다는 생각에서 교육과 언론 그리고 산업에 전념하기 위해 모든 노력을 다했던 것이다. 그 과정은 1915년 4월 경영난에 빠진 중앙학교를 인수, 1917년 3월 교장에 취임하고 민족의 의류 해결을 위해 경성섬유를 인수했다.

그리고 민족계몽을 위해 동아일보를 설립을 위해 모든 계획을 추진해 갔다. 중앙학교 교사 최두선이 인촌에게 민족의 계몽을 위해 언론사를 세우자는 제안을 하며 하봉 이상협이 열심히 작성한 신문사 설립에 따른 제안서를 전해 주었다.

인촌은 합리적인 제안서를 보고 찬성했다. 이 제안서 때문에 대학 설립이 상당 부분 지연되었고 12년이 지나서야 보성전문학교를 손병희로 부터 인수해 민족 교육사업에도 박차를 가했다. 이때 인촌의 나이 30이었다. 동아일보 신문사 이름은 유근의 의견을 받아 들여 결정했고 "우리나라가 앞으로 발전하려면 시야를 크게 넓게 잡고 동아시아 무대로 삼아 활동하자는 뜻을 담은 상징적 이름이었다. 제호 글씨는 명필인 김돈희가 썼다.

1910년 9월 동아일보라는 이름으로 조선총독부에 신청을 했고 발행인 겸 편집인은 그 당시 이상협이었다. 인촌은 곧바로 서울 가회동 138번지 중앙학교 옛 교사에 신문사 창간 사무소에 동아일보 현판을 걸었다. 그리고 자본금 100만 원을 목표로 모금 운동을 벌이며 전국적으로 전개해 나갔다.

그 결과 애국심이 충만한 국민들과 예비독자들과 함께하며 성금과 성원을 보내주었고 실질적인 참여자가 78명이 조선인이었기에 이에 놀란 일본인들이 사이토 총독에게 동아일보 허가에 대해 항의를 했다.

이에 총독의 대답은 "동아일보는 조선 민족의 뱃속에서 끓어오르는 가스를 배출하는 굴뚝과도 같다. 가스를 배출 못 하면 끝내 폭발하고 만다." 라고 설명했다. 그래서 1920년 4월 1일 우여곡절 끝에 민족의 희망이요 꿈의 상징인 창간호가 발행되어 출시된 것이다.

이에 인촌은 스스로 감격해 눈시울을 붉혔다고 전한다. 동아일보는 조선의 횃불이었기에 충분했고 민족의 암흑 시대에 엄청난 기쁨이요, 희망이 되었다. 그 시대의 동아일보는 우국 열정이 넘치는 민족의 광장이었고 민족의 독립과 조국의 미래를 향한 모두의 염원이었다.

특히 주목해야 할 부분이 있다면 그것은 다름 아닌 창간 당시 동아일보 구성원들이 모두 20대 청년들이었다는 사실이다. 이 말은 일제 치하에서 탄생한 동아일보는 청년신문이었다는 것이다. 초대 사장 고하 송진우가 32세로 가장 연장자였으니 말이다. 1924년 5월 고하는 주필을 맡고 남강이 사장을 맡았다. 남강은 5개월 정도 사장을 맡다가 10월 인촌에게 사장직을 넘겼다.

인촌이 사장으로 있을 때 동아일보는 다시 2차 무기정간처분을 당해 주필 송진우와 발행인 김철훈이 구속되며 민족 신문으로서 시련을 감내해야 했다.

이것은 소련에 있는 국제 농민회 본부에서 3.1 운동 7주년을 맞아 우리나라가 농민들에게 전해 달라는 전보문을 신문에 게재했다는 이유 때문이었다.

내용인즉 1919년 3월 1일 이 위대한 날의 기념은 영원히 조선 농민들 뿐만 아니라 단군 자손들에게 역사적인 국민적 의무를 일깨워준 쾌거이며 자유를 쟁취하기위해 희생된 3.1 만세 운동 영혼은 극락왕생 영광이 있을 지어다. 현재 서대문 형무소에 수감된 형제들의 조속한 석방을 요구하면서였다. 이에 조선 총독부는 그해 3월 5일 동아일보 발매금지 처분을 내렸다.

인촌은 1927년 10월 임기 끝나는 날 사장직에서 물러나고 송진우가 다시 사장직을 맡았다. 고하는 1930년 8월에 있었던 베를린 올림픽 마라톤 우승자인 손기정 선수 일장기 말소사건과 관련해 퇴직을 강요당하기 전까지 9년 동안 동아일보를 이끌어 왔다. 인촌은 1929년 2월 재단법인 중앙학원을 설립하고 유럽과 미국 등지를 순회하며 선진국 교육 언론 문화 등을 견학하고 견문을 넓힌 후 1932년 3월 귀국해 보성전문학교 교장에 취임하게 된다.

1920년 1월 5일 인도의 독립운동가인 간디가 보내온 메시지는 "조선이 조선의 것이 되기를 바란다."와 1929년 4월 2일 인도 노벨 문학상 수상 작가이고 시인인 타고르의 동방의 등불이 동아일보에 특종으로 실리게 된다. 영국 식민지 인도에 동병상련의 정情을 느끼는 독자들은 절실한 심정으로 타고르의 시를 읽고 또 읽고 낭독하며 감격의 눈물을 흘리기도 했다. "일찍이 아시아의 황금 시기에 빛나던 그 등불과 촛불의 하나인 조선 코리아 그 등불이 다시 한 번 켜지는 날에 타는 동방의 밝은 빛이 되리라"는 위대한 시였다.

1936년 8월에 일어난 동아일보 일장기 말소사건은 "조선민족 언론의 자유 민족정신이 살아있음을 만천하에 알리는 대사건 중에 사건이었다." 1936년 8월 10일 새벽 1시 30분 베를린 올림픽 마라톤 실황 중계방송은 손기정 선수가 당당히 우승하는 모습을 생생히 전해주었다.

조선의 젊은이가 세계의 건각들을 가볍게 물리쳤던 것이다. 이것은 조선은 물론 아시아뿐만 아니라 세계를 제패하는 유일한 순간이었다. 그때 기록은 2시간 29분 19초 세계 신기록이었다. 남승룡 선수가 3위로 골인했던 순간은 조선인의 기상이 세계만방에 퍼지는 위대한 순간이었다.

인촌이 신명을 바쳐 일으킨 동아일보 손기정 선수 일장기 말소사건과 관련해 동아일보 폐간은 침략자인 총독의 최후의 발악이었다. 1940년 8월 15일 일본이 멸망되어 광복되었고 그해 10월 인촌은 미군 정청 고문회의 의장에 취임했다. 인촌은 동아일보 발간과 정치 활동을 고하와 함께 다시 시작했다. 드디어 1945년 12월 복간되었고 같은 해 12월 16일 모스코바 삼상회의는 한반도 문제를 신탁 통치로 결정하였다.

신탁통치는 국민의 분노와 저항에 부딪혔다. 이에 1945년 12월 30일 고하 송진우는 56세의 일기로 한참 일할 나이에 반대세력에 의해 암살되고 말았다. 이에 인촌은 한동안 슬픔에 젖어 넋을 잃고, 평생을 함께한 친구이자 동지인 고하였으니 참으로 크나큰 시련이 아닐 수 없었다. 결국 고하가 주도한 한민당의 빈자리를 인촌이 맡아야 했다.

1949년 2월 한국민주당과 대한국민당이 통합하여 인촌이 당대표로 최고위원이 되었다. 당시 이승만 대통령과 맞선 이시영 부통령이 사임해 공석이라서 인촌이 추대되었으나 인촌은 정중히 사양했다. 그러나 동료들의 간곡한 권유로 부통령에 취임하게 되었다.

인촌은 1951년 5월 8일 국회 수락연설을 했으나 이승만 대통령과 정치 철학과 신념이 너무도 달라 부통령직을 사임했고 1953년 10월 부산 피난처에서 정치 세력의 대동단결을 호소하며 "서로 헐뜯고 편 가르기를 계속할 경우 나라가 망하고 만다."는 그의 정치 소신을 단호하게 피력했다.

그러나 1955년 2월 18일 오후 5시 인촌은 갑자기 혼절했고 다시 깨어나 마지막 임종에서 "나라의 앞날이 걱정된다"며 한마디 유언을 남기며 65세에 한 많은 일기로 눈을 감고 말았다. 장례식은 국민장으로 치러졌다.

■ 인촌의 업적과 친일론

인촌 선생의 기본 생활 철학은 "공선사후 신의일관"이었고 이 정신과 철학은 인촌의 좌우명과도 같았다. 평생 이 사상을 견지하며 생활해 왔다는 사실은 자타가 공인하는 바이다. 인촌의 이러한 정신과 철학은 의식주 생활 전반에 녹아들었고 나아가 중앙학교 설립과 보성전문학교 재건과 고려대학교 설립 그리고 경성방직과 동아일보 창간에도 그대로 실천되었다는 사실에 주목하지 않으면 안 될 것이라고 본다.

3.1 독립운동 민족대표 33인 가운데 속하지 않았지만 그 중심 인물이 인촌 김성수였다는 사실은 알 만한 사람들은 다 알고 있다. 3.1 운동의 결정적 모의와 비밀 결사가 모두 중앙학교 교장 숙직실에서 추진되어 완료되었다는 사실 또한 여러 증언과 보도에 의해 확인된 바이다. 그리고 범국민적 3.1 운동이 되도록 지혜와 지략 그리고 자금을 지원한 것도 인촌과 고하 등의 노력으로 성취되었고 인촌의 거액이 지원되었기에 전국적인 3.1 독립운동의 기폭제가 되었고, 1919년 2월 8일 도쿄 유학생 독립선언 발표가 계기가 되었던 것이다.

인촌 선생은 동경 유학생들과 조선에서의 독립운동이 같은 날 열리기를 간곡히 원했고 일본 유학생이 독립선언서 초안을 가지고 중앙학교를 방문해 이 점을 논의했다. 그리고 상당한 자금도 지원했다. 때문에 3.1 독립운동의 실질적 인물은 인촌과 고하, 최남선과 최린 등의 우정 어린 열정과 헌신이 없었다면 불가능했던 "민족대과업"이었다.

3.1 독립운동을 거행하기 전 고하 등은 인촌을 고향으로 낙향시켰으며 이것은 3.1 운동을 지속적으로 거행하기 위한 전략이었다. 침략자 일본이 인촌이 연루된 것이 밝혀지면 동아일보와 중앙학교 등이 하루아침에 일본

총독부에 폐교 당할 것이고 그렇게 되면 다시는 제2 제3의 3.1 운동을 할 수 없기 때문에 취한 조처였다.

3.1 독립운동 33인 명단에 인촌이 배제된 것도 지속적인 독립운동을 하자는 데 뜻을 모은 송진우, 최남선, 장덕수, 손병희, 이상재 등의 합리적인 판단 때문이었다. 1910년 8월 29일 이날이야말로 삼천리 금수강산과 배달민족이 일본의 노예가 되어 무참하게 짓밟힌 그날이 아닌가? 이날 우리민족의 지도자인 인촌에 의해 세계적 사건인 독립투쟁인 3.1 독립만세운동이 온 민족의 가슴과 금수강산뿐만 아니라 세계에 널리 퍼져 나갔던 것이다.

이 위대한 3.1 독립투쟁 만세운동의 중심세력에 인촌 김성수 선생이 있어, 독립 만세가 한반도 전역과 세계 만방에 퍼져 특별한 관심사가 되었다. 따라서 많은 성원과 지지를 얻지 않았던가? 참으로 경이로운 과업이었다. 청년 인촌 김성수의 민족과 국민 그리고 애국심에 대한 열정은 그 누구도 따를 수 없을 것으로 생각한다.

당시 우리의 독립 투쟁은 여러 방면에서 행해지고 확산되었다. 나라의 독립이란 직접 무장을 해 싸우는 방법과 일제 침략자 요인들을 암살하는 방법도 있었으나 인촌은 나라 안에서 온갖 시련을 겪으며 지혜를 모았다. 인촌의 독립운동은 보다 장기적인 안목에서 모색되고 추진되었다는 사실이 주목하지 않으면 안 된다. 그 당시 인촌 나이 20대 후반 민족계몽과 교육, 나아가 민족문화운동에 전념했으니 이 얼마나 놀라운 일인가?

그리고 30대 초반에 3.1 독립운동과 투쟁에 헌신했으니 그 누가 인촌 선생을 모방하고 따를 수 있겠는가? 앞에서도 언급했지만 신의일관과 정의감에 뿌리를 두고 자신을 갈고닦았으며 가족과 친구, 민족과 애국을 동일선상에서 이해하며 살며 분투노력했기에 모든 것이 가능했다고 감히 단언해 본다.

필자의 나이 이제 93세이다. 세상 살 만큼 살았고 일찍이 전북 정읍에서 중학교 교사와 교장을 역임하며 교육자로서 평생을 살아왔고 정년을 맞이해 1988년

뜻한 바 있어 "사단법인 한국 효도회"를 설립해 오늘날까지 전국에 5,000여 명의 효자와 효부를 발굴, 표창하고 효도앙양을 위해 고군분투해 왔다.

인촌 선생과는 같은 지역 후학이었고, 교육자의 양심에 입각한 필연 때문에 인촌 선생을 존경하게 되었고 그분의 숭고한 인품과 업적에 대해 관심을 갖게 되었다. 뿐만 아니라 당시 필자의 20여 년간의 사회교육과 효도회 활동 업적에 따라 호암상을 수상했고 분에 넘치는 건국 훈장 목련장을 받기도 했었다.

필자가 인촌 선생에 대해 글을 쓰게 된 것은 첫째, 그분의 업적이 위대할 뿐만 아니라 민족과 나라에 표상이 되어야 한다는 생각이었고 둘째, 효정신과 애국심과는 결코 무관하지 않다는 사실을 밝히고자 했고 셋째, 평소 효 정신에 지대한 관심을 갖고 필자와 오랫동안 함께 해온 리 훈 박사의 거듭된 청이 있어 노구에 도움이 되고저 이 글을 쓰기로 마음먹었다.

한 가지 양해를 구하고자 한 것은 필자가 글을 쓰기 위해 노력했으나 심한 감기 몸살과 함께하며 이 글을 썼기에 다소 미흡한 점이 있더라도 널리 이해를 바라면서 고대인 여러분께 마음을 다해 소원합니다. 여러분은 존경하는 인촌 선생의 자상스러운 후학입니다. 인촌의 민족 사랑과 애국정신을 잊지 마시고 분투하셔, 이 나라 이 민족의 장래에 온 힘을 다해 주셔야 합니다. 그것이 후학의 도리입니다.

인촌 선생의 공선사후 "신의일관" 그리고 민족과 애국을 위해 몸 바치신 그분의 신념과 비전을 상징하는 고려대학교와 동아일보의 영원한 발전과 영광을 위해 여러분의 뜨거운 열정과 노력이 항상 함께하길 소망하고 기원드림과 동시에 삼가 인촌 선생의 명복을 간절히 기원해 마지않는 바입니다. 김사합니다.

建國의 어머니 仁村을 살려내야 나라가 선다

조 강 환(前 동아일보 논설위원)
동아일보동우회 명예회장

해외 독립투사의 대표자격인 서재필徐載弼 박사가 해방 직후 귀국해 보
성전문학교에서 강연하면서 "해외에서 독립운동을 하고 국내에서 감옥살
이를 한 사람도 애국자이지만 인촌仁村같이 묵묵히 민족의 실력을 양성하
는데 일생을 바친 사람도 애국자다. 아니 그런 사람이야말로 진정한 애국
자다."고 설파했다. 인촌에게서는 무장 항일투쟁 경력과 민족운동으로 인
한 옥살이 전력을 찾을 수 없다. 그러나 일제 식민치하에서 묵묵히 민족의
실력양성을 위한 갖가지 업적을 이룩한 인촌의 애국적 행위는 결코 잊을
수 없는 민족적 은혜다.

인촌의 역사적 인물됨의 재평가에서 가장 핵심이 되는 요소는 그의 실
천적 애국심이다. 개화기나 일제 치하에서 많은 지식인과 지도자들은 실
의失意의 좌절 속에서 나아가야 할 바를 잃고 해야 할 일을 몰라 패배주의
敗北主義와 절망 속에서 헤매었다. 그러나 인촌은 그 같은 최악의 여건 속에
서도 민족을 사랑하고 민족을 위해 가능한 활로를 찾아 애국 애족의 실천
으로 민족교육의 길을 발견했고 민족자본의 육성을 통한 산업화와 민족
언론을 통한 민족문화의 창달에 최선을 다했다.

그의 뚜렷한 민족의식은 보성전문의 신 교사校舍 정문과 후문에 우리민
족의 상징인 호랑이와 무궁화를 넣는 데서도 나타나지만 경성방직의 태극
성太極星표 광목에서도 나타난다. 그야말로 인촌은 애국을 위해서는 지성至誠
을 다하는 진정한 애국자였다. 그는 국가 독립을 위해서도 모든 것을 쏟아
부었다.

3.1 운동은 중앙학교에서 계획되고 착수됐다. 학교 설립자인 인촌은 중앙학교 숙직실에서 교장 송진우宋鎭禹, 교감 현상윤玄相允과 함께 3.1 독립선언을 기획하고 최남선을 불러 기미독립선언서를 완성케 했다. 인촌은 송진우, 현상윤과 함께 3.1 운동의 성공을 위해 당시 최대 교세敎勢의 천도교 위상을 파악해 손병희孫秉熙, 최린崔麟 등과 접촉하고 기독교계를 동원하기 위해 이승훈李昇薰과 접촉했으며 불교계도 합류시키기 위해 한용운韓龍雲 등과 협의했다.

민족대표 33인, 48인 구성도 인촌의 사랑방에서 결정됐다. 송진우는 48인에 포함시켰으나 중앙학교 폐교 등을 우려한 송진우와 현상윤의 만류로 인촌은 배후에서 독립운동을 계속 진행시키고 참여자들의 뒷바라지를 위해 뒤에 남기로 했다. 3.1 운동의 기획과 조직은 물론 대한민국 건국의 자금도 대부분 인촌이 다 맡았다.

그리고 대한민국 건국 상황을 살펴보자. 대한민국의 정체성이 정립되고 대한민국 헌법이 만들어진 곳이 어디인가? 공식적으로는 제헌국회 헌법기초위원회지만 그것은 이미 초안이 다 만들어지고 법적 절차를 거쳐 거의 원안대로 통과시킨 과정이었다. 실제로 이 중차대한 작업이 진행되고 최종내용이 결정된 곳은 인촌의 사랑방이었다.

헌법을 기초한 유진오俞鎭午박사는 바로 인촌이 키운 학자였고 인촌이 인수한 보성전문학교 교수였으며 인촌의 뜻을 받들어 헌법을 기초했다. 건국 후 최대의 경제정책인 농지개혁의 근거가 된 경자유전耕者有田원칙이 확정된 곳 역시 인촌의 사랑방이었다. 인촌과 송진우가 한국민주당을 창당할 때 채택한 창당선언문에도 토지개혁과 경자유전원칙이 천명되었다.

인촌은 우리나라가 독립을 하려면 첫째, 청년들을 가르치고 백성들을 깨우치고 산업을 발전시켜야겠다고 판단했다. 그가 평생에 걸쳐 이룩한 교육, 언론, 산업의 기반과 이를 토대로 펼쳐진 독립운동이 오늘의 대한민국의 근간이라 할 수 있다. 인촌이 40여 년에 걸쳐 경영해온 평생 사업을 보면 교육자로서 중앙학교, 보성전문학교(현 고려대학교) 인수 및 경영, 언론인으로서 동아일보 창간 및 운영, 기업 활동으로 경성방직주식회사 경영, 광복 후 한국민주당 창당 등으로 집약된다. 이런 대업들이 그냥 이루어진 것이 아니다. 인촌은 일제 치하의 온갖 어려움과 굴욕을 참고 인내하면서 전국의 유지들을 찾아다니며 설득하고 힘을 모아 성취해냈다.

토마스 제퍼슨은 신문 없는 정부보다 정부 없는 신문을 택하겠다고 했지만 국가의 독립 없이 언론의 자유를 누리는 '정부 없는 신문'은 지구상 어디에도 존재하지 않는다. 존재할 수가 없다. 그러나 인촌은 그 '존재할 수 없는 일'을 창조해냈다. 3.1 운동 직후 1920년 동아일보를 창간, 일제식민지배하에서 정부 없는 민족의 대변지가 탄생했다. 제 나라 정부가 없는 민족의 신문이 탄생한 것이다. 그랬기에 일제 치하에서 동아일보가 걸어온 길은 한마디로 가시밭길, 바로 형극荆棘의 험로였다.

거기에는 숙명적인 고통이 따랐고 또한 비극적인 위대함이 있었다. 인촌의 동아일보는 '정부 없는 신문'이었기에 마땅히 정부가 해야 할 일의 태반을 정부 없는 백성을 위해 동아일보가 스스로 맡고 나섰다. 동아일보 사원 면면부터 그것은 단순한 전문직 언론인 집단이라기보다 가히 민족 지도자들의 집결체였다. 예컨대 송진우, 백관수, 장덕수, 유근, 양기탁, 박영효, 허헌, 현상윤, 설의식, 주요한, 현진건, 김동성, 염상섭, 홍명희, 정인보, 여운형, 박헌영, 최남선, 이광수, 이상협 등 당시 동아일보 사원은 모두 광복 후 좌우를 통틀어 이 나라 정계·언론계·문화계의 대표적 지도자였다.

인촌은 민족언론 동아일보를 통해 광복운동기의 우리 민족에게 민족주의民族主義, 민주주의民主主義, 문화주의文化主義의 언론 창달을 통해 국권 없는 어둠 속에서도 좌절함이 없이 전진할 수 있는 민족적 비전을 우리 민족 앞에 제시했다. 우리의 국권이 없는 식민지 현실 속에서 동아일보는 이

'보이지 않는 민족 주권의 소리'로 자라났고 우리의 민족어民族語와 민족얼을 보존하는 데 크게 공헌했다.

　인촌은 특히 국권을 상실한 겨레의 교육과 계몽에 힘 쏟았다. 당시 전 인구의 70% 이상이 문맹이었다. '아는 것이 힘이다'는 슬로건을 내세워 조선민중의 눈을 밝히는 브나로드 운동을 펼쳤다. 1930년 전 조선인을 상대로 한글교육 및 위생보건, 계몽강연을 대대적으로 펼쳤다. 인촌은 방학이 되면 귀성하는 도쿄東京 등지의 유학생들을 초치해 전국순회강연을 시켰다. 도산島山 안창호安昌浩 선생은 "청년들이여! 힘을 기르소서. 실력 없이 무슨 독립을 합니까?"라고 목 놓아 절규했는데 그 절규를 바로 인촌이 조용히 실천했다. 인촌은 여기에 그치지 않고 일제의 우민화愚民化 정책에 맞서기 위해 중앙학교 인수에 그치지 않고 민립대학 설립운동에도 발 벗고 나서 보성전문학교(고려대)를 운영했다.

　민족문화의 가장 큰 유산인 우리 글로 일제의 식민 치하에서 20년 동안이나 민족대변 신문을 발행한 그 사실만으로도 놀라고 또 놀랄 일 아닌가. 1932년 조선어학회가 한글의 표기법 통일안을 확정하자 동아일보는 가장 먼저 이 새 철자법을 채택했다. 민족의 언어를 계승 발전시키기 위해서다. 인촌은 이와 함께 민족사를 지키는 사업에도 나서 재산을 아낌없이 투자했다. 특히 과거 항일전쟁의 두 역사적 영웅 이순신李舜臣, 권율權慄 장군을 기리는 데 앞장섰다. 아산의 이충무공 현충사 중건과 영정봉안행사를 개최한 데 이어 충무공 묘소 위토가 경매에 넘어가게 되자 동아일보가 소상히 보도해 모금된 성금으로 해결했다. 이어 권율 장군의 행주산성 사당도 중건했다. 인촌은 민족정기를 살리기 위해 개국시조 단군檀君의 위상을 드높였고 평남 강동군의 단군릉 수축사업도 벌였다. 또 백두산 참관기행문노 연재했다.

　일장기 말소사건은 또 어떤가. 1936년 베를린올림픽에서 손기정 선수가 우승하자 동아일보는 '손용사의 세계적 우승은 조선의 피를 끓게 했고 조선의 맥박이 다시 뛰게 했다'며 그의 가슴의 일장기를 지워 버린 채 신문을 발행했다. 호외도 내고 속보판에도 먹칠하다시피 알렸다. 물론 총독부의 신문 정간조치가 잇따랐다. 동아일보는 일제 식민치하에서 4번이나 정간당하고 폐간까지 당했다. 그 불굴의 용기, 충천의 패기를 지금 이 나라 그 누가 감히 손가락질 할 수 있겠는가.

일제 총독부는 경복궁 일부를 헐어 총독부청사를 짓고 정문인 광화문光化門이 조선의 상징물이라며 이를 철거하기 위해 별짓을 다 했다. 그러나 동아일보는 일본인 지식인 야나기 무네요시의 글까지 연재하면서 광화문 철거를 끝까지 저지했다.

동아일보는 이광수李光洙가 편집국장일 때 1923년 지령 1천호기념 한국 최초로 단편소설, 시, 희곡, 동화 등 문예작품을 공모해 우리나라 신춘문예의 새 역사를 창조했다. 황순원, 정비석, 서정주, 김동리, 윤석중, 심훈, 한수산, 이문열, 박완서 등 수많은 문인들이 배출돼 한국문학발전에 기여했다. 이 밖에도 인촌은 여권신장의 선각자로 그 당시로서는 상상도 할 수 없는 여자정구대회를 개최했고 여성지 '신가정'도 창간했다.

동아일보는 또 일본에서 활약하던 조선인 비행사 안창남安昌男을 초청해 고국방문비행을 주최해 일제하에서 신음하던 조선민중들에게 자긍심을 심어주었다. 동아일보는 그 후에도 3.1유적보전운동을 대대적으로 펼쳤고 전국 곳곳에 항일 의병탑도 건립했다.

독립국의 정부에서도 하기 어려운 그 많은 일들을 제 나라 제 정부가 없는 식민지배하에서 인촌은 그 많은 대업들을 이룩해냈다. 그 많은 난제를 극복하고 이룩해낸 업적들은 그 시대를 살아보지 않은 후세 사람들로서는 상상하기조차 어려운 일이다. 그러한 역경 속에서 그처럼 엄청난 일들을 해낼 수 있게 한 저력이 어디에서 나온 것일까. 많은 유지有志들은 그것을 인촌의 어진 인품과 덕망의 힘이라고 생각한다. 인촌 주변에 그처럼 훌륭한 인재가 많이 모여든 것은 바로 그의 인품과 덕망에서 비롯된 것이다. 인촌은 여러 큰 사업을 일으켜 결실을 맺게 해놓고서는 언제나 뒷전에 물러나 그 공과를 다른 사람에게 돌렸다. 스스로 '재주'를 부리지 않으니 천하의 인재들이 그의 주위에 모여들었다.

우리들의 가슴속에 깊이 남을 인촌의 가치는 그의 인격적 훈향薰香이다. 평생에 걸쳐 그의 인격과 처세에 있어서 만인의 존경을 받는 민족적 스승으로 우리 후대의 마음속에 길이 남아있을 것이다. 인촌은 타고난 천품이 관대온후寬大溫厚한 대인大人으로서 허세虛勢와 가식假飾이 없고 무슨 일에나 지성至誠으로 일관하고 그러면서도 정사正邪 선악善惡의 뚜렷한 가치감각을 갖춘 인격자였다.

인촌은 결코 정치가나 혁명가革命家가 되려고 한 적은 없다. 1945년 8.15 이후 격동의 정국에서 인촌의 지도자적 인품을 필요로 하게 되었다. 인촌은 건국建國도상에서 정당 활동에 참여했고 부통령副統領에까지 올랐으나 정치적 야망을 품은 일이 없는 민족적 양심의 보루로 일관했다. 또 정치의 세계에 선비적 인격과 민주주의적 도의를 몸소 시범하는 추앙받는 민족적 지도자로 남았다. 인촌은 권모술수權謀術數로 정치하는 정치인의 세계에 뛰어든 것이 아니라 자유민주주의와 책임정치의 정도正道를 몸으로 시범하는 정치적 양심의 거점이었다.

인촌은 스스로 재야의 길에 서서 야당 당수로서 국민을 대변하고 일인독재一人獨裁를 비판하는 반독재 민주수호의 선각자였다. 해방 후부터 부통령 사임에 이르기 까지 인촌의 자유민주주의적 신념에 찬 정치적 실천은 옳은 결단이었고 역사 앞에 추호도 부끄러움이 없는 옳은 선택이었다. 인촌은 신탁통치信託統治가 강요되는 국제적 압력 속에서 분연히 반탁즉시독립 노선을 택했다. 해방 후 우리민족에게 강요된 자유민주주의냐, 공산주의냐의 힘겨운 양자택일 앞에서 자유대한의 존립을 위한 정치적 결단으로 대한민국의 건국에 크게 이바지했다. 또 이승만李承晚의 독재정치에 대해서도 반독재 민주수호의 기치를 높이 들어 의회민주주의의 수호에서 용기 있는 정치적 결단으로 우리 헌정사에 인촌의 민주정치 정신이 길이 남게 되었다.

인촌은 교육 언론뿐만 아니라 민족산업발전에도 커다란 기초를 마련했다. 경성방직주식회사를 창업해 오늘날의 제조업 기틀을 마련했다. 그 회사에서 키운 기술자들과 경영인들이 산업발전의 역군이 되어 지금 우리나라는 경성방직 같은 큰 산업체를 수천, 수만 개 가진 세계적인 경제 강국이 되었다. 이런 기적이 바로 경성방직에서 비롯됐다고 해도 과언이 아니다. 인촌이 닦아놓은 산업발전의 초석, 이 얼마나 위대한 예견豫見인가?

그런 인물을 지금 이 나라에서는 대표적 친일파로 몰아 매도하느라 정신을 잃고 있는 상태다. 요즘 일부 천박한 인사들이 인촌을 부관참시하고 있다. 이미 1962년에 추서된 건국훈장을 박탈하고 전국에 걸쳐 인촌 동상을 철거하려 하고 인촌로 명칭을 바꾸고 있다. 고려대 앞길 이름을 '인촌로'에서 '고려대로'로 명패를 바꾸어 달고서는 만세를 불렀다고 한다. 그렇다면 인촌이 세운 고려대는 어찌해야겠는가? 그야말로 한심하고 한탄스러운 짓거리가 아닌가.

돌이켜보면 인촌의 시대에 함께 살았던 사람들이 활동하던 해방 정국에서 반민특위反民特委가 설치되었고 엄청난 조사도 하고 재판도 했다. 그랬지만 인촌은 단 한 번도 조사 대상에 오른 적이 없다. 오히려 해방 정국에서 인촌은 민족의 지도자로 광범위하게 활동했다. 만약 인촌이 친일파였다면 누가 그를 초대 국무총리로 추대했겠으며 도대체 누가 그를 부통령으로 선출했겠는가. 인촌은 그 어려운 부산피난 시기에 주변의 강력한 추대로 대한민국 제2대 부통령이 되었다.

인촌은 해방 직후 좌익 쪽에서 발표한 인민공화국에서도 문교부장관으로 이름이 올라 있었다. 1955년 2월 18일 인촌이 별세하고 2월 24일 서울운동장에서 국민장國民葬으로 엄수됐다. 인촌이 친일파라면 당시 인촌과 함께 일제의 압제를 견뎌냈던 분들이 거의 살아있던 그때의 국민장 자체가 크게 잘못된 것 아닌가.

대한민국을 건국한 지도자들을 꼽는다면 이승만李承晩, 김성수金性洙, 신익희申翼熙, 김병로金炳魯, 이범석李範奭 등을 꼽을 수 있지 않을까. 그중에서도 가장 중요한 두 분은 이승만과 김성수다. 인촌은 1945년 9월초 해방정국에서 최초로 전면에 등장한 민족주의 세력의 지도자였다. 거족적으로 임정臨政 및 연합군 환영준비위원회를 구성하면서 위원장에는 3.1 운동의 33인중 대표적 원로인 권동진權東鎭, 부위원장에는 인촌과 좌파세력 지도자인 허헌許憲(북한 최고인민위원회 상임위원장 역임)이 함께 추대됐다. 실질적으로 건국과정에서 당시의 모든 쟁점이 이승만의 이화장과 인촌의 사랑방에서 조정되었다. 미군정 시절 이 두 분이 국가장래의 모든 문제를 조정하는 중심이 될 수밖에 없었다. 바로 이 두 분이 대한민국을 건국한 것이다. 이승만이 '건국의 아버지'라면 김성수는 '건국의 어머니'이다.

지금 인촌을 친일파로 몰아 부관참시하고 있는 자들의 배후는 누구인가. 팔십 노인도 해방 당시 대여섯 살 어린아이인데 지금 저들이 무엇을 얼마나 알겠는가. 한 가지 분명한 것은 해방 후 북한지역은 소련군이 점유하고 남한에서는 좌익 천지의 분위기에서 일제 총독부의 비호를 받는 여운영이 주도권을 잡고 있었다. 그는 치안유지대와 건국준비위원회를 결성해 남한지역을 접수하려 했다. 여운영은 이때 남한에서 조선인민공화국을 선포하기까지 했다. 이때 인촌이 앞장서 임정 및 연합군환영준비위원회를 결성해 대처했고 고하 송진우가 국민대회를 결성하면서 좌파가 밀리기 시작하자 조선공산당이 인촌을 친일로 몰기 시작한 것이다. 그 즈음 인촌은 여러 차례 저격위험을 겪었고 송진우는 1945년 12월 피살되었다.

요즘 좌파들은 무슨 무슨 단체를 만들어 친일 비판 캠페인을 요란하게 벌이고 있다. 그런데 살펴보면 어떤 역사의식의 발로나, 건강하고 성숙한 시민의식에서 비롯된 것 같지가 않다. 더욱 큰 문제는 그런 광란이 대한민국의 가치와 정체성을 심각하게 위협하고 있는 점이다. 저들이 지금 이 나라를 어디로 끌고 가려는 것인가. 진정 국가의 장래가 걱정스럽다.

교정에서 새삼스럽게 일본의 나무라면서 아름다운 고목들을 뽑아내고 음악교사 하셨던 분들이 일제 말기에 무슨 단체에 이름 올려져있다 해서 그가 지은 교가를 바꾸고 있다. 광주일고를 비롯한 많은 학교의 교가를 바꾸자고 하는 것이 과연 타당한 일인가. 인촌로 도로명을 바꾸고 인촌동상을 철거하는 것이 과연 이 시기, 이 땅에서 해야 할 일인가.

대한민국 제헌국회의원 선거에서 90%를 넘는 투표율을 보여 당시 유엔감시단이 깜짝 놀랐다. 좌익세력의 예상과는 달리 전 국민이 참여하는 제헌국회가 성립되었다. 그래서 헌법을 제정하고 정부를 구성하고 마침내 UN이 승인했다. 그것이 바로 대한민국이다. 대한민국 건국에 참여하신 분들이 옳았음을 지난 70여 년의 역사가 대낮의 찬란한 태양처럼 분명하게 증명해주고 있다. 이를 외면하고 살육의 공산독재와 김씨 왕조 3대 세습 행태가 옳다는 것인가?

그런데 지금 '밀정' 같은 판타지 영화를 만들어 놓고서 김원봉에게 건국훈장을 추서하자고 한다. 그것도 인촌 김성수 서훈을 취소한 직후다. 국민정서, 민족의 양심을 어디로 끌고 가려는 것인가. 김원봉은 대한민국이 아닌 조선민주주의인민공화국 수립에 참여하여 장관을 지낸 사람이다. 그러나 인촌은 대한민국 독립과 건국을 위해 모든 것을 바친 분이다. 민족반역자를 애국자로 둔갑시켜도 안 되지만 애국자를 친일파로 만들어서는 더욱안 된다. 이것이 바로 역사왜곡이다.

일본의 문호 시바료타로司馬遼太郎는 충무공을 '통솔재능이나 전술전략이나 충성심과 용기에 있어서도 이 세상에 실재했다는 것 자체가 기적이라 할 만큼 이상적인 인격'이라고 표현했다. 인촌 선생에 대해 윤보선尹潽善 전대통령은 '평범한 위인, 범용凡庸한 영웅이며 우리시대의 가장 위대한 지도자'라 했고 허정許政 내각수반은 '철저한 희생정신과 이타심으로 정도正道를 굽힘없이 실행한 분'이라 했으며 조병옥趙炳玉박사는 '애국, 애족, 단성丹誠의 지도자'라고 칭송했다.

인촌은 이 세상에 태어나서 자신이 해야 할 책임을 모두 완수한 분, 바로 모든 일에 책임져온 분이다. 가장 모범적인 한국인으로 우리 모두가 본받아야 할 인격자다.

100세의 노 철학자 김형석 교수에게 인촌의 출생지인 전북 고창에서 제헌절인 7월 17일 인촌의 명예를 회복시키자는 인촌사랑방 운동이 일어나고 있는데 혹시 참석할 수 있는지를 물었더니 꼭 참석하겠다고 했다. 그러나 하루에 3~4시간 동안 계속 차를 탈수가 없으므로 하루 먼저 출발해 중간에 하룻밤 유숙하고 참석하겠다고 했다. 100세 노구를 이끌고 이틀에 걸쳐 인촌의 사랑방 결성모임에 참석해 인촌을 변호辯護하겠다는 것이다. 필자는 그 순간 눈시울이 뜨거웠다. 그리고 평소 기회 있을 때마다 인촌의 인격과 업적과 가르침을 설파해온 김교수가 '끝까지 자신의 책임을 완수하려고 하시는구나' 하고 깨달았다.

인촌이 저렇게 당하고 있는데 지금까지 우리 모두 무엇을 했는가. 인촌이 세운 중앙학교, 고려대를 졸업하고 동아일보에서 30여년 봉직한 필자는 무한의 자책감을 통감한다. 어떠한 자유도, 권리도, 거저 얻는 것은 없다. 오늘날까지 인류가 이루어놓은 자유가 가능했던 것도 오로지 사람들이 자기의 책임을 이행했기 때문이다. 책임질 줄 아는 사람이 역사를 창조한다. 우리 모두 이 시대에 책임을 져야겠다. 인촌을 살려내야 나라가 선다.

어머님이 존경하는 인촌 선생의 학교로…

오 경 자(고대 법대 소설가)
국제펜클럽한국위원회 부회장

1. 어머니의 뜻대로 고려대학교에 입학

법관이 되겠다는 꿈을 안고 대학 진학을 준비하는 내게 어머님은 고려대학교에 갔으면 좋겠다고 말씀하셨다. 이유는 인촌 선생님 같은 훌륭한 인격자가 키워 온 학교는 어디가 달라도 다를 것이니 그곳에 가야 된다는 것이었다. 1950년대 말, 내가 고등학생일 때 법과는 고대라는 평판이 중론이어서 그 어려운 학교에 과연 합격할 수 있을까 하는 염려 때문에 노심초사하며, 열심히 공부했다.

어머니의 소원대로 고려대학교 법과 대학에 입학한 것이 1960년 4월 1일이었다. 세상이 다 내 것인 양 기뻤다. 그야말로 하늘 높은 줄 모른다는 말이 실감 날 정도였다. 교문을 들어서서 본관을 향해 회양목 길을 돌아 오르면 인촌 선생님 동상이 인자한 모습으로 우리들을 맞아주셨다. 어머님은 열광적이라고 해야 맞을 정도로 인촌 선생님을 존경하셨다. 면접시험 날 함께 학교에 오셔서 기다리시는 동안 인촌 동상 근처 의자에 앉아 다른 수험생 어머니와 담소하면서 인촌 선생님 얘기를 많이 나누셨다면서 그 어머니도 인촌 선생님이 좋아 고대에 딸을 응시하게 했노라고 해서 말이 잘 통했다는 것이 어머니의 회고였다.

어머니가 인촌 선생을 존경하는 이유는 부모님을 설득하여 사재를 털어 어려운 학교를 인수해서 일제의 핍박에도 불구하고 학교운영을 계속하여 우리나라의 인재를 길러냈다는 것과 팔도의 인재를 고르게 뽑아 그들의 학비를 대서 일본에 유학시키는 등의 방법으로 학교 이전에도 사람을 키웠다는 것이었다. 그 안목과 추진력, 그리고 사재를 털었을 뿐만 아니라 민립대학 설립 운동을 벌여 우리나라에 대학을 개교하는 계기를 만들었다는 것이었다.

인촌 선생님의 민립대학 설립 운동이 없었으면 일제의 식민지 우민화정책에 의해 우리나라의 대학 교육은 훨씬 늦어졌을 것임은 교육사적으로 볼 때 어김없는 사실이다. 자신 집안의 재력으로도 감당할 수 있었지만 팔도 백성의 뜻을 모아야 한다는 취지에서 민립대학 설립 운동을 시작하여 거국적인 모금을 시작했다. 호응도가 높아지자 일본은 할 수 없이 자신들의 식민지 백성 우민화 정책의 일환이었던 대학 설립 억제 정책을 수정한다. 자신들이 통제할 수 있는 관립대학을 만들테니 우리에게는 전문학교만 허락한다는 것이 기존 방침 선회 정책의 내용이었다. 이렇게 해서 우리나라에 최초의 사립 고등교육기관인 보성전문학교가 탄생되고 경성제국대학, 연희전문학교 등이 개교하게 된 것이다.

보성전문학교는 법과와 상과를 개설하여 이 나라 인재양성의 큰 걸음을 시작한다. 운동장을 만드는 데 땅을 깊이 파고 숯과 소금을 아낌없이 쏟아 부어 땅을 다지고 기초를 튼튼히 해서 그 운동장은 어떤 장마에도 물이 차는 법이 없었다. 운동장을 없애고 지금의 모습으로 리모델링할 때 오죽하면 학교 건너편 제기동의 노인들이 달려와서 이 학교 만들 때 우리가 다 보았는데 그 밑에 숯과 소금이 얼마나 많이 들어갔는지 알기나 하고 파 엎어 버리느냐, 인촌 선생의 깊은 뜻을 알기나 하고 하는 짓이냐며 힐책했다는 일화만으로도 인촌 선생의 사고와 철학의 한 단면을 이해할 수 있을 것 같아 어머니가 왜 그렇게도 인촌 선생을 존경했는지 짐작이 간다.

운동장은 사라졌지만 석탑과 금잔디는 오늘도 여일하게 학교를 지키며 인촌 선생님의 동상은 자애로운 눈빛으로 학생들을 쓰다듬고 계신다. 우리는 강의 중간에 조금만 긴 시간이 나면 인촌 묘소로 달려가 쉬는 것이 일상이었다. 도시락도 먹고 한없이 푸른 하늘을 보며 먼 장래를 얘기하며 한껏 부푼 꿈을 내보이며 장밋빛 꿈을 꾸기도 했다. 독서 삼매경에 빠지기도 하고 사진관 집 친구가 어쩌다 마음먹고 카메라를 들고 오는 날은 촬영장소로 변한 그곳에서 배우라도 된 양 온갖 몸짓을 해 가며 사진을 찍기에 여념이 없었다. 그러다가 강의 시간을 놓쳐 허겁지겁 지각 입실을 할 때면 쥐구멍을 찾고 싶은 심정이었다. 교실은 앞문만 열어 놓는 것이 그때의 관례였다.

어머니도, 카메라를 들고 왔던 그 친구도, 수줍은 미소로 남학생들 간장을 녹였던 친구도 다 떠난 지 오래다. 하늘에서 인촌 선생님과 함께 알아보기 힘들 정도로 빼곡히 들어선 학교 구내를 내려다보며 어디가 어딘지 찾고 있을지도 모른다. 일제의 온갖 핍박을 무릅쓰고 학교를 지켜내시려고 얼마나 많은 수모를 겪으셨을까 생각하면 눈시울이 붉어진다. 나라 없는 설움에서 하루속히 벗어나는 지름길은 교육뿐이라는 일념으로 인촌 선생님은 어떤 어려움도 다 견뎌내실 수 있었을지 모를 일이다.

그분의 깊은 속내야 범부인 처지에 알 길 없지만 좋은 학교로 키우고 지켜 주셔서 마음껏 호연지기를 내뿜으며 대학 시절을 보내고 한 평생 안암골 호랑이의 정신으로 만난을 이겨내며 승리할 수 있었던 저력을 길러 주신 데 대해 머리 숙여 감사의 절밖에 할 것이 없다.

어머니가 그렇게도 원하던 법관은 되지 못했지만 자유, 정의, 진리의 고대 정신에 어긋나지 않게 애쓰며 산 한평생이 이 나라에 크게 누를 끼친 것은 없는 것 같아 부끄럽지는 않다. 큰 소원을 이루어드리지 못했으니 불효이긴 하지만 그래도 어머니가 존경한다는 인촌 선생님의 학교를 졸업하였으니 큰 불효는 면하지 않았냐고 가볍게 항의해도 애교로 받아 주실 것 같다.

인촌 선생님 동상 앞에서 사진 한 장을 찍어본다. 얼굴이 온통 구겨진 종잇장 같다. 이것이 훈장이지 별 거겠나 싶으니 사진이 환하게 웃으며 매끈하게 펴진다. 세상사 생각하기 나름이다. 어떻게 사물을 보느냐 는 관점이 중요하다는 것 또한 인생살이의 뒤안길에서나 터득하게 되는 진리가 아닌가 싶다.

2. 인촌 선생님을 존경한 어머니

인촌 선생님은 어머니가 존경한다고 해서 나 자신은 아무것도 모른 채 무작정 그 뜻에 따랐던 것은 물론 아니다. 전라북도 고창이 그 어른의 고향이시고 어머니는 전주 출신이다. 만석 군의 막내딸인 어머니는 자신이 태어날 때 이미 부모가 거부가 된 후였기에 어려움을 전혀 모르고 자란 그야말로 금지옥엽 아씨였다. 자라서는 외조부가 개화하지 못해서 신식공부를 시키지 않아 14살에야 학교 안 보내 주면 죽을거라고 협박하여 겨우 소학교에 갈 수 있었다. 그러자니 18살에야 졸업을 하고 또 몇 년을 그대로 묵다가 동경 유학생인 둘째 외숙을 붙잡고 여학교에 가고야 말겠다고 자신의 결심을 밝혔다.

오빠는 동경 유학까지 보내면서 자신은 여학교에 안 보내는 것이 불만이었던 어머니는 급기야 방학이 끝나서 동경으로 떠나는 외숙이 짐을 싸는 방문을 밀고 들어갔다. 내일 떠날 때 나를 데리고 가지 않으면 나는 그대로 죽고 말거라며 결연한 의지를 보이며 졸랐다. 외숙은 동생 성격으로 보아 한다면 하고 말테니 정말 죽을까봐 걱정이 돼서 이튿날 새벽 일찍 동생의 손을 이끌고 서울행 열차에 몸을 실었다. 이렇게 어머니의 서울 유학은 시작되었다. 25살이 되어서야 여학교를 졸업하고 동경 유학원서를 써들고 담임선생님을 찾아갔더니 왜 인물도 예쁜 부잣집 딸이 무엇이 답

답해서 험한 길을 가려 하느냐며 팔자 드세진다고, 집에 내려가 좋은 곳에 시집이나 가라며 원서를 찢어 버렸다.

요즘처럼 특급우편이 있던 시절도 아니니 유학길은 이렇게 무산되었다. 집에 내려와 혼처를 찾았으나 맘에 드는 혼처가 잘 나오지 않았다. 부잣집 도령들은 사냥이나 다니고 빈둥거리는 사람들이 많았는데 그런 데서만 혼담이 들어와서 싫었다고 어머니는 회고했다. 그러다가 현직 군수인 아버지에게서 혼담이 들어오자 군수마님이면 가보겠노라고 결심했다는 것이 우리 아버지와 어머니의 혼인 성사후일담이다.

아마도 이때 어머니는 자신이 능력이 생기면 학교를 세우는 육영사업가가 되고 싶다는 꿈을 가졌던 것 같다. 아무튼 어머니는 인촌 선생님 말씀을 자주 하시면서 우리 고장이 낸 큰 인물일 뿐 아니라 우리나라 전체를 따져도 그만한 인물이 없다고 극찬하셨다. 그 극찬의 첫 번째 이유가 인촌 선생 자신이 학업을 못했던 한이 있는 것도 아닌데 육영사업에 투신했다는 것이었다. 그것도 일제가 갖은 탄압을 다 하는데도 불구하고 부모님을 설득하여 사재를 털어 학교를 인수해 운영했다는 것이었다. 게다가 조용히 혼자 운영하는 일만 한 것이 아니라 민립대학 설립운동을 벌여 팔도를 상대로 민족의 학교를 세우려는 뜻을 널리 폈으니 일제에게는 얼마나 눈엣가시 같은 일이었겠느냐는 것이 어머니가 인촌 선생을 더 크게 평가하는 대목이었다.

군수마님으로, 금광집 아낙으로 잘 나가다가 6.25에 아버지가 납북되어 나락으로 떨어져서 자신의 꿈이 산산조각이 나고 육영사업은 고사하고 눈에 넣어도 아프지 않을 외동딸의 학비를 걱정해야 하는 신세가 됐으니 더욱 인촌 선생님의 업적이 커 보일 수밖에 없이 되었으리라고 생각된다.

3. 동아일보 창간으로 언론 지킴이가 된 것은 엄청난 일

어머니가 인촌 선생님을 존경하는 두 번째 이유는 동아일보의 창간과 언론지킴이의 삶이었다. 1919년 기미 3.1 독립선언으로 신경이 곤두 선 일본의 탄압이 점점 심해지고 악랄해진 1920년 4월 인촌 선생은 청년들과 힘을 합쳐 동아일보를 창간한다. 동아일보를 통해 물산장려운동을 벌이고 민립대학운동을 전국적으로 펼쳐나간다. 백성의 눈귀를 틀어막지 못해 혈안이 되는 것이 식민통치의 근간인데 언론기관을 만들고 지켜나가는 일은 생각보다 훨씬 힘들고 어려운 일임은 두말할 필요도 없는 일 아닌가? 그 어려운 일을 자초했으니 그 정신이 얼마나 훌륭하냐는 것이 어머니의 생각이었다.

동아일보는 드디어 1936년 손기정 선수의 베를린 마라톤 우승 사진에서 가슴에 찍힌 일장기를 지워버리고 보도함으로써 온 조선백성의 가슴을 후련하게 씻어 주었다. 그 통쾌함이야 무슨말로 다 표현할 수 있으랴. 동아일보는 폐간되고 이외에도 정간과 복간을 거듭하면서 신문을 어렵게 지켜낸다. 그 외에도 계몽적인 문예작품들을 게재하고 신춘문예 공모를 통해 문학 운동의 불씨를 키워냈다.

어머니는 동아일보를 읽고 버리는 게 아니라 신문철에 일일이 철해서 매달 월말이면 그 철을 철끈으로 묶어 두었다가 연말이면 1년 치씩을 한데 모아 보관하였다. 대학 입학 후 서울로 와서 자취방 생활을 할 때는 셋방이라 좁아서 둘 자리가 없으니 1년 치씩만 모았다가 연말이면 몇 번이나 쓰다듬으며 그 신문뭉치를 내놓곤 했다. 졸업하고 취직 후 은행융자를 잔뜩 받아 작은 아파트를 샀을 때 어머니는 동아일보를 모으는 일을 다시 시작했다. 돌아가실 때까지 그 일은 계속되었고 어머니의 유품 정리 때 제일 가슴 아픈 일 중의 하나가 그 신문뭉치를 버리는 일이었다.

어머니는 그 동아일보를 통해서 통일의 기사를 만나고 싶었을 것이고 남편이 살아 돌아왔다는 쾌보를 읽고 싶었을 텐데 뜻을 이루지 못하고 하늘 길을 떴다. 동아일보는 자유당 정권이 파행을 거듭할 때도 언론의 정도를 지켜 국민들의 마음을 시원하게 해 주었기에 어머니는 더욱 더 박수를 치며 응원을 아끼지 않았고 인촌 선생의 뜻을 받드는 일이라고 하시면서 인촌 선생님 칭송에 여념이 없었다.

4. 자유당, 이승만 독주에 맞서 싸워

어머니가 인촌 선생님을 존경했던 세 번째 이유는 자유당 정권의 파행과 독주에 맞서 이승만 대통령과 정면대결한 정치인으로서의 민주수호 투사의 모습이었다. 한국민주당의 최고위원으로서 정치활동을 하면서 국회에서 부통령에 당선되어 이승만과 함께 나라를 이끌어 가는데 이승만의 독주에 제동을 걸면서 민주주의를 수호하려던 노력이 끝내 수포로 돌아가고 1955년 격동기를 살아낸 거목 인촌 선생님은 타계하셨다.

비록 생전에 뜻을 이루지 못하고 떠났지만 자신이 창간한 동아일보가 끝까지 이승만의 3.15 부정 선거를 파헤치고 손수 키워 낸 고려대학교 학생들이 4.18 의거를 일으켜 4.19 혁명의 도화선이 되게 함으로써 이승만 독재는 대통령 하야로 막을 내렸으니 하늘은 정직하다고 할 수밖에 없지 않은가?

인촌을 탄압하느라 고려대학교에 의과대학 설립 인가를 이유 없이 내주지 않고, 고려대학의 대표 학과라 할 수 있었던 법과대학 교수들을 고시위원에서 배제하여 고대하면 법과라 할 정도의 명성 높던 고려대학교 법과대학의 죽지를 꺾어버린 이승만 대통령이 결국은 하늘로 떠난 인촌의 그림자에 의해 자신의 정치적 야망을 내려놓을 수밖에 없이 되었으니 이래서 정치는 생물이고 인생은 무상하다 했을까?

일제 암흑기에 언론이 없었으면 우리가 어떻게 발전하고 깨어날 수 있었겠으며 학교가 없었으면 어떻게 나라를 찾았을 때 필요한 인재를 구할 수 있었겠는가 말이다. 언론이고 학교고 뭐든 간에 다 탄압하니 다 내 놓고 하지 않으면서 뒤에 물러앉아 자신의 부를 누려가며 편안히 살수도 있었으나, 결초 인촌은 그런 편한 길을 버리고 험난한 길을 택했다. 언론기관을 운영하면서 국민을 깨우치고 눈귀를 열게 했으며 학교를 지켜내며 인재를 길러 후일을 기약하였다.

세상일은 획일적일 수 없다. 음지와 양지가 있고 일의 앞뒤가 있듯이 매사 장점이 있으면 단점도 있다. 빨리 뛰는 것은 건강에 좋은 운동이 되지만 넘어져 다칠 위험도 있는 것이 세상 이치에서도 다르지 않거늘 인생사에 어찌 공과가 없을까보냐. 우리는 불행하게도 획일적인 친일 논쟁에 휘말려 공과를 가리는 일에 인색한 정도가 아니라 아예 눈을 감아버려야 한다는 주장에 내몰려 있는 형국이다.

침략자 일제에 협력한 것은 덕이 될 수는 없는 일임을 모르는 사람이 누가 있으랴만 그 나름대로 더 큰 것을 지키기 위한 안간힘이었다면 다각도로 살펴보는 노력이 꼭 필요 없는 일일지는 역사의 몫이라고 생각한다. 그 협력의 대가로 자신의 부귀영화를 더욱 확장시키는 일이 아니었다면 그 고뇌에 대한 심정적 보상도 인색해서는 안 된다는 생각은 꼭 지탄받아야만 할 어리석고 못된 생각일까?

5. 인촌의 석탑으로 향하는 발길

1960년 3월 2일 오전 9시, 일생 살아오는 동안 잊지 못할 시간들이 몇몇 있지만 연대순으로 따져서 내 생애 두 번째로 잊지 못할 시간이 바로 1960년

3월 2일 오전 9시이다. 고려대학교 입시 마지막 관문인 면접고사 소집 시간이었다. 아마도 고려대학교 교문을 들어선 시간은 이보다 이르겠지만 뇌리에 박혀 있는 시간은 이시간이다. 교문을 들어서니 멀리 석탑이 위용을 자랑하고 버텨 서 있고 회양목이 둘려쳐진 원형 운동장을 끼고 돌아 올라서니 석탑 앞 중앙에 인촌 선생임 동상이 인자하게 맞아 주셨다.

발아래 금잔디가 어찌나 곱고 잘 정돈되어 있는지 바라보기만 해도 가슴 벅찬 풍경이었다. 그날 이후 입학식을 치르고 회양목 둘려쳐진 운동장에서 오리엔테이션을 1주일이 넘도록 계속하고 겨우 교실에 들어간 초장에 선배들이 교실 문을 밀고 들어와서 여러분들 신입생 환영회를 하니 수업 빨리 마치고 인촌동상 앞으로 다 모이라고 일러주고 나갔다. 수업 마치고 서둘러 간 인촌동상 앞은 학생들로 꽉 차 있었고 머리에 고대라고 쓴 수건들을 하나같이 질끈 동여매고 있었다. 환영회도 화끈하게 하는구나 하고 섰는데 선배가 격문을 읽고 우리는 자유, 정의, 진리의 고대정신에 입각해 이승만 독재와 3.15 부정선거무효를 실현시키기 위해 오늘 행동을 개시한다며 앞장서서 교문을 박차고 뛰어나갔다.

우리도 뒤를 따라 가방을 든 채 점심도 거르고 행진했다. 이것이 4.18 의거, 고대 4월 혁명의 시작이었다. 120번 수험표를 달았던 왼쪽 가슴을 만져보니 그 자리에는 작은 브로치만 심상하게 달려있다. 그해 4월 무거운 줄도 모르고 들고 걸었던 책가방은 간 곳 없고 들고 다니기 힘들어 등에 짊어지고 다니는 가방이 무엇이 필요하냐고 묻는다. 그날은 없었던 물병에 비상약, 사탕 등이 주인의 손길을 기다린다. 그날보다 지갑이 좀 두둑해 졌다고나 할까? 아니 그날은 없던 카드라는 요물이 들어있고 집에 들어갈 구식 열쇠 대신 전자키라는 것이 들어있다. 변한 것이 한둘이 아니니 모양새인들 어찌 옛 모습일까?

인촌 선생님 동상을 바로 쳐다보기가 죄송스럽다. 선생님 우리가 선생님 덕택에 이렇게 좋은 학교를 다니고 사회에 한몫씩 일을 하면서 한 세상 잘 살아왔는데 선생님을 친일파라고 매도하는 사람들에게 당당히 맞서서 그렇게만 생각할 일이 아니라고 계속 소리치지 못하고 있는 몰골이 한심하고 죄송스러워 그렇습니다. 인촌 선생님 진실은 이기는 법입니다. 역사는 기억할 것입니다. 선생님이 이 학교를 지키시기 위해 얼마나 노심초사하셨는가를 말입니다.

수년 전 생각이 부족한 일부 학생들이 선생님의 동상을 끌어 내리겠다고 끈으로 결박하고 베보자기로 둘러 씌워 놓았을 때 일이 생각납니다. 그 당시 여성학을 강의하러 모교강단에 섰던 때인데 그날 강의실에 들어서자마자. 우리도 이 학교 들어올 때 코피 쏟고 공부해서 들어온 학교이다. 절이 싫으면 중이 떠나가야 한다는 속담처럼 이 학교를 키워 온 분이 못마땅해서 싫으면 싫은 사람들이 떠나야지 학교나 그분을 갖고 이러니저러니 하는 것은 도리에 맞지 않다. 감히 자신의 학교를 키워온 분의 동상을 저런 꼴로 만들어 모욕한다는 것은 어불성설이다. 여러분들만의 학교가 아니라 여러분의 선배들 모두의 학교이기도 하니 당장에 지성인으로서 부끄러운 이와 같은 행동은 중지하고 동상의 제 모습을 보존케 하라고 질타했다. 그때는 50대 초반의 장년이었는데 이제 노년이 되어 머리에 서리를 잔뜩 이고 동상을 올려다보며 감회에 젖어본다.

이제는 회양목 운동장은 없어지고 리모델링으로 유용하게 공간을 활용하게 되었다. 학생들이 편리하게 사용하는 좋은 공간들을 많이 확보했는데 어쩐지 여기 서면 어색하고 이상하다. 적응이 덜 돼서 그런거니 새 시대에 맞다면 그것이 정답이겠지. 인촌 생생님 동상이 건재하니 그것만 해도 다행이 아닌가? 그 시절 교우들의 노력으로 지켜낸 동상을 보면 그래도 역시 고대 정신은 살아 있다는 자부심을 갖는다. 선배들의 호통에 꼬리를 내릴 수 있는 후배들이었으니 말이다.

본관을 돌아 서관 쪽으로 올라간다. 서관을 지나니 오른쪽으로 인촌기념관 가는 길 표지판이 있다. 인촌기념관이 고즈넉하게 자리 잡고 서 있는 이곳이 우리 학창 시절에는 인촌 선생의 묘소가 자리 잡고 있던 인촌 선생님의 묘역이었던 곳이다. 시간만 나면 이곳으로 발길을 옮기고 모여앉아 젊음을 마음껏 발산하며 토론도 하고 도시락도 나누어 먹으며 우정과 꿈을 키우던 곳이었는데 흔적을 찾기 어렵게 되었으니 마음 한 구석이 허전하고 야릇하다.

학교 구내에 묘가 자리하고 있다는 것이 부적절하다고 생각할 수 있겠으나 우리들에게는 이곳에 오면 왠지 마음이 편안해지는 그런 곳이었다. 잔디나 나무 등을 함부로 하는 기미만 보여도 어디서 보고 있었는지 어김없이 날아오는 관리인 할아버지의 호통 소리가 지금도 들리는 듯하다. 학생들이 훗날 여기 찾아왔을 때 훼손되어 있으면 좋겠느냐는 게 그 어른의 질타 내용이었다. 이곳을 마치 자기 몸처럼 아끼고 돌보던 그분은 이미 하늘 길을 뜨셨겠지만 그 호통소리 한 번 더 들었으면 좋겠다.

가을이면 코스모스가 만발하고 겨울이면 금잔디가 곱던 이곳에 우리의 젊음이 함께 녹아있었는데 이제 그 시절이 환갑을 맞았다. 입학 60주년 기념 행사를 준비 중인 우리 동기들은 요즘 옛 앨범들을 뒤적이며 문집과 화보집 등을 편집하느라 분주하다. 먼저 간 친구들의 젊은 모습을 보면서 목이 메기도 하고 풋풋한 자신의 묵은 사진 속 모습을 보면서 타임머신을 타고 달리기도 한다. 세상은 변하는 것이지만 너무 많이 변했다.

이제 묘소를 이장하고 그 자리에 우람하게 들어선 인촌기념관은 각종 학술 행사 등을 하면서 세계의 석학들을 불러들이기도 하고 갖가지 뜻있는 일을 벌이는 역사의 새로운 현장이 되었다. 발전적 변화라고 찬사를 보내기에 충분하지만 인촌 선생에 대한 친일 논쟁과 무관하지만은 않았던 설왕설래가 생각나서 마음이 편치 못하다. 아무려나 하늘은 여전히 맑고 짙푸른 하늘과 솜사탕 같은 흰구름은 그때나 지금이나 무심히 흐르고 있다. 그래 역사는 도도히 흘러간다.

세월도 무상히 지나간다. 누구든 왔으면 떠날 수밖에 없다. 이왕 온 세상 사는 동안 최선을 다해서 살 뿐이다. 그 평가는 역사의 몫이다. 진실은 하나다. 혹 사람들의 해석이 편향될 때가 있으면 언젠가는 반드시 진실대로 규명되기 마련이다. 인촌 선생의 업적이 이렇게 우뚝 남아 있는데, 이 나라 발전에 끼친 공로가 산같이 큰데 그분의 공과가 어찌 감춰질 수 있겠는가? 세월이 지나면 비극은 비극대로 들여다 볼 줄 아는 안목과 여유가 생길 것이다.

유례없는 우리의 발전상을 보고 세계가 입을 모아 '교육이 오늘의 한국을 가능하게 했다'고 평가하는 것은 어제오늘의 일이 아니지 않던가? 그래 교육입국의 인촌 선생님 철학 덕에 나같이 부족한 사람도 그 품에 들어 오늘까지 나름대로 많은 일을 하고 한평생 잘 살지 않았는가? 입학 60주년 기념 문집 출판을 위한 회의에 가야 하니 이제 그리운 옛 동산에서 발길을 돌려야겠다.

어머님이 갑자기 눈물 나게 보고 싶다. 가슴 한 복판이 뜨끈하게 아프다. 인촌 선생님 한 번도 뵈온 적은 없지만 사랑합니다. 존경합니다. 고맙습니다. 그리고 죄송합니다. 속죄의 뜻으로라도 자유, 정의, 진리를 지켜내는 일에 성심을 바치면서 남은 여생을 살아가겠습니다.

한국 정치사의 트라우마와 인촌 김성수 선생

이 민 홍(목사, 신학박사)
前 장로교신학대학 교수
애드비전 회장

Ⅰ. 문제의 제기

인촌仁村 김성수金性洙 선생의 역사적 평가에 대한 논란論難이 매우 뜨겁다. 문재인 정부는 돌연, 2018년 2월 23일 국무회의에서 인촌 김성수 선생의 건국공로훈장複章 서훈敍勳을 취소 의결하였다. 인촌이 1962년 훈장을 받은 지 56년 만이다. 이유는 '허위공적虛僞功績'으로 받은 서훈은 상훈법賞勳法에 따라 취소해야 하는 규정 때문이란다.

그 법적 근거는 2009년, '친일반민족행위진상규명위원회親日反民族行爲眞相糾明委員會'의 조사 결과, 친일 반민족 행위가 드러나 그를 친일반민족행위자로 지정指定, 사법부에 고발함으로써 대법원大法院은 2017년 4월 이를 확정 판결하였고 국가보훈처國家報勳處는 이를 국무회의에 요청했기 때문이었다. 그렇다고 그가, 일제 말 저항하기 힘든 일제의 탄압과 위협 속에 수많은 다른 인사들처럼 한때 굴복한 실수를 범했다고 하여 굳이 '반민족행위자'라고까지 낙인烙印 찍어야 되는 것인지 뜻있는 분들은 의아해 마지 않는다.

인촌의 친일親日 행위란, 일제日帝의 태평양전쟁太平洋戰爭 수행 시, 그가 모某 일간지日刊紙 신문에 일제의 징병徵兵 강제 학병學兵 모집을 찬양하여 그들의 선전 선동煽動에 일조一助하였다는 행위를 두고 말한다. 그러나 차제此際에 대한 반대 여론反論도 만만치 않다.

애초의 그 신문 기사記事는 당시 〈매일신보〉 기자 김병규의 명의도용名義盜用

작성 기사였으며 이러한 행위는 당시 모두 목숨을 담보擔保로 한 강박적強迫的인 분위기에서 이뤄진 것이었으며 이것 또한 인촌의 진심眞心과는 거리가 멀었던 것으로 사료된다. 문제는, 이미 역사적으로 널리 그 공적功績이 검증檢證되고 인정認定된 인물에 대해, 어느 한 시점時點의 단편적 과오過誤만을 확대 해석한다든지, 어느 한 이념理念에 치우친 시각視覺으로 평가한다든지 하는 것은 문제가 있다는 점이다.

인촌의 평생에 걸친 국가 민족에 대한 공적을 무시하고 그의 한때 과오를 확대해서 부정적否定的인 방향으로 몰아붙이는 것은 역사적인 인물 평가에 있어 객관성客觀性과 공정성公正性을 상실한 행위라고밖에 볼 수 없다. 인촌이 비록 일제 강점強占의 식민지植民地 시대를 산 인물이긴 하지만, 그의 전 생애生涯에 있어 그가 이바지한 독립운동, 민족 사학私學 민족문화 창달暢達과 민족교육열, 민족언론言論의 운영 실적, 민족자본民族資本과 기업企業의 육성育成에 끼친 지대한 공적은 실로 막대했음을 온 국민이 주지周知해 온 사실이다.

더욱 해방 후 대한민국大韓民國 건국建國 당시에도 이승만李承晩 대통령과 함께 힘써 온 공로로, 독립운동가 이시영李始榮 선생에 뒤이어 제2대 부통령이 되었고 6.25 동란도 잘 수습하도록 힘썼으며 이 대통령의 추종 세력이 장기집권 독재체재長期執權獨裁體裁를 획책하자 이에 반대하여 부통령직을 내던지고 반독재 자유민주대열에 섰던 인물이다.

그렇다면, 인촌을 친일분자로 몬 단체들의 역사상 인물 평가 심판의 잣대는 도대체 무엇이란 말인가? 일제 강점기, 강압적이고 정말 견디기 어려웠던 일제 식민지시대 특히 매우 혹독酷毒했던 태평양전쟁 말기末期, 죽음을 강요하는 공포 분위기 아래서 국내에 거주한 자로서 과언 완벽하게 친일親日이나 순일順日을 거부했던 자가 존재할 수 있었을까? 그것이 과연 가능했을까, 의문을 던지며 그보다는 일제 치하를 산 대부분의 사람들은 생존生存하기 위해 어쩔 수 없이 항일抗日과 순일 양면兩面에 걸쳐 처신處身했었음을 역사는 정직하게 보여주고 있다.

그렇다면 역사의 한 정점에서 그 시대를 산 한 인간의 평가는 어떻게 내려야 하겠는가? 필자는 우선, 일부 편벽된 사학자史學者나 모 사회운동단체에서 보인 '친일반민족행위자' 규정에 대한 인물 평가 잣대가 어떠한 것인지 자못 궁금하지 않을 수 없다. 그렇다고 하여 한때나마 분명 친일親日한 궤적軌跡을 남긴 인촌의 과오를 여기서 전적으로 부인하거나 변명하고자 하는 것은 결코 아니다.

다만, 당시 일제에 저항했건 순응했건 간에 그 시대를 살았던 사람들의 삶은, 참으로 견디기 어려웠었다는 사실과 그러한 사정이, 당시 사회적 분위기 민족 공동체民族共同體의 상처喪妻 즉 역사적 트라우마에 직간접적으로 어떤 영향影響을 주었으며, 인촌의 경우는 어떠했던가를 고찰考察하고 그가 독립운동에 공헌한 면과 한때의 실수를 조명照明하여 재평가再評價를 내려 보고자 하며 본 논고論考에서는 먼저 혹독한 일제 치하에서의 트라우마를 겪은 인사들이 어떻게 반응하고 보상補償했는가를 먼저 살피고저 한다.

Ⅱ. 한국 정치사의 트라우마

1. 트라우마(Trauma)의 정의

외부로부터의 어떤 충격적인 사건의 영향으로 생긴 마음의 상처傷處를 의미한다. 즉 심리적 외상外傷이다. 트라우마는 그리스어 어원語源 '트라우마트(traumat)'에서 유래한 말로 본래 '상처'라는 뜻이다. 외상外傷의 사전적 의미는, '사고事故나 폭력으로 인해 몸의 외부에 생긴 부상負傷이나 상처를 이르는 말'이지만 트라우마는 주로 신체적 외상보다는 심리학과 정신의학에서 말하는 '심적 정신적 외상(Psychological Trauma)'을 의미한다.

트라우마의 종류는 다양하다. 개인적으로 당한 폭력 강간 모욕侮辱 등 신체적 성적 정서적 학대에서부터 대형사고와 집단적으로 당한 침략, 전쟁, 자연재해 등에서 생기는 것들이 있다. 일본 제국주의자들의 침략侵略과 가해加害로써 장기적 괴롭힘을 당한 우리 민족의 트라우마는 그 치유(治癒 healing)가 아직도 요원遙遠한 상태다.

그들 침략자 일본인들이 혹독하게 가한 외상으로 인해 생긴 스트레스 장애(PTSD: Post Traumatic Stress Disorder)가 아직도 우리 민족에게 일제식민문화로 남아 반일反日 감정을 청산하지 못한 일종의 분노忿怒, 불안不安, 서러움 등 정신적 장애障碍로 잠재潛在되어 있는 것이 사실이다.

2. 정치사적(政治史的) 트라우마와 그 보상 유형

어느 학자는 트라우마의 역사성에 대해 다음과 같이 정의했다. "역사적 트라우마는, 특정한 역사적 시점時點에 발생한 실제 사건과 구체적 시공간視空間 속에서 특정한 사회적 위치를 점유하고 있는 개인과 집단들이 경험한 상실감喪失感을 의미한다." 트라우마를 받아들이고 느끼는 정도는 사람마다 또는 집단이나 민족공동체마다 다르다. 필자는 이에 대한 반응反應이나 대처對處하는 보상補償 방법도 다르다고 생각한다.

여기서 '보상(compensation)'이란, 트라우마를 일으킨 가해자加害者에 대한 심리적 대응對應 자세나 외부로 나타나는 어떤 유형類型의 행동行動을 말한다. 그 형태를 크게 두 가지로 나누어 볼 수 있는 바,

1) 외향적外向的 형태로는, 가해자의 쇼크를 고통스럽고 잔인한 것으로 받아들이는 피해의식被害意識에 폭력을 동원해 대항하는 방법이다. 어기에는 어떤 희생과 죽음의 처참함이 수반隨伴된다.

2) 내향적內向的 형태로는, 가해자의 쇼크를 현실의 아픔(환경)으로 받아들이되 그것에 대해 반추反芻 성찰省察하여 어떻게 행동해야 할지, 냉정하게 사태를 인식하고 판단해서 행동하는 방법이다.

예컨대, 개인의 힘으로는 거역할 수 없는 어떤 정치적인 현실이나 국가적인 사태를 일단 수용收容하고 인고忍苦하며 그 대처방법으로는 비폭력적인 온건한 제3의 방법 즉 어떤 보상을 택하는 형태이다. 이로써 자신의 트라우마를 극복克服하며 한걸음 더 나아가 정신적인 성장이 이뤄지는 효과도 있다. 즉 긍정적 변화의 모색으로 평가되기도 한다. 그렇다면, 우리 역사상 특히 정치사상적으로 생긴 민족적 트라우마에는 어떤 것들이 있었을까?

3. 한국 역사의 트라우마

한국 역사상 발생한 트라우마의 큰 물줄기는 각 시대마다 다소 다르겠지만 크게 잡아 민족이 겪은 외세 침략과 내부적 갈등 상황으로 나눌 수 있겠다. 예컨대,

1) 삼국시대에는 외부로부터의 수·당隋·唐의 침략 내부로는 고구려高句麗, 신라新羅, 백제百濟 간의 분쟁에서 온 상처 때문이었다.
2) 고려高麗 시대도 이와 비슷해 거란, 몽고군蒙古軍의 내침來侵과 왕조 말기 잦은 군부軍部의 난亂
3) 조선시대는 임진왜란과 병자호란 그리고 사화士禍가 가져다 준 상처 등이었다.

특히 잘못 만난 임금의 폭정暴政으로 인한 것도 있어 예컨대, 연산군燕山君의 폭정으로 인한 것을 들 수 있다. 연산군은 친모親母인, 선왕先王 성종成宗의 왕비王妃 윤씨尹氏의 폐비廢妃 사사賜死 사건의 트라우마를 극복하지 못

해 성격상 폭군暴君이 되어 "내가 법이다"라며 조선 역사상 세상이 겪어보지 못한 전무후무前無後無한 광적狂的인 행태를 거듭하다 쫓겨났던 것이다.

연산군은 사약死藥을 마시고 죽은 어머니에 대한즉 그 원수 갚음이 일종의 보상 형태로 나타났던 것이라 할 수 있다. 이제 본고本稿에서는 그 범위를 축소해, 인촌이 살았던 시대 즉 근대 조선의 일제 침략기를 전후해 일어난 민족적 트라우마를 먼저 일별一瞥해 보고자 한다.

4. 망국(亡國)의 트라우마

한일합방韓日合邦 전후 한국의 역사는 그야말로 치욕恥辱의 역사였다. 우여곡절 끝에 마침내 유구한 문화와 역사를 가진 우리 민족이 다른 민족 곧 일제日帝에게 나라와 국권國權을 빼앗긴 사실은 변명할 수 없는 처참한 역사적 비극이었다. 그러나 그 가운데서도 끊임없는 저항과 독립을 위한 항쟁抗爭은 망국의 트라우마를 극복하고자 한 노력으로서 평가받고 본받고 자랑삼아야 할 일이기도 하다.

물론, 일부 일제 식민주의植民主義에 밀착密着한 친일 매국노賣國奴들이 존재했음은 참으로 가슴 아팠던 일이다. 그 외 많은 지도층 인사들 중엔 나라와 민족을 위해 일하기보다는 사적 재산財産과 명예를 탐하는 데 열중했고 일제에 빌붙어 권력勸力을 탐한 사실들이 역사에 드러나 있어 개탄慨歎을 금할 수 없다.

반면, 이미 기울어 가는 나라를 안타까워하며 슬픔을 감출 수 없었던 뜻 있는 애국지사와 선비들이 얼마나 많았던가, 그분들은 온 몸을 던져 자주독립을 희구希求했던 것이다.

독립하세 독립하세
우리나라 독립하세
어이하여 이 지경이 되었나
슬프고 분하다 우리 대한 나라
독립하세 독립하세
- 1907년. 현채(玄采), '독립가'

출전: 박성수, 독립운동사, 서문

5. 일제침략으로 생긴 트라우마와 그 보상(補償) 형태

1) 강화도조약(江華島條約; 1876)

2) 갑오왜란(甲午倭亂; 1864): 일본의 개혁改革 강요强要와 선비들의 항거抗拒

3) 을미사변(乙未事變; 1895)

4) 단발령(斷髮令; 1895)

5) 아관파천(俄館播遷; 1896)

6) 러일전쟁(1904)

7) 황무지개간荒蕪地開墾의 강요(1904)

8) 일진회一進會 조직(1904)

9) 을사5조약(乙巳5條約; 1905)

10) 통감정치(統監政治; 1906)

11) 헤이그 특사特使의 좌절(1907)

12) 高宗皇帝의 강제 퇴위(退位; 1907)

13) 정미7조약(丁未7條約; 1907)

14) 한국군 군대 해산과 의병 봉기(1907)

15) 안중근安重根 의사義士의 의거(義擧; 1909)

16) 이재명李在明 의사의 의거와 이완용 암살 실패(1909)

17) 경술국치(庚戌國恥; 1910)

18) 일제의 무단정치(武斷統治) 시작(1911)

19) 간도間島로 쫓겨간 농민들(1912)

20) 105인 사건(1911)

21) 3.1 만세운동(1919) 대지진大地震과 조선인 학살(虐殺 1923)

22) 광화문光化門과 경복궁景福宮의 수난(受難 1923-1926)

23) 조선공산당朝鮮共産黨 창당과 민족진영 갈등 분열의 트라우마(1925)

24) 6.10 만세운동(1926)

25) 광주학생운동(光州學生運動 1929) 등이었다.

6. 망국 트라우마의 보상 형태

위 독립운동사 요약에서 보듯 망국亡國과 그 이후 일제 치하의 탄압에 대한 우리 민중과 애국지사들의 트라우마의 보상補償 형태는 여러 가지 징후로 나타나고 있다.

1) 폭력 저항과 테러 형태: 일제 요인, 친일파 매국노 암살 시도, 폭탄 투척, 독립군 광복군의 대 일본군과의 전투

2) 비폭력 저항 형태

ㄱ. 성토聲討, 상소문上疏文, 각서覺書, 신문 사설社說, 시詩 소설小說 등 문학작품으로의 저항 표현, 시위示威, 항의抗議, 울분 자결自決로의 항일 의사 표시

ㄴ. 독립만세운동 전개

ㄷ. 독립군 군자금軍資金 지원

ㄹ. 대외 외교外交 활동, 조선이 '독립국'임을 천명闡明, 일제로부터의 해방 운동 추진

ㅁ. 민족사회 계몽啓蒙 봉사 활동

ㅂ. 선교宣敎 활동을 통한 독립정신과 독립운동 운동 고취

ㅅ. 민족 사학私學 건립建立과 차세대를 위한 교육 활동

ㅇ. 민족 자본 및 산업 육성 등이었다.

7. 일제하 인촌의 트라우마와 보상 형태

1) 인촌의 생애와 비폭력 독립운동 및 교육에 이바지하게 된 동기

인촌은 1891년 10월 11일, 전라북도 고창군 부안면 봉암리 인촌仁村 마을에서 김경중金暻中과 장흥 고씨高氏 사이에서 태어났다. 아명兒名은 판석判錫이었고 평생 사용한 아호雅號는 인촌仁村이었다.(이 아호는 후일, 그가 대구에서 만난 영남 제일의 서화가(書畵家) 서병오(徐炳五)로부터 권유받아, 인촌이 자기의 고향 마을 이름을 그대로 딴 것이었다) 인촌이 태어난 때는 벌써 내외적으로 강화도조약, 청일전쟁, 왜란 등 일제의 마수魔手가 한반도에 뻗힌 불우한 시대였다고 할 수 있다.

원래, 고향이 전남 장성인 조부祖父 김요협이 고창의 만석군 정계량 진사의 외동딸과 결혼함으로써 집안이 크게 일어나 인촌의 배경이 부유한 집안 환경이 된 셈이다.[1] 인촌은 세 살 때 큰아버지 김기중金祺中의 양자養子로 들어갔는데 이것이 후일 인촌의 행로에 큰 도움과 영향을 끼치게 된 동기가 된다. 양부 기중은 재산을 모으는 데만 열중하지 않고 근대교육에 눈을 떠, 일찍이 줄포茁浦에 '영신학교'를 세웠으며 뜻 있는 전라도 인사들의 모임인 '호남학회湖南學'에서도 활동하였다. 기중의 이런 교육적 선구자 역할이 후일 인촌의 여러 교육사업 및 문화사업에 도움이 되고 적극 후원하는 힘이 되었다.[2]

인촌의 생부生父 경중도 관료 출신으로서 학자요, 저술가로서 조선사朝鮮史 17권을 출간한 경력이 있는 분이었다. 그는 재산 관리도 잘 하여 만석꾼 소리를 들었다. 백부伯父 기중은 '민부국강民富國强, 공정광명公正光明'의 좌우

---

1) 서석중, 인촌 김성수 선생과 고려대학교, 〈안암골호랑이〉, p.121 참고
2) 전게서, p.128 참고

명을 가지고 산 사람으로서 양자인 인촌은 어려서부터 그 영향을 많이 받았으며 성장成長한 뒤에도 이를 실천한 것으로 사료된다. 따라서 후일, 인촌의 처세處世 지표指標도 '공선사후公先私後, 신의일관信義一貫'이었던 것이다. 인촌은 당시 풍습대로, 13세 때 다섯 살 연상인 처녀 고광석高光錫과 결혼한다.

장인丈人 고정주는 임진왜란 때 의병장義兵長을 지낸 유명한 고경명高敬命의 12대 손으로 창평(昌平; 潭陽郡)에서 제일 가는 명문名門 자손이었다. 그는 규장각奎章閣의 직각直閣 관직官職으로 봉직하다가 고향에 내려와 '호남학회'를 발기했고 애국계몽운동에 힘썼다. 기울어져 가는 나라를 따로 세우기 위해서는 '인재양성人才養成'이 필요하다고 일찍이 교육의 중요성을 깨달은 선각자先覺者였다.[3]

한편, 인촌은 저명한 훈장訓長 밑에서 사서삼경四書三經 등 한학漢學을 배웠고 장인이 세운 창평 '영학숙英學塾'에서 영어, 산수, 국사 등 신학문新學問을 접하게 된다. 특히 영어를 잘 해야, 새로운 세상에서 성공할 수 있다고 생각해, 부지런히 영어 학습을 익혔다. 이때가 그의 나이 16세, 마침 한 살 위인 동문 수학생同門修學生 고하 송진우宋鎭禹를 만난다. 이로써 두 사람은, 나라의 독립을 위해 의기 투합하는 평생 동지가 되었다.

마침 백관수白寬洙도 뜻을 같이하게 된다. 그러던 어느 날, 헤이그 '만국평화회의'에 참석했던 이준 열사가 울분으로 분사憤死했다는 비보悲報와 고종황제高宗皇帝가 이로 말미암아 일제에 의해 강제 퇴위退位당했다는 소식을 접한 세 사람은 비분강개悲憤慷慨하며, 기울어져 가는 나라를 어떻게 하면 다시 세울 수 있을까, 하고 그 방법을 놓고 매일 밤새도록 갑론을박甲論乙駁하며 울분을 토했다.

---

3) 전게서, p.129.

여기서 인촌이 내린 결론은 조국의 앞날을 내다 본 '다음 세대의 실력배양론實力培養論'이었다. 이것이 조선 망국亡國의 슬픔에 대한 인촌 나름의 트라우마요, 보상補償이었고 유일한 방법이었고 돌파구였다고 할 수 있다. 그는 우선 '호랑이(일제)를 잡으려면 호랑이 굴로 들어가야 한다'는 생각을 가지고 먼저 일본행日本行을 결심한다. 그러나, 부모님과 고씨 부인은 그의 안위를 걱정해 극력 반대한다. 그렇다고 굴할 인촌이 아니었다.

인촌은 상투를 잘라 결연한 의지를 보였고, 개화인이요, 선각자였던 한승이韓承履의 도움으로 도항증渡航證을 손에 넣게 되어 1908년 10월 중순, 마침내 관부연락선關釜聯絡船을 타고 일본 시모노세키로 건너간다. 그리고 도쿄로 이동했다. 당시 인촌의 나이 18세, 송진우는 19세였다. 둘은 관광과 견학見學을 할 때, 일본의 개화開化된 문물文物에 큰 충격을 받았고 또한 홍명희(洪命憙: 소설 '임꺽정'의 작가)를 만나 그의 주선으로 일단 영어학교에 입학한다.

다음 해에는 금성중학교錦城中學校 5학년에 편입해 대학입시를 준비해 무난히 와세다早稻田 대학 예과豫科에 입학할 수 있었다. 인촌은 학업에 정진하던 중, 1910년 8월 22일, '을사늑약(을사보호조약)' 체결을 보고, 도쿄의 400여 명의 유학생들과 함께 비분강개悲憤慷慨하여 서로 부둥켜 안고 엉엉 울었으나 상처(트라우마)만 남겼을 뿐 속수무책束手無策이었다. 여기서 인촌은 동지들과 함께 조국의 후일後日을 기약期約하고 굳게 다짐한다.

인촌은 1922년, 일단 예과를 마치고 '정치경제학과政治經濟學科' 본과에 진학하여 3년 뒤인 24세에 무난히 대학을 졸업卒業한다. 그 무렵 인촌은 집을 독채로 세貰 얻어 동생 연수와 같이 생활하게 된다. 부잣집 아들 인촌이 그 아호(仁村)처럼 인심 좋고 인자한 성품이라 소문나 도쿄 유학생들이 그의 주변에 많이 모여들기 시작해서 결국 인촌의 집이 이들의 모이는 장소

구실을 하게 된다.[4]

이때 모여 함께 교류交流한 친구들로서는, 송진우를 비롯해 현상윤(玄相允; 후일 고대총장, 납북), 최두선(崔斗善; 후일 국무총리), 조만식趙晚植 장로(후일 북조선 지도자, 공산당에 희생 殉國), 김병로(金炳魯; 후일 대한민국 초대 대법원장), 현준호玄俊豪, 조소앙趙素昂, 신익희申翼熙(후일 한민당 대표, 대통령 출마 중 旅死), 홍사익 일본 육사 출신으로 후에 대한민국 장성將星이 된 홍사익洪思翼, 지청천池靑天, 이응준李應俊 등 쟁쟁한 인물들이었다. 이들은 후에 모두 고국에 돌아와 큰 인적 자산이 되어 독립운동가, 건국공로자, 교육자, 언론인, 기업인 등이 되었다.

8. 토지 매각과 교육 사업

인촌은 와세다 대학교 창립 30주년을 앞두고 두 부친(養父인 伯父, 生父) 형제를 모셔와 놀랍게 발전한 일본의 산업시설, 공장, 관청, 학교, 상가, 교통시설 등을 시찰하게 한 후, 이어 와세다대학早稻田大學 창립 기념행사에 참가케 해, 두 분에게 다음 세대를 위한 교육의 중요성을 자연스럽게 인식시키는 노력을 하며 후일을 도모했다.

1924년, 마침내 6년 만에 귀국한 인촌은, 비록 나라는 망했으나 내일의 독립을 위한 힘을 기르기 위해서는 '교육입국敎育立國'이 첫 번째 과제라고 굳게 믿고 이를 실행에 옮긴다. 그 첫 발걸음 사업이 민족사학 세우기였다. 하여 '백산(白頭山의 별칭)학교'라는 명칭의 학교건립신청서를 일제 조선총독부朝鮮總督府 학무국學務局에 제출했으나 보기좋게 거절당한다. 그렇다고 인촌은 좌절하지 않고 다시 '중앙학회'의 원로 김윤식, 이상재 선생 등을 찾아가 당시 어려운 재정에 빠진 사학재단이었던 '중앙학원' 인수引受에 성공한다.

---

4) 전게서, pp.131-132. 참고

중앙학원은 '흥사단興士團', '호남학회' 등의 애국지사들이 세운 민립학교民立學校였다. 이 학교를 인수하기까지는 두 분 아버지를 설득해 수천 마지기의 땅을 쾌척快擲 받아 그 자금資金을 마련할 수 있었다. 처음에 반대했던 생부 앞에서는 단식斷食으로까지 그 결연한 의지를 보여줬던 것이다.[5]

1931년, 인촌은 더 이상 학교 운영이 어려운 보성전문학교普成專門學校를 인수한다. 이 학교는 원래 고종의 내탕금內帑金으로 1905년 4월 3일 건교한 학교였다. 당시 왕이 가장 신임하던 신하 이용익李容翊이 맡아 운영하다가 그가 일제 그리고 친일파에게 희생犧死 당함으로 운영이 어려워졌고 그 다음엔 후원자 손병희孫秉熙와 윤일선尹日善 교장 그리고 학생들이 3.1 운동에 앞장섬으로써 일제의 탄압아래 놓여 많은 학생이 구속됨으로써 학교가 피폐된 상태에 놓여 있었던 것이다.(학교 경영자가 된 이후, 인촌은 많은 동지들과 후원인들의 도움을 받아 험한 세월을 겪으며 오늘의 중앙중고등학교와 그야말로 민족정신의 얼이 깃든 대한민국 명문 사학 '고려대학교'를 이룩하게 되었다.)

9. 인촌의 2.8 독립선언과 3.1 운동 지원

인촌은 독립운동에도 자발적으로 헌신했다. 본인은 늘 겸손해서, 겉으로 드러나 중심 인물 됨을 사양했다. 언제나 뒤에서 돕고 물질로써 후원하는 스타일이었다. 2.8 독립 운동(1919.2.8)을 일으킨 주동자 대부분의 인물들은 모두 인촌이 도쿄에서 돌봐주던 친구들이었다. 이광수, 김도연, 백광수 등이 여기에 속한다.

그리고 당시 일본 유학생들인 이들이 일본의 수도 도쿄東京 한복판에서 '대한독립요구선언'을 하자, 이에 충격 받은 육당六堂 최남선崔南善 등이 인촌과 상의해 '3.1 독립선언서'를 준비하게 된 것이다. 선언서 낭독의 준비로 천도교 최린崔麟 등이 주관해 우선 대표 33인 회의를 소집하고 지원 분

---

5) 전게서, p.135. 참고

담금分擔金을 논의해 시행키로 했다. 그런데 당일, 남강南崗 이승훈李昇薰이 북北에서 빈손으로 왔다. 그날 저녁, 크게 상심傷心한 인촌은 육당의 '조선광문회' 문을 두드리고 들어서는데 손에는 보따리가 들려 있었다.

"이 돈을 당장 '황금장 여관'에 묶고 계신 남강 선생에게 전해 주시오. 단, 절대로 누가 가지고 왔다는 말은 하지 마세요" 이에 너무 감격한 육당이 눈물을 글썽이며 청계천 굽은 다리를 뛰어 건너가서 남강 선생에게 돈을 전해 드린다. 그 다음날 육당은 3.1 독립선언서를 쓰고 회의를 다시 소집하여 1919년 3월 1일 마침내 종로 태화관泰和館에서 선언서 낭독을 감행했던 것이다.[6]

3.1 운동도 인촌이 동지들과 '중앙학원'에 모여 시작했던 것이다(옛날 중앙학교 숙직실 자리에 '3.1 운동책원지(策源地)'라고 새긴 기념비가 있다). 그는 천도교 손병희 선생과 손을 잡았고 당시 중앙학원 선생들과 학생들이 거사에 적극 참여토록 독려하고 도왔었다.[7]

10. 민족산업의 진흥

인촌은 나라의 장래를 걱정해 민족자본의 형성과 산업 진흥振興의 필요성을 절감했다. 그리하여 1919년 10월 5일, 민족기업 '경성방직京城紡織'을 일으켜 그 설립인가를 받는다. 설립 목적은, 경성방직이 인촌 개인의 회사가 아닌 민족 모두의 기업이기를 희망했고 주식 공모를 통한 자금 조달의 목적보다는 조선 국민 모두가 참여하는 민족운동 차원의 애국운동으로 승화시키고자 했다. 당시 대중사회 애국운동으로 번지던 '물산장려운동物産獎勵運動'과도 연관 있어 보인다.

동생 김연수도 1924년 민족경제의 자립과 성장을 창립이념으로 '삼양사

---

6) 전게서, pp.146-147. 참고
7) 전게서 p.138. 참고

三養社'를 설립한다. 경성방직에서는, 우리 고유의 무명섬유가 일본 광목을 제치고 잘 팔려 제대로 기업화될 수 있도록 "우리 옷은 우리 손으로!"라는 구호를 내걸었다. 경방 제품 이름도 '태극성표太極星表'로서 민족의 상징적 상품이었다 하겠다.[8]

11. 민족 언론 기관의 창달(創達)

1920년 1월 6일, '동아일보東亞日報' 발간 인가를 받아 동년 4월 6일, 창간 호創刊號를 발행했다. 동아일보 운영 방침의 기조로는 '나라사랑' 정신이었고 그 사시社是도 그대로 '민족주의, 민주주의, 문화주의'였다. 그 창사創社 취지문趣旨文의 첫째 조항도 "조선 민중의 표현 기관으로 자임自任하노라"였던 것이다.

1) 애국자 여성과의 재혼再婚

인촌은 1919년 10월, 부인 고씨가 갑자기 사망함으로써, 그 다음 다음해 즉 1921년 1월 '이아주'라는 여성과 재혼하게 된다. 그 경위를 보면, 3.1 운동에 참여해 구속 중인 정신여학교 학생인 이아주가 법정에서 "조선사람이 조선독립만세를 부르는데 그것도 죄가 되느냐?"하고 당당하게 항변抗辯하는 것을 보고 인촌이 감동받아 그녀에게 청혼請婚했다는 것이다. 이렇게, 인촌은 결혼과 가정생활마저도 늘 그 중심에 구국 일념救國一念이었던 것을 엿볼 수 있다.

2) 충무공忠武公 이순신李舜臣 장군將軍의 유적遺跡 보존 운동

충무공 아산 음봉陰奉의 위토位土가 경매競賣에 부쳐져 위기에 처했을 때 인촌은 동아일보와 협력해 이 사실을 보도하게 하고 여러 사람의 협조를 얻어 아산牙山 현충사顯忠祠에 충무공의 검劍, 금대金帶, 난중일기亂中日記 등의

---

8) 전게서, pp.138-139. 참고

유품遺品, 을 모아 안치安置하게 했다. 또한 이 사업의 일환으로 춘원春園 이광수李光洙로 하여금 〈동아일보〉에 연재소설 "이순신"을 집필 게재케 함으로써 민족의 성웅聖雄 이순신의 모습을 널리 알리게 했던 것이다.

3) 애국 계몽운동의 후원

동아일보를 통해 〈한글 신철자법〉을 편집 반포하게 하고 전국적 규모로 '조선어강습회'를 개최토록 후원했으며 또한 조선일보사와 함께 주최해 한글을 중심한 문자보급운동(문맹퇴치운동)을 벌였다. 당시 구호가 "아는 것이 힘이다. 배워야 산다"였다. 한편, 시조시인 노산露山 이은상李殷相의 시를 노랫말로 한 '조선의 노래'를 제정 부르게 했다. 이 무렵 동아일보에 연재된 이광수의 농촌계몽소설 "흙"은 더욱 온 국민의 사랑을 받는다.

4) 인촌의 구미歐美 여행과 독립운동 자금 후원

인촌은 중앙학교와 경성방직이 순조롭게 운영되어 나아갈 때 그의 원대한 꿈의 실천을 위한 견문見聞을 넓히기 위해 유럽과 미국 여행길에 오른다. 1929년 12월 3일 서울을 출발, 잠깐 중국 상하이上海에 들러 그곳 프랑스조계지租界地에 자리잡은 '대한민국임시정부' 청사廳舍에 들러 이동녕李東寧 주석主席과 안창호安昌浩 선생을 만나 준비한 독립 군자금軍資金을 은밀히 전달한다. 안창호는 인촌의 손을 잡고 감격해 하며 동아일보의 선전분투善戰奮鬪를 당부한다.

이듬해인 1930년, 인촌은 영국으로 건너가 장덕수張德秀를 만나 그의 안내로 영국의 문물을 견학하고 자유민주정치제도民主政治制度의 우수성을 확인한다. 이어 독일에 건너가서는 안호상安浩相, 이극로李克魯를 만나 그들과 교류하며 격려하였다. 인촌이 미국에 간 시기는 마침, 제31대 대통령 허버트 후버가 재임하던 시기로 다소 경제공황기였으나 그런대로 경제대국經濟大國의 면모를 볼 수 있어 좋았다. 자동차산업, 새로운 지하철의 모습, 거대한 매머드 빌딩의 위세, 영화, 음악, 미술, 문학 등 세계적 규모의 예술 진흥 상황, 언론기관의 발전상 등을 보고 충격을 받는다.

이어 전국 유명대학들을 방문하고 귀국길에는 우남雲南 이승만李承晚을 만난다. 인촌은 전에 그에게 서신과 함께 '독립운동자금'을 보낸 일이 있었다. 이승만은 반가워 인촌을 부둥켜안고 눈물로 맞이했다. 그리고 "인촌이 주재하는 동아일보가 힘겹게 항일투쟁抗日鬪爭에 전념하는 것을 먼 곳에서 바라보며 한스러운 마음을 이길 수 없었습니다"라고 격려했다. 인촌도 장차 우리나라가 독립하면, 대통령감으로는 이승만만 한 인물이 없다고 판단했다. 모든 일정을 마치고 인촌이 귀국한 것은 1931년 8월 12일 자로 출발한 지 1년 8개월 만이었다.

12. 일제의 강압(强壓)으로 인한 트라우마와 지도자로서의 고민

일제의 궁극적인 목표는 조선 반도의 통치에만 있는 것이 아니고 우리 민족에 대한 소위 '황국신민화皇國臣民化'였기에 그 목적 달성을 위해 그들은 악랄惡辣한 교육정책을 펴, 조선의 국내 '고등보통학교'와 '전문학교'의 학생, 교사, 교수에서부터 학교 운영책임자에게 이르기까지 항상 감시와 감독을 게을리하지 않았다.

1935년 8월, 마침내 고등보통학교에 현역 장교를 배속配屬시켜 군사훈련을 실시하는가 싶더니 그해 9월에는 각급학교에 일본 귀신에게 절하는 소위 '신사참배神社參拜'를 강요하기 시작했다. 이에 승복하지 않는 여러 기독교계 학교는 폐교 처분시켰고 총독부 학무국에서는 '취체령'을 공포 시행, 사상범 감찰을 위해 경성(서울), 평양, 광주에 감찰소를 설치했다. 또한 각 전문학교 도서관과 경성 시내 서점을 검색하여 소위 불온서적不穩書籍을 압수하였다.

일제는 이어, 1937년 만주 '노구교蘆溝橋' 다리에서 중국군과 충돌 중·일전쟁을 일으켰고 그 전쟁 목적 달성을 위해 전시戰時 체제를 갖춰 조선인에 대한 착취는 더욱 심하게 되었다. 예컨대, '황국신민皇國臣民의 맹세' 제정 강요, 각국 학교에 일왕日王 사진 의무 게시 경배, 총독부 산하 모든 관공서와 각급 학교 교직원 등 12만 명에게 '전시국민복戰時國民服' 착용을 의무화하는 등 모든 나라와 민족을 병영화兵營化하였다.

후일 대한민국 부통령이 된 장면張勉도 당시 '동성東星학교' 교장으로서 국민복에 전투모戰鬪帽를 쓴 사진이 공개되었을 정도다. 더구나 일제는 전 조선인에게 일본식 창씨개명創氏改名도 강요하였다.(1939.11.10. 공포, 1940.2.11 실시) 이렇게 총칼을 앞세운 그들의 공포정치 앞에 모든 조선 사람 대부분은 어쩔 수 없이 승복할 수 밖에 없었던 것이다. 그러나 인촌은 이런 험로險路를 잘 견디고 지혜롭게 대처해 나아갔다. 부친의 완고함을 핑계 삼아 창씨개명을 거절하고 끝까지 버텼다. 교수 안호상 등도 뜻을 함께했다.[9]

13. 일제의 징병제에 대한 인촌의 거부와 순응(順應) 과오

일제는 1938년에 '국가총동원령'을 내리고, 태평양전쟁太平洋戰爭을 일으켰으며 1943년 5월 1일에는 소위 '징병제徵兵制'를 공포하였다. 더구나 1943년 10월 20일에는 조선인(한국) 학생에 대한 징병 유예猶豫를 폐지하고 '학병제學兵制' 실시를 공포함과 동시에 10월 25일부터는 대대적으로 학병징병검사를 실시하기 시작했다.

이에 대해 처음 반기反旗를 든 것은 보성전문普專 학생들이었다. 교내에서 일제학병 거부운동이 대대적으로 벌어졌고 그 반동으로 그동안 위축되었던 학생운동까지 부활하게 되었다.

학생들은 단파방송 '미국의 소리'에 귀를 기울여, 일제의 과장된 전황戰況 보고가 거짓임을 알게 되었다. 학병 징집 기부에는 교장 인촌, 학생감 장

---

9) 전게서, pp.156-157. 참고

덕수, 철학교수 안호상이 앞장섰다. 특히 안호상 교수는 평소에도, 일제가 강요하는 '국민복'을 입지 않았고 강의도 우리말로 했으며 "전쟁에 끌려가면 개죽음을 당한다"고 학생들에게 단호하게 가르쳤다. 일제 침략전쟁을 부정한 말이었다.

이에 학생대표 이철승李哲承(전국학련위원장) 등이 나섰다. 그는 징집을 거부하며 학병에 끌려가지 않기 위한 형사범刑事犯이 되기를 자처해 일부러 파출소를 때려부쉈다. 이철승은 또한 보전학생으로서 윤원구, 경성제대京城帝大 이혁기 등과 조직적으로 학병 거부 운동을 전개했던 것이다. 그러나 아쉽게도 많은 학생들은 일제 총독부의 설득과 위협에 눌려 어쩔 수 없이 징집에 동원되고 말았다. 다음 표는 1943년 11월 12일 자 〈매일신보〉가 보도한 각 학교 징집 동원 상황 통계치(%)다.(인원수는 생략)[10]

경성법학전문 100%　　경성고등상업 100%　　경성제대 55.4%　　연희전문 34.8%　　보성전문 16.0%

위 표에서 보다시피 보전이 '학병 징집'을 가장 반대했던 것을 알 수 있다. 이는 교장 인촌과 애국지사들과 교수들의 영향이 컸음을 짐작할 수 있다. 이에, 일제는 반항하고 도피하는 학생들에겐 설득이 별 효과 없다고 판단 이번에는 방법을 바꿔 조선 사회의 이름있는 명망名望 인사들을 강제로 동원하여, 강연회를 열어 학병 응소應召 지지支持 발언을 하게 하거나 도하 각 신문에 참전參戰을 선동煽動하는 글을 쓰게 했다.

여기에 어쩔 수 없이 지조志操를 굽힌 당대 명사들로는, 주요한朱耀翰, 최남선崔南善, 이광수李光洙, 모윤숙毛允淑, 서정주徐廷柱, 노천명盧天名, 이무영李無影, 채만식蔡萬植, 유치진柳致眞 등 시인, 작가군과 백낙준白樂濬, 김활란金活蘭, 황신덕黃信德을 비롯한 교육자들 그리고 홍난파洪蘭坡, 현제명玄濟明 등의 음악인들,

---

10) 전게서, pp.162-167.

무용가 최승희崔承喜, 조각가 김경승金景承 등 수많은 각계각층의 인사들이었다. 이들은 모두 강제 동원되었었고 인촌도 뒤늦게 합세할 수밖에 없었던 것 같다.

특히 가슴 아픈 것은 2.8 독립선언서와 3.1 독립선언서 실제 작성자로 알려진 춘원 이광수와 육당 최남선이 그러했다는 사실이다. 인촌의 경우는 몇 가지 사정이 있었겠으나 무엇보다 그가 애지중지愛之重之 키워 온 민족 사학인 '보성전문의 폐교 위협廢校威脅'을 못 이겨서 그런 것 같다. 인간이 어떤 견디기 어려운 트라우마에 처했을 때 두려움이나 공포감 앞에서는 무력하게 되고 마는 것이다. 또한 지도자에게 자기가 속한 공동체가 어떤 위기를 당했을 때 자신을 희생해서라도 그것을 구하고자 하는 남다른 마음도 먹을 수 있다.

그렇다면 왜 그때, 보성전문이 위기에 처하게 되었는가? 그것은 보성전문이 남달리 3.1 운동에 앞장섰고 창씨개명과 학병 징집에도 반대했던 까닭이다. 일제는 이것을 목도하고 지도자 되는 인촌을 회유懷柔할 목적으로 먼저 작위(爵位, 男爵)를 주겠다고 제의했었다. 그러나 인촌은 이를 받을 자격이 없다는 구실로 점잖게 거절했다. 이에 화가 난 일제 당국은 학제學制를 개편한다는 구실과 함께 아예 보성전문의 학교명을 말살하고 대신 '경성척식경제전문학교京城拓植經濟專門學校'라는 해괴한 이름을 부여賦與하였다.

조선 사학의 쌍벽인 연희전문도 '공업전문학교'로 바꿔 버렸다. 이렇게, 태평양전쟁의 패전敗戰을 앞둔 일제의 단말마적斷末魔的인 탄압 행태로 점점 조여오는 상황은 여차하면 보성전문이 폐교 당할 위기에 놓여 있었던 것이다. 여기서, 인촌이 깊은 고민 끝에 자신의 희생을 통한 변절變節을 표한 것으로 사료된다. 우리는 그때, 인촌이 자신의 트라우마 극기克己에 실패한 것으로 본다.

이것이 곧, 1943년 8월 5일 자 〈매일신보〉에 게재된 "문약文弱의 기질을 버리고 상무尚武의 정신을 찬양하라"는 논설이라든가 1943년 12월 12일, '보전 장행회' 석상에서 한 말 즉 "학병 지원은 이 시대 최고의 영광이며… 운운" 따위 의 언급이 그런 모습을 보여준 것이다. 이런 인촌의 행동이 오늘 친일행각으로 몰려 단죄斷罪 받게 된 듯싶다. 그러나, 반론反論하건대, 인간을 평가할 때 어느 한 순간이나 한때의 과오가 있었다 해서 그 사람의 전 생애 공적을 무시할 수는 없다고 본다. 그래서도 안 된다. 광복회光復會 김재영 홍보팀장의 말을 들어 보자.

"친일파로 정죄定罪 받은 사람 중 독립운동 경력이 있는 사람이 꽤 많다. 그 사람의 한쪽 면만 볼 게 아니라, 그의 공적功績도 함께 알려서 국민이 스스로 판단할 수 있도록 하는 게 중요하다."[11] 죄는 미워하지만 사람은 사랑해야 한다는 말이 있다. 비슷한 논리로, 한 인간을 판단하고 단죄할 때 그의 일시 과오를 가지고 그의 전 생애에 적용시킬 수는 없는 것이다. 목숨에 위협을 느껴 한때 스승 예수를 부인否認하고 저주詛呪까지 했던 제자 베드로가 회개悔改하고 다시 시작함으로써 그 이후 업적은 놀라운 경지에 들어간 것을 볼 수 있다.

그리하여 그가 당당히 사도가 되었으며 오늘날까지 전 세계 기독교인의 존경을 받고 있는 것이다. 가톨릭에선 초대 교황敎皇으로까지 추대하고 있는 실정이다. 인촌도 극히 견디기 어려운 상황하에서 한때 친일 발언을 했다 하더라도 해방 전후 그의 행적行蹟을 두루 살펴보면 그의 면모面貌가 다시 회복恢復되어야 한다는 사실을 알 수 있다. 특히 인촌은 일제 말, 일시 좌절에 빠졌던 인촌의 트라우마는 치유治癒 받고 다시 새로운 보상補償의 길을 걸었다고 할 수 있는 것이다.

---

11) 한국독립동지회(com.), 소식란, 2017.5.6.

14. 조국 광복과 인촌의 재기(再起)-건국(建國) 활동

일제의 최후 발악으로 신변의 위협을 느끼고 실의에 빠진 인촌에게 송진우는 연천 전곡 농장에 내려가 있기를 권유했다. 그리하여 인촌은 시골에 내려가 은둔하고 있었다. 그러던 어느 날, 1945년 8월 15일! 인촌은 정오를 맞아 문득 라디오에서 흘러나오는, 마치 징징 우는 것 같은 일왕日王의 항복降伏 방송 목소리를 청취한다. 이 얼마나 놀랍고 반가웠으랴!

그날이 오면

그날이 오면 그날이 오며는
삼각산이 일어나 더덩실 춤이라도 추고
한강물이 뒤집혀 용솟음칠 그날이
이 목숨 끊기기 전에 와 주기만 할 양이면
나는 밤하늘에 나는 까마귀와 같이
종로의 인경을 머리로 들이받아 울리오리다.

― 심훈(沈熏), 동아일보

인촌은 곧 이승만 박사와 손을 잡고 자유민주주의와 시장경제를 표방한 '한국민주당(약칭 한민당韓民黨)'을 창당하고 자주독립국가로의 건국建國을 위한 활발한 정치활동에 들어간다. 그는 본래 나서기를 좋아하지 않아, 애초에 친구 송진우를 한민당의 수석총무로 추대했다. 그러나 직후, 불행하게도 고하 송진우가 암살暗殺 당함으로써 할 수 없이 그 수석 총무를 대신하고 힘써 '대한민국정부수립'에 헌신한다. 그 공로로 이시영李始榮에 이어 제2대 부통령副統領으로 취임하게 된 것이다. 한편 이보다 먼저, 미 군정하 보성전문학교를 정식 4년제 대학으로 승격 당당한 '고려대학교高麗大學校'를 탄생케 했던 것이다.

인간에 대한 평가評價 기준基準은, 생각하고 행동하는 이의 철학과 견해見解에 따라 다소 다를 수 있다. 그러나, 학자들이 공통적으로 손꼽는 최상급最上級의 인간 유형은 '언행일치형言行一致形' 인간이다. 자신의 말과 행동이 일치되어 도덕적으로 좋은 열매를 맺는 사람을 말한다. 기독교 성서에도 이 점을 강조하는 부분이 있다(마7; 15-20, 눅6; 43-45). 다시 말하면, 인간의 열매인 그 사람의 행위行爲로 보아 그 사람의 됨됨이를 알 수 있다는 교훈이다.

칸트에 의하면, 한 인간이 어떤 외부적환경이나 자연에 구애拘礙받지 않고 훌륭한 사회적 가치 즉 도덕적인 행위를 자발적으로 행하여 공동체에 기여함으로써 그의 인간으로서의 사회적 존재가 높게 평가된다는 것이다. 전통적인 우리 동양 유교儒敎 사회의 가르침도 비슷하다. 한 인간을 평가하려면 첫째, 그가 얼마나 평소 자기 자신을 성찰省察하고 학문을 익히며 수양修養해 왔는가 둘째, 이웃 또는 국가 사회의 사람들과 함께 어떻게 그 나라 사회의 발전에 기여寄與해 왔는가 셋째, 그의 물질(돈)관이 어떠한가, 사적으로는 청렴淸廉하고 국가 사회를 위한 씀씀이가 존경할 만한가 곧 돈을 어디다 투자投資하는가 등을 평가의 기준으로 삼아 왔다.

개인적인 성품으로 본다면, 좋은 일을 향한 목적의식이 뚜렷하고 이에 자신감을 가지고 적극적으로 달려드는 성격 그러면서도 대인 관계에 있어서는 늘 겸손하고 포용성包容性이 있고 바른 예절과 인간성을 갖춘 사람을 높이 평가하는 것이다. 더불어 한 인간 평가의 잣대는, 그가 전 생애(生涯 life time)를 어떻게 무엇을 위해 살아왔는가에 대한 관찰觀察과 판단判斷에 있는 것이다.

여기서 그의 커리어(career)가 결정되는 것이다. 이런 면에서 인촌 선생은 모든 면에서 모범적인 생활을 한 사람으로서 평가받아 마땅하다. 다만, 일제침략자의 잔인한 탄압에 의한 본의 아닌 실수가 있었던 한 인간人間이었을 뿐이다. 사람은 누구나 완전하지는 않다. 이 세상에 완전한 인간은 없다. 누구나 한때 과오過誤를 저지르게 마련이다.

그렇다고, 이 과오를 인정하지 않고 끝까지 고집하거나 그것을 뉘우치지 않고 살다가 죽는다면, 후일 그는 결국 나쁜 사람으로 평가 받게 될 것이다. 하지만 곧 잘못을 뼈아프게 통회痛悔 자복自服하고 작심作心해서 새 길 새 행동을 보여준다면 우리는 그의 과오를 너그러이 용서하고 덮어 줄 수가 있는 것이다.

비록 인촌이 당시 많은 인사들처럼 일제 강압에 어쩔 수 없이 '학도병 참전參戰'을 독려督勵하는 우愚를 범하긴 했으나 이를 곧 뉘우치고 조국이 해방된 후엔 그 보상補償의 마음가짐으로 이승만 대통령과 손잡고 대한민국 독립과 정부 수립에 적극 헌신했었다. 그리고 자유민주주의 정부수립을 위한 실질적인 혁신을 위해 정계政界에 뛰어들어 끝까지 조국건설에 이바지한 점을 높이 사야 한다.

또한 고려대학교 등 민족 사학을 재 정비한 공로도 잊지 말아야 하겠다. 따라서, 한때의 실수를 클로즈업(close-up)해 친일親日 반민족행위자로 낙인 찍어 죄인 취급해 단죄斷罪하고 그의 훈장勳章을 취소한 국가보훈처의 조치는 다소 경솔輕率했으며 객관적 균형均衡을 상실한 조처였으며 편벽便辟되었다고 밖에 볼 수 없다. 차제에 숙고熟考해 재심再審하여 인촌仁村 선생을 복권復權시킴이 마땅하다고 본다.

Ⅲ. 결 론

필자는 이상 논고에서, 조선 근대 특히 일제 치하에서 우리 민족이 겪은 여러 가지 고난의 상처인 국가 사회적 트라우마와 그 보상 형태를 살펴 본 바, 그 가운데 망국亡國 트라우마로 인한 직접적 보상 방법 즉 무력 투쟁은, 많은 희생과 죽음과 처참한 비극을 동반했을 뿐 직접 목적을 달성하지 못한 채 역사상 또다른 많은 상처 트라우마를 남기는 사례를 살펴보았다.

그러나 인촌은 이렇게 좌절挫折될 수밖에 없는 꿈을 조국과 민족을 섬기는 간접적인 방법으로 보상하는 길 즉 정신적으로는 '좌절된 꿈의 복구(Restoration of Shattered Dreams)' 방법을 택했다고 볼 수 있나. 직집 무력 대항

투쟁으로써 현실의 보상을 받기보다 민족의 진정한 독립을 위한 간접적, 우회적迂廻的, 장기적長期的 방법으로 내일의 적敵과 맞설 실력 배양 곧 다음 세대를 위한 교육과 언론을 택했으며 자주독립의 그날을 바라보며 민족 경제력의 함양에 힘써왔던 것이다. 이것이 망국과 일제 식민지하에서의 인촌이 택한 민족을 위한 항구적 보상 방법이었다.

비록 지금 그분은 가셨으나 그 결실을 우리는 마음껏 향유하고 맛보고 있는 것이다. 이것이 바로 '원하는 것을 필요한 것으로 바꿔주는 방법인 것이다. 보라! 이 길은 세월이 지나며 결국 성취成就를 위한 자양분滋養分이 되어 지금 우리가 놀라운 교육과 경제 선진국經濟先進國 대열을 바라보며 살게 된 것이기 때문이다.

정신적으로나 육체적으로나 상처 받은 중환자重患者의 치유 방법은 궁극적으로 사랑밖에 없다는 말이 있고 수술이 필요하면 명품 수술이 제공되어야 하는 것이다. 평생, 일제에 상처 받은 동포를 깊이 사랑하고 배려配慮해서 교육, 산업, 언론, 정치 등 다방면에 걸쳐 선한 사업에 이바지한 인촌의 생애 족적足跡에서 우리는 그것을 발견하고 실감하게 되는 것이다. 경기도 과천果川에 있는 인촌 선생 동상銅像에는 누가 썼는지 다음과 같은 글이 새겨져 있다.

> ### 경기도 과천 인촌 선생 동상글
>
> 나라 위해 겨레 위해 높으신 뜻 크신 경륜
> 몸을 바쳐 실천하신
> 앞에 서고 뒤 따르며
> 온 생애를 한결같이 어질면서 강직하고 늠렬하며 너그럽던
> 아, 仁村 선생!
> 참과 사랑, 겸허, 신의, 실천궁행, 살신성인, 태산 같은 의지로
> 저 겨레 우리 암흑기와 혼란기를 불 밝혀 온
> 역사 우리 미래 영원 일월처럼 영롱할
> 그 나심 그 이루신 업적 기리지 않으랴
> 1891년 10월 11일, 仁村 선생 탄생하신 지 100년이 되는 오늘
> 그가 나신 이 땅에 동상을 세워
> 위대하고 값진 생애 다시 기린다.

끝으로, 필자는 후학後學의 한 사람으로서, 그분이 비록 혹독하고 처참했던 일제에 맞서 마치 의열단義烈團처럼 무력으로 대항했던 열렬한 항일투사는 아니었으나 그렇다고 일제에 친일親日해 자신의 안일을 도모해 종신토록 산 사람은 결코 아니라는 점을 인식하며 그저, 우리 동포 누구나 견디기 어려웠던 일제 치하에서 남달리 민족을 사랑하고 배려配慮해서 내일의 2세 교육敎育과 언론 문화 창달, 민족자본과 경제력 신장을 위해 헌신하신 높은 뜻을 받들고 또한 어떻게 하면 민족이 가난에서 벗어나 경제적으로 잘살게 할까 하는 일념一念으로 힘을 기르고 뜨겁게 헌신獻身했던 인물 즉 한국 근대사의 한 선각자先覺者요 지도자指導者로서 추모追慕해 마지 않으며 또한 대인관계가 늘 그렇게 겸손하고 포용성包容性을 지녔던 인격자人格者로서 알고 존경하고 있는 바이다. 인촌仁村 김성수金性洙! 당연히 그는 한국 근대사에 우뚝선 빛나는 큰 인물인 것이다.

참고문헌

朴成壽, 獨立運動史, 國家報勳處, 1995, p.384.

石泉 崔熙連, 日帝의 侵略과 韓國獨立運動(上)(下), 新翰文化社, 1994-1994, 282, p.233.

이현희, 대한민국 어떻게 탄생했나, 大旺社, 1997, p.298.

이호, 대한민국 건국 (1),(2), 하라출판사, 2013, 250, p.238.

고대3.3동지회, 대한민국과 고려대학교, 안암골 호랑이(인촌 김성수편, 서석중), 동서문화사, 2017, p.557.

李勳, 평화와 봉사, 白山出版, 2000, p.384.

웨인 헤이스팅스, 론 포토, 마음을 움직이는 리더, 생명의 말씀사, 2000, p.284.

데이빗 A. 씨맨즈, 좌절된 꿈의 치유, 두란노, 1994, p.214.

David A. Seamands, Healing for Damaged Emotions, VICTOR BOOKS, U.S.A., 1981.

인촌 김성수 선생의 구국애민 교육사상

배 영 기(정치학 박사)
숭의여자대학교 명예교수
배텔사업회 회장

Ⅰ. 서 론

1. 인촌의 가계와 어린 시절

인촌 김성수(고종 28 1891~1955)는 전라북도 고창에서 아버지 김경중과 장흥 고씨 사이에서 태어났으며, 1914년 일본 와세다대학 정치경제학부를 졸업하였다. 1915년 중앙중학교를 창립하였고 1932년 동아일보와 보성전문학교를 인수하여 오늘의 명문사학인 고려대학교를 발전시켰다.

한편 부인 정씨는 고창의 만석꾼 정계량 진사의 무남독녀로서 부유한 집안의 규수였음에도 절약과 근검의 가풍을 이어받아 김씨 가문을 중흥시키는 데 결정적 역할을 기여하였다.

김성수의 양아버지인 김기중은 일찍이 근대교육에 눈을 떠 영신학교를 설립하였고, 뜻있는 전라도 유지들의 모임인 호남 학회에서도 적극적으로 활동하였다. 부친의 이러한 교육적 가풍이 후일 김성수의 교육사업과 언론사업 등을 일으키는 데 적극 후원하는 요인要因되었던 것이다.

특히 양부인 김기중은 생활의 좌우명으로 민부국강, 공정광명, 선공후사, 신의일관을 유훈으로 삼고 평생 가슴에 지니고 성실히 실천하였기에 인촌의 구국애민 교육정신을 확장하는 데 있어서 정신적인 밑바탕이 되었으며 김성수의 구국애민 교육사상의 뿌리는 13대 선조, 호남의 저명한 유학자 김인후의 충효사상 교육과 자주자립적 전통사상에 기초를 두었고, 일본 유학 시절 보고 배운 선구적 사상과 개혁적 사상의 영향을 받아 그 모습을 갖추게 되었다.

당시 일본에도 처음 들어온 민주주의 사상, 즉 평등, 박애, 자유 정신사상은 젊은 인촌의 가슴에 불씨를 당겼으며, 당시 일본에서도 민권운동이 일어나고 있어서, 고하 송진우와 함께 그런 집회에 자주 참관하여 견문을 넓혔다.

중앙중학교는 교장 이하 모든 교직원들이 한결같이 애국자, 선각자이기에, 모여 앉으면 일본의 압제로부터 벗어나는 방법 즉, 독립운동, 자강운동에 관한 토론이 쉴 사이 없이 이어졌고 급기야 중앙학교 숙직실은 민족단체의 구심 역할을 했다.

인촌은 서울에 가정을 꾸릴 만한 마음의 여유가 없을 때라 숙직실에서 송진우, 현상윤 세 사람과 함께 기거하였다. 인촌이 28세, 송진우가 29세, 현상윤이 26세의 혈기 왕성한 때라 매일 어울려 학교 일을 상의하고 민족의 장래를 걱정하며 미래를 설계하였다.

숙직실을 사택처럼 활용하며 인촌, 송진우, 현상윤 세 사람 외에 보성학교 교장이나 천도교인 최린, 최남선, 이승훈, 백관수 등이 이곳을 왕래하면서 국제정세를 분석하고 국내의 애국세력 결집을 모의하였다. 여기에 천도교 지도자이며 보성사 사장인 이종일이 찾아와 혈기 왕성한 젊은이들과 원대한 독립운동 계획을 세우게 되었다.

오랜 기간 동안 공부하고 연구한 끝에 인촌은 보전 인수라는 거대한 사업을 이룩했다. 그의 생부 김경중, 양부 김기중, 아내 고광석의 아버지이자 장인 고정주 세 분의 교육열의 결실이었으며 존경하는 선배 육당 최남선의 정보력과 격려는 결단을 내리는 데 큰 힘이 되었다.

육당이 바라보는 조국의 미래는 언제나 희망차고 밝았다. 조선독립은 언젠가 반드시 오고야 말리라. 그날을 위해 육당과 인촌은 굳게 의지를 다져나갔다. 학문은 육당, 사업은 인촌이 맡았다. 1919년 3.1 독립운동 또한 육당 최남선과 인촌 김성수가 없었으면 이루어질 수 없었을 것이다.

1919년 2월 8일, 김광수·김도연·백관수 등 유학생들이 도쿄 한복판에서 대한독립선언을 했고, 이에 자극을 받은 육당 최남선, 인촌 김성수, 천도교 최린 등이 모여서 33인 회의를 소집하고 분담금을 의논했다.

대한의 남아 청년 동경 유학생들의 독립선언에 불타오른 투지를 다진 것이 도화선이 되었고, 이에 김성수의 구국애민교육사상 실천적 애국운동과 항일운동에서 홍일식 전 고려대학교 총장의 증언을 인용하고자 한다.

그의 증언에 의하면 기미년 3.1 독립만세운동 당시 기독교 대표 이승훈 선생이 기독교계의 분담금 5,000원을 준비하지 못해 곤경에 처해 있을 때, 김성수 선생이 조선광문회로 육당 최남선 선생을 찾아와 5,000원을 내놓으면서 남강 이승훈 선생에게 전달할 것을 부탁하였는데, 김성수가 내놓았다는 말은 하지 말라고 당부하였다.

인촌 선생이 독립투사들의 군자금을 지원한 여러 가지 일화 중 고대 장하준 교수의 종조부 장홍염 선생(제헌의원)이 인촌 선생을 찾아가 군자금 지원을 요청하니 금고문을 열어놓고 슬그머니 자리를 피해 필요한 자금을 가지고 갔다는 이야기는 인촌 선생의 너그러운 마음과 현인다운 모습을 보여준다.

II. 구국애민교육사상의 구현

1. 보성전문학교의 경영철학

고등교육이 한국의 근대화에 중요한 견인차가 된다고 굳게 믿었던 김성수는 3.1 운동 후 민립대학 설립을 계획하고 적극적으로 참여하였다. 당시 한국은 일제의 식민지교육정책의 기본법인 『제1차조선교육령』(1911년)에 의해 전문학교까지만 허용한다고 한정하여 조선민립대학의 설립은 금지된 상태였다.

일제의 이러한 식민지교육정책은 3.1 운동 후 큰 타격을 입게 되었다. 3.1 운동 후 조선교육회, 조선여자교육협회 등 다수의 단체들이 조직되면서, 일제의 식민주의 교육정책을 비판하고 한국인의 민족교육을 요구하는 운동이 광범위하게 일어났다.

그 대표적인 운동의 하나가 "민립대학설립운동"이었는데, 이 운동은 3.1 운동 후의 민족문화운동의 절정기였다. 그가 뒷날 대학·전문학교를 설립하는 데 지대한 영향을 끼쳤다고 볼 수 있다.

1920년 3월 1일 일제는 사립학교 규칙 제4조를 개정 발표하여 재단법인 설립을 허가하였다. 이 신교육령은 강압적 무단교육에서 벗어나 문치의 구현이라는 명목하에 한국인을 일본에 동화시키기 위한 수단으로 한국의 대학 설립을 허용하였다.

김성수는 민립대학 설립운동의 실패 후, 일제의 교육을 통한 동화정책으로부터 한국인을 보호하기 위해서 사립 전문학교의 설립이 더욱 절실하고 시급하다고 판단하고, 1929년 2월 13일에 중학학교(당시의 명칭은 『중앙고등보통학교』)의 경영체로서 재단법인 중앙학원을 설립하고 주무이사가 되었다.

인촌은 원래 중앙학교 인수 후에는 3.1 운동 직후 사립으로 한양전문학교의 설립을 구상하다가, 『동아일보』 창간사업과 민립대학 설립운동에 밀려 접어두었었다. 그러나 1929년 12월에 그가 구상하던 전문학교 설립 준비를 위해 도미 여행을 떠났다.

그가 구미 여러 나라의 교육계를 시찰하던 중 가장 주목한 것은 교육시설로서 영국의 옥스퍼드·케임브리지, 프랑스의 소르본, 독일의 베를린·하이델베르크, 체코슬로바키아의 프라하, 미국의 컬럼비아·하버드·예일 등 여러 대학에서 교육계 인사들을 만나는 동시에 그들 학교의 시설을 무비 카메라에 촬영해 가지고 출국한 지 1년 8개월 만인 1931년 8월에 귀국하였다.

천도교 교주인 손병희(1862~1922)가 인수한 이후 재정지원은 강화되었으나, 개교 10주년이 되는 1915년 당시 일제의 『전문학교에 관한 규칙』을 적용 받아 그 명칭이 보성법률상업학교로 되었다가, 재단이 설립된 후 1922년

4월에 보성전문학교 명칭을 되찾은 것이다.

그러나 점차 경영이 어려워지고 천도교 교주였던 손병희와 교장 윤익선이 3.1 운동에 연루되어 구속되면서 다시 경영난에 빠져 새로운 경영자를 찾게 되었다. 그 후 후임교장에는 고원훈이 취임했으나, 천도교는 3.1 운동 후 일제의 가혹한 탄압을 받고 재정이 궁핍하게 되어 보성전문학교에 충분한 재정지원을 할 수 없게 되었다.

이를 계기로 구미에서 돌아온 김성수는 새로운 전문학교 설립을 학원의 재원으로 보성전문학교를 운영하였으나, 곧 시설 부족과 재정난을 겪게 되었다. 이 재정난을 해소하기 위해 그는 또다시 두 부친의 힘을 빌려 양부에게 500석 지기의 전답과 6,000여 평의 대지를, 생부에게 5,000석 지기의 토지를 받아 어려움을 극복하였다.

이때에 새 캠퍼스를 건설하여 장차 민립대학으로 키워나갈 계획을 분명히 밝혔고, 이 뜻은 광복 후 고려대학교의 탄생으로 실천되었다. 보전 인수 직후 현재의 안암동에 대지를 장만하여 신축교사를 세우고, 여기에는 본관 외에 보성전문학교 창립 30주년 기념행사를 위한 사업으로 도서관, 대강당, 체육관의 3대 건물을 건설하여 명실공히 민족의 대학으로 손색이 없게 만들 계획을 세웠다.

그리하여 1933년 9월 1일 기공된 보성전문학교의 신축 교사 본관 건물은 1년 만인 1934년 9월 중순에 면적이 1,144평에 달하는 웅장한 고딕 양식의 석조 3층 건물로 준공되었고, 도서관은 보전 창립 30주년을 기념하여 1935년 6월에 착공, 1937년 9월에 준공하였다.

안암동 보성전문학교의 본관은 총독부를 등지게 하였고, 정문에는 포효하는 호랑이 한 쌍을 새겨 넣어 민족의 강건한 기상을 심어 그 뜻을 나타내었고, 후문에는 구왕조 말 이래로 국화가 된 무궁화 한 쌍을 새겨서 민족 교육기관의 긍지를 상징했다.

이 건물을 지을 때에도 김성수는 경성방직이나 동아일보의 창업 때처럼 거족적인 국민의 참여로써 민족의식을 높이고자 국민의 성금으로 건립자금을 조달하기 위해 몸소 전국을 돌기도 하였다. 김성수의 다른 사업경영 방식을 보면 그는 창업만 하고 학교에 상당한 비중을 두고 매우 중요 시 했음을 미루어 짐작하게 한다.

인촌은 새 교사의 신축과 함께 교수진을 대폭 확충하여 강화하고자 하였다. 이 문제는 그 전부터 역대 교장이 애써오던 현안문제였지만 학교재정의 기반이 미약해서 언제나 과제로 남을 수밖에 없었다. 그리하여 인수 이전부터 재임하고 있던 상학 및 경제학의 김영주·홍성하·마카하시, 법학의 옥준진·최태영, 와타나베, 영어의 백상규, 국어의 박승빈 등 중진 교수 이외에 다시 명망있는 신진 교수들을 초빙하였다.

인촌이 새로이 초빙한 신진 교수들은 상학 및 경제학에 김광진·박극채, 법학에 유진오, 최용달, 이상기, 윤리학에 현상윤, 영어 및 심리학에 오천석, 독일어 및 철학에 안고상, 영어에 김여제, 최정우 등이었다. 이러한 신진 교수들의 채용에 의하여 보성전문학교의 교수진은 대폭 강화되었다.

이들 중진 교수들과 신진 교수들은 학술단체인 보전학회를 조직하고, 1934년 3월부터는 학술지인 『보전학회논집』을 발행하여 학술연구면에서 일본관학과 대결하면서 활발한 학술활동을 전개했다. 또한 보성전문학교에는 교육활동면에서도 독특한 것이 있었다.

그것은 활발한 학생회의 활동이라고 할 수 있는데, 당시 학생회에는 연구부·웅변부·운동부 등이 있었다. 연구부는 한국학계의 권위있는 연사를 초빙하여 강연회를 개최하였고, 웅변부는 각종의 웅변대회나 토론회에 나가는 한편 자신들도 이것을 주최하였다.

김성수의 교육운영 철학요지를 살펴보고자 한다.

1) 교육은 민족의 대계이기 때문에 문자 그대로 백년대계를 세워야 한

다는 것

2) 보성전문학교는 궁극적으로 10년 전 설립하려다 실패한 한국민족종합대학으로서의 조선민립대학으로 발전시켜야 하겠다는 것

3) 교육은 독립자영의 정신을 고조하며 지도자적 자질을 육성하는 데 주력하겠다는 것

4) 교육은 백년대계이므로 보성전문학교의 기치는 후손들이 부족을 느끼지 않도록 서울 부근에 만여 평 이상 충분히 준비해 놓겠다는 것

5) 교사의 건축물은 하나를 짓더라도 영구적인 것이 되도록 건설하겠다는 것

6) 학자를 배출하기 위해서 교수들이 연구할 수 있는 기관을 만들고 기회를 주도록 힘쓰겠다는 것

김성수는 위와 같은 주된 골자의 포부를 갖고 1940년에 보성전문학교를 민립대학으로 승격시키기 위한 작업을 추진했으나, 총독부는 이를 승인하지 않았다. 결국 우리 민족에 의한 민립대학 설립의 꿈은 해방이 된 후 1946년 8월에 보성전문학교가 사립 종합대학교인 고려대학교로 개편됨으로써 이루어질 수 있었던 것이다.

특히, 김성수가 교명을 "고려"라 한 것은 외국인이 우리나라를 "Korea"라고 불러 그것이 우리나라의 국명과 같아지는 것을 지극히 원했고 그러한 꿈을 품어서 애국으로 이어지게 하려는 의도에서였다.

2. 구국애민교육 사상의 실천

광복직후 민족대학으로서의 고려대학교의 위상이 뚜렷이 정립될 수 있었던 것은 결코 우연한 일이 아니었다. 한국은 1945년 8.15 광복으로 일본 제국주의의 식민지 통치로부터 해방되었고, 이에 따라 보성전문학교도 일제의 탄압과 간섭으로부터 벗어나 자유롭게 되었다.

김성수는 보성전문학교 교장 겸 재단법인의 주무이사로서 1945년 9월 25일 첫 이사회를 소집하여, 일제가 강요한 이름 "경성척식경제전문학교"를 폐기하고 본래의 이름인 "보성전문대학"으로 환원할 것을 결정했으며, 동년 10월 5일 해방 후의 첫 학기를 개학하였다.

김성수는 이와 동시에 보성전문학교를 기초로 하여 그의 오랜 숙원이던 종합대학인 조선민립대학으로서의 "고려대학교"의 창립을 위한 계획을 수립하였다. 이를 위한 사전 준비의 일부로 보성전문학교의 법과를 정법과로 고쳐서 경제학과 상학 전공을 두는 학과 개편을 단행하였다.

해방 후 혼란기의 정계에 몸담을 동안은 현상윤이 1946년 2월 19일 자로 보성전문학교의 교장의 직책을 받아 임무를 수행하였으나, 김성수는 종합민립대학의 숙원을 구현시키기 위해 재단법인의 주무이사의 직책은 김성수의 명의로 종합대학으로서 정법대학, 경상대학, 문과대학의 3개 단과대학을 가진 고려대학교의 설립을 요청하는 "대학교 설립인가 신청서"를 1946년 8월 5일 미군정청 문교부장 앞으로 제출하였다. 이에 미군정청 문교부장은 광복 1주년 기념일인 1946년 8월 15일 자로 고려대학교의 설립을 인가하여, 숙원이던 종합대학으로서의 "고려대학교"가 탄생하게 된 것이다.

앞에서 밝힌 바와 같이 고려대학교라는 명칭은 김성수가 고구려의 웅건한 기상을 좋아하여 고구려의 준말로서 고려라고 직접 선택한 것이다. 이은상(1903-1982)이 기록한 교명의 작명과정을 보면 다음과 같다.

고려대학교의 명칭은 선생이 정한 것이니, 그는 『보성』, 『조선』, 『고려』의 세 개의 명칭을 가지고 논하되, 『보성』은 전문학교 때의 이름이니 대학이 되면 갈아야 하고, 『조선』은 개국 당초부터 끝까지 국토 내에서만 우물쭈물하였고 세력이 밖에까지 미쳐본 일이 없었으나, 『고구려』는 한때 원동까지 세력이 팽창하였던 것이니, 그 웅대 활달한 기상과 자주불패의 정신이 취할 만하나, 다만 삼자명은 불편하니 『구』 자를 제한 것으로 하여

『고려』를 취하는 것이라 하였다.

　창립 당시에 정법대학에는 정치학과·법률학과, 경상대학에는 경제학과·상학과, 문과대학에는 국문학과·영문학과·철학과·사학과 등을 두었다. 당시 이 3개 단과대학 8개 학과의 정원은 1,440명으로서 학과구성, 학생정원 모두 종합대학으로서는 너무나 소규모이었으나 그것은 발족 당시의 시설 및 교수진을 고려한 것이었다.

　하지만 설립 초기에는 그나마 정원이 미달되었다가 1949년에 이르러서야 정원이 채워질 수 있었다. 그리고 1949년 9월에는 마침내 대학원도 설치되어 김성수의 오랜 꿈이 모두 실현된 것이다. 창립 후 오늘까지 우리 민족의 민립대학으로서 고려대학교가 얼마나 눈부신 발전을 했는가는 우리 모두가 오늘날 보는 바와 같다.

　지금까지 인촌의 민족교육사상의 실천활동을 고찰한 바와 같이 김성수는 민족교육의 선각자요, 지도자인 동시에 훌륭한 교육의 경영자였다고 할 수 있다. 그는 구한말 국권회복을 위한 애국계몽운동의 일부인 교육구국운동에서 신교육을 받기 시작하여 교육사업에 뜻을 세운 후, 일제 침략의 암흑시대에도 굴하지 않고 완강한 투지와 성실한 노력으로 민족학교로서의 중앙학교와 보성전문학교를 발전시키고 마침내 민족의 해방과 동시에 고려대학교를 창립하는 데 성공하였다.

　인촌의 교육활동과 관련하여 우리는 해방 후 국민국가 건설의 초석이 된 민족사학의 동력은 결코 무시할 수 없다. 중앙학교와 고려대학교가 존속 발전하는 한 김성수의 교육활동의 업적은 그에 대한 비판의 소리에도 불구하고 영구히 빛날 것이다.

3. 동아일보의 물산장려 계몽교육

　동아일보는 창간사에서 밝힌 3가지 사명을 확산하여 추진하기 위해 일본 관청의 악랄한 감시에도 불구하고 문맹타파운동, 국문보급운동과 맞춤법 통일안의 채택, 물산장려운동 등을 벌였고, 일제침략기인 1932년에는 이충무공 유적 보호운동을 전개하기도 했다.

동아일보의 발행 부수가 늘어감에 따라 일본은 압수나 삭제, 정간 등 갈수록 언론 탄압이 심해졌고, 전시체제에서 언론정책은 강압적으로 통제하였다. 이로 말미암아 1930년대의 모든 신문은 사실상 언로가 배제된 상태였으므로 동아일보를 비롯한 한국의 언론은 민족정신의 고취와 민중의 계몽을 위한 운동에 주력하였다.

1928년 창간 8주년을 맞이하여 전국의 신문사 지부를 통해 포스터 발행 및 상금을 걸어 문맹타파를 촉구하는 노래를 공모하였는데, 이것이 최초의 한글운동이었다. 공모작품 중에서 여러 가작들을 모아서 심사위원인 이은상이 재구성한 가사가 동아일보에 실렸고, 이듬해 현제명이 곡을 만들어 '조선의 노래'라는 곡명으로 동아일보 창간 기념호에 실었다.

조선의 노래

백두산 뻗어내려 반도 삼천리/ 무궁화 이 동산에 역사 반만년/ 대대로 예 사는 우리 이천만/ 복되도다 그 이름 조선이로세// 삼천리 아름다운 이 내 강산에/ 억만년 살아갈 조선의 자손/ 길러 온 재주와 힘을 모두세/ 우리의 앞길은 탄탄하도다// 보아라 이 강산에 밤이 새나니/ 이천만 너도나도 함께 나가세/ 광명한 아침 날이 솟아 오르면/ 기쁨에 북받쳐 노래하리라

이 곡은 당시 국가없는 민중들에게 국민가의 역할을 하며 널리 퍼졌고 현재까지 불려지고 있다. 24개의 자음과 모음으로 이루어진 한글은 단순하여 대중들을 쉽게 교육할 수 있었다.

동아일보는 문맹타파를 위한 한글운동을 계속 지원하였다. 다음해 조선일보도 여름방학부터 귀향 학생들을 통한 문자보급운동을 전개하여 크게

성공을 거두었다.

이에 동아일보는 1931년부터 1934년까지 3년에 걸쳐 "브나로드 운동"을 전개하였다. 이 운동은 당시 인구의 80%에 육박하는 문맹자에게 한글과 산술을 가르치고, 비위생적인 환경을 개선하기 위해 위생지식을 보급하는 민중운동이었다.

1931년 7월 16일 자 동아일보는 제1회 브나로드 운동의 시작을 알리는 사설을 싣고 구체적인 계획을 세웠다. 방학을 이용해 중학교 4, 5학년으로 구성된 학생 계몽대는 한글과 산술을 맡게 하고, 전문학교생들은 강연대를 조직하여 위생 강연과 학술 강연을 하도록 했다. 또 전문대생과 중학교 상급생들을 주축으로 한 기자대는 현지 체험을 신문에 기고토록 했고, 교사나 서당 선생, 일반 지식인으로 구성된 별동대의 활약도 컸다.

당시의 브나로드 운동에 대해 최승만은 다음과 같이 말하고 있다. 1931년 7월부터 실천한 브나로드 운동은 원래 러시아어로서 '민중 속으로'라는 의미이다. 러시아 지식계급이 노동자, 농민 속에 뛰어들어 민중들과 함께 생활하며, 민중을 지도하던 민중운동이었다.

"브나로드 운동"이란 동아일보사가 이 말을 따다가 1931년부터 1934년까지 실시한 농촌계몽운동이며 문맹타파운동이었고, 이 슬로건을 내걸고 농촌계몽에 착수했다. 그러나 여기서 멈추지 않고 브나로드 운동 대신에 여름 하기 순회 강좌를 통해 정치, 경제, 문예 등 9개 과목을 개설하여 문화운동을 전개하였으나 일제가 본격적으로 대륙침략에 나서자 1936년부터는 계속하지 못했다.

그 다음은 한글운동 및 맞춤법통일안의 마련을 주도하였다. 한글운동은 독립협회가 처음 추진한 이래 민족주체성의 표현인 동시에 민족주의 운동의 핵심으로 인식되었다. 동아일보는 이 운동을 통해 바른 철자법 및 바른 문법을 정립하기 위해 부단히 노력했다.

1921년에는 언어학자와 한국의 지식인들이 한글운동을 연구 및 관장하고 지원하기 위해 조선어학회를 발족시켰다. 그리고 최현배, 이희승, 김운경, 갑명균, 이극로, 장지영, 이병기, 정열모, 정인섭 등 국내 저명한 국어학자들은 전국을 돌며 강의를 했고, 이들은 후에 한글 맞춤법 통일안을 만들고 동아일보는 1930년대 초에 이 안을 만드는 과정에서 중요한 역할을 하였다.

당시 국어학자들은 한글철자법에 대한 분분한 의견들을 저울질하는 상황에서 특히, 조선어학회와 조선어연구회의 견해가 팽팽히 맞서는 양상을 띠었다. 동아일보는 조선어학회의 의견을 지지하고 권덕규, 김윤경, 이희승, 최현배를 비롯한 12명의 학자들의 청원을 받아들여서 한글맞춤법 통일안의 공식적인 발표가 있기 1년 전부터 사용하면서 신문 철자법을 혁신했다. 그리고 1933년 10월 29일에 『조선어학회』는 최종 한글맞춤법통일안을 발표했다.

수많은 상인과 시민들이 국산품을 이용하는 운동 등이 그것이다. 1919년에는 최전을 중심으로 몇몇이 모여 물산장려주식회사를 결성했고, 평양에서도 한국의 간디로 불리는 조만식을 비롯한 기독교인 50여 명이 중심이 되어 1920년 7월 물산장려회를 설립하였다.

그러나 당시 시대적, 사회적 상황으로 인해 여러 해 동안 약화되었던 것을 동아일보가 1922년 11월에 3회에 걸쳐 사설에 이 운동의 불씨를 당기는 캠페인을 기고하였다. 또한 자작회를 결성하여 서대문에 한국 물건의 전시 및 판매하는 소비자조합을 만들어 수입품의 소비를 금하고 국산품 사용을 장려함으로써 민족의식을 고취하고자 했다.

한편 동아일보는 이듬해 1월 5일부터 4일간 사설을 통해 물산장려운동의 타당성과 필요성을 반복하여 역설하며 국민들의 관심과 실천을 위해 노력했다. 운동은 초기에 열광적인 반응을 일으켰고, 1923년 중반부터 절정에 이르러 한국인의 소비습관을 바꾸어 놓는 데 성공을 하였다.

이 운동은 일반서민들의 참여가 가장 효과적이었지만 김성수는 이 운동에 동아일보가 할 수 있는 최선의 전폭적인 지원을 아끼지 않았고, 경기방직회사 김동원 사장 등 사업가들이 중요한 역할을 하였다. 이에 발맞추어 경성방직도 "태극성"이라는 새로운 상표를 만들었다. 주위를 한국의 8도를 상징하는 여덟 개의 별이 에워싼 모양으로 태극기의 분위기가 느껴지게 함으로써 민족기업으로서 물산운동에 일익을 담당했다.

그러나 일제 당국은 "태극성"상표를 가진 의류가 시장에 나타나자 크게 당황했다. 왜냐하면 태극은 구한국의 국기였기 때문이었다. 조선총독부는 이를 기회로 하여 경성방직에 탄압을 가하여 왔으나 기지로써 화를 면했다는 일화가 있다. 즉 태극은 태극기에서 본뜬 것이 아니고 방직이라는 영자 "Spinning"의 첫 글자인 S자를 표식하는 것이라 하여 겨우 화를 면하였다는 것이다.

이러한 상황으로 미루어 볼 때 김성수는 당시 총독부의 탄압에 대한 위험을 무릅쓰고 민족주의 정신을 실천하고자 "태극성"을 상표로 하여 민족정신을 표출시키고자 하였다는 것을 알 수 있다.

Ⅲ. 결 론

1. 인촌의 애국정신과 친일론

인촌 김성수는 부유한 가정에서 태어나서 정상적인 교육을 받은 반상출신의 신분이었음에도 불구하고 유교의 인·의·예·지·신을 몸소 체득하여 이를 생활 속에서 실천함으로써 선각자의 존엄을 누리게 되었다.

한편 친일문제로 논란의 시비가 있었으나 이 문제에 대해서 가장 간결하고 알기 쉽게 기술한 백완기 교수의 〈인촌 김성수의 삶〉에서 인용하였다.

광복이 되면서 좌익세력들은 인촌을 친일파로 몰았다. 친일의 근거로 인촌이 학병 권유 연설을 하고 다녔으며, 또 〈매일신보〉에 학병 권유 글을 썼다는 사실을 들었다. 일제가 직간접적으로, 때로는 강압적으로 학병 지원에 대하여 압력을 가해 오면 "나는(인촌) 그들의 교육을 맡았지, 전쟁터로 가라 말라는 임무를 맡은 게 아니다"라고 냉담한 자세를 취하였다. 이 외에도 동아일보가 일본 기업체로부터 광고수입을 받았다느니, 경성방직이 일본의 돈을 받았다느니 등으로 친일의 근거를 대는 사람들이 적지 않다.

우선 학병 권유 연설에 대하여는 당시 연설현장에 있었던 김진웅의 증언을 보면, 인촌이 일제의 강요에 의해서 마지못해 한 것이 분명하다. 행사 마지막 순서로 인촌의 장행사가 잡혀 있었다. 등단한 인촌은 주머니에서 종이를 꺼내들고 "오늘 아침에 총독부에서 이걸 가져와서 이 자리에 나와 읽으라고 하기에 이제부터 읽겠습니다"라고 하고 그 문건을 담담하게 읽고 단에서 내려왔다. 읽으라면 읽어야지 별도리 없는 사무적인 자세로 일본의 요구를 따른 것뿐이다.

당시 인촌의 형편으로 총독부에서 읽으라면 읽어야지 다른 방법이 없었던 것이다. 이런 와중에서도 인촌은 되도록 학병 권유 연설을 회피하려고 전곡농장에 내려가 병을 핑계로 세상에 나서지 않았다. 그런데 한번은 칭병이 통하지 않아 춘천에 끌려가 단상에 서게 되었다.

단 위에 오른 인촌은 단 한 마디만 하고 내려왔다. "이 사람은 대중 앞에서 연설할 줄 모르기 때문에 다음에 나와서 하는 사람의 말을 이 사람이 하는 말과 같은 것으로 들어 주시기 바랍니다."

다음에 등단한 사람은 장덕수였다. 이것은 자기가 하기 싫고 어려운 일을 남에게 떠넘기려는 자세에서 나온 것이 아니라 단상에서 연설이나 강연 같은 것을 부담스럽게 생각하였기 때문이다. 자기의 학병 권유 강연을 장덕수가 대신했다고 해서 인촌의 책임이 면제되는 것이 아니다. 만일 자기 책임을 장덕수에게 떠넘기기 위해서 대리 강연을 시켰다면 인촌은 정말로 비굴한 사람으로 낙인 찍혔을 것이다.

참고문헌

강주진, 『인촌의 독립사상과 노선』, 1982

고재욱, 『인촌 김성수전』, 동아일보사, 1976

김중순, 『문화민족주의자 김성수』, 일조각, 1998

김선양, 『한국사회와 교육』, 교육과학사, 1980

박경식, 『일본 제국주의 조선지배』, 청아출판사, 1986

신용하, 『일정하 인촌의 민족교육활동』, 『평전 인촌 김성수』, 동아일보, 1991

손인주, 『한국개화교육연구』, 일지사, 1980

신일철, 『한국의 사상가 12인』, 현암사, 1976

신일철, 『평전 인촌 김성수』, 1991

송계백, 독립운동가 평남 평원 출신, 1919, 1962년 『대한민국 건국훈장』 독립장

신일철, 『한국근대화의 선각자 일촌 김성수의 생애, 평전 인촌 김성수』, 동아일보사, 1991

이희승, 『인촌 김성수 사상과 일화』, 동아일보사, 1985

정보석, 『한국언론투쟁사』, 정음사, 1979

진덕규, 『인촌 김성수의 정치이념에 대한 사상적 이해』, 『평천 인촌, 김성수』, 신일천 편,
서울 동아일보사, 1991

최영희, 『일정하의 민족교육, 인촌 김성수의 애족사상과 그 실천』, 동아일보, 1982

한우근, 『개항당시의 위기의식과 개화사상』, 『한국사논문전집 근대편』, 정치단체, 1976

한우근, 『한국통사』, 을유문화사, 1979

한홍수, 『근대한국민주주의연구』, 연세대학교출판부, 1977

홍일식, 『고려대학교의 사람들 김성수』, 고려대학교, 민족문화연구소, 1986

현상윤, 『조선유학사』, 민중서관, 1949

고대90년지 편집실, 『고려대학교90년지』, 고려출판부, 1995

동아일보의 좌담회, 동아일보사, 1960

동아일보사의 기사, 동아일보사, 1927

『동아일보창간사』, 동아일보사, 1920

대한협회, 『창립된 정치단체』, 1907

신동아편집실, 『근대한국각논설집』, 서울 동아일보사, 1989

인촌기념회, 『인촌 김성수전』, 재단법인 인촌기념회, 1976

중앙교우회, 『중앙100년사』, 중앙교우회, 1998

인간 자본으로서의 인촌의 모습과 친일에 대한 시비 문제

백 완 기(행정학 박사)
고려대학교 명예교수

Ⅰ. 인간 자본으로서의 인촌의 모습

인촌은 우리 민족의 근대화 작업에서 선구자의 역할을 하였다. 특히 교육, 산업, 언론, 문화, 정치 등의 분야에서 근대화의 초석을 구축하였다. 인촌의 찬연한 업적은 순탄한 행로 속에서 이루어진 것이 아니라 일제침략의 험난한 질곡 속에서 이루어졌다. 인촌의 삶은 처음부터 인고와 고뇌 및 수난의 역정으로 예정되어 있었다.

일제 치하의 서슬이 퍼런 창살 없는 감옥 속에서 국력배양이라는 신앙적 목표를 가지고 살았기 때문에 이러한 고뇌와 멍에를 벗어날 길이 없었다. 특히 인촌이 추구한 국력배양사업은 일제가 가장 싫어한 교육, 문화, 언론, 산업 분야에 걸친 사업이었기에 더욱 그러하였다.

인촌은 평범한 인간으로 태어났다. 영웅호걸로 태어나지도 못하였고 뛰어난 언변이나 지식이 있는 인물도 아니었다. 그는 평범하게 태어났는데 비범한 업적을 많이 남기게 된다. 그는 평범과 비범은 서로 상이한 차원이 아니라 동일 선상의 차원에서 연속되어 있다는 것을 일생 동안 보여준 바 있다.

인촌의 삶은 공선사후, 신의일관, 담박명지로 엮어진 공의公義의 삶으로 그의 삶 자체가 '인간자본의 표상'이라고 할 수 있다. 인촌의 삶은 그 자체가 생산과 창조의 원동력으로서 그가 이룩한 사업의 업적이나 성과 못지 않게 소중하게 여겨야 할 자산이라고 할 수 있다.

인촌에게는 정치가로서의 면모는 전혀 없었다. 그런데 본인이 뜻과는 다르게 정치인으로 생을 마감하게 된다. 그런데 그의 삶은 정치사적으로 큰 의미를 지니고 있다. 일제하에서는 제국주의와 싸웠고, 해방 전후에서 건국까지는 공산주의와 싸웠고, 건국후에는 독재와 투쟁하는 데 일생을 바친 분이었다.

건국과 더불어 잠깐 이승만과의 관계에 대해서 언급하기로 한다. 인촌은 해방 정국에서 공산주의를 물리치고 자유민주주의 질서를 토대로 건국할 때에 이승만 박사만한 인물이 없다고 생각되어 그의 대통령 선출에 최선을 다하게 된다. 건국절 기념식에 야당 대표로서 참석하게 되는데 너무도 감격해 눈물을 흘리게 되는데 여기에는 자기가 밀었던 이승만 박사가 대통령이 된 뜻도 포함되어 있었다.

그러나 정치 노선에서 이 대통령의 독선적 행보에 참지 못하고 결국 격렬한 비판을 담은 사임서를 남기고 부통령직을 사임하게 된다. 1955년에 인촌이 세상을 떠나게 되는데 이승만 대통령은 어떻게 행동하였을까? 자기를 비판하던 인촌이 서거하였을 때에 애도의 표시는 고사하고 어떤 면에서는 인촌의 죽음을 속 시원하게 생각할 수도 있었을 것이다.

그러나 이승만 대통령은 대인이었다. 현직 대통령으로서 직접 문상을 하며 유족을 위로하고 장례절차도 진두지휘했다. 아울러 애절한 내용이 담긴 조사도 손수 직접 쓰게 되는데 여기에는 이러한 구절도 담겨있다. "이 시대에 애국자 연하는 사람은 많이 있지만 진정한 애국자는 인촌 김성수다"라는 구절이다.

인촌이 추구하던 국력배양의 힘은 가시적이고 유형적이고 물리적인 힘이었다. 산업을 일으켜 경제력을 키우고 과학 기술력을 향상시키고 인재를 키우는 것이 인촌의 신앙적인 목표였다. 그러면 인간 자본으로서의 그의 모습을 구체적으로 살펴보기로 한다.

첫째, 어떠한 일을 추진할 때에도 전면에 나서는 것을 삼가고 뒤에서 도와주고 보좌해주는 역할을 좋아하였다. 겸손해서가 아니라 타고나면서부터 그러한 후원자적 체질을 지니고 있었다. 연단 위에 올라가서 연설하는 것도 꺼리는 체질이었다. 스스로도 자기는 앞에서 나서는 것보다 뒤에서 도와주는 것이 자기 체질에 맞는다고 생각하였다.

한 가지 예를 들어보기로 한다. 그의 나이 27세에 중앙학교를 인수하게 되는데 그때 교장으로는 언론과 교육계의 원로인 유근을 모시고 실질적인 책임자인 학감의 자리에는 유학 시절 동창인 민세 안재홍을 앉히고 자기는 영어와 경제를 가르치는 평교사직을 맡게 된다.

그 이후에도 당신이 설립한 기관이지만 전면에서 대표로 나서는 경우는 거의 없었다. 그러나 그 기관이 어려움과 위기에 처하게 되면 전면에 나서게 되고 수습이 되면 역시 뒤로 물러나고 하였다. 인촌은 어떠한 목표나 사업은 성취 자체가 중요하지 누구의 이름으로 성취되는 것이냐는 중요하지 않다고 생각하였다.

흔히 많은 사람들, 특히 정치인들은 자기 이름을 내세우는 경향이 강하다. 인촌의 경우 체질적으로 앞에 나서는 것을 좋아하지도 않았지만, 자기를 내세우지 않는 것이 사업의 성공적 성취에도 훨씬 도움이 된다는 것도 몸소 터득했고, 실천해 온 인물이었다.

둘째, 공존적 상생이었다. 사유재산의 공유 및 공용화를 주장하고 실천에 옮긴 것은 그의 삶과 업적이 이를 잘 증명하고 있다. 유학 시절부터 어려운 친구들에게 자존심 상하지 않게 학비를 도와준 것은 널리 알려진 사실이다. 물적 자원뿐만 아니라 인적자원도 공유하고 공용해야 한다는 것이 인촌의 정신이었다.

이를 뒷받침하는 일화가 있다. 설산 장덕수 선생이 동아일보 부사장으로 재직할 때 일이다. 당시 설산은 여러 곳으로부터 강연초청을 받아 전국으로 돌아다닐 때였다. 강연 다니느라 동아일보의 일을 소홀히 할 수밖에 없었다. 어느 날 어느 직원이 인촌에게 시비조로 '설산은 동아일보 직원이 맞습니까?'라고 인촌에게 물었다. 인촌은 대답하기를 '설산의 식견과 해박한 지식은 동아일보가 전유해서는 안 되네, 우리 민족이 다 같이 공유해야 하네' 하고 그 직원을 타일렀다.

셋째 인촌은 명분과 형식보다는 실리와 실용을 중요시하는 실천 위주의 삶을 전생을 통해서 추구하였다. 보전의 양계장 사건은 인촌이 얼마나 실리주의자였나를 여실히 보여주는 실례의 하나이다. 보전 양계장에서 닭 200마리를 길렀는데 사료 부족으로 닭들이 죽어 가고 있었다. 당시 닭 사료는 총독부 축산과에서 관리하고 있었는데 닭 모이를 구하려면 닭을 키우는 사람이 총독부 축산과에 찾아가서 공손히 인사를 하고 신청을 해야 했다.

인촌은 주변의 만류에도 불구하고 직접 총독부 축산과에 찾아가 정중히 절을 하고 다른 사람보다 닭 사료를 더욱 많이 받아 온다. 인촌은 당신의 체면이나 위신보다 닭 200 마리의 목숨이 더욱 소중하였기 때문에 기꺼이 나섰던 것이다.

넷째, '따르라'하는 자세보다는 '따라가는' 리더십의 자세이다. 인촌은 자신의 의견이나 주장을 내세우기 전에 다른 사람들의 의견을 수렴하고 그 의견들의 상호작용 속에서 보다 나은 의견을 찾아내곤 하였다. 언제나 참여와 토론의 광장을 활성화하고, 일방적, 수직적, 밀실적인 결정방식을 용인하지 않았다.

일반적으로 지도자급 인사들이나 특히 정치인들은 상대방이 자기 의견에 따라주는 것을 좋아하고 다른 의견을 제시하였을 때에는 별로 달가워하지 않는다. 그러나 인촌의 경우는 달랐다. 그는 차이에서 창의성과 새로운 것을 발견하였다. 그의 주변에는 동질성보다 다양성이 활성화되었다.

그러나 인촌이 다양성과 차이를 받아들인다고 해서 모든 차이를 분별없이 받아들이는 자세는 취하지 않았다. 인촌은 김구가 이끄는 임정의 법통을 지지하고 받아들였지만 그들이 주장하는 남북협상에는 단연코 반대의 입장을 취했다. 인간적으로 가까웠던 여운형이 좌파의 길을 걸을 때나, 민족의 지도자로 받들고 끝까지 지지했던 이승만이 집권 후에 독재의 길을 갈 때 그들과 당당히 정면으로 맞서 싸우게 된다.

인촌이 이끈 한민당의 특징의 하나가 누구나 의견을 자유스럽게 발표하는 당내 민주주의가 확보된 정당이라는 것이 여러 학자들에 의해서 밝혀진 바 있다. 한민당의 당내 민주화는 바로 인촌의 모습을 반영하고 있다고 할 수 있다. 그에게는 공적인 면에서나 사적인 면에서 비밀이 없었다. 그래서 귀엣말이 없었고 밀담이 없었다. 그의 삶에는 항시 공개, 투명, 참여, 소통의 원칙이 내면화되어 있었다.

다섯째, 말보다는 실천 위주의 삶을 살았다는 것이다. 인촌이 중앙학교에서 고하 송진우와 기당 현상윤과 함께 3.1 운동을 계획하고 모의할 때에 제일 걱정하였던 것은 이 운동이 실천에 옮겨지지 않고 계획에서 끝나버리지나 않나 하는 것이었다. 그도 그럴 것이 민족의 지도자급들 인사들이 초기에는 참여하겠다고 약속하고는 나중에 가서는 흐지부지하거나 소극적인 자세를 취했기 때문이었다.

인촌을 중심으로 한 사람들은 이 운동을 성공적으로 실천하기 위해서 백방으로 노력을 했다. 3.1 운동의 전주곡이라고 할 수 있는 동경 유학생들의 2.8 운동을 물심양면으로 도왔고, 국내에서는 민족의 지도자급들을 찾아가 참여를 종용하였고 종교계 지도자들을 직접 찾아가 민족지도자와 종교세력을 동원하는 데 결정적인 역할을 하게 된다. 이 중에서도 남강 이승훈 목사를 찾아가 막대한 자금을 후원함으로써 기독교 세력을 동원하는 데 결정적인 역할을 하게 된다.

이때 인촌은 다음과 같은 말을 이병헌을 통해서 남긴다. 백사百事에 유시有始면 유종有終이니, 초지를 관철하여 목적을 달성하려면, 성실, 정려, 근면해야 하고 백절불굴의 일심으로 임사무의臨事無疑하며 물위심급勿爲心急하고 의리를 존중하고 친우 간에 신의를 잃지 말아야 한다.

위의 글은 인촌의 평소 생활과 정신을 그대로 간직하고 있다. 일에는 시작이 있으면 끝이 있어야 하고 그의 끝을 보려면 성실하고 정성을 기울여야 하고 백절불굴의 마음가짐으로 일단 일에 착수하면 의심을 버리고 일하는 사람들끼리 신의를 생명처럼 지켜야 한다는 것이다. 인촌의 삶은 처음부터 실천적 삶 바로 그것이었다.

여섯째, 인촌의 삶에는 구차한 변명이 없었고 누구를 탓하거나 책임을 떠맡기는 법이 없었다. 그는 일본의 침탈행위를 탓하기 전에 우리의 힘 없음을 한탄하였다. 참기 어려운 오해나 모욕을 당해도 변명하고 해명하는 일이 없었다. 친일파라고 지적을 당하면 그냥 받아들이는 것이 인촌의 모습이었다. 아울러 그는 모든 일에 있어 우선순위를 따지면서 행동을 하였다.

임정 요인들은 인촌을 포함해서 한민당을 친일분자들의 집합체라고 매도하면서 문전박대를 하는 경우도 있었다. 고하 송진우는 마음의 상처를 받고 인촌을 향해서 울분을 터뜨리는 경우가 있었다. 이때 인촌은 고하를 향해 "지금은 우리가 건국을 위해서 최선을 다해야 하기 때문에 사적인 감정을 자제해야 하네" 하면서 오히려 고하를 위로하였다. 해공 신익희도 처음에는 인촌을 친일분자로 질타한 바 있지만 인촌의 참모습을 알고 난 뒤에는 자기가 한 말에 대해서 평생 후회하였다고 한다.

일곱째, 어려움이나 난관에 부닥칠 때 회피하지 않고 정면돌파하였다는 것이다. 그의 사업은 엄청난 어려움과 난관 속에서 이루어졌다. 그러나 인촌은 이 어려움을 결코 외부에 발설하거나 표시하지 않고 홀로 새기고 감당하는 자세로 살았다. 중심이 되는 자기가 흔들리고 약한 자세를 보이면 주위 사람들도 흔들리게 된다고 생각하여 사업상의 동지들에게는 결코 약한 모습을 보이지 않았다.

동아일보가 위기에 처하고 경방이 존폐의 위기에 몰리고, 한민당과 민국당이 풍전등화의 위기에 몰려도 절망하고 포기하는 법이 없었다. 겉으로 보기에는 인자하고 소박해서 무슨 일을 하다가 잘 안 되면 쉽게 포기할 것 같은 인상이었지만 그의 강인하고 끈질긴 실천력은 타의 추종을 불허할 정도였다.

그의 인간관계도 특이하다. 그는 수많은 사람 들을 만나고 겪게 되는데 더러는 그를 힘들게 하는 경우도 있었다. 그러나 원망하고 질타하는 경우는 한 번도 없었다. 두 가지 경우만 살펴보기로 한다. 한 가지는 이강현과의 경우이고 또 한 가지는 춘원 이광수와의 관계이다.

이강현은 서울 출신으로 인촌보다 3년 연상으로 구라파에서 고등공업학교를 졸업하고 귀국 후에는 중앙학교에서 물리와 수학을 가르쳤다. 우리나라 최초의 방직기술자였다. 인촌이 경성방직을 설립하자 취체역을 맡아 전무취체역을 맡은 박용희와 더불어 실질적인 운영의 책임을 맡게 된다.

이강현이 직기를 구입하러 일본 나고야에 갔다가 3품 거래에 손을 대서 회사에 엄청난 손해를 입히게 된다. 면 업계에서 3품이라고 하면 면화, 면사, 면포를 가르키는 것이고 3품 거래라면 오늘날 증권거래와 비슷한 것이었다.

이강현은 유휴자금을 이용해서 회사의 자금 사정을 도우려는 선의에서 증권에 손을 댔으나 본전은 고사하고 10만원의 손해를 보게 되었다. 이 손해로 회사는 존폐위기에 처하게 된다. 회사 간부들의 분노와 인촌의 낙담은 이루 말로 다할 수 없었다. 이때 전무를 맡았던 박용희는 "손해가 확대되기 전에 파산처분을 하고 문을 닫자"고 주장하였다. 이때 인촌은 다음과 같은 결의에 찬 이야기를 한다.

"3.1 운동을 겪지 않았다면 나도 문을 닫는 것을 현책이라고 생각했을 것입니다. 그러나 3.1 운동은 우리에게 생기와 희망을 가져다 주었습니다. 우리 경성방직은 작으나마 그 희망의 하나입니다. 경방이 손해를 더 보지 않으려고 문을 닫는다면 어떻게 되겠습니까? 내가 두려워 하는 것은 여기서 경방이 문을 닫는다면 이것이 선례가 되어 감히 근대적 산업에 손을 대는 사람이 나오지 못하게 되지 않을까 하는 것입니다.

그렇게 된다면 무슨 얼굴을 들고 한길을 다닐수 있겠습니까? 또 일본인들은 우리를 얼마나 멸시하겠습니까? 그것을 생각하면 잠을 이룰 수가 없습니다." 인촌의 이러한 결의에 찬 의지에 중역 회의는 활기를 찾게 되었다. 그런데 박용희는 책임소재를 분명히 하지 않고는 새로운 출발이 어렵다면서 이강현을 내보내야 한다고 단호한 입장을 취했다. 대부분의 중역들도 이에 동조한다. 이때 인촌은 조용하면서도 부드러운 말로 다음과 같이 자기의 소신을 밝혔다.

"그 점도 여러 가지로 생각해보았습니다. 그 사람이 나간다고 해서 우리 경방에 도움이 되는 것 하나도 없을 뿐만 아니라 회사의 기둥이 하나 없어지는 것입니다. …이번 일을 불문에 부친다면 그 사람은 경방을 위해서 분골쇄신할 것입니다. 지금 그 사람을 그만두게 한다면 돈 잃고 사람까지 잃게 됩니다. 그 사람의 헌신 없이는 경방의 재건도 기할 수 없다는 것을 생각하시고 이번 일의 뒷수습은 저와 이강현에게 맡겨주시기 바랍니다."

인촌의 간곡한 주장에 이강현은 취체역 겸 지배인의 자리에 그대로 있게 되었다. 인촌의 예언은 적중하였다. 이강현은 이 사건 이후로 혼신의 힘을 다해 경방을 재건하고 발전시키는 데 큰 역할을 하게 된다.

다음에 춘원 이광수와의 관계를 살펴보기로 한다. 춘원은 인촌보다 한 살 연하였다. 인촌이 춘원에게 배푼 것은 아주 각별한 것이었다. 이 당시 춘원은 동료들 사이에 수재로 평판이 자자하였다. 인촌은 춘원을 만나자마자 홍명희로부터 수재라는 말을 들었다면서 우리나라는 유능한 지도자가 필요한데 춘원 같은 사람이 많이 배워서 나라를 위해서 일해야 한다고 하면서 일본 유학을 권유한다.

인촌은 당시 학교사정이 어려워 궁색한 형편이었지만 학비를 대줄 수 있다고 말한다. 춘원은 여기에 감격한다. 진학하고 싶어도 돈이 없어 포기한 상태였기 때문이다. 춘원은 인촌의 도움으로 1915년 4월에 와세다대학 철학과에 입학해 졸업할 때까지 학비 문제를 해결한다. 그 후로 춘원이 친일 문제로 곤경에 처하고 사회적으로 거의 매장되었을 때 재기의 길을 도와준 사람이 바로 인촌이었다.

드디어 종합지 [개벽]에 "민족 개조론"을 발표한다. 이 집필 사건으로 춘원의 집은 박살이 나고 춘원은 두문불출하고 문필계에서도 완전히 소외되었다. 이를 가장 딱하게 본 사람이 인촌이었다. 인촌은 고하 송진우에게 춘원을 도와 줄 길이 없겠느냐고 묻는다. 고하는 동아일보가 잘못하면 돌팔매질을 당할까 걱정이라고 망설인다.

인촌의 거듭되는 제의에 고하도 동조함으로써 춘원은 객원기자를 거쳐 드디어 편집국장이 된다. 이 무렵 춘원은 농촌 계몽소설 [흙]을 동아일보에 연재하면서 장안의 지가를 올릴 정도로 갈채를 받는다. 그러던 춘원이 동아일보를 등지고 조선일보로 가게 된다. 사람들은 춘원을 '의리 없는 배신자'라고 비난했지만 인촌은 한 번도 그를 비방한 적이 없었다. 아마 인촌은 그의 품위와 자존심을 생각해서 일체의 언급을 피했을 것이다. 춘원이 늘 인촌에게 죄스럽고 미안하게 생각하고 있었다는 것을 다음의 편지에서 알 수 있다.

… 산지에 일이 없어 고요히 생각하매 오직 지난날의 잘못들만이 회한의 날카로운 칼날로 병든 심혼을 어이옵니다. 모두 모래 위에 엎지른 물이라 다시 주워 담을 길 없아오매 더욱 고민만 크옵니다. 형도 광수에게서 해 받은 분의 한 분이십니다. 형의 넓으신 마음은 벌써 광수의 불신을 잊어버리셨겠지만 어쩌다 광수의 생각이 나시면 유쾌한 기억이 아니실 걸 생각하오면 이 마음 심히 괴롭습니다.

… 지난 48년간에 해온 일이 모두 덕을 잃고 복을 깎는 일이어서 형을 마음으로 사모하면서도 형을 가까이 할 인연이 항상 적사오며 은혜 높으신 형께 무엇을 드리고 싶은 마음 간절하나 물과 심이 다 빈궁한 광수로서는 아무 드릴 것이 없는 처지에 있습니다. 광수로서 오직 한 가지 일은 늘 중심에서 형을 넘하여 건강과 복덕 원만하기를 빌고 사람을 대하여 형의 감덕을 찬양하는 것뿐입니다.

1939년 6월 17일 제 이광수 배상

Ⅱ. 친일 문제에 대한 시비

광복이 되면서 좌익세력들은 인촌을 친일파로 몰았다. 친일의 근거로서 인촌이 학병 권유연설을 하고 다녔으며, 또 매일신보에 학병 권유 글을 썼다는 것이다. 일제가 직접 간접으로, 때로는 강압적으로 학병 지원에 대해서 압력을 가해 오면, "나는 그들의 교육을 맡았지, 전쟁터로 가라 마라 하는 임무를 맡은 게 아니다"라고 냉담한 자세를 취하였다.

이 외에도 동아일보가 일본의 기업으로부터 광고수입을 받았다느니, 경성방직이 일본의 보조금을 받았다느니 등 친일의 근거를 대는 요인들이 적지 않았다. 하나하나씩 짚어보기로 한다.

우선 학병 권유연설에 대해서 살펴보기로 한다. 당시 연설현장에 있었던 김진웅(고려대 법대 교수)의 증언에 의하면 인촌이 마지못해 한 것이 분명하다. 행사 마지막에 인촌의 연설이 잡혀 있었다. 등단한 인촌은 주머니에서 종이를 꺼내 들고 "오늘 아침에 총독부에서 이걸 가지고 와서 이 자리에서 읽으라고 하기에 지금부터 읽겠습니다" 라고 담담하게 읽고 단에서 내려왔다.

읽으라면 읽어야지 별 도리 없는 입장에서 문건을 읽고 연단에서 내려왔다. 인촌의 형편으로서 총독부에서 하라면 해야지 별도리가 없었던 것이다. 이런 와중에서도 인촌은 되도록 학병 권유연설을 피하기 위해서 전곡농장에 내려가 병을 핑계로 세상에 나오지 않았다. 그런데 한번은 칭병稱病이 통하지 않아 춘천에 끌려가 단상에 오르게 되었다. 단 위에 오른 인촌은 단 한마디만 하고 단에서 내려왔다. 즉 "이 사람은 대중 앞에서 연설을 할 줄을 모르기 때문에 다음에 나와서 하는 분의 말을 이 사람이 하는 말과 같은 것으로 들어 주시기 바랍니다." 하고 단에서 내려와 버렸다. 다음에 등단한 분이 설산 장덕수였다.

이것은 인촌이 자기가 하기 싫고 어려운 일을 남에게 떼어 넘기려는 자세에서 나온 것이 아니라 단상에서 연설이나 강연이 힘들고 부담스럽게 생각되었기 때문이다. 실제로 인촌은 단상에서 연설이나 강연하는 일이 거의 없었고 글 쓰는 일도 즐겨하지 않았다. 보전 교장으로 있을 때에도 학생 상대의 연설은 장덕수가 도맡다시피 하였다.

자기의 학병 권유 강연을 장덕수가 대신했다고 해서 인촌의 책임이 면제되는 것은 아니다. 만일에 자기의 책임을 장덕수에게 떼어 넘기기 위해서 대신 강연을 시켰다면 인촌은 정말로 비굴한 사람으로 낙인찍혔을 것이다. 그는 앞에 나서지 않는다고 해서 책임을 회피하는 사람은 더더욱 아니었다. 그의 인생역정을 추적해보면 그는 주로 뒤에서 돕는 일을 하였지만 항상 책임은 앞에서 지는 사람이었다.

다음은 매일신문에 실린 학병 권유의 글에 대해서 살펴보기로 한다. 총독부는 몇몇 인사들을 지명해서 학병을 격려하는 글을 쓰라는 명령을 내렸다. 그 명단을 전달한 사람은 매일신보 기자인 김병규였다. 그 명단에는 김성수, 송진우, 여운형, 안재홍, 이광수, 장덕수, 유진오 등이었다.

당시 유진오는 자기는 어떻게든 쓰겠지만 글을 쓰지 않는 인촌이 걱정되었다. 김병규는 유진오를 만나기 전에 인촌에게 들려 인촌의 글은 자기가 대필하겠다고 하자 인촌은 꼭 써야 한다면 대필은 하되 글의 내용을 반드시 유진오에게 보이고 내도록 부탁하였다. 인촌에게 전화로 확인한 유진오는 글의 내용을 검토한 결과 글이 무난하다고 생각되었다. 글의 내용을 살펴보기로 한다.

요즘 한결같은 순충의 마음으로 군문에 들어간 우리 학병들의 전도는 승리와 광명이 있을 뿐이다. 이제 대망의 징병이 실시됨에 따라 우리는 학생이 없는 가정이라도 적령기의 청년 남아를 가진 집에서는 모두 이 며칠 동안 반도 전역이 감격으로 환송하는 장쾌한 병역의 성사를 맛보게 될 것이다. 반도 출신의 젊은 병사들을 전열로 보내는 것은 실로 이제부터 시작되는 것이다. 떠나는 병사나 보내는 부모 형제, 이 광경은 이웃집의 일이 아니요, 이제 남의 일이 아니다. 머지않아서 내 앞에 당하는 내일 일을 이제 학병을 보내면서 다시 크게 각도해야 할 것이다. 이렇게 생각한다면 이내 우리가 학병을 보내면서 여러 가지로 미흡했던 점, 또는 당자도 준비가 부족했던 점도 점차 개선되어 징병의 진에 유감이 없게 될 것이다.

이 글이 발표되자 총독부에서는 뜨뜻미지근한 글이라고 불만을 표시한다. 그런데 이 글이 좌익들이 인촌을 친일파로 모는 근거가 된다. 흥미로운 것은 그 신문에 같이 실렸던 여운형의 글은 전혀 문제가 되지 않았다는 것이다. 인촌의 글체를 아는 사람들은 그 글이 인촌의 글이 아니라는 것을 알았다.

이러한 학병 권유 문제로 친일 시비를 건다면 인촌이 모든 활동을 중단하고 자연인으로 돌아가야 한다는 논리다. 인촌이 총독부의 메모를 읽지 않고 스스로 연설문을 만들어 학병 권유 연설을 하였어도, 매일신보에 대필을 하지 않고 스스로 글을 썼어도 인촌을 친일분자로 모는 것은 이해하기 어려운 억지 논리다. 그들이 하라면 해야지 별도리가 없는 일제침략자 시대 상황이었다.

인촌에게 자기의 모든 것을 바쳐 힘들게 벌여놓은 모든 사업을 포기하겠다는 결의가 있었다면 그들의 강제성을 띤 압력을 단호하게 거절할 수 있었다. 그러나 인촌은 국력배양을 위한 신앙적 자세로 일구어 놓은 사업을 포기할 수는 없었을 것이다.

그는 자기의 생명을 바칠 수는 있었어도 생명보다 소중한 보성전문, 동아일보, 경성방직, 중앙학교 등을 포기할 수 없었다. 연희전문의 백낙준, 이화전문의 김활란 등도 비슷한 처지였다. 친일이 아니라 부일附日의 소리를 들어도 그가 피와 땀을 흘려 가꾼 역사적 과업을 포기할 수는 없었다.

친일문제의 또 하나는 광고수입 문제였다. 즉 동아일보 재정상태가 일본의 광고수입의 증가로 안정의 기틀을 다졌다는 것이다. 1931년에 국내 광고가 36.2%일 때에 일본의 광고수립이 63.8%로서 늘어나게 된다. 신문의 생존은 광고 수입에 의존하는데 생존을 위해서는 불가항력의 상태였다.

동아일보가 문을 닫을 각오를 가졌다면 모르되 존속하려면 일본의 광고수입은 생명줄이었다. 인촌으로서 동아일보의 생존은 최우선의 가치였다. 친일파 아니라 별스러운 누명을 써도 동아일보의 문을 닫을 수 없었기 때문이다.

이 당시 동아일보는 실질적으로 조선의 정부 역할을 하였던 것이다. 동아일보가 일본의 광고수입에 크게 의존했다고 해서 기존의 독립 및 민족주의 노선을 늦춘 것은 아니었다. 이 무렵에 당한 발매 및 판매금지, 정간 등의 강제조치를 수 없이 당해야만 했던 쓰라린 순간들이 많았던 점 감안되어야 마땅하다고 본다.

세 번째 요소는 총독부 출입이 빈번하였다는 것이다. 총독부의 출입 역시 인촌으로서는 어찌할 수 없는 상황이었다. 민족을 위한 학교와 기업을 운영하는 인촌으로서는 그들이 오라면 와야지 결코 그것을 거절할 수 없는 처지였다.

네 번째 요소는 인촌의 친일단체 창립에 발기인 이사 및 감사로 참여 및 활동했으며, 각종 시국 강연에 연사로서 참여함으로서 일제의 전시 동원정책에 협력했다는 것이다. 예컨대 1938년 국민정신총동원 조선연맹의 발기인 및 이사로, 1941년에는 흥아보국단의 이사로, 임전보국단의 감사로 활약하였다는 것이다. 이 외에도 많은 친일단체의 평의원으로 활약하였다는 것이다. 그러나 이러한 단체가입은 인촌 자신도 모르는 일제의 강제성에서 이루어진 것이다.

친일 문제를 심층적으로 분석한 임종국도 일제 총독부는 조선의 명사들에게 꼭두각시 노릇을 강요하면서 온갖 협박을 자행했으며 그런 가운데 명의도용은 다반사였다고 지적하고 있다. 박지향(서울대 교수)은 지적하기를 1937년 이후로 조선의 유지계급들이 일제에 마지못해 따르는 정도를 넘어서 그들의 강제적 요구에 따를 수밖에 없었다는 것이다. 일제는 전쟁의 명분하에 공개적이고 공공연한 동조와 협력을 강요했기 때문에 육체적 고통을 당하거나 지하로 숨을 각오가 되어있지 않으면 협력의 길을 걸을 수밖에 없었다는 것이다.

다섯 번째는 경성방직이 일본의 보조금을 받고, 일본은행으로부터 대출을 받았고, 일본인 기술자를 고용하였고, 일본인의 출자도 허용하였다는 것이다. 그러나 기업이 살아남기 위해서는 불가피한 선택이었다. 기업은 살아남기 위해서 이윤을 창출해야 했고 이를 위해 일본의 도움을 받을 수밖에 없었다. 경방이 문을 닫지 않고 살아 남았기 때문에 한국 '산업화의 뿌리요, 뼈대'의 역할을 할 수 있었다.

이상의 다섯 가지 요소들을 들어 인촌을 친일파라고 하는데 이는 친일이라는 말의 의미를 모르고 하는 소리다. 친일이라고 하면 개인적인 이익이나 명예를 위해서 침략자 일본 정부에 아부하고 찬양하는 행위를 의미한다. 또 여기에는 일본을 자발적으로 돕겠다는 의지가 내포되어야 한다. 위협과 탄압과 강권적 요구에 못 이겨 마지못해 하는 행위를 친일이라고 하면 이것은 언어의 남용이요, 오용이고 모함이고 자기집단을 위한 야망이다.

그러나 개인적 이익이 아닌 민족의식과 국력을 배양하기 위해서 이룩해 놓은 교육, 언론, 산업 등의 사업들을 지키기 위해서 그들의 강압적 요구에 피할 수 없어 어쩔 수 없이 따른 행위를 친일이라고 하면 이는 억지의 논리라고 아니할 수 없다. 인촌의 친일 문제는 형식논리나 정파적 시각에서 다루어서는 절대 안 된다. 이는 필히 민족사적인 입장에서 그리고 실사구시의 입장에서 다루어져야 한다.

아울러 법의 형식논리로 다루어서는 더더욱 안 되고 오직 정의로운 법의 정신으로 다루어져야만 한다. 인촌의 삶을 한마디로 요약하면 큰 이익 즉 국익을 위해서 자기의 사익인 깨끗한 몸 가짐 즉 명철보신明哲保身의 이익을 버렸던 것이다. 친일파라는 억울한 누명을 쓰면서도 끝까지 국익을 굳건히 지켰던 고귀한 삶을 살았던 인촌 김성수 선생이야말로 당시로서 유일한 선각자 중 한 분이고, 인간자본으로서 표상이라 생각한다.

보성학원과 의암 손병희, 그리고 인촌 김성수

임 순 화(천도교인)
천도교장학회 부이사장

제1장 보성학원의 인수와 경영

1. 보성학원의 경영 위기

보성학원은 1905년 4월 3일 대한제국의 내장원경이었던 이용익이 구국 일념으로 설립했다. 이용익이 을사늑약(乙巳勒約 1905.11.17.) 체결 후 국운이 기울어짐을 보고 국권 회복을 위해 광복 운동을 하려고 국외로 나갔다.

이용익이 타국에서 사망하여, 한때 보성대학교로의 승격 운동까지 추진 되었던 보성학원이 재정난에 봉착하자, 당국은 재정 보조를 미끼로 관립 으로 전환을 도모한 적도 있었다. 마침내 보성학원은 한일 강제 병탄 이후 폐교의 위기를 맞게 되었다.

2. 천도교의 보성학원 채무청산과 인수(1910.12.21)

교주 없는 보성학원을 이끌어오던 직무대리 윤익선은, 천도교의 손병희 선생을 찾아뵙고 동교가 만여 원의 부채를 지고 있다며 도움을 요청하자 선생은(이하 선생) 결연히 채무청산에 나선다. 채무청산만으로는 학교 운영 이 불가능하므로, 다시 선생에게 교섭하여 학교 인수경영을 제의한다. 학 교의 인수 절차는 급속도로 진행됐다. 1910년 12월 21일에 천도교와 학교 간에 경영인계에 관한 계약서를 조인했으며 우선 채무청산 조로 팔천 원 을 보성학교에 수교했고, 학교설립자는 천도교 대 도주 박인호로 변경 신 청했다. 단서조항으로 인계 후 3년, 내에 구교주가 귀국하여 그 권리의 반환을 요구하면, 실비상환으로 이를 환부하고, 3년을 경과하면 모든 권리는 천도교 측에 영구히 귀속된다는 것이었다.

3. 보성학원의 경영

보성학원을 인수하여 경영해가는 중, 1914년에는 사립학교 규칙을 발표하여 일제의 사학 간여가 더욱더 혹심하여 재벌가 또는 단체에서 경영하는 사립학교 외에는 대부분 존재할 수 없는 형편이 되었다. 1910년 5월 1,973교였던 사립학교가 4년 후인 1914년 5월에는 1,242교로 감소되어 4년 동안에 731교가 폐교되었다. 이런 와중에도 보성학원은 천도교가 경영하게 됨으로서 급속도로 발전하게 된다. 이미 후원하던 동덕 여학교의 경영권도 인수하여 관리하게 되므로 천도교는 동덕, 보성학원 2개의 민족사학을 폐교의 위기로부터 지켜낼 수 있었다.

전문학교에서는 경제과의 후신, 상과의 진용강화책으로 부족했던 상과 강사를 보충하여 법과와 더불어 해마다 우수한 졸업생을 사회에 배출했다. 그들은 변호사, 교원, 문인, 금융인, 상업인으로 사회 각 분야 일선에서 눈부신 활약을 했다. 일부 졸업생들은 일본 또는 미주로 유학의 길에 떠나 연구 생활을 지속한 학생도 많았다.

제2장 일제의 민족사학 탄압

1. 전문학교 승격 거부

보성학원을 보성전문으로 명칭을 바꾸려 신청했지만 당국은 이를 허가하지 않고 기존 교명을 사용케 하니 명칭이 나타내는 바와 같이 전문 교육기관으로서의 자격을 인정치 않으려는 일제 식민지교육의 희생이 된 것이다. 1915년 4월 1일부터 시행된 전문학교 규칙에 저촉된다며 민족교육의 상아탑에 철추鐵抽를 박아 사학에 대한 탄압과 속박을 가하려는 의도에는 아무 변화도 없었다.

전문 교육기관의 재단 법인화, 교원의 자격 기준 강화, 교과 내용의 감독 철저, 교과서 채택, 자주성 말살 등 그들이 사학에 가하는 탄압은 가혹한 것이었다.

한국인 교육의 전문 교육기관이 전국에 불과 서너 개밖에 없음에도 불구하고 일제는 이들을 육성하기는 고사하고 이를 격하하여 민족교육을 말살하고, 한국인의 자주적인 고등교육을 억압하려는 것이다. 반면 그들이 설립하려는 의학, 법률, 공업, 농업 등 각종 전문학교를 통하여 극소수의 한국인을 훈련시켜 통치기구의 하급관리나 기술자로 이용하려고 했다. 설립 당시에는 사립 보성중학교라 일컬었던 것을 1913년 12월부터는 사립 보성학교라 개칭하게 되었으니, 이 역시 사립학교 규칙에 저촉된다며 명칭마저 격하시킨 것이다. 그렇게 신산辛酸을 겪어가던 보성중학도 실질적으로 고등보통학교와 아무 다름이 없었으므로 해마다 생도 수가 늘어나고 많은 졸업생을 배출하여 사회의 일꾼으로 활약하게 되었다.

1917년의 현황을 보면 전년까지의 졸업횟수 6회에 300여 명의 졸업생을 배출했고 대학생 수 281명에 이르렀다. 신입생의 정원은 150명이었으며, 그해 졸업예정자 41명의 대부분은 각 전문학교 진학을 희망하고 있었다.

2. 구 교주 이종호의 보성학원 회수요구

천도교 측에서는 낙원동 소재 전 오성학교 교사를 오도五道 대표자代表者로부터 임차하여 새로 수리하고, 그곳으로 보성법률 상업학교를 옮기게 하니 보성학원이 창립된 후 만 13년 만에 동일교사에서 고락을 같이하던 전문학교는 이제 중·소학교와 결별하고 신 교사로 이전하게 된다. 보성전문 상업학교가 낙원동으로 이사한 지 불과 한 달이 채 못 되는 1918년 10월 초에 뜻밖에도 구 교주 이종호가 나타나 보성학원을 현상대로 무조건 반환하라고 요구하고 나선 것이다.

3. 손병희의 반환 승낙

윤익선은 즉시 우이동으로 선생을 찾아뵈어 반환요구를 보고하였던바 선생은 즉석에서 구 교주의 제의를 승낙하였다. 선생이 보성학원을 전 교주에게 무조건 반환하겠다고 나선 이유는 다음과 같다. 당초에 천도교에서 동 교를 인수하게 된 것은 오직 한국의 사학으로서는 최대라 할 수 있는 동 교가 폐쇄됨을 애석히 여겼기 때문이었다. 다음으로는 고 이용익씨의 사업이 중단됨을 보고만 있을 수 없었다. 따라서 전 교주가 나타나 그 경영을 희망한다면 법률상의 문제는 일체 덮어두기로 하고 순수한 호의로 그동안 소요된 경비를 가릴 것이 없이 그대로 돌려줌이 옳다는 것이었다. 선생이 내린 이 판단은 범인으로서는 감히 상상도 할 수 없는 것이었으며, 선생이 취한 행동은 소인으로서는 도저히 흉내도 낼 수 없는 대인의 풍모였다. 전 교주의 반환요구 소식을 들은 교회 간부들도 즉시 회의를 소집하여 신중히 협의한 결과 선생의 결정에 따르기로 합의를 보았다. 학원경영권을 인계하든지, 반환하든지, 모두 교육사업이라는 공익公益을 위함이요, 사익私益을 위함이 아닌 바에야 전 권리자가 다시 완전히 이를 유지할 만한 자력資力과 결심만 있다면 무조건 현상대로 환부還付하기로 한 것이다. 본 교회가 영구히 유지하려 했으나 금에 차등 문제가 있었지만 이미 해결되이 논의할 여지가 없던 것이다. 오직 이종호씨에게 희망으로 열심 투발鬪發하여 동 교의 장래 발전의 증진을 바랄 뿐이다. 보성학원의 인수 시의 경영상의 고심, 그리고 그 후 차츰 학교의 시설 규모가 갖추게 된, 동 교를 인계하며 섭섭한 심정을 비추었다. 동 교가 인계 후에도 더욱 발전해 주기를 희망하는 천도교 측의 심정은 일반인과 공통된 것이었다.

4. 당국의 학교경영권 변경신청 불허

한편 설립자 변경신청서를 접수한 당국에서는 이 문제에 대하여 비교적 부정적 태도를 나타내고 있었다. 1918년 10월 18일에는 경성부에서 종전의 설립자 천도교 대도주 박인호를 초치하여 설립자변경 허가가 나올 때까지는 신 설립자의 권리가 발생치 못한다고 주의를 환기시키고 종전대로 관리함이 온당한 것이라 말하였고 다음 날에는 사직한 고보 교장 최린을 불러 같은 주의를 되풀이하였다. 그러다 당국은 이종호의 경영권 인수를 불허하여 보성학원은 천도교가 경영권을 계속할 수 있었다.

제3장 3.1 광복 투쟁 이후 보성

1. 보성학원의 위기

일제에 대항하여 민족수호에 심혈을 기울였던 이용익과 그 뜻을 이어받으려던 이종호의 노력은 일제의 방해 공작으로 자금마저 억류당해 그 자금을 찾으려던 소송의 결말도 보지 못한 채 1932년 이종호가 사망한다. 한 말의 선각 충신 이용익이 민족의식 고양高揚으로 나라를 바로 세우고자 설립한 사학이 위기에 처했을 때, 아무런 조건 없이 후원금을 대주고 그것으로 부족하여 폐교 위기의 학교를 인수하여 반석 위에 올려놓았다. 또한 구교주의 손자 이종호의 반환요구에 조건 없이 돌려줄 것을 천명한 손병희 선생, 설립자 이용익, 할아버지의 유지를 받들어 민족교육에 젊은 의지를 불태우려던 이종호… 모두가 본받아야 할 애국애족의 선열님들이시다.

교육기관을 후원하고 육성함에 나의(천도교) 것으로 운영하겠다는 사욕은 추호도 없이 누가 경영하던 누구의 '명의'이든 아무 거리낌 없이 오로지 민족교육을 통한 구국 운동에만 성심을 쏟으신 의암 손병희, 그분의 폭넓은 도량과 지혜가 1919년 3월 1일 2,000만 민족을 독립과 자유의 행진으로 이끌어 동학도인 300만의 생명과 재산을 송두리째 민족의 독립과 자유를 위한 제단에 바쳤다. 그리하여 민족의 가슴에 독립의 의지를 심어주고 일제의 간계로 세계인의 의식 속에 조선인은 일본으로부터 지배받아야 할 자치능력이 없는 열등한 민족이라는 인식에서 조선인은 독립되어야 할 우수한 민족이라는 의식을 심어준 계기가 되었다.

제4장 3.1 광복 투쟁 이후 보전

1. 일제의 극심한 탄압

이렇게 설립자 이용익도 망명지 러시아에서 사망하고 보전을 인계받아 반석 위에 올려놓은 손병희도 투옥된 후 보전은 3.1 운동에 대거 참여한 관계로 일제로부터 천도교와 함께 극심한 탄압을 받게 된다. 우선 보전의 교장이자 강사인 최린이 3월 1일 손병희와 함께 투옥되고 보성학원의 명의상 설립자인 박인호, 강사 임규, 재학생 강기덕 등은 48인 중에서 각각 중요한 역할을 수행한 결과 모두 일제의 엄혹嚴酷한 탄압에 따른 고문과 옥고를 치르게 됐다. 조선독립신문의 발행인이었던 교장 윤익선이 투옥돼

1920년 9월 2일 출옥하여 북간도로 떠나고 강사 신익희, 졸업생 주익, 윤기섭, 성준용, 재학생 한창환, 오일철, 손재기, 이병헌, 이태운, 방정환, 박용회, 김상진, 이완식, 남위 등도 각각 중요한 역할을 한 연고로 일제에 의해 수배, 구속되어 혹독한 탄압을 받았다. 보전까지도 이렇게 압박하였던 일제가 천도교에 가한 압박은 더더욱 철저하고 잔혹했으니 천도교는 3.1 광복 투쟁 이후 어떻게 되었나?

제5장 재단법인 결성과 보성전문학교

1. 경영난으로 재단법인 결성하다

천도교 대표인 손병희를 비롯하여 간부들이 투옥되었고 각 지방에서 투옥된 교도 등이 수천 명에 달했다. 교인들의 재산을 강탈하고 교인들을 학살하였을 뿐만 아니라 송현동 천도교 대교당에 헌병 1개 대대 병력을 주둔시켜 교당을 포위 봉쇄하고 수색하며 물품을 강탈해 갔다. 또한 직원들을 체포하고 교회 간부들의 집을 수색했다. 일제 침략자는 대교당 건축 자금으로 선생께서 명하신 1교 호당 10원 이상의 성금 모금이 3.1 광복 투쟁 자금으로 사용되었을 것을 의심하여 더더욱 철저한 수색과 강탈을 자행했다. 이 과정에서 경성 제일 은행에 예금하였던 20만 원과 대 도주 박인호 집에 보관하였던 70만 원과 선생의 사위 김상규 집에 있던 30만 원 등, 총 1백20만 원을 압수당했다. 또 한 지방 교구에서 보내온 월 성미 수만 원을 비롯하여 모든 부동산에 대한 사용을 금지해 직원들의 월급도 지불하지 못할 뿐 아니라 왜경의 감시가 심하여 자유로운 교회 활동도 못했다. 일제는 독립선언서와 조선독립신문을 인쇄한 보성사에 6월 28일 밤

고의로 방화하고 방화혐의를 피하려고 소방대를 출동시켰으나 급수 사정을 핑계 삼아 진화를 지연시켜 보성사를 전소시켰다. 이러한 처참한 어려움 속에서도 보성학원에 대한 천도교의 지원은 계속된다. 천도교의 실정과 보성학원의 자체 사정마저 어렵게 되자 1920년 교장으로 취임한 고원훈이 총독부에 전문학교 승격에 관한 타진을 거듭하여 재단법인 기성회를 조직해 널리 사회 독지가들에게 호소했다. 진주 부호 김기택이 금 15만 원의 거액을 내놓았다. 그러자 천도교도 기부금 10만 원을 약속하고 종래의 천도교 본부였던 송현동의 대지와 건물 및 학교시설 포함 당시가 5만 원과 현금 1만 원 나머지 4만 원은 7년간 7분 이자로 지불할 것을 약속하고 그 외, 유지 58인이 각 천 원에서 3만 원에 이르는 금액을 출연하여, 그 총액이 43만 원에 이르니 1921년 11월 28일로 박인호, 김기택 이하 58인의 설립자 명단으로 각인의 기부 증서를 연명으로 설립허가를 출원하니 동년 12월 28일로 재단법인 보성학원의 인가가 승인되었다. 천도교는 1910년 12월 21일 이종호(이용익의 손자)로부터 인수한 보성학원을 1921년 4월 1일에 재단법인 보성전문학교로 인계하였으니, 천도교가 보성전문을 경영한 기간은 12년 3개월 12일이다.

이렇게 재단법인을 설립하여 보성학원을 인계한 후 보성전문은 김기태를 필두로 박인호 등 재단이사회의 평의회에 의해 운영되었고 계속된 천도교의 재정 악화로 4만 원의 약속금을 지불하지 못하여 천도교는 동대문 밖에 있던 천도교 별원으로 사용하여 오던 옛 박영호의 저택 상춘원 대지 10,165평과 그 외 건물 일체를 재단법인 보성전문에 넘겨주었다.

제6장 仁村과 보성학원

1. 인촌 김성수 보성학원을 인수하다

이러한 곤경에서 보전을 건져내 오늘과 같은 발전의 터전을 마련한 사람이 1932년부터 경영책임을 맡은 인촌 김성수 선생이다. 여러 사람이 합류해야 하는 재단결성보다 독자적인 자금으로 전문학교를 세우고 장차 대학으로의 발전을 모색하고 있던중 김병로의 보성학교 인수제의는 바라던 바를 이룰 수 있는 절호의 기회였다.

재정난에 빠진 보성을 인수함으로써 한 말의 선각자요, 충신인 설립자 이용익의 정신과 3.1 광복 투쟁 당시 민족대표인 의암 손병희 선생의 애국, 애족의 건학정신이 어려 있는 보전은, 경영의 어려움이 닥칠 적마다 그것을 인수한 경영진은 사심 없이 심혈을 기울여 보전을 오늘까지 이끌어 왔다. 보성학원은 1921년 4월 1일에 재단법인 보성전문학교로 인계되었던 보성전문은 임자 없는 재단이사회의 공동운영체제로 경영해 온 지 11년 17일 만에 김성수에게 보성전문이 인계되는 첫날이 열린다. 먼저 김성수가 추수 5천 석의 토지를 출자할 의사표시가 있었음을 김병로가 발표하였고, 이에 재단 측은 무엇보다 보전을 살려야 한다는 방향으로 의견일치를 보았다.

단 요구 조건은

1) 현 이사 감사는 총사직
2) 후임 이사 감사 선임 김성수 재량
3) 평의원회를 폐지하기 위해 기부행위를 개정할 것

이리하여 3월 26일 소집된 평의회는 다수의 평의원이 출석한 가운데 교장 박승빈이 학교재단의 곤경과 그동안 김성수와 교섭한 경위를 보고한 후, 결국 그에게 학교경영을 청탁할 수밖에 없었던 애로사항을 피력하니 학교경영을 이끌어 왔던 설립자와 교원들은 감개무량하면서 침통해 하였다. 특히 1908년에 학감 겸, 교수 취임하여 경영난에 처한 보성을 손병희에게 인수 경영하도록 하여 재생시키고 1911년부터 3.1 광복 투쟁 시까지 10여 년을 학교와 고락을 같이했던 윤익선은 보전의 금일의 처지를 개탄하고 유감의 뜻을 피력하였다고 한다. 그러나 학교경영을 계속하기 위해서는 김성수에게 학교인수를 요청하는 길밖에 없음을 공감한 평의원회에서는 김병로, 허헌, 김용무 3인이 대표가 되어 정식으로 주동의 김성수 집을 방문하여 학교인수를 청탁하며 몇 가지 희망 사항을 전달하기로 하였다.

*요구사항
1) 현재의 학교직원의 지위보장
2) 보전의 교명을 바꾸지 말 것
3) 교사의 신축을 급속히 실행할 것

1932년 3월 27일 새로 구성된 재단법인 보성전문 이사회를 이사 박승빈 집에서 개최하고 대표이사로 김용무를 정하였으며 최두선에게 재단법인의 실무를 맡게 하고 교장 박승빈의 사표를 수리하고 후임 교장으로 김성수를 추천하였으나, 당분간 박승빈의 협조를 청하여 김성수가 정식으로 교장에 취임한 것은 1932년 6월이었다.

이렇게 1905년 4월 3일 이용익에 의해 설립되고 폐교 위기에 처한 보성전문을 1910년 12월 21일 천도교가 이종호로부터 인수하여 경영하다 3.1 광복 투쟁 후 악화된 천도교의 재정난으로 1921년 4월 1일에 보성전문학교로 인계하여 재단 법인집단 경영체제로 유지되어오던 보성전문이 또다시 재정 악화로 인촌에게 1932년 3월 27일 보성학원을 인계하기까지 27년의 긴 세월이 흘렀다. 그날이 있기까지 보성학원의 경영을 사리사욕 없이 오로지 교육으로 민족의 역량을 키워내 국권을 회복하고자 한 애국적 선각자들에 의하여 갖은 신산을 겪으면서도 유지발전 되어온 보전이, 이제 그 재정적 뒷받침이 공고한 인촌 김성수에게 학교의 모든 경영권이 넘어간 것이다.

인촌 김성수로서는 새로운 전문 교육기관을 설립 운영하는 것보다 사회적 지명도로 보아 훨씬 유리하고 설립 연도가 27년이나 되고 기본 재단의 재정적 기반이 공고한 보성학원을 인수 경영함이 유리하다는 판단하에 인수제의를 수락했다. 당시 인촌 김성수 선생은 이미 중앙중학교와 동아일보사를 경영하고 있었다.

이렇게 1932년에 운영난에 처한 보전을 인수한 인촌은 민립대학의 꿈을 펴기 위해 삼각산 기슭, 현재의 성북구 안암동에 새 교사校舍를 세웠다. 이로써 '민족을 위한 민족의 대학'을 설립한다는 그의 오랜 꿈이 실현된 것이다. 독자적인 민립대학으로 한양전문학교란 명칭까지 지어놓고 있던 인촌 김성수는 보전이 전문학교로 존속하는 한 보성전문의 교명을 고수하겠다고 약속했다. 그 약속은 광복 후 보전이 대학으로 승격될 때까지는 보성전문이라는 교명이 지켜졌지만 1944년 비상 전시체제에 들어간 일제는 조선의 많은, 사학들의 교명을 자신들의 전시 동원령에 합당하게 교명을 바꾸며 보성전문은 경성척식경제京城拓殖經濟 전문학교로 교명을 강제로 바꾸었다. 이때 유진오 교수의 독백을 여기에 옮겨본다.

"나는 이번에야말로 교직을 물러나기로 결심했다. 망국 민족의 일원으로 나 자신이 치욕으로 점철된 것은 할 수 없다 치더라도, 내가 교직에 머물러있으므로 해서 한층 더 심해질 뿐이 아닌가. 더군다나 개편된 척식경제전문학교의 척식과장직을 맡는다는 것은 생각만 해도 몸에 소름이 끼치는 듯하다."

개편 교섭에 실패한 뒤 나는 병상의 인촌을 찾아가 나의 결심을 표명하였다.

제7장 김성수, 친일이냐? 애국이냐?

친일 반민족행위 진상규명 위원회는 지난 2009년 6월 김성수 선생이 일제강점기 시절 친일 반민족 행위를 했다는 결정을 내렸다.

그러자 인촌기념회 등은 "김성수 선생의 활동에 관한 당시 기사를 믿을 수 없고 일제가 조직한 단체에 이름을 올리거나 행사에 참석한 것은 강제동원된 것일 뿐"이라며 지난 2010년 친일 반민족 행위 결정을 취소해달라고 소송을 냈다. 1심 재판부는 지난 2011년 김성수 선생의 친일 반민족행위 상당 부분을 인정하는 판결을 내렸다. 1심 재판부가 인정한 친일 반민족 행위는 학도병 징병 선전 행위, 일제 침략전쟁 협력 행위 등이다. 다만 황국 정신을 높인다는 취지로 설립된 흥아 보국단 준비위원으로 활동하면서 일제 내선융화·황민화 운동을 주도했다는 부분에 대해서는 '이 단체가 어떤 활동을 했는지 구체적 자료가 없다며' 결정을 취소하라고 판결했다. 일제강점기 만주나 미국 등으로 망명하지 않은 지식인들, 광복 투쟁에 직접 몸을 던져 투쟁하지 않은 지식인들, 조선 땅 식민지하에서 교육사업이든 생산업이든 심지어 종교 활동이라도 하려면 대대로 물려받은 재산이라도 지켜내려면 그 사업의 크기나 재산의 규모에 따라 어느 정도 일제에 협력하지 않을 수 없었다.

2,000만 동포가 모두 광복 투쟁의 일선에서 죽는 것만이 최선이 아니었던 그 시대, 그 시대를 살지 않아본 우리가 그 시절, 민족 자본을 형성하고 민족교육을 통해 근대화에 눈을 뜨게 한 그 시대 지식인의 내선일체 독려의 연설, 학도병 지원의 연설, 일왕을 찬양하는 연설 등으로 인해 그들을 친일파라 단죄하며, 그들의 공적까지를 폄훼할 수만은 없다고 생각한다. 그 시대 살아남기 위한, 방편으로서의 친일을 비난하기보다는 광복 후에 그들의 태도와 오늘날 후손의 태도가 문제인 것이다. 일세강점기 친일파

는 대략 3부류로 구분할 수 있다. 자신만의 부귀영화를 위하여 광복 투쟁에 몸 바치는 1) 동포를 고발하고 학살하는 일에 적극적으로 앞장선 친일파와 2) 산업을 지키고 학교와 재산을 지켜내어 민족의 자산과 민족의 혈통을 지키기 위해, 그들이 시키는 강연과 글을 쓴 지식인들이다. 그리고 그러한 행동의 이면에서 광복군에게 임시정부에 남몰래 군자금도 모아 보내며 산업으로 민중의 삶의 질을 향상 시키고 교육을 통해 민도를 높여 갔다. 3) 마을의 이장, 면장 등 소상인 등의 생계형이다. 그러나 이들 모두 그 시대 이 땅에서 살아남아 민족의 맥을 이어온 것이 아닌가. 그들 모두는 자의 반, 타의 반으로 일제에 협력한 사람들이다. 문제는 적극적 친일파를 과감히 단죄하지 못한 광복 직후의 잘못된 정치가 광복 70년을 넘긴 오늘 대한민국 땅에서 친일파가 활개 치고 목소리를 높이게 하였다. 학계, 관계, 종교계, 일반 직장인까지 요즘 논란이 되고 있는 KEI 모 인사의 천황폐하 만세 사건, 고려대 모 교수와 낙성대연구소장의 "정신대 여성들은 돈 벌러 간 것이다."라는 말과 연세대 교수의 정신대는 매춘이라는 발언은 다만 정신대 할머니들만을 향한 모욕이 아니라 대한제국이라는 국가모독이며, 민족모독이다. 이러한 발언과 행동을 하는 신친일파와 뿌리 있는 친일파 후손들의 뉘우침 없는 작태를 보며 〈1922년 제3대 사이토 총독의 조선사 편수 위원회 기념사 일부〉"먼저 조선 사람들 자신의 얼과 역사 전통을 알지 못하게 하라. 그럼으로써 민족의 혼, 민족의 문화를 상실하게 하고, 그들의 조상과 선인의 무위, 무능, 악행을 들추어내 그것을 과장하여 조선인 후손에게 가르쳐라."〈1945년 이 땅을 떠나며 선전포고 같은 말을 남기고 간 제9대 아베 노부유키 총독의 예언이 생각난다.〉"우리는 패했지만, 조선은 승리한 것이 아니다. 장담하지만, 조선인이 제정신을 차리고 찬란하고 위대했던 옛 조선의 영광을 되찾으려면 100년이라는 세월이 훨씬 더 걸릴 것이다. 우리 일본은 조선인에게 총과 대포보다 무서운 식민교육을 심어놓았다. 결국, 서로 이간질하며 노예적 삶을 살 것이다. 보라! 실로 조선은 위대했고 찬란했지만, 현재 조선은 결국 식민교육의 노예로 전락할 것이다. 그리고 나 아베 노부유키는 다시 돌아온다."

　오늘 서울대, 고려대를 필두로 민족의 찬란하고 위대했던 상고 1만 년의 역사를 부인하고 중국의 내 몽골 지방 등에서 발굴되는 홍산 문화유적을 통하여 우리 상고 역사의 실체가 밝혀짐에도 불구 여전히 일제가 심어놓은 압록강 유역 한사군 설과 임나일본부설을 인정하여 4국 시대 역사를 3국 시대로 오도하며, 우리의 강역을 축소하는 일에 앞장서는 일본에 유학하고 돌아와 친일 매국의 대열에 합류하고, 중국에 유학하고 동북공정에 맹종하는 학자들을 보며, 36년의 식민통치가 심어놓은 무서운 독소가 아직 뽑혀나가지 않았음을 절감한다. 개인의 부귀영화를 위하여 영혼을 파는 신친일파, 신친중파들의 망언을 대할 때마다, 빼앗긴 나라를 찾으려 목숨 바치신 독립투사들과 고려대를 설립하시고, 성장시키고 유지했던 선열님들의 영령 앞에 안타깝고 죄송하여 가슴이 찢겨 지는 듯 나라의 장래가 걱정스럽다.

　학문은 정의를 구현함에 그 목적 있음이니 조국을 배신한 입신양명이 무슨 영광이 되겠는가? 고려대인들은 김성수 선생의 친일파라는 오명을 벗기 위해서라도 더욱더 민족사학으로서 지조를 지켜나가야 될 것이다.

제8장 고려대학 동문의 사명

　보성전문 현 고려대학교는 국권 상실기 구국의 일념으로 이용익이 설립하고 구국의 인재를 키워내겠다는 의암 손병희 선생의 신념으로 폐교의 위기를 벗어나 민족의 사학으로 자리 잡혀가다가 3.1 운동 이후 또다시 경영난에 빠신 것을 각계각층 우국지사들의 성금으로 보성전문으로 재설립되어 인촌 김성수 선생이 최종 인수하여 오늘에 이르렀으니 실로 민족사학으로서, 그 사명 또한 크다 할 것이다. 거듭 강조하지만, 보전은 그 설립자 이용익 선생이나 제2의 설립자 손병희 선생 두 분 모두 학교를 세우고 경영함에 단 한치도 사욕을 위하여 행동하지 않았다는 점이며 두 분 다 살아생전 수만금을 주무른 재력가요, 권력가였으나 사후 단 한 칸의 초가집도 단 한 푼의 예금도 개인 앞에 남아 있지 않았다는 사실이다. 이런 두 분의 설립자와 천도교인 300만의 한 끼 한 숟갈의 정성 어린 성미와 3.1 광복 투쟁 이후, 경영난에 빠졌을 때 각계각층 우국지사들의 성금으로 다시 태어난 보성전문이 현 고려 대학교임을 고려대학을 나온 모든 동문들은 결코 잊어서 안 될 것이다.

그런 연고로 고려 대학교는 인촌 김성수 선생께서 엄혹했던 일제강점기 민족사학을 지키고 키워 오늘의 고려대로 성장시킨 공로도 위대하지만, 어려운 시기 민족사학을 세우고, 그것을 지키고 키워서 오늘 고려대의 기틀을 마련한 이용익 선생과 손병희 선생, 그리고 재단법인 시절의 평의회 이사님들의 공적과 정신을 새기는 학술대회도 열고 기념비도 세워서 고려대인의 가슴속에 보전 시절의 정신을 아로새기게 한다면 고려대는 민족사학으로서 모든 국민으로부터 지지와 사랑을 받을 것이라는 충언으로 이 글을 마치고자 한다.

2020년 4월 5일 心修齋에서 이 글의 핵심내용은 천도교 선도사 이창번, 김응조 두 분께서 신 인간지에 게재하신 글을 발췌 축소하고 필자의 소회를 더한 것임을 밝히는 바입니다.

대인 잡는 소인배

김 남 채(소설가, 시나리오 작가)
인촌사랑방회원

김성수 선생은 천성적으로 대인의 성품을 타고났다. 선생은 조선 제일 부자 울산 김씨 가문 장손이지만 교만하거나 행악하지 않고, 근검절약하면서 경제적으로 어려운 사람을 보면 아낌없이 도와주는 성품을 지녔다. 선생이 일본 유학 시절 학비가 모자라 고생하는 조선 유학생을 만나면 지체없이 본국 부모님께 편지해서 그 학생 학비를 지원했다. 그래서 당시 재일본 조선 유학생들은 '김성수는 유학생 금고다'라고 했다. 선생은 모든 이를 품고, 모든 이에게 베풀고, 모든 이를 용서하는 바다와 같은 대인이다.

선생은 한민당을 창당하여 당비 일체를 투척했으나 정치 일선에 나서지 않고 고하(송진우)에게 당을 맡겼다. 그런데 고하가 암살당했다. 선생은 평생지기 고하를 잃고 반신불수가 된 것처럼 기력을 잃었다. 그런데 「한민당」 간부들은 날마다 선생을 찾아가 "우리 당은 선생님이 창당하셨으니 선생님이 책임지셔야 합니다." 하며 당수직을 떠맡겼다. 선생은 고하 잃은 슬픔을 안고 한민당에 들어가 고하 뒤를 이어 수석 총무직을 맡았다.

선생이 정계에 입문하자 예상치 못했던 정적이 생기고 선생을 제거하려는 암살단까지 생겼다. 하지만 선생은 암살당하지 않았다. 해방 정국에서 여운형, 송진우, 장덕수, 김구 등이 암살당해 운명을 달리했지만 선생은 암살당하지 않았다. 그가 평소에 쌓은 덕이 그의 목숨을 지켰던 것이다. 선생을 노리는 암살단이 물밑에서 움직일 때마다 탐정단이 이들의 정보를 포착해서 경찰에 알림으로써 암살단은 매번 일망타진되곤 했다. 그 탐정

대표가 양근환이었고, 그는 일본 유학 시절 선생으로부터 크게 도움을 받았다. 선생은 자신의 목숨을 노리고 암약한 사회주의 계열 암살단이 일망타진 되었을 때도 경찰서에 가서 범인들을 용서할 테니 석방하라고 탄원했다. 암살단이 자신의 목숨을 노린 것은 개인적인 원한 때문이 아니고 어지러운 시국 탓이므로 그들을 용서해 달라고 했다. 그들을 용서하고 품에 안아야 민족진영과 사회주의 진영이 하나로 통합된다고 역설했다.

누가 누구보고 친일파라 하는가?「뭐 묻은 개가 겨 묻은 개를 보고 손가락질 한다.」는 속담이 있다. 필자는 그들에게 이렇게 말하고 싶다. "일제 때 당신 할아버지나 아버지가 창씨개명하지 않았나 조사해보라. 만약 당신 선대가 창씨개명한 사실이 있다면 당신 선대가 친일파다. 당신이 단죄한 김성수 선생은 창씨개명도 거부하면서 일제 협박을 이겨냈다." 총독부는 일반인보다 천 배나 더 무섭게 선생을 협박했다. 왜냐면 선생이 창씨개명하면 조선 백성이 다 따를 것이기 때문이다. 필자는 또 그들에게 권한다. "당신 선대에게 왜 창씨개명 했느냐고 물어보라." 그러면 당신 선대는 이렇게 대답할 것이다. "그때 창씨개명 하지 않으면 자식 출생신고도 못하고, 입학도 못 시키고, 편지도 못 보내고, 기차도 못 탄다는데 어떻게 거부하겠냐? 내가 창씨개명한 것은 다 너희들을 위한 것이었다." 맞는 말이다. 일제 강점기가 그런 시기였다. 그래도 선생은 창씨개명을 거부한 채 광복을 맞았다.

선생이 민족을 위해 벌여 놓은 사업들을 살펴보면 당시 선생 고민을 능히 짐작할 수 있을 것이다. 민족기업, 민족교육, 민족언론 등 선생의 모든 사업은 사익을 배제한 민족사업이었다. 그래서 일제는 선생에게 이렇게 협박했다. "김성수, 당신이 민족주의자라지? 만약 당신이 창씨개명을 하지 않으면 조센징을 위한 당신의 사업은 모두 끝장이다. 어떻게 하겠느냐?" 선생은 이런 협박도 물리쳤다. 당시 일제 협박이 얼마나 무섭고 집요했는지 조선 백성의 87%인 326,105호가 굴복하여 창씨개명했다. 그런 가운데서도 선생 가문은 단 한 사람도 창씨개명을 하지 않았다. 이런 선생이 '친일파'란 말인가? 선생과 함께 그 시대를 살아온 모든 이는 '친일파 김성수'라는 말에 동의하지 않는다. 오히려 그들은 선생을 참된 애국자로 인정하고 대한민국 대통령장 복장을 수여하는 데 이의가 없었다.

그런데 그 시대를 살아보지도 않은 후대 사람들이 선생을 '친일파', '반민족행위자'라고 낙인찍어 참된 애국자를 파멸했다. 선생을 친일파라고 단정한 사람들은 선생이 쓴 글이라며 일제말 『매일신보』 기사를 제시한다. 그러나 그때 작성된 기사들은 날조되었거나 강압에 의해 작성된 글이기 때문에 증거가 될 수 없다. 그때나 지금이나 강압에 의해 작성된 문건은 증거능력이 없는 것이다. 이것이 법의 원리다.

그런데 2002년 '민족정기를 세우는 국회의원 모임'과 '(사)민족문제연구소'가 증거능력도 없는 당시의 편린을 들고 선생을 친일파라고 낙인찍었다. 이 행위는 민족의 대스승이요, 대한민국 건국공로자 1호에 대한 배신행위가 아닐 수 없다. 그럼에도 불구하고 선생 후손들은 그들을 질책하거나 항의하지 않았다. '민족정기를 세우는 국회의원 모임'은 국회의원 모임이지만 임의단체에 불과하고 '민족문제연구소'는 민간단체로서 1개 사단법인에 불과하기 때문에 그들은 친일파를 선별하고 결정할 자격이 없는 단체들이다. 그래서 선생 후손은 그들과 논쟁할 필요가 없었던 것이다. 그런데 2009년 참여정부 때 대통령 직속 기구 「친일반민족행위진상규명위원회」가 발족하더니 선생을 '친일반민족행위자'로 결정했다. 이 결정으로 선생은 부관참시 되고 말았다.

대한민국은 1948년 건국 이후 '친일파 청산'을 여러 차례 시도했다. 정부 공식기관이 세 차례 시도하고, 민간 단체가 세 차례 시도해서 총 여섯 차례 '친일파 청산활동'을 벌였다. 그런데 일반 국민은 그 기관이나 단체들을 잘 알지 못하고 그 기관들이 어떻게 활동했는지에 대해서는 도무지 알지 못한다. 그래서 이 난에 '친일파 청산활동'을 벌였던 정부 기관과 민간단체를 연도순으로 정리해서 표를 만들고, 그 표에 따라 각 기관이나 단체가 어떤 기관이며 어떤 활동을 했는지 간략하게 설명을 붙인다.

NO	연도	주관기관 또는 단체	비고
❶	1947. 7. 2. (미군정시기)	〈과도입법의원〉이 특별조례법률을 제정하고 친일파 청산에 나섬	미군정 반대로 활동결과 없음
❷	1948.10. 22. (제헌국회)	〈친일반민족행위특별조사위원회(반민특위)〉 친일파 청산 활동	친일파 14인 처벌 김성수 포함하지 않음
❸	2001~2002 (국민의 정부)	① 2001년 국회의원들이 〈민족 정기를 세우는 국회의원 모임〉 조직 ② 2002년 친일파 708인 명단발표	친일파 708인 중에 김성수 포함
❹	2002. 10. (국민의 정부)	〈광복회〉가 친일파 692명 명단 발표	친일파 692명 중에 김성수 미포함
❺	2005. 5. 31. (참여정부)	국회에 〈친일반민족행위진상규명위원회〉 구성	특별법(2004. 3. 22. 제정한 법률 제7203호)에 따른 정부기구
❻	2009. 2. ~ 2009. 11. (이명박정부)	① 2009년 2월 (사)민족문제연구소가 『친일인명사전』 발간 ② 2009년 11월 〈친일반민족행 위진상규명위원회〉가 『진상규명보고서』 발간	① 친일파 4,389명 중에 김성수 포함 ② 친일파 1,006명 중에 김성수 포함
❼ 소송	2011. 10. 20.	1심(서울행정법원 제5부)	선고(원고패소)
	2016. 1. 14.	2심(서울고등법원 제7행정부)	선고(원고패소)
	2017. 4. 13.	3심(대법원 제1부)	선고(원고패소)

❶ 〈과도입법의원〉 1947년 7월 2일

1947년 7월 2일 '남조선과도입법의원'은 친일잔재 청산을 위해 「민족반역자 · 부일협력자 · 전범 · 간상배에 대한 특별조례법률」을 제정했다. '남조선과도입법의원'이란 지금의 국회기능을 갖는 미군정의 입법기관이다.

이 입법기관이 제정한 '특별조례법률'은 조선인으로서 일제 강점기에 조선총독부 식민지배에 적극 협력했던 행정부서의 전직 주임관(현재 행정고시와 같은 고등문관시험 합격자가 임용되었던 공무원) 이상, 군대의 전직 판임관(위관급 장교) 이상, 전직 고등계경찰(독립운동을 감시하고 탄압하는 직무를 가진 경찰) 이상 등을 지낸 자를 '친일파'로 규정하고 「친일파 처벌에 대한 기준」을 세웠다.

그런데 미군정청이 이 법률에 대한 인준을 거부했다. 왜냐하면 당시 미군정청이 친일경찰과 친일관료를 많이 고용하고 있었기 때문이다. 만약 '특별조례법률'을 미군정청이 인준해서 과도입법의원이 설정한 기준대로 친일파를 처벌하면 미군정청이 고용하고 있는 경찰 고위간부와 고위직 행정관료가 대부분 처벌을 받아야 되는데 그렇게 되면 군정청 업무가 마비된다. 그래서 미군정청이 '특별조례법률' 인준을 거부했던 것이다.

거기다가 미군정청 소속 친일경찰과 친일관료들이 입법의원들에게 협박 편지를 줄을 이어 보내고, 특별조례법률 제정을 비난하는 결의문을 작성해서 미군정청 장관에게 보내는 등 수단과 방법을 가리지 않고 '특별조례법률' 인준을 방해했다. 이와 같이 높은 벽에 부딪힌 과도입법의원은 그 벽을 넘을 수가 없었다. 한국에 처음 생긴 입법기관 '남조선과도입법의원'은 정치 경험이 전무하고 힘도 약해서 미군정청과 친일파들의 합동 공세에 무너질 수밖에 없었다. 이로써 친일파 청산과제는 시작도 못하고 그 다음 해에 구성된 제헌국회로 넘어가게 되었다. '남조선과도입법의원'이 친일파 청산의 뜻을 이루지는 못했지만 그 시도는 평가할 만하다.

당시 입법의원은 민선으로 45명을 뽑고, 미군정청 사령관 하지가 관선으로 45명을 임명해서 90명으로 구성되었다. 입법의원의 요직 인사는 아래와 같다.

의장 : 김규식 / 부의장 : 최동오 · 윤기섭
법무사법상임위원장 : 백관수 / 내무경찰상임위원장 : 원세훈
제정경제상임위원장 : 김도연 / 산업노동상임위원장 : 박건웅
외무국방상임위원장 : 황진남 / 문교후생상임위원장 : 황보익
운수체신상임위원장 : 장연송 / 청원징계상임위원장 : 김용모

위 '남조선과도입법의원'은 1948년 제헌국회가 구성됨에 따라 약 1년 반

동안의 입법 활동을 마치고 해산되었다. 따라서 '친일파 청산활동'도 그 결과가 없다.

❷ 〈친일반민족행위특별조사위원회(반민특위)〉 1948년 10월 22일 설치

상기 ❶에서 '남조선과도입법의원'은 친일파 청산작업을 완수하지 못했으나 다음 해 출범한 '제헌국회'가 헌법을 제정하면서 일제강점기에 희생된 애국선열의 넋을 위로하고 민족정기를 바로 세우기 위해 '친일파처벌특별법'을 제정할 수 있다는 조항을 헌법에 마련했다. 그리고 이 헌법을 1948년 7월 17일 공포하고, 곧 이어 「반민족행위처벌법(약칭 반민법)」을 제정하여 이 법을 1948년 9월 22일에 공포하고 같은 해 10월 22일 '반민족행위특별조사위원회(반민특위)'를 설치했다.

국회는 다음 단계로 「반민족행위특별조사기관설치법」을 제정하여 각 도에 조사책임자를 비국회의원으로 각각 임명했다. 또 특별재판부를 두고 부장은 대법원장 김병로가 맡고, 각부 부장재판관은 노진설, 서순영, 신현기가 맡았으며, 재판관은 신태익, 이종면, 오택관, 홍순옥, 김호정, 고평, 김병우, 김장렬, 이춘호, 정홍거, 최영환, 최국현 등이 선임되었다.

이렇게 구성된 '반민특위'는 발족한 지 두 달이 지난 1949년 1월 중앙청 205호 사무실에서 본격적인 활동을 개시했다. 반민특위 활동에 대한 국민의 지지는 열화와 같았고, 숨어있는 친일파를 신고하는 국민도 적지 않았다. 사회분위기가 이렇게 되자 자진해서 자수하는 친일파도 있었다.

그런데 이승만 대통령은 '반민특위가 사회에 불안감을 조성한다'는 이유로 반민특위활동을 중단하라고 여러 차례 담화를 발표했다. 뿐만 아니라 반민족행위처벌법 개정안을 국회에 제출하는 등 반민법 특위활동을 불법이라 하면서 친일파를 적극적으로 옹호했다. 이에 맞서 대법원장 김병로는 반민특위활동은 불법이 아니라는 성명서를 발표하고 이승만 정부를 향해 협조를 촉구했다.

이승만 대통령이 반민법 반대 담화를 발표하고, 국회의원 일부가 '반민족행위처벌법 개정안'을 제출하자 이에 고무된 친일파 무리는 수단과 방법을 가리지 않고 반민특위활동을 저지하기에 나섰다. 수도경찰청 수사과장 최난수와 사찰과 부과장 홍택희, 그리고 전 수사과장 노덕술 등은 반민특위 위원들 암살계획을 세우고 실행을 위해 백민태에게 청부했다. 이때 암살 대상자는 대법원장 김병로, 검찰총장 권승렬, 국회의장 신익희 등 15명이다. 그러나 이 암살계획은 백민태 자수로 실패하고 말았다.

정객암살을 실패한 친일파 세력은 정부 지원을 받아 국회를 비난하는 시위를 벌이고, 반민특위 사무실 앞에서 날마다 시위를 벌였다. 이 과정에서 반민특위는 친일파 시위를 배후에서 조종한 서울시 경찰국 사찰과장 최운하를 체포했다. 최운하가 체포되자 내무부는 6월 6일 장경근 차관 주도로 경찰을 출동시켜 반민특위 사무실을 습격하고, 반민특위 조사관들 무기를 압수해 갔다. 그리고 반민특위를 경비하기 위해 배치된 경찰을 모두 철수해버렸다. 반민특위 위원장 김상덕과 여러 간부들이 정부 처사에 항의하며 사표를 제출했고, 특위는 사실상 마비됐다. 설상가상으로 친일파 처벌에 적극적이었던 소장파 의원들과 특별검찰부 차장 노일환이 국회 프락치 사건으로 체포되어 반민특위활동은 더욱 악화되었다. 이와 같이 반민특위는 이승만 정권의 방해로 '친일파 청산'을 할 수 없게 되었다.

반민특위가 종료되면서 우여곡절 끝에 발표한 활동성과를 보면 총 취급 건수 682건 중 기소 221건, 재판 40건으로 형을 받은 사람은 고작 14명뿐이고, 형을 받은 사람들도 곧바로 풀려났다. 이렇게 견제와 방해공작 속에 친일파 검거 활동을 벌였던 반민특위는 1949년 완전히 해체되었다. 그리고 「반민족행위처벌법」은 6·25전쟁 후 1951년 2월에 폐지되었다.

'반민족행위특별조사위원회(반민특위)'가 구성되어 활약할 때 김성수 선생은 평민이었다. 선생은 제헌국회의원선거 당시 본인 지역구 종로갑구를 이북 출신 이윤영에게 양보하고 본인은 출마하지 않아 제헌국회에 들어가지 않았다. 따라서 선생은 「반민족행위처벌법」을 제정하는 일이나 '반민족행위특별조사위원회(반민특위)'를 구성하는 일에 일체 관여할 수가 없었고, 또 조사위원회 조사활동을 방해할 입장에 있지도 않았다. 자연인 김성수는 그야말로 대인다운 모습으로 초연하게 '반민특위' 활동을 지켜봤을 뿐이다. 그런데 '반민족행위특별조사위원회(반민특위)'는 선생을 친일파로 지목하지 않았고, 거론조차 하지 않았다. '반민특위'는 오히려 선생을 대 스승이요, 애국자로 존경할 따름이었다. 당시 국회의원이든 일반인이든 행정관리이든 경찰이든 친일파든 매국노든 선생과 같은 시대를 살았던 모든 이들은 아무도 선생을 친일파라고 하지 않았다.

❸ 〈민족정기를 세우는 국회의원 모임〉 2002년 2월 '친일파 708인 명단 발표'

상기 ❷에서 '반민족행위특별조사위원회(반민특위)'가 야심찬 활동을 벌였으나 이승만 정부 방해 공작으로 기대에 미치지 못하고 1949년에 해체됨으로써 국민 실망과 원망은 하늘을 찔렀다. 그리고 뒤이어 군사정권을 거치는 동안 친일파 청산문제는 착수조차 못 했고, 민주화 과정에서 정권이 바뀔 때마다 친일파 청산문제가 과제로 떠올랐다.

그러다가 2001년 국민의 정부(1998년 2월~2003년 2월) 때 국회 내에 〈민족정기를 세우는 국회의원 모임(민세모)〉이 결성되었는데 이 모임은 대한민국 국회의원 가운데 친일파 청산 및 독립정신 선양, 일본의 군국주의 부활 반대 등에 관심을 가진 국회의원들 모임이다. 이 모임의 제1기 회원은 30명으로 2명이 사퇴하여 나중에 28명이 남았고 제2기에는 탈퇴자가 생기는가 하면 새로 신입자도 생겨 회원은 56명으로 불어났다. 이들의 명단은 아래와 같다.

위와 같이 결성된 '민족정기를 세우는 국회의원 모임(민세모)'이 2002년 친일파 708인 명단을 발표했다. 이 대목에서 꼭 짚어야 할 점은 상기 ❶의 '남조선과도입법의원'과 ❷의 '반민특위'가 김성수 선생을 '친일파' 명단에 포함하지 않았는데 〈민세모〉가 최초로 선생을 친일파에 포함했다는 것이다. 여기서 국민이 꼭 알아야 할 놀라운 사실이 있다. 민세모의 제1기, 제2기 회장을 지낸 전 국회의원 김희선의 아버지 김일련은 독립군을 탄압했던 일제 치하 만주국 유하경찰서에서 독립군을 때려잡는 특무(特務)였다.

*위키백과는 김일련을 다음과 같이 설명한다.

김일련(金一鍊 1919~1954?, 의성 김씨)은 일제 강점기 만주국의 경찰이었다. 만주국의 경찰로 유하현 공안국 특무경찰로 근무하였으며 한국의 독립군을 탄압하였다. 김희선의 아버지이다. 창씨명은 가나이 에이이치(金井英一), 가네야마 에이이치(金山英一), 한편 그의 아버지 김성범의 이부 동생은 광복군 제3지대장 김희규라고 한다.

누가 누구를 보고 '친일파'라 하는가?

김대중은 1993년(대통령 되기 전) 광복 48주년 특별기고에서 이렇게 말했다.

"인촌은 비록 감옥에 가고 독립투쟁은 하지 않았지만 어떠한 독립투쟁 못지않게 우리 민족에 공헌을 했다고 나는 믿는다. 인촌은 동아일보를 창간해 우리 민족을 계몽하여 갈 방향을 제시해 주었고 큰 힘을 주었다. 그 공로는 아무리 강조해도 다 표현할 수 없을 정도로 큰 것이었다. 인촌은 오늘의 중앙고와 고려대를 운영해서 수많은 인재를 양성하여 일제 치하에서 이 나라를 이끌 고급인력을 배출, 우리 민족의 내실 역량을 키웠다. 인촌은 또한 근대적 산업 규모의 경성방직을 만들어서 우리 민족도 능히 근대적 사업을 할 수 있는 능력을 가지고 있음을 과시했다."
김대중은 또 2000년 3월 31일(대통령 재임 중) 동아일보 창간 80주년 기념식 축사에서도 인촌 김성수를 이렇게 찬양했다.
"인촌 선생은 민족·민주·문화주의 3대 강령을 내건 동아일보로 우리 민족의 앞날을 이끈 탁월한 스승이자 지도자였다."
                                                                            – 김대중 –

아래는 인촌 선생과 같은 시대를 살았던 지도자들 어록이다.

"인촌에 머리가 숙여지는 일은 어떤 사업과 경륜도 애국을 떠나서 한 일이 없고, 동지에 대한 뒷받침도 다만 동지애의 자연 발로였다."   – 대법원장 김병로 –

"인촌은 정치, 경제, 교육, 언론 등 다방면에 걸쳐 위대한 업적을 남겼다. 그러면서 그 배경에는 늘 민족주의와 애국심이 흐르고 있었다."   – 윤보선 대통령 –

"정치, 경제, 사회, 문화 각 분야에 다듬어 놓은 초석이 우리 문화발전에 얼마나 기여했는지 아는 사람은 우리 현대사에 그가 남긴 업적을 소홀히 다루지 못하리라."
                                                                         – 허정 국무총리 –

"경제 독립 없이는 진정한 독립도 없다는 인식 아래 경성방직 세우고 민족산업교육육성의 모범을 보여 자유대한민국 건국에 선각적인 민족 지도자이다."
                                                                  – 조병옥 제4대 대통령후보 –

"당신이 나랏일을 하겠다 결심하면 그것이 위험한 일이고 생명을 바치는 일이라 해도 반드시 했다. 전형적인 민주적 지도자다."   – 유진오 고려대학교 총장 –

"백년대계 위해 민족의 밑힘을 기른 교육가요, 책임 다해 학생을 직접 가르친 협의의 교육가였다. 참된 의미에서 민족 스승이다."   – 백낙준 전 연세대학교 총장 –

"마라톤선수 하나를 그리 자랑스럽게 여겨 격려해 주시는 모습에 인촌 선생의 참된 애국심을 보는 것 같아 가슴 뭉클했다."   – 손기정 마라톤 선수(베를린올림픽 금메달리스트) –

"애국이란 무엇인가? 권욕, 물욕을 초월하는 순수 나라사랑이다. 인촌 선생이야말로 겸손, 무욕, 무사(無私)의 진실한 애국자다. 대한민국대법원 대법관들 무지를 탄식한다."
                                                      – 박현태 KBS 전 사장·동명대학교 전 총장 –

"나라 근심 참된 정성임을 모셔 배우리라 온 겨레 마음의 별 인촌 선생 그 이름이여"
                                                                            – 조지훈 시인 –

❹ 〈광복회〉 2002년 10월 '친일반민족행위자 명단 책자발행'

'광복회'란 어떤 단체인가? [네이버지식백과에서 〈한국민족문화대백과, 한국학중앙연구원〉은 아래와 같이 광복회를 설명한다.

> 「일본에 의해 국권이 침탈되기 시작한 1895년 을미사변으로부터 광복 때까지 국내외에서 일제에 항거하다가 순국하였거나, 옥고를 치른 사람으로서, 정부로부터 독립유공건국훈장 · 독립유공건국포장 · 독립유공대통령표창을 받은 사람과 그들의 유족으로서 연금(年金)을 받고 있는 사람들로 구성된 국내 유일의 독립운동가 그 유족의 총집합체이다. 본부에는 회장과 부회장 2명에 사무국을 두고 있으며, 의전부(儀典部)가 특설되어 있다. 전국에 11개의 지회를 두고 있으며, 회원수는 1999년 현재 4,100명이다. 회원자격은 독립유공 수상자와 그 유족 중 연금 또는 생계 부조금을 받는 사람 전원으로 하고 있다.」

위 설명에서 본 바와 같이 '광복회'는 일본제국주의에 맞서 가장 치열하게 싸웠던 애국자들의 후예 모임이다. 따라서 이 모임에 속한 회원들은 왜놈 못지않게 '친일파'에게도 원한이 사무쳤다. 아니 어쩌면 '왜놈'보다 '친일파'가 더 눈엣가시였을 것이다. 그래서 그들은 1962년 〈광복회〉를 창설하고, 즉시 친일자 색출작업에 착수했다. 그리고 40년 후 2002년 10월, 드디어 『친일반민족행위자 명단』을 비매품 책자로 발행했다. 이 책자에 수록된 친일파 수는 692인이다.

그런데 〈(사)광복회〉는 『친일반민족행위자 명단』에 김성수 선생을 포함하지 않았다. 불과 8개월 전, 〈민족정기를 세우는 국회의원 모임(민세모)〉이 선생을 친일파 명단에 포함했음에도 불구하고 〈(사)광복회〉는 선생을 친일파명단에 넣지 않았다. 왜 그랬을까? 광복회 판단으로는 선생을 '친일파'로 볼 수 없다는 것이다. 선생은 국내외 독립군에게 천문학적인 군자금을 제공했다. 물론 많은 사람이 군자금을 독립군에 보냈지만 선생만큼 많은 군자금을 보낸 사람은 없다. 군자금을 독립군에 보내는 일은 선생의 독립운동 방법이다. 그래서 '광복회'는 『친일반민족행위자 명단』에 선생을 넣지 않았던 것이다.

(사)광복회는 정치계와 다르다. 정치계는 시류에 휩쓸리고 소속정당의 유불리에 따라 입장을 바꾸기 때문에 그들의 결정은 신뢰할 수가 없다. 더구나 국회법 절차에 따르지도 않고 국회의원 일부가 동호회로 모여서 만든 〈민족정기를 세우는 국회의원 모임(민세모)〉은 임의단체에 불과하다. 이런 단체가 결정한 '친일파 명단'은 아무 의미도 가치도 없다. 단지 국민 분열만 촉발했을 뿐이다. 반면 (사)광복회는 빼앗긴 나라 되찾겠다고 목숨 걸고 싸우던 애국지사들의 후예 모임이다. 이들은 시류에 휩쓸릴 이유도 없고, 오직 진정한 '친일파 청산'만이 지상과제다.

❺ 〈민족문제연구소〉 2009년 2월 『친일인명사전』 발간

〈민족문제연구소〉가 2009년 『친일인명사전』을 발간하면서 선생을 비롯해서 4,389인을 친일파로 등재했다. 〈민족문제연구소〉는 어떤 연구소인가? 이 연구소는 1989년 임종국이 타계했을 때 그 빈소에 모인 제자들이 그의 유지를 받들어 '반민족문제연구소'를 설립하자고 뜻을 모았고, 그로부터 2년 후 1991년 '반민족문제연구소(초대회장 김봉우)'가 설립되었다. 그리고 1995년 단체명을 '민족문제연구소'로 개칭하고 사단법인으로 등록했다.

임종국(1929~1989)은 경남 창녕에서 출생했고, 1956년 고려대학교 정외과를 졸업한 후 문학 활동을 했던 시인, 비평가, 사학자다. 그의 작품으로는 「비碑」(文學藝術, 1956.11.)와 「자화상自畫像」(思想界, 1960.1.) 등이 있고, 『흘러간 성좌』에서는 한용운韓龍雲 · 안창호安昌浩 · 이상李箱 · 권덕규權悳奎 · 윤심덕尹心悳 · 신채호申采浩 · 황석우黃錫禹 · 홍난파洪蘭坡 등 일제 치하에서 활동했던 문학예술가와 사상가들을 다루었다. 조지훈趙芝薰이 이 책 서문을 쓰기도 했다. 시인이고 비평가이며 사학자인 임종국은 사상가이기도 했다. 그래서 그를 따르는 사람들이 그의 유지를 기리고 그의 정신을 선양하기 위해 '민족문제연구소'가 탄생한 것이다.

그런데 '민족문제연구소'가 『친일인명사전』에 왜 김성수 선생을 넣었을까?
조사인력도 충분하게 갖추지 못한 민간단체가, 국가로부터 이 사업을 위임
받은 것도 아닌데 다툼의 여지가 많은 사건을 근거로 특정인에게 치명상
을 입히는 건 이해할 수가 없다. '민족문제연구소'가 선생을 친일파로 단정
한 근거는 아마도 상기 ❸의 〈민족정기를 세우는 국회의원 모임(민세모)〉이
2002년 2월에 발표한 친일파 708인 명단을 근거로 한 것이 아닌가 추측된다.

'민족문제연구소'가 김성수 선생의 어떤 행적을 보고 선생을 친일파라고
결정했는지 『친일인명사전』에 실린 김성수 부분을 발췌하여 여기에 그대
로 싣는다.

김성수 金性洙 | 1891~1955

보성전문학교 교장 · 동아일보 사장

1891년 10월 11일 전라북도 고창에서 태어났다. 호는 인촌(仁村)이다. 1906년에 전라
남도 창평 영학숙에서, 1907년에는 내소사에서 공부했다. 1908년 10월 도쿄 세이소쿠
영어학교에 입학했다가 1909년 4월 도쿄 긴조중학교 5학년에 편입했다. 1910년 4월 와
세다대학 예과에 입학한 뒤 이듬해 같은 대학 정경학부로 진학했다가 1914년 7월에
졸업했다.

1915년 4월 중앙학교를 인수하여 1917년 3월에 교장에 취임했다. 이 해에 경성직뉴
주식회사를 인수하고 경영했다. 1918년 3월 중앙학교 교장을 사임했다. 1919년 3 · 1
운동에 참여했다. 1919년 10월 조선총독부로부터 경성방직 설립인가를 받았고, 동아일
보 설립에 주도적으로 참여했다. 1920년 7월부터 동아일보 사장으로 일했다. 1921년
7월 조선인산업대회 발기인 총회에서 위원으로 선출되었다. 같은 해 9월 동아일보가
주식회사로 전환하면서 사장을 사임하고 취체역으로 활동했다. 동아일보를 매개로
1922년 11월부터 물산장려운동에 참여했고, 1923년 3월에 조선민립대학기성회 회금보
관위원으로 활동했다. 1924년 4월 동아일보 취체역을 사직했으며, 같은 해 9월 고문으
로 동아일보에 복귀했다. 이어 1924년 10월부터 동아일보 사장으로 전무와 상무를 겸
하다가 1927년 10월에 사임했다. 1928년 3월 경성방직 이사에서 물러났다. 1931년 9월
중앙고등보통학교 교장에 취임했다. 1932년 3월 보성전문학교를 인수한 뒤 1932년 6
월부터 1935년 6월까지 보성전문학교 교장으로 활동했다. 그해 5월 중앙학교 교장을
사임했다. 1935년 3월 '조선문학향상을 위해 도서출판의 진흥을 도모한다.'는 취지로
설립된 조선기념도서출판관의 관장 겸 이사로 추대되었다. 1935년 11월 경기도청의
수도로 '경기도 내의 사상선도와 사상범의 전향 지도 보호'를 복적으로 소도회(昭道會)의

이사에 선임되었다. 1936년 11월 '일장기말소사건'으로 동아일보 취체역에서 물러났다.

1937년 5월 보성전문학교 교장으로 다시 취임했다. 같은 해 7월에 일어난 중일전쟁의 의미를 널리 확산시키기 위해 마련된 경성방송국의 라디오 시국강좌를 7월 30일과 8월 2일 이틀 동안 담당했다. 같은 해 8월 경성군사후원 국방헌금 1,000원을 헌납했다. 같은 해 9월 학무국이 주최한 전조선시국강연대의 일원으로 춘천·철원 등 강원도 일대에서 시국강연에 나섰다. 1938년 7월 국민정신총동원조선연맹 발기에 참여하고 이사를 맡았다. 같은 해 8월 경성부 방면에서, 10월 국민정신 '총동원조선연맹'이 주최한 '비상시국민생활개선위원회'의 의례 및 사회풍조쇄신부 위원으로 임명되었다. 1939년 4월 경성부 내 중학교 이상 학교장의 자격으로 신설된 '국민정신총동원조선연맹'의 참사를 맡았다. 1941년 5월에 조직된 '국민총력조선연맹'의 이사 및 평의원을 지냈다. 같은 해 8월 '흥아보국단' 준비위원회 위원 및 경기도 위원을 지냈다. 이어 9월 '조선임전보국단'의 발기에 참여하고 10월에 감사로 뽑혔다. 1941년 '조선방송협회' 평의원과 '조선사회사업협회' 평의원도 겸했다.

조선에서 징병제 실시가 결정되자 1943년 8월 5일자 『매일신보』에 「문약의 고질을 버리고 상무기풍을 조장하라」라는 징병격려문을 기고했다. 이 글에서 징병제 실시로 비로소 조선인이 명실상부한 황국신민으로 되었다면서 지난 500년 동안 문약했던 조선의 분위기를 일신할 기회를 얻었다고 주장했다. 이어 상무기풍을 조장하여 문약한 성질을 고치기 위해서 인고·단련할 것을 청년들에게 요구했다. 그리고 이를 실천할 지름길로서 '황국신민의 서사'의 정신을 온몸으로 체득할 것을 당부했다. 10월 20일 조선에 학도지원병제가 실시된 이후 보성전문학교의 지원율을 높이기 위한 각종 활동에 나섰다. 같은 해 11월 6일 매일신보가 주최하는 학도출진을 말하는 좌담회에 참석하여 지원율이 저조한 이유를 조선인의 문약한 성질에서 찾았다.

1943년 11월 7일자 『매일신보』에 「대의에 죽을 때 황민 됨의 책무는 크다」라는 글을 게재했다. 이 글에서 "의무를 위해 목숨을 바치라"고 독려했다. 여기에서 말하는 의무는 '대동아 성전에 대해 제군과 반도 동포가 가지고 있는 의무'로서 살아오면서 받은 국가·가정·사회의 혜택에 보답하는 것이다. 만약 학병에 지원하지 않아서 '대동아건설'에 참여하지 못한다면 제국의 제일분자로서 '내지'와 조금도 다름없는 대우, 곧 권리를 받지 못할 것이라 경고했다. 게다가 권리를 주장하여 의무를 지는 서양과 달리 동양은 의무를 다 함으로써 필연적으로 권리가 생기는 것임을 강조했다. 일본인은 3,000년 동안 의무를 수행하여 권리를 얻었지만 조선인은 단시일이라도 '위대한 의무'를 수행함으로써 일본인의 오랫동안의 희생에 필적할 수 있다고 보았다. 그 의무는 "제군이 생을 받은 이 반도를 위하여 희생"하는 것, 곧 죽을지도 모르는 학병에 지원하는 것이었다. 11월 20일 학병지원 마감일을 맞아서는 『경성일보』에 학병지원자는 모두 원칙대로 징용되어야 한다는 입장을 밝혔다. 12월 7일에는 학병들이 남아있는 가족 걱정으로 전투할 때 지장을 받지 않도록 후방에서 군인 원호사업에 힘쓸 것을 강조했다. 12월 10일 징병검사를 맞이하여 『매일신보』에 「학병을 보내는 은사의 염원」을 밝히면서, 한 사람도 주저함 없이 "영광스러운 군문으로 들어가는" 징병검사에 나설 것을 촉구했다. 12월 17일 보성전문학교의 학도지원병 예비군사학교 입소식에서 "제군은 세계무비의 황국의 일원의 광영을 입게 되었으니 학도의 기분을 버리고 군인의 마음으로 규율 있는 생활을 하라."고 훈시했다.

해방 후 1945년 9월 미군정청 한국교육위원회 위원으로, 10월 미군정청 한국인 고문단 의장으로 활동했다. 1946년 1월 동아일보 사장에 다시 취임했고, 송진우의 사망으로 공백이 된 한국민주당 수석총무로 선출되었다. 같은 해 2월 보성전문학교 교장을, 1947년 2월에 동아일보 사장을 사임했다. 1949년 2월 민주국민당을 창당하고 최고위원으로 선출되었다. 같은 해 7월 동아일보 고문이 되었다. 1951년 6월에 대한민국 부통령으로 선출되어 1952년 5월까지 활동했다. 1955년 2월 18일에 사망했다. 1962년 대한민국 건국공로훈장 복장(複章)이 추서되었다.

'민족문제연구소' 주장에 따르면 위 내용이 선생의 친일행적이다. 그런데 위에 나열한 연설문과 신문에 기고한 글은 선생이 극한 상황을 피하기 위해 행한 일일 뿐 본의가 아니다. 라디오로 방송했던 연설문은 총독부가 작성해서 선생에게 낭독을 강요했던 것들이고, 신문기사는 총독부가 작성해서 선생에게 잠깐 보여주고 보도한 것과 그들의 강요에 못 이겨 선생이 써 준 원고들이다. 선생이 자유의지로 연설했거나 기고한 원고는 단 한 점도 없다. 따라서 위 내용은 선생이 친일했다고 볼 수 있는 근거가 못 된다.

우리 국민이 '친일파 청산'을 염원하는 것은 애매모호한 사람을 잡으라는 것이 아니다. 누가 봐도 매국노이고 누가 봐도 동족을 괴롭힌 왜놈 앞잡이들을 처벌하라는 염원이다. 그런데 김성수 선생을 친일파로 몰아세우는 것은 있을 수 없는 일이다. 영원히 존경받아야 할 민족의 대 스승을 부관참시해서 얻을 것이 뭔가? 참으로 한탄스러운 일이 아닐 수 없다.

만약 상기 ❷의 〈친일반민족행위특별조사위원회(반민특위)〉가 '친일파 청산'을 성공했다면 선생은 친일파 명단에 포함되는 일이 없었을 것이다. 그런데 불행하게도 이승만 정부가 '친일파 청산'을 하지 않고 이것을 민족의 과제로 남겨 둔 것이 화근이 되어 훗날 일제강점기를 체험도 못 해 본 사람들이 생사람을 잡았다.

❻ 〈친일반민족행위진상규명위원회〉 2009년 11월 『보고서』 발간

상기 ❺의 〈민족문제연구소〉가 『친일인명사전』을 발간했던 2009년, 정부는 『친일반민족행위진상규명 보고서』를 발간했다. 이 『보고서』를 발간한 〈친일반민족행위진상규명위원회〉는 특별법(2004. 3. 22. 법률 제7203호로 제정)에 따라 2005년 5월 31일 발족한 위원회다. 이 위원회 위원장은 두 사람인데 초대 위원장은 강만길로 출범부터 2007년 5월까지 맡았고, 2기 위원장은 성대경으로 2007년 5월부터 2009년 11월까지 맡았다. 그리고 위원회 조직은 두 차례 개편을 거쳐 최종 조직은 1처 1단 1실 7팀으로 총인원 113명의 방대한 조직이었다. 이 조직이 4년 6개월 동안 활동하여 내놓은 『보고서』는 25권짜리 한 질의 책이다. 그리고 이 위원회가 4년 6개월 동안 활동하여 결정한 친일반민족행위자는 1,006명이고 선생도 여기에 포함되었다.

『친일반민족행위진상규명 보고서』는 러일전쟁이 발발한 1904년부터 한반도가 해방된 1945년까지 기간을 3기로 구분해서 발표했다.

제1기 : 1904년 러일전쟁~1919년 3.1 운동까지(친일반민족행위자 106인)
제2기 : 1919년 3·1 운동~1937년 중일전쟁 발발 시까지(친일반민족행위자 195인)
제3기 : 1937년 중일전쟁 발발~1945년 광복까지(친일반민족행위자 705인)

계 1,006인

제1기는 일제식민지 초기로 일본제국주의 식민지정책이 아직은 미숙한 단계였다. 그런데 이때부터 일찌감치 일제 하수인이 되어 자국 백성을 때려잡으면서 일제에 충성하던 사람들이 있었다. 이 사람들이야말로 변명의 여지가 없는 친일반민족행위자다.

제2기는 일제가 조선의 3·1 운동을 보고 놀란 나머지 식민지정책을 무단정치에서 문화정치로 수정한 이후다. 그런데 일제가 문화정치로 전환했다고 해서 조선 백성의 삶이 좋아졌던 것은 아니다. 말로는 문화정치를 표방했지만 내적으로는 내선일체를 명분으로 더욱 교활하고 기만적이며 악랄한 정책으로 발전해 갔다. 말하자면 일제의 식민지정책이 고도의 행정으로 발전한 것이다. 그러나 이때만 해도 독립군을 제외한 일반백성은 크게 위협받지 않았다.

제3기에는 조선 백성이 공포의 늪에 빠졌다. 1937년 7월 7일 중일전쟁을 일으킨 일제가 발악하여 수단과 방법을 가리지 않고 조선의 모든 것을 빼앗아 전쟁에 투입했기 때문이다. 특히 1943년 이후 상황은 설상가상이다. 전쟁물자와 병력자원이 이미 고갈된 상태에서 태평양전쟁에 돌입한 일제가 조선을 병참기지화 했다. 식량과 물자는 물론이고 젊은 청년은 군인으로, 장년은 노무자로, 어린 소녀는 위안부로 잡아갔고, 저명인사 이름을 도용하여 여론전에 사용했다.

조선백성은 숟가락과 밥그릇까지 빼앗기며 살았는데 빼앗긴 것이 친일이라면 인생을 통째로 빼앗긴 종군위안부도 친일파고 일장기를 가슴에 달고 뛰었던 손기정 선수도 친일파다. 그렇다면 조선 백성 중 친일파 아닌 자가 누구인가? 선생의 연설문과 신문보도문은 모두 이때 발표되었다. 재삼 강조하건데 1937년 7월 이전에 친일한 사실이 없는 사람은 친일파가 아니다. 선생을 친일파로 몰아세우려면 적어도 단 한 건이라도 1937년 이전의 친일행적을 제시해야 된다.

❼ 〈소송〉 2010~2017년

대한민국 땅 한반도를 하늘이 내려다보고 있다. 이 땅을 지배하는 정권은 우파에서 좌파로, 좌파에서 우파로 바뀌어 왔지만 하늘은 바뀌지 않았다. 선생이 '친일반민족행위자'라니… 하늘이 노할 일이다. 대한민국 정부기구인 〈친일반민족행위진상규명위원회〉가 선생을 '친일반민족행위자 1,006명'에 포함시켰다. 상기 〈민세보〉와 〈민족문제연구소〉기 선생을 친일파로 규정한 섯은 그까짓 거 가볍게 넘길 수 있다. 그러나 소위 정부가 선생을 '친일파'로 결정한 것은 참을 수 없는 일이다. 그래서 선생 자손이 대한민국 행정안전부 장관을 상대로 행정소송을 제기했다. '친일반민족행위진상규명위원회가 2009년 김성수를 친일반민족행위자로 결정한 부분을 취소하라.'는 행정소송이다. 그런데 3심까지 다툰 결과는 비극이었다.

> 1심(서울행정법원 제5부) : 2011.10.20. 판결선고(원고패소)
> 2심(서울고등법원 제7행정부) : 2016.1.14. 판결선고(원고패소)
> 3심(대법원 제1부) : 2017.4.13. 판결선고(원고패소)

대한민국 정부가 분별력 있는 정부라면 지금이라도 『친일반민족행위진상규명 보고서』의 잘못된 부분을 바로잡고 1937년 중일전쟁(상기 제3기) 이후 행위 때문에 친일파로 결정된 백성에게는 진정성 있는 사죄를 해야 한다.

〈맺는 말〉

'친일파 청산활동'을 했던 6개 단체가 순차적으로 조사해서 친일반민족행위자 명단을 발표했는데 그중 3개 단체는 선생을 '친일파'로 결정하지 않았고, 3개 단체는 '친일파'로 결정했다.

선생을 '친일파'로 분류한 단체 또는 정부기구는 ❸ 〈민족정기를 세우는 국회의원 모임(민세모)〉과 ❺ 〈민족문제연구소〉와 ❻ 〈친일반민족행위진상규명위원회〉다. 그런데 이 사람들은 해방 후에 출생한 사람들로서 일본제국주의 통치를 당해보지 않은 사람들이다. 반면, 선생을 '친일파'에 포함하지 않은 정부기구 또는 단체는 ❶ 〈과도입법의원〉과 ❷ 〈친일반민족행위특별조사위원회(반민특위)〉와 ❹ 〈광복회〉다. 이 사람들은 일제 강점기에 선생과 함께 생명을 걸고 항거했던 당사자들이다.

상기 ❸❺❻ 과 ❶❷❹ 결정 중 어느 쪽 결정이 더 신뢰할 수 있는 결정인가? 만시지탄이지만 정부가 2009년에라도 〈친일반민족행위진상규명위원회〉를 출범시켜 친일파 명단을 확정한 것은 '언젠가는 해야 할 일을 했다'고 생각한다. 하지만 생사람 잡는 일은 없어야 할 것 아닌가? 일제 패망 64년이 지난 2009년도는 친일파로 결정된 당사자들이 모두 사망한 후다. 그래서 친일파로 결정된 망인들은 진술할 기회조차 갖지 못했다. 따라서 이 조사는 '망인을 피고로 세워놓고 재판하는 것'과 다를 바 없다. 친일파 청산문제는 우리 민족사에 가장 가슴 아픈 일이다. 그래서 개개인에 대한 친일파 여부 결정은 적어도 국민의 90% 이상이 납득할 수 있을 만큼 명약관화한 친일행적이 있는 사람으로 한정해야 된다. 그런데 대한민국 정부는 섣부른 판단을 애국지사를 '친일파'로 결정하는 중대한 과오를 범했다. 정부는 하루속히 이 과오를 바로 잡아야 한다.

《필자 제안》

이 글을 읽어주신 독자 제위께 감사의 인사를 드립니다. 아울러 필자가 평소에 가지고 있던 민족적 사회운동을 당돌하게 제안합니다. 필자 제안에 동의하신 제현께서는 연락 주시면 뜻을 모아 억울하게 누명 쓴 애국선열의 명예를 회복하는 운동을 전개하고자 합니다.
(E-mail : iamakim@naver.ccm)

《사회운동 내용》

상기 본문 중 ❷ 1948. 10. 22. 설치된 「친일반민족행위특별조사위원회(반민특위)」가 취급한 682건 중 형을 받은 인사 14인과 ❸ 2002년 2월 「민족정기를 세우는 국회의원 모임(민세모)」이 발표한 '친일파 708인'과 ❹ 2002년 10월 「광복회」가 발표한 '친일파 692인'과 ❺ 2009년 2월 「민족문제연구소」가 발간한 『친일인명사전』에 등재된 4,389인과 ❻2009년 11월에 「친일반민족행위진상규명위원회」가 발행한 『보고서』에 등재된 '친일반민족행위자 1,006인' 등 총 6,795인 중 1937년 7월 7일(중일전쟁발발) 이후 행적 때문에 '친일파'로 오인된 인사들은 "친일파가 아니다"라는 사회운동을 전개하여 '친일파'라는 누명을 벗겨드리고, 그분들 명예회복을 도모코자 함.

청년 인촌 김성수 선생의 열정과 찬란한 업적
- 민족 청년 고대인에게 고함 -

리 훈(인류학 박사)
(사)교육개혁실천시민연대(교실련)상임대표
GKMWPCO(NGO)조직위원회 위원장

1. 시작하며

민족 고대와 인연을 맺고 면학에 정진하게 된 것은 무등산 증심사 계곡 춘설헌 화실에서 평생을 은거하며 동양화 작품에 전념하신 원로작가 故 의제 허백련(1891-1977) 선생의 가르침과 사랑 때문이었다. 의제 선생은 인촌 선생과 인연이 매우 깊어 동경 유학 시절 같은 하숙집에서 고하 송진우 등과 빼앗긴 조국과 민족독립을 실현키 위해 망국의 한을 달래며 밤이 새도록 토론하며 함께한 동지였다.

의제 선생과 필자와의 인연은 청소년 시절 고향 무등산을 좋아해 자주 등반할 때였고 춘설헌에 자주 들러 문안 인사를 드렸던 것이 계기가 되었다. 그 무렵 10대 후반기라 감수성이 예민한 때였기에 선생님의 자연스러운 가르침이 잘 반영되는 시기였고 선생님께서 차와 식사를 함께하며 모친의 안부를 묻고 효도해야 한다며 일찍 작고하신 필자의 조부에 대해서도 말씀을 해주시는 등 분에 넘치는 사랑을 받았다.

의제 선생은 특히 인촌 선생에 대한 인연과 동경유학 시절, 그리고 독립운동에 관해 소상히 말씀해주셔 큰 감명을 받았으며 필자 나이 20세 전후반에 인촌 선생과 의제 선생에 대해 글을 쓰겠다는 의욕을 갖고 의제 선생께 많은 것을 묻고 기록하면서 고려대를 가야겠다는 결심을 하게 되었고, 의제 허백련 선생 생애와 정신에 대해 1968년에 기술하기도 했다.

꿈이 있으면 반드시 희망이 보이고 그 꿈과 희망을 위해 불철주야 노력하면 기필코 달성된다는 생각에 그토록 좋아하는 친구들과 운동을 접고 부족한 실력을 만회하기 위해 7수 아닌 7수를 해 꿈꾸던 안암동 고려대학에 입학하게 되어 그 기쁨은 말로 형용할 수 없었고 서울 유학생이라서 한 푼이라도 절약하기 위해 대학 앞 제기동 김진 박사(법학) 댁에 기거했다.

대학, 대학원 6년간 방학 동안을 이용해 인촌과 의제 선생에 대한 글을 마무리해 고우회보 기획특집(1976년 1월 5일)과 고려지에 기고한 것은 고려대학에 오기 전 무등산 춘설헌 화실에서 의제 선생과의 무언의 약속을 실천했던 것이고 평화창조자 P.세레솔을 번역해 1978년에 출판했던 것도 폭넓은 면학 과정의 일환이었다. 검소와 절제로 생활하며 오직 농촌 봉사활동에만 전념했었다.

농경시대였기에 소를 팔아야 입학금과 등록금을 마련해야 하는 시대상을 상징하는 대명사로 대학을 牛骨塔이라 했다. 모두가 힘들었던 시절이기에 대학 입성은 선택 받은 者라는 사실을 절감케 했다. 이 시대엔 군사독재가 판을 치는 시기라 사회 불신이 고조되어 언행에 매우 조심해야 했다. 그럼에도 김상협 총장은 知性과 野性이란 話頭로 한국 지성 사회에 커다란 방향을 초래하기도 했다.

총장님과는 재학 때부터 특별한 인연으로 사랑을 받게 되었고 대학과 대학원 졸업장을 존경한 총장님께 직접 수여받은 행운을 얻기도 했다. 두 번의 졸업식장에서 총장님과 무언의 약속을 했다. "졸업이라 어쩔 수 없이 캠퍼스를 떠나지만 평생 학생이 되겠다는 다짐을 했었다. 그 후 인촌 선생의 애국애민 정신을 잊지 않기 위해 미력이나마 최선을 다해야 한다는 생각과 함께 안암동에 우뚝 선 민족 고대에서 6년 동안 무엇을 배웠느냐'는 자문자답을 해보기도 했다.

결국 안암동을 그렇게도 떠나기 싫어한 마음을 천지신명께서 아셨는지 대학원 졸업과 동시에 모교에서 교양 강의를 맡게 되었고 강의는 10년이 넘도록 지속되었다. 평소 김상협 총장님께서 이 박사라 불러 무척 당황하며 "총장님 아직 박사가 아닙니다"라고 하면 "내가 박사라고 하면 박사여요 그렇게 열심히 하는데 머지않아 박사가 될 것입니다. 그것도 특별한 박사 말이여요" 하며 웃으시곤 했다.

올해 2020년은 그 어떤 나라와 전문가들도 감히 예측하지 못한 코로나 19 공포 쓰나미가 인류에게 큰 충격을 주었고 나아가 남북관계가 심각한 상태로 치닫고 있어 국민 모두는 걱정과 함께 여러 우려를 자아내고 있으며 국제 정세와 미·중 간에 여러 징후가 있지만 현재의 어려움과 시련이 어찌 나라를 빼앗긴 일본 침략 36년과 비교할 수 있을까? 난세에 영웅이 난다고 하듯, 인촌 선생의 영웅적 행동과 불타는 열정은 그 누구도 발견하지 못한 지혜와 비전을 창안했기에 이를 살펴 우리 모두의 새로운 가치와 행동양식을 삼고자 이 글을 썼다.

그간 필자가 행한 면학과 경험을 바탕으로 서술한 봉사와 평화에 대한 저서 10여 권과 신문 잡지와 60여 년 간의 실제적 봉사 활동을 통해 얻은 체험을 바탕으로 서술했으며 보다 발전된 사회와 나라를 위해 정의로움에 헌신하며 묵묵히 저술 활동을 해온 분들의 열정에 힘입어 이 글을 썼음도 밝힌다.

인촌께서 세운 고려대학교, 동아일보, 경성방직은 민족을 위한 민족에 의한 민족을 위한 지성이고 비전이기에 충분했기에 우리들의 미력한 힘이나마 청년 인촌 정신을 공유하기 위해 이 글을 쓰고저 합니다.

2. 청년 인촌과 애국애민 정신

필자가 가장 중요시 여긴 것은 인촌 선생의 청년 정신입니다. 선생께서 펼치신 위대한 업적들이 거의 25세 전후에 실천되었다는 사실을 매우 중요시 여겼기에 청년정신을 강조했고 이것은 일제침략 시대의 엄청난 시련 속에 펼쳐진 민족 유일한 희망이었기에 더욱 그러합니다. 여기에서 말한 청년의 의미가 생리적 현상을 뜻하는 점이 아니라 창조적 정신과 과감한 실천력과 융합력에 중점을 둔 것을 이해했으면 합니다.

금년, 2020년은 조국광복 75년이고 6.25 전쟁과 분단 70년입니다. 때문에 한반도가 처한 현 상황에 대한 고찰과 여기에 따른 진정한 반성이 절실히 요구되고 있습니다. 광복 75년을 회고해보면 세계가 놀란 한강의 기적을 초래했지만 아직도 한반도의 완전한 통일과 완전한 조국 독립 실현에는 거리가 멀다는 견해도 있습니다. 조국분단 70여 년임에도 불구하고 지금도 처참함으로 점철되어 서로를 증오하며 평화통일과 선진국 진입에 크나큰 장애가 되고 있습니다.

오늘날 지구촌은 거의 자국의 이익만을 위해 혈안이 되어 있고 국력을 배경으로 경제 전쟁으로 치닫고 있음에도 불구하고 우린 이익 집단이 된 보수와 진보의 불신에 찬 극한 대립, 세대 간 지역 갈등, 정부도 우려하는 빈부 격차, 끝이 보이지 않는 남북대립과 분쟁, 반대를 위한 싸움질로 치닫는 국회, 극에 달한 법조계의 불신감, 거의 절망적인 지도자들의 탐욕 등이 총체적 위기상황으로 치닫고 있어 마치 구한말의 악랄한 친일파들과 일본 침략자들의 만행을 보는 것 같아 걱정입니다.

인촌 선생은 그 어려운 일제침략 36년과 대한민국 건국과정에서 오직 실천적 봉사정신으로 건국과 민족을 위해 바친 순수한 열정과 현실은 과히 초인적이었습니다. 앞에서도 언급했지만 중앙학교, 동아일보, 보성전문(현 고려대학교), 경성방직 등의 설립이 거의 30세경에 구체적으로 실현되었다는 사실에 더욱 놀랍습니다. 아무리 재산가의 자손이지만 어떻게 그렇게 할 수 있었을까에 대한 해답은 의예로 간단합니다. 청년 인촌의 순수한 애국심과 열정이 도탄에 빠진 민족과 나라에 집중되어 분골쇄신 했기에 가능했다는 생각을 해봅니다.

특히 부모님과 가족의 신뢰가 그러했고 와세다 대학을 마치는 과정에서 일본에 대해 철저한 분석과 친구들과 지속적인 토론 등을 융합하고자 하는 마음과 행동 나아가 일제 침략자들을 이길 수 있는 길은 오직 배워야 한다는 일념에서 민족교육과 계몽에 대한 냉철한 인식과 자각에 의한 결과였고 청년 인촌의 이러한 신념과 철학은 인촌 특유의 인간관계와 思惟 그리고 감히 누구도 따를 수 없는 실용주의와 오직 나라와 민족을 구해야 한다는 굳은 信念과 熱情, 그리고 哲學때문이었다고 봅니다.

오늘날 자본주의가 판을 치는 시대에도 어떤 대기업 2, 3세도 청년 인촌이 행한 업적을 따를 수 있을까? 그 당시 엄청난 사재를 들여 민족의 단합과 나라의 미래를 위해 전국을 순회하며 민족지도자들의 나라와 민족에 대한 생각과 자각을 함께하고자 했던 思慮 깊은 청년 인촌의 철저한 민족정신과 나라 사랑하는 마음을 뉘라서 감히 따를 수 있을까? 그것도 일제침략 36년의 처참한 시대에서 그토록 밝은 햇불을 과감히 밝혔으니 말입니다.

참으로 놀라운 과업들이 섬광처럼 우리 8,000만 민족 그리고 나라 앞에 그 위대한 업적들이 우뚝 서 미래를 비추고 있어 대한민국의 앞날에 크나큰 자랑으로 빛날 것이란 기대를 하게 됨은 필자만의 생각이 아니라 봅니다. 뜻이 있으면 반드시 길이 있었습니다. "민족 고대 우리 모두 함께하는 청년 고대인 여러분! 그 위대한 광장 인촌이 창안했다는 사실을 자각하시어 민족 고대에서 청년 인촌의 애국애민정신 그리고 나라 사랑하는 뜨거운 열정과 심오한 철학과 사상을 깨달아 밝은 세상을 열자는 것입니다.

3. 민족대학 건학정신과 청년 민족고대

청년 인촌 선생은 오직 민족의 자주적인 정신과 함께 그 역량을 길러 침략자 일본을 이겨야 한다는 絶體絶命의 민족적 사명을 위해 묵묵히 그 위대한 길을 희생적으로 실천하는 과정에서 민족 자강정신을 택했으며 그 결과로 인해 중앙학교와 보성전문 그리고 동아일보와 경성방직을 설립해 도탄에 빠진 나라와 민족에 크나큰 동력을 촉진시키고자 불철주야 노력했으며 거의 말살되어가는 민족정기 회복을 위한 희망과 비전을 제시했던 점이 청년 인촌 선생의 위대한 능력이었습니다.

청년 인촌이 펼친 그간의 민족과업들을 살펴보면 20대에 거의 완벽한 준비와 설계를 완성해 실천했기에 그러한 정신과 철학을 상징하는 대목은 고려대학교 교훈 자유, 정의, 진리와 동아일보의 민족문화 창달과 경성방직의 민족경제 부흥을 제창했던 점에 대해 주목해야 합니다. 다시 말해 청년 인촌의 이러한 정신은 도탄에 빠진 나라를 구해야 한다는 시대정신을 상징했던 것입니다. 이러한 정신으로 철저히 무장된 인촌 선생에 대해 高大人 전체가 깊은 관심을 갖고 면학에 정진하자는 것입니다.

서문에도 언급했지만 어느 시대이건 최고 학부인 대학에서 면학에 정진할 수 있다는 사실은 이유를 막론하고 선택된 者임을 인식해야 합니다. 왜냐하면 그런 의식과 행동은 자신과 이웃, 사회와 나라 그리고 민족에 봉사하고 헌신하는 것으로 귀결되어지기 때문입니다. 다시 말해 민족고대 건학정신이 바로 민족과 나라의 번영과 직결되기 때문입니다. 이것이 청년 인촌 선생의 숭고한 정신이요, 철학이기에 더욱 위대하다는 것입니다.

오늘날 대학의 역량과 기능이 직업을 갖기 위한 방편과 수단에 치우친

감이 없진 않지만 대학인 스스로 폭넓은 면학에 힘써야 하며 청년 시절을
마음껏 구가해 미래지향적인 면학 분위기가 창조되었으면 하는 마음을 금
할 길 없습니다. 청년들의 직업, 매우 중요합니다. 하지만 자신의 능력과
시대성 그리고 과연 무엇을 생각하고 취하며 구현해야 하느냐에 대한 力
動的인 思惟가 적실하다는 것입니다. 때문에 대학인은 한 개인으로 머무는
것이 아니라 민족과 조국의 장래와 직결되어 있기 때문입니다.

4. 청년 대학인의 면학과 학파조성

대학인의 요람인 캠퍼스는 분명 학문의 전당입니다. 오늘날 대다수 청
년들은 대학에서 4-6년 과정을 이수하며 자신을 연마하고 있습니다. 평균
수명이 85세라 감안하여 초등 6년, 중고 6년, 대학 4-6년을 합하면 모두
20-22년을 교육에 힘쓰고 거의 생의 사분의 일을 면학과 함께하고 있습니
다. 대학 4-6년은 자기 인생에서 마지막 교육기간에 해당되는 시기입니다.
그래서 대학인의 사명은 매우 중요하다는 것입니다.

필자 역시 이 점에 대해 안암동 졸업식장에서 평생 동안 학생이 되겠다
고 다짐했기에 오늘까지 부단히 노력해왔습니다. 작고하신 어머님과 身長
만큼 책을 쓰겠다고 약속했지만 이제 겨우 10여 권 정도에 불과합니다.
그러나 그간 기고를 위해 써온 원고를 합하면 키의 몇 배가 되겠지만 말입
니다. 필자의 경험으로 봐 면학에서 가장 중요한 사실은 건강과 독서가
아닌가 합니다. 전공과목도 중요하지만 무엇보다 폭넓은 독서력이 뒷받침
될 때 전공도 빛나고 지혜로운 삶을 영위할 수 있기 때문입니다.

서구의 유명 대학들은 200여 년의 역사를 지니고 있지만 그 학문의 꽃이
거의 연구실과 도서관에서 피어난다는 사실을 이해할 수 있습니다. 교수들
을 중심으로 한 전공과목에 대한 학문연구 열정이 대단할 뿐 아니라 그 협력
과정도 참으로 무서울 정도입니다. 200여 년에 불과한 콜롬비아대학 등의

빛나는 업적들은 수많은 노벨상으로 이어지고 있고 무려 한 대학에서 70~80회의 걸쳐 노벨상을 수상하고 있는 사실에 주목해야 할 필요가 있습니다.

대학에서 학문 연구와 탐구는 필연적입니다. 때문에 대학인의 연구 의지와 능력 그리고 열정도 매우 중요하지만 서로 협력하고 조화하고 융합하는 과정도 빼놓을 수 없는 학풍입니다. 그래서 학문의 전당인 대학에는 학파가 존재해야 합니다. 민족고대 115년이지만 이 점에 대해 생각해야 합니다. 청년 인촌 선생은 보전학회를 조성해 1934년 3월 보전학회 논집을 발행해 일본대학과 경쟁하는 활발한 학술 활동을 했으며 학생들의 진취적 활동을 위해 연극부, 웅변부, 운동부 등을 결성했던 것입니다.

5. 청년 민족 고대인의 사명감

누가 뭐라 해도 고려대학은 민족 대학으로서 지난 115년 동안 쉬지 않고 학문 연구와 나라 발전 그리고 민족에 대한 역량에 지대한 관심과 노력을 기울여 왔다는 사실을 부인할 수 없을 것입니다. 그 과정을 보면 첫째, 이 나라를 이끌 인재 양성의 중심적 책무를 다해 나라에 필요한 인재를 배출해 왔고, 둘째, 나라를 위한 정의로운 청년들을 길러 독재정권과 군사쿠데타를 일으킨 세력들과 맞서 맨손으로 싸워 이 나라 민주주의를 지키고 확산하는 청년들을 양성해 지성과 야성을 고무해 이바지해 왔습니다.

여기서 말한 독재정권이란 이승만 대통령과 함께 자유대한민국을 세우는 데 앞장서 건국에 최선을 다했으며 이승만이 건국의 아버지라면 인촌은 건국의 어머니였다는 사실은 자타가 공인하는 바입니다. 그러나 이승만을 추종하는 세력에 의해 돌이킬 수 없는 독재정권으로 치닫자 당시 부통령이었던 청년 인촌은 과감히 부통령직을 던져 독재 정권에 맞서 싸웠던 것입니다. 청년 인촌의 마지막 유언의 한마디 "참으로 나라가 걱정된다."는 서글픈 우려가 4.19 학생혁명으로 치닫고 말았습니다.

이승만 독재 정권이 비참하게 무너졌던 것은 4.18 고대 학생의거에 의해 4.19 혁명으로 발전된 것입니다. 이것은 "정의로운 청년의 힘"에 의해 발현되어 성공한 유일한 학생 혁명이었습니다. 그 중심에 "민족고대정신"이 축을 형성했고 다름 아닌 고대생들이 일으킨 4.18 학생의거가 이승만 독재에 항거하는 4.19학생 혁명으로 전국에 확산되었던 것입니다. 순수 청년의 힘이 결국 역사의 수레바퀴를 돌리는 위대한 순간이었습니다.

오랜 역사에서 보면 청년의 힘이 역사의 물줄기를 바꾼 사례가 적지 않을 뿐만 아니라 역사의 사명감을 지속적으로 부여해 왔던 사실들이 너무도 많아 열거하기가 쉽지 않습니다. 청년들의 열정과 청년들의 용기가 없었다면 오늘날 역사가 어디쯤에 와 있을까요? 청년고대인의 사명감, 청년 정신과 인촌 선생 건학정신이 함께한 과감한 실천력을 발휘해 학교 발전과 나라와 민족 발전을 위해 함께 정진해 가자는 것입니다.

6. 청년 고대 정신과 義人塔

청년 인촌 선생께서 건학과 함께 결정한 정신과 철학 등을 상징하는 사실들은 많지만 고대 본관의 웅장한 본관건립 당시 인촌 선생 생각은 참으로 비장하고 웅대했지요. 그것은 일제 침략자들에게 보이고자 한 민족 자존심이었으며 중앙 현관문에 새긴 호랑이와 무궁화를 조각했던 것은 매우 중요한 의미가 있습니다. 따라서 교명을 고려대학교라 하고 교훈을 자유, 정의, 진리로 정한 것은 청년 인촌의 심오한 사유에서 비롯된 결과였고 고구려의 진취적 기상을 실현코자 했으며 고려대학을 민족대학으로 세워 크게 발전시키고자 한 신념을 여러 곳에서 확인할 수 있습니다.

이것은 청년 인촌이 대학을 세우기 전 세계 여러 나라 유수한 대학을 두루 살펴본 결과였습니다. 한 많은 구한말과 일제 침략을 겪은 체험자이기에 민족교육과 계몽을 위해 헌신했으며 군건한 나라를 세우며 건국을 위해 산파역을 자임하며 모든 면에 솔선수범을 보인 대한민국의 선각자였던 것입니다.

때문에 청년 인촌은 자유, 정의, 진리를 위해 이승만 독재에 과감히 맞서 싸웠으며, 청년 고대인은 그 숭고한 뜻을 받들어 4.18 고대 학생 의거, 4.19 학생 혁명대열에 과감히 나섰던 것입니다. 그래서 오늘날 우리는 자유민주주의를 이 만큼이나 향유하고 있지 않습니까? 아쉽게도 아직까지 자유, 정의, 진리의 실현이 미흡해 지금도 진행 중에 있습니다. 그래서 고대와 나라 발전을 동일 선상에 보며 인촌 동상과 4.18탑을 대할 때마다 義人塔도 오래전에 조성했어야 했는데 그러지 못해 못내 아쉬웠던 것입니다.

청년 고대인 여러분!

진정한 휴머니즘은 국적, 인종, 종교를 초월해야 하고 빈부차, 남녀 성별, 성공한 자와 그렇지 않은 자를 가리지 않고 가장 정의롭게 적용되고 집행되어야 합니다. 우리의 영원한 청년 故 이수현님이 일본유학 중 지하철에 뛰어들어 일본인을 구하려다 목숨을 잃었습니다. 민족 고대인, 아니 청년 고대인들이 이 점에 너무도 무관심했다는 생각을 하며 그분의 명복을 수없이 빌었습니다. 민족 고대 영원한 청년 이수현 義人을 위해 뜻있는 분들이 국화 한 송이를 바칠 수 있는 義人塔을 세워 순수한 우리들의 영혼과 정의로운 나라와 인류평화에 기여할 수 있는 그 날을 위해 소망해 보자는 것입니다.

7. 청년 정신과 인류 보편적 가치관

청년 정신이 역사발전에 미치는 영향에 대하여 논하고자 하는 것은 청년 정신과 관련해 인류 보편적 가치관이 함께 한다는 사실을 인식하는 동시에 민족고대의 자유, 정의, 진리도 우리 고대인들의 청년 정신과 홍익인간 이화세계와도 동일하다는 관점에서 보면 청년 인촌에 의해 창안된 자유, 정의, 진리인 교훈은 우리들의 정신세계를 상징할 뿐 아니라 조국의 미래에 대한 확고한 철학과 사상이 아닐 수 없습니다. 이 놀라운 민족정신은 우리 모두의 좌표요, 인류의 등대이기도 합니다.

때문에 청년 고대인 모두는 자유, 정의, 진리를 뛰어넘어 인도주의와 휴머니즘, 즉 인류애를 실현키 위해 가족, 이웃 그리고 사회와 나라 나아가 민족과 지구촌의 번영을 위한 실천적 봉사활동과 평화정신 확산을 위해 미력한 힘이나마 보태야 한다는 것입니다. 오늘날 우리 사회가 얼마나 잘못되어가고 있는지는 절감되고 남을 것입니다. 더욱 슬픈 일은 정작 그들이 저지른 잘못을 전혀 모르고 있다는 사실입니다.

필자가 봉사정신에 관심을 갖게 된 것은 보릿고개로 매우 힘겨웠던 1950년대 초, 아버님(1919-1956)께서 가족이 없는 걸인 할머니를 모시고 와 몸에 이가 득실거리는 머리를 직접 바리깡으로 밀고 목욕을 시켜 지극 정성으로 모시고, 돌아가시면 제사도 지내라고 유언을 하셔 65년 동안 제사를 모셔왔고, 평화에 대한 인식은 그 잔인한 6.25 전쟁으로 비참하게 죄 없는 사람들이 죽어가는 것을 보며 우린 왜 서로 죽여야만 하는 것인가에 대해 고민하며 초등학교 5학년 때 교실 창밖을 자유롭게 나는 새들을 보며 몹시 부러워했었습니다.

6.25 전쟁, 죄없는 동족을 죽이는 처참한 비극이었기에, 인류사회에 다시 있어서 안 되며, 무려 120여 만 명의 사망자를 낳고 약 1,000만 명이 넘는 이산가족이 초근목피로 연명하며 전쟁 고아들은 구두닦이와 걸인이 되어 있었으며, 대부분 청소년들은 신문 배달과 껌팔이로 전전하며 생계를 이어가야만 했고, 혹독한 추위와 싸워야 했습니다.

필자 나이 17세 무렵 광주공원에 벚꽃놀이 중 미군 텐트에 수용된 BBS 청소년 20여 명을 목격해 살펴보다 자기 이름과 간단한 셈도 하지 못해 그들에게 "가르치며 배우자"며 국, 영, 수 기초를 가르치기 위해 야학 선생을 했습니다.

결국 1967년 국제시민 봉사회SCI 호남 지부를 광주 학생회관에서 대학생 33명이 모여 발대식을 가졌고 필자가 학생회장을 맡았으며, SCI는 스위스 소공화국 왕자 P.세레솔에 의해 영국 · 독일의 자원 봉사자들이 주축이 되어 1905년 창립되어 한때 UN 자문기구로 활동하며 한국, 스리랑카, 일본 등에 지부를 형성, 필자가 책임을 맡아 2년간 준비 끝에 1968-1971년 세계 대학생 섬머워크캠프를 무등산과 구례, 그리고 제주도 관광 도로공사에서 하루 8시간씩 육체노동을 통한 실질적 봉사 활동을 했왔던 것입니다.

SCI는 "국적, 인종, 종교를 초월해 공경에 처한 사람들과 지역 사회를 위해 실질적인 자원 봉사를 통해 국제적 이해와 평화를 증진함을 목적으로 창립"되었고 지금도 세계 도처에서 실질적 워크캠프와 봉사활동을 전개하고 있으며, 1981년 국제기구인 SCI 중앙위원회 회장을 역임하며 故 신기하 의원 등 20여 명과 함께 동남아 친선 방문당 단장과 1982년 UNESCO 추천에 의해 이동원 외무부장관과 중국 제1차 아스팍 청소년 개발 세미나 대표로 참석, 인류의 보편적 가치를 추구했던 것입니다.

8. 청년 민족대학과 문화예술대학

청년 인촌의 위대한 업적들은 역사가 지속될수록 청사에 빛날 것임은 자명한 이치이고 청년 인촌의 위대한 결단과 실천력은 가히 초인적이라 해도 과언이 아니었습니다. 그것은 순수 애국심이었으며 당시 놀라운 재산을 기꺼이 예단할 수 없는 나라와 민족의 미래에 과감히 바쳐 나라의 운명이 풍전등화임에도 결코 주저하지 않고 나선 것은 오직 조국을 구하고자 하는 애국애민정신의 神命이 분명한 매우 보기 드문 역사적 사실이었기에 위대하다는 것입니다.

필자가 위대한 업적이라 한 이유는 청년 인촌이 결행한 과업 모두가 너무도 엄청난 민족의 희망이요, 비전이기에 충분했기 때문입니다. 위대한 역사적 업적은 거의가 종교와 왕권파, 왕실, 정치 집단과 결탁된 사람과 자본가에 의한 것들이 대부분이었으나 청년 인촌은 나이 24세 동경유학 시절에 꿈과 이상을 실행키 위해 양부를 초청해 설득했던 점을 살펴보면 이미 나라와 민족을 위한 과업들을 세우기 위해 굳은 각오가 함께했기에 초인적 힘을 유감없이 발휘했다는 사실에 주목했으면 합니다.

필자가 미력한 힘이나마 지난 60여 년 동안 봉사와 평화를 위해 노력해 온 것은 故 의제 허백련 선생의 분에 넘치는 사랑과 가르침 때문이고 그 가운데 인촌 선생의 나라와 민족에 대한 열정을 소상히 말씀해 주셨기 때문입니다. 청년 인촌께서 20여 년만 더 생존했었더라면 고대에 민족문화 예술대학은 설립되었을 것입니다. 민족고대에 필연적인 문화예술대학이 지금까지 설립되지 못한 원인이 무엇일까요? 다행히 1975년 故 김상협 총장에 의해 당시 숙원인 의과대학이 설립되어 종합대학으로서 면모를 갖추긴 했지만 말입니다.

나라와 민족 발전을 상징하는 要因이 어찌 경제문제에만 국한되어 판단될 수 있을까요? 그 나라의 국력은 반드시 민족문화와 예술이 기반되어야 합니다. 특히 고려대학이 민족 대학이기에 이 문제는 필연적인 과제입니다. 청년 고대인 여러분! 민족고대인 거의가 현상유지와 비즈니스라는 관행에 치우친 것이 아닐까요? 청년 고대인 여러분의 뜻과 역량이 여기 결집되어 건학 120년에는 우리 모두의 숙원인 꿈이 실현되었으면 합니다.

9. 청년 민족 대학인과 평화통일

존경하는 청년 고대인 여러분!

우리 모두 새천년인 21C를 열어가는 지구촌 한마당에서 청년 인촌께서 창안한 무대인 고려대학교 캠퍼스에서 미래를 위해 면학에 전념하고 있습니다. 정말이지 멋지고 아름답고 귀하고 축복받은 순간들입니다. 그러나 민족의 현실을 생각해 봅시다. 가슴이 무거워짐을 느낄 것입니다. 2020년 조국 광복 75년 동족상잔 6.25와 분단 70년이 우리 모두를 힐책하며 무엇인가를 해야 한다는 사명감을 갖게 하기에 우리 모두의 결의가 치솟고 있습니다.

청년 고대인 여러분! 조국의 완전한 광복과 지구촌 마지막 분단 극복도 청년 인촌 선생께서 생존해 계셨다면 어땠을까요? 아마도 인촌 선생만의 유일한 나라와 민족을 사랑하는 청년정신이 발휘되어 극복되었을 것입니다. 청년 고대인 여러분! 우리 모두의 위대한 청년정신과 역량 또한 여기에 집중되어야 한다고 믿습니다. 무엇을 주저하고 망설입니까? 필자가 평화통일에 관심을 갖게된 것도 인촌정신과 결코 무관하지 않습니다.

평화통일에 관심을 갖게 된 것은 60여 년 전 어머니께서 가끔 "아들아 남북통일 생전에 보고 죽겠느냐?"며 묻는 질문에 필자는 "아마 그럴 겁니다."라고 답했지만 작고하신 지 40여 년이 되었습니다. 통일을 보지 못한 어머님의 통일염원을 자식된 도리에서 碑文에 새겨드렸습니다. 지금은 작고하신 인촌, 의제, 남재, 소석 선생님의 뜻을 받들어 "평화의 산" 금강산과 북한을 수차례 왕래하며 금강산 금화작업을 위해 국내외 화가들을 31년 동안 후원해 200여 점을 완성, 서울 9회 북한 1회 전시회를 마쳤으며 세계 순회 전시를 준비하고 있습니다.

필자가 지난 60여 년 동안 봉사와 평화에 대한 활동과 함께 10여 권의 저서를 출간했고 일본과 미국 등을 순회하며 금강산 평화통일, 한반도 평화통일 프로세스에 대해 강의를 하고 국내외 금강산 평화 방문단을 조직, 활동해 왔으며 금강산 온정리 마을에 인민 병원을 현대화해 남측의료진이 직접 진료하는 계기를 만들어 순수 민간 남북의료 봉사와 만 47년 만에

1,100명 평양 대단위 방문단(2003년) 대표 성명을 낭독하고 다녀왔으며 미력한 힘이나마 남북 화해 협력에 나서기도 했습니다. 청년 고대인 여러분! 우리 모두 미력하나마 조국의 평화통일에 매진하자는 것입니다.

10. 영원한 스승 인촌 동상을 지키며..

필자 가슴에 항상 무거운 짐으로 남았던 일은 우리 민족의 영원한 스승 인촌 김성수 선생 묘지를 고대 캠퍼스에서 지키지 못했던 것입니다. 그러나 1989년 서창 캠퍼스 학생들이 안암동 본관 총장실을 무단 점거하고 동상 앞에 구덩이를 파 인촌동상에 로프를 걸어 끌어당겨 묻어버리겠다며 강경투쟁을 해 "어떻게 하면 인촌 동상을 온전하게 지킬 수 있을까"를 생각하며 결행이 시작된 아침 8시경 총장실에 단신으로 갔습니다. 학생 5-6명과 학부모 3분이 필자를 보며 놀라기에 "놀라지 마세요, 나는 여러분의 선생이고 선배입니다. 여러분과 대화를 하고자 이 곳에 왔다며 안심시켜 설득"했습니다.

인촌 선생의 숭고한 애국 애민 정신과 나라 사랑하는 진정한 애국지사였다는 사실에 대해 설명하는 중, 그때 모 교수가 큰소리를 치고 총장실에 들어서며 "오늘 디데이니 끝장내야 한다"며 들어오다 필자를 보자 허겁지겁 도망가는 상황이 연출되었고, 필자는 이때가 기회라 생각하고 "여러분 저 교수가 자기 행동이 정당하다면 왜? 혼비백산하며 이 자리를 피해 떠났을까요? 저 분 이외에도 함께하는 교수들도 있다는 사실을 잘 알고 있습니다.

대학생이라면 대학생다운 판단과 행동을 해야 합니다. 저런 교수들 말을 믿고 민족대학 고려대학을 위해 일생 동안 숭고한 삶을 사시며 오직 민족과 나라를 위해 모든 것을 다 바친 우리들의 영원한 스승이신 인촌 선생을 재학생 여러분이 앞장서 이런 일을 하다니요, 도저히 이해할 수 없습니다. 그리고 어머님들께도 한 말씀드리지요. 학생들의 현실 참여가 어머님들은 판단하기 쉽지 않습니다. 그러나 어머님들께서는 6.25 전쟁을 직접 체험해보지 못했지만 이야기를 들어 알 수 있었을 겁니다.

6.25 전쟁 중 국방군인과 인민군이 마을에들 오면 모두 박수를 치며 환영했던 것이 그 당시 나라의 상황이었습니다. 오늘날 그러한 생각을 가지고 판단하고 행동 한다면 살아남을 사람은 결코 없을 겁니다. 어머님들께서 이러한 점을 이해하시고 집으로 돌아가십시오. 여러분은 저와 함께 나가 로프를 풉시다."라고 하자 한 학생이 "선배님 우리가 직접 풀기는 어렵습니다."라고 했다. "여러분 심정 이해합니다. 그토록 오랫동안 인촌 동상을 잡아당겨 묻어버리겠다고 했는데 오늘 갑자기 물러서는 것은 어려울 겁니다."

그럼 여러분의 양해하에 원상복구 하겠다는 뜻을 전하고 인촌 동상 앞에 와 동상 옆에 서 있는 하얀 옷을 입은 학생에게 무슨 과 학생이냐고 묻자 법대생이라고 해 그 학생에게 동상에 올라가 로프를 풀라고 하자 못한다며 주변을 살피며 몹시 당황해 총장실에 있는 학생 대표들과 합의했다고 하자 안도해 두 팔로 밀어 올려 로프를 해체했다. 이 과정에서 몇몇 학생들의 날선 항의가 있었으나 별 문제는 없었고 뒤이어 교우회 상임 이사회가 열렸다.

당시 40여 년을 모시며 사랑과 가르침을 주신 소석 이철승 선배께서 "역시 이 선생이 해 냈어"라며 격려를 했다. 기뻐하는 선배님의 모습을 보고 필자 역시 안도를 하며 함께 기뻐했던 기억은 지금도 생생하다. 청년의 힘 사회 구석구석에 그 역량이 극대화되어야 하지만 막무가내식 투쟁과 좌우익 모두 지켜야 할 당위가 있다는 사실을 가슴속에 새기며 교정을 나서야만 했다. 그 다음 날 유명 일간지에 필자가 삽을 들어 구덩이에 흙을 묻은 모습이 크게 보도되어 매우 당혹스럽기도 했습니다.

11. 인촌 선생의 친일론은 한국 정치의 비극

인촌 선생의 친일론은 일제 침략과 대한민국 건국 과정에서 비롯된 정치 세력 간에 생긴 처참한 정치 싸움에서 시작되었고 이것은 인촌 선생의 탁월한 애국애민 정신으로 자유 민주주의를 표방한 이승만의 정치적 노선을 선택했던 것이 원인이었으며 그 배경은 인촌 선생의 자유 민주주의에 대한 신념 때문이었다. 민족세력 중심에 거인처럼 우뚝 서 어떤 말과 위협에도 굴하지 않았던 인촌 선생을 죽이기 위한 극한 모략중상에서 비롯된 것이다. 실제로 고하 송진우는 결국 반대세력에 의해 암살되었던 것입니다.

그 과정은 일제 침략자인 구한말 조선의 경제와 군사 등 모든 것을 빼앗겼기 때문에 청년 인촌은 나라와 민족의 완전한 독립을 위해 뭔가를 해야 한다는 굳은 신념으로 그 길을 택했으며 그 결과는 중앙학교, 보성전문(현 고려대학교), 동아일보, 경성방직으로 구체화되었고 이에 민족 지도자들의 존경뿐만 아니라 국민들의 지지가 높아짐에 따라 위협을 느끼는 반대파들의 사생결단식 정치적 모략중상에 의한 것이었고 자유민주국가 대한민국을 건국하는 과정에서 인촌 선생을 친일파로 몰아 타도하려는 정치적 전략전술이었던 것입니다.

대한민국 정부 수립은 상상하기 어려운 과정을 거쳐 1948년 8월 15일 중앙청 광장에서 대한민국의 독립 선포식을 가졌고 미국 트루먼 대통령 특사 존 무초와 연합 사령관 아이젠하워와 야당 당수 김성수 등이 참석했고 이승만 초대 대통령 취임을 진심으로 축하하며 흐뭇해했다. 그해 12월 12일 파리에서 총회가 열렸는데 이때 대한민국이 한반도 유일한 합법정부로 공포되었던 것입니다.

인촌 선생은 자유민주주의 정치체제를 실현키 위하여 어떤 어려움이 있어도 이 정신만은 끝까지 고수했고 한국민주당(한민당)에 불가피한 상황에서 정치 참여를 했지만 범민족 진영의 단합을 위해 고군분투했다. 나아가 인촌 선생은 미군정에 대한 협력과 조언을 위해 최선을 다했다. 특히 김구, 김규식의 남북 협상에 대해 회의적이었고 오직 대한민국 건국을 위해 모든 역량을 쏟았던 것입니다.

건국 후 이승만 독재정권과 맞서 부통령직을 과감히 집어 던져 투쟁하며 오직 자유민주주의를 실현시키기 위해, 갈등과 대결의 상징이었던 정치 세력의 단합을 위해 한국 민주당과 민주 국민당 통합을 위해 분투했다. 이것이 인촌의 公義精神이었기에 자기를 해하려는 인물들을 대표로 삼기도 했던 것입니다.

끝으로 인촌 친일 문제에 대한 비극은 구한말의 정세가 포함되며 조국의 광복 과정에서 정치세력에 의해 친일파로 몰렸던 것이고 그 원인은 학병권유 연설과 매일신보 등에 학병을 권유한 글을 쓰고 강연을 했다는 것이었다. 인촌은 일제 침략자들의 강압에 의해 어쩔 수 없이 자행된 민족 지도자들의 공통적인 서글픈 현실이었다.

인촌에게 학병을 권하면 "그들의 교육을 맡았지 전쟁터로 가라 마라는 임무를 맡은 것이 아니다"라며 냉담했으며 인촌 친일론의 대표적인 모순은 인촌과 함께 연설한 좌익 인사들 대부분은 친일파에서 제외된 점 등을 들 수 있다. 참으로 슬픈 정치적 비극이 아닐 수 없다. 완전한 역사기술, 완전한 인간도 없지만 분명한 건 공과를 묻지 아니하고 단죄하는 작태는 그야말로 생각이 짧은 모리배들의 판단이란 생각이 들 수밖에 없기 때문이다.

일제 침략 36년 살아 남기 위해 창씨개명을 한 사람들은 전체 주민의 약 75%에 달하고, 일본 유학을 마치고 관리가 된 분들도 적지 않았다. 그리고 우리가 존경하는 손기정 선수도 일장기를 가슴에 달고 베를린 올림픽 마라톤 우승을 해야만 했다. 그럼에도 손기정 선수를 친일파 반민족행위자로 보지 않은 것은 '공'과 '과'를 살폈기 때문입니다. 친일반민족행위를 결정하는 것을 심사숙고해야 함에도 이 점을 무시한 소치가 아닌가 합니다.

참고문헌

3.1 운동 좌담회, 동아일보사, 1949년 3월 1일

한국독립운동사, 한국독립, 유공자협회총람

내가 본 3.1 운동의 일단면, 3.1 운동 50주년 기념 논문집, 동아일보사

인촌 김성수의 삶 인간 자본의 표상, 백완기, 나남사, 1969

인촌을 생각한다, 이철승, 2005

평봉 신봉자 의제 허백련선생 생애와 정신, 리 훈, 1968

인촌 선생과 허백련 선생 특별 인터뷰, 리 훈, 교우화보, 1976, 1월호

평화 창조자(P 세계솔 생애와 정신), 리 훈, 백산출판사, 1978

인촌 선생 애국애민 정신, 리 훈, 고려지, 1981

재일동포 민족교육(일본제일동포좌담회 동경 故특정동화 민단 고문 나고야 최학부 선생, 김석민 등, 나고야, 1990)

민족교육 특별 인터뷰 중국 심양 료녕신문사 인터뷰, 리 훈, 1993

홍익인간정신과 민족교육 인터뷰, 리 훈, 교육신문사, 1994

홍익평화포럼, 리 훈, 백산출판사, 2000

한반도 평화통일 프로세스, 리 훈(워싱턴 뉴욕시애틀 워크숍 2014-15)

금강산과 평화통일, 리 훈, 백산출판사, 2011

인촌 김성수 선생 구한말 구국 손병희 선생 개봉교육 철학과 애국애민 정신(광복70주년 기념강연 대한민국 100년 고려대학교 100년), 리 훈, 봉황각, 2016년 8월 15일 발표

생과 사를 초월한 우정 인촌문화상 시상식을 보고, 리 훈, 교우회보, 1976

인촌의 탄생은 이 나라 이 민족의 복이었다, 리 훈(무등산 의제선생 특별인터뷰 특집 교우회보, 1976)

울산 김씨 인촌 성수님 해원을 진심으로 발원하면서

장 영 준(서산가야산 해원정사주지)
주지 유산스님

1. 개요

일제강점기의 언론인으로서 동아일보를 창간하고 경영했으며 1915년 중앙학교, 1932년 보성전문학교를 인수하여 경영하였다. 광복 후인 1946년에 보성전문학교를 고려대학교로 개칭하는 등 교육사업가로 큰 업적을 남기셨고, 정계에 입문하여 한국민주당을 창당하는 등 뚜렷한 획을 그었다.

독립유공자이면서 친일인명사전에 등재된 친일반민족행위자이기도 하다. 일제강점기의 많은 이들이 그랬듯이 항일과 친일 양측에 등재된 인물이시다. 선생은 사실 일제시대 때 수많은 독립운동가를 지원하는 등 친일보다는 항일의 공이 더 큰 인물이라고 나는 생각한다.

해방 전후에도 활발하게 교육 사업을 펼쳐 평판이 좋았으며, 각계의 신망을 얻어 제2대 부통령에 취임하셨으나 얼마 지나지 않아 이승만 장기독재에 실망하여 단호히 부통령직을 사임하고 반독재투쟁에 나서는 등 나름의 업적이 있었으나 논란의 여지가 있는 것도 사실이다.

해방 후 미 군정기, 제1공화국에 이르기까지 언론, 교육, 정치, 경제, 문화 등 사회 여러 방면에서 지대한 영향력을 행사한 분이시다. 또한, 대한민국 근대 제조업의 시초격인 경성방직, 근현대 교육의 대표격인 보성전문학교(현 고려대학교)와 고려중앙학원, 대한민국 언론계 역사의 대표 신문사 동아일보, 대한민국 최초 정당인 한국민주당과 민주국민당 창당과 핵심 리더로서 국가 발전을 적극적으로 이끌었던 분이었다.

그러나 인촌 김성수 선생은 친일반민족행위를 하였다는 비판도 받고 있지 만, 또한 긍정적으로 언론, 경제, 교육, 정치 등 사회 각 분야에 큰 족적을 남기시어 당대는 물론이고 21세기 현대까지도 그 업적들이 남아 회자되고 있다.

2. 탄생

김성수(김성수) 본관은 울산蔚山이고, 호는 인촌仁村이다. 어릴 적 이름은 판석判錫이었다. 선조는 조선시대 동방 18현의 한 사람으로 성리학의 대가인 하서 김인후金麟厚의 13대손으로 군수를 역임한 할아버지 김요협金堯莢의 둘째 아들인 아버지 만석궁 김경중金曔中과 어머니 장흥 고씨 사이에서 1891년 10월 11일 (음)9월 9일 전라북도 고창 부안면 인촌리에서 넷째 아들로 태어나 3세에 아들이 없던 큰아버지 김기중金棋中의 양자가 되었다.

인촌 위로 형 셋을 두었으나 태어난 지 얼마 안 되어 어릴 때 병사하게 되자 이를 걱정하며 아들 낳기를 갈망하고 있던 어느날 집 앞을 지나가던 노 스님이 생모 장흥 고씨에게 말하길 고창 흥덕興德의 소요암에 가서 부처님께 지성으로 불공드리면 소원성취 한다는 말을 듣고 불공을 드리던 어느 날 생모 장흥 고씨 꿈에 개천에서 한 뼘이나 되는 새우가 헤엄치는 것을 보고 뛰어들어 치마폭에 담아 언덕길에 올라와 보니 길이가 석 자나 되는 잉어였다 한다. 이후 잉태하여 인촌을 낳게 되었다. 따라서 인촌이 생가나 양가에 사실상의 장남 역할을 하게 되었다.

유년 시절 인촌 김성수는 조부 김요협 내외과 부모 김기중 내외, 생부모 김경중 내외분과 함께 살았었다. 양가와 생가는 한 마을에 울타리를 하나 두고 있었다. 할아버지께서 가세를 일으키어 근검과 절약을 강조하였고 사치스러운 모습을 허락하지 않았다고, 또한 맏손자인 인촌에게만큼은 회초리를 들기도 했다.

어린 김성수는 밤중에 생가를 찾아가곤 하였다. 그러나 생모生母 장흥 고씨는 어머니(양어머니 전주 이씨)의 허락을 받아오기 전까지는 안 된다며 단호하게 돌려보냈다. 유년기의 김성수는 장난기가 심한 소년이었다 한다. 한번은 엽전을 삼켰다며 배가 아프다며 호두를 먹어야 된다고 하였다가, 집안 사람들이 호두를 가져오자 엽전을 먹은 것은 내가 아니라 내 주머니가 먹었노라고 놀리기도 하였다.

소년기에 한학을 수학하였으며 석재 서병오의 권유로 아호를 인촌仁村이라 지었다. 7세 때까지 집에서 부모에게 글을 배우고 어머니에게서 선행가언을 배우며 한문교양을 쌓다가 7세 때 훈장을 모셔와 집안에 서당을 차려 한학을 배우게 되었고, 인촌이 원해 마을 아이들과 함께 공부하게 되었다.

소년 판석은 어린아이임에도 동네 아이들 중에 공부를 하고 싶으나 생활이 어려워 못하는 아이들을 불러다가 같이 공부하게 하였고 수업료와 지필묵도 사서 나눠 쓰기도 했다. 형편이 어려운 마을 아이들이 많았음에도 그는 아이들의 자존심을 건드리거나 비하하거나, 절대 모욕을 주지 않았다.

그는 유년기때 부모로부터 양반이 갖춰야 할 예의범절과 한문 등을 배웠다. 9세 무렵 생부 김경중 내외에게 다섯째 아들이자 친동생인 김연수가 태어났고 양부 김기중의 작은어머니 공주 김씨에게서도 그의 동생인 김재수가 태어났다.

그는 서당에서 명심보감明心寶鑑, 소학小學, 동몽선습童蒙先習을 배우고 이어 자치통감과 공자, 맹자, 중국의 역사 등을 배웠다. 이어 당시唐詩, 유학, 철학 등을 공부하여 성리학을 익히기도 했다. 개인적으로는 사마천의 사기열전과 삼국지를 탐독하며. 풍족한 가정환경에서 자라났으나 사치와 낭비를 모르고 성장하였다.

3. 성장

1903년 13세에 김성수는 자신보다 다섯 살이 많은 신부와 결혼했고, 장인 춘강春崗 고정주高鼎柱의 딸이었다. 장인 춘강春崗 고정주高鼎柱는 장흥 고씨로 전라도 창평군(현 담양)에서 지주이자 관료로 계몽운동에 참여하는 유지였다.

장인 고정주는 임진왜란 때 의병장 고경명高敬命의 후손으로 규장각 제학을 역임한 인사였다. 또한 그는 장학재단인 호남학회湖南學會의 발기인에 참여하여 신학문에도 관심을 가졌다. 고정주는 전남 담양군 창평에 창흥의 숙昌興義塾을 설립하기도 했다.

김성수는 1906년 장인 고정주가 세운 창흥의숙에 입학하여 전라남도 담양군 창평의 처가댁에 가서 생활하며, 장인이 설립한 창흥의숙에서 공부했고, 학과목은 한문, 영어, 일어, 수학 등이었다. 그는 장인 고정주의 배려로 신학문을 접했다. 장인 특별히 영어교사를 초빙하여 영학숙을 열고 자신의 아들 고광준高光駿과 사위 김성수 등에게 영어공부를 시켰다.

창흥의숙에서 수학하면서 김성수는 오랫동안 의기투합할 동지인 송진우를 만나 친분을 쌓았다. 송진우의 아버지 송훈은 고정주가 영학숙을 차렸다는 소식을 듣고 자기 아들도 배우게 해달라고 부탁해 송진우도 이때부터 영학숙에 들어왔다. 그리고 송진우 외에도 백관수 등을 이곳에서 만났다.

영학숙 재학 중 인촌 김성수가 먼저 초립둥이인 송진우에게 친구하기를 제의했다. 다른 사람들은 통성명만 하면 친구라고 양존하며 지냈지만 고하 송진우는 친구되기를 허락하지 않아 상당한 시일이 지나서 그로부터 "이제 우리 친구하지" 하고 송진우가 김성수를 향해 친구할 것을 제의했다. 이 무뚝뚝한 소년 고하 송진우의 제의에 인촌은 무척 반가워했다.

김성수는 후일 송진우의 첫인상을 두고, 쉽게 속마음을 열지는 않았으나 심지가 깊은 청년이라고 회상하였다. 송진우는 함께 공부를 하면서도 별로 말이 없었고, 속마음을 열어 보이지 않았다. 인촌이 친구로 지내자고 했으나 그는 아무하고나 이야기를 하는 줏대 없는 사내라며 일축하는 것이었다. 일견 거만해 보였지만 심지가 깊은 청년이로구나 하는 생각이 들기도 했다.

그중에서도 차분하고 내성적이었던 송진우는 그의 사람 됨됨이를 알아보고 깊은 신뢰를 하게 된다. 송진우는 김성수의 죽마고우이며 그는 죽기 전까지 앞장서서 궂은 일을 도맡아 준 친구였다. 송진우는 김성수가 곤경에 처할 때마다 자신이 대신 나서서 처벌을 받거나 불이익을 당하는 등 앞장서 도와주었다고 전해진다.

인촌이 일본 상인이 싣고온 물건에 호기심을 보이자 할아버지는 그런 물건들은 삼강오륜을 해치는 이물異物이라 하여 가까이 하지 못하게 했으나, 호기심이 많던 김성수는 가게 같은 곳에 다니며 이것저것 살펴보았다. 한편 부산에서 온 박모라는 이와 어울려 화투에도 빠졌고, 개화문물을 구경하느라 경성을 돌아다니기도 했다.

인촌이 지방에서 온 건달들과 어울린 것을 알게 된 할아버지는 대노하여 가족을 소집하고, 나라의 형편이 어떠한데 왜놈의 놀음에 정신을 팔고 있다며 김성수를 마당에 엎드리게 한 후 볼기를 쳤다.

1907년 민란과 화적 떼를 피해 생가와 양가가 모두 고창군 부안면 인촌리에서 부안군 줄포면 줄포리로 이주하면서 함께 이주했다. 1907년 김성수는 내소사來蘇寺의 청련암淸蓮庵으로 들어가서 공부를 하였는데 송진우가 다시 찾아왔다. 내소사 청련암에서는 백관수도 함께 수학했다. 백관수는 내소사 남쪽 20리쯤에 위치한 부안군 덕흥 출신으로 집안 어른들끼리 교분이 있었다.

여기서 그는 송진우, 백관수와 더욱 우의를 두텁게 했고 이러한 우정은 평생 동안 변함없이 지속되었다. 인촌은 백관수에게서는 한문의 힘을 빌렸고, 송진우에게서는 식견識見의 힘을 빌렸지만, 김성수 역시도 백관수에게는 신학문의 영향을 주었고, 송진우에게도 실천하는 힘을 깨우쳐 주었다.

1908년 4월 줄포 근처의 후포에서 있었던 한 교육계몽운동가의 시민권, 평등, 주권재민의 사상 등에 대한 공개강연을 들었다. 이를 계기로 그는 금호학교에 입학해 영어, 한국어, 역사, 지리, 물리, 화학, 음악 등 본격적인 근대 학문을 공부했다.

이곳에서의 새로운 교육을 통해 일본이라는 넓은 세계로 나아가 더욱 깊이 있고 새로운 학문을 배워야 할 필요성을 절실히 느끼고. 그는 가족 몰래 비밀리에 일본으로 건너갈 결심을 했다.

청년기에 김성수는 문맹 백성들을 보며 스스로 먼저 신학문을 배우고 그것에 기초해 선진사상과 선진기술을 동포에 전수시킴으로써 민족의 실력을 배양시켜서 조국의 자주독립을 이룩해야 한다는 신념으로 동경 유학을 결심했다.

그는 무식함과 무지함이 조선의 멸망의 원인이라 확신하고 먼저 배워서 다른 사람들에게 알리고 계몽하겠다고 다짐했다. 그러나 집안에서는 그의 동경유학을 한사코 반대했다.

1908년 10월 상투를 단발하고, 상투를 자른 자신의 모습을 담은 사진과 사죄의 편지를 부모에게 남기고 장도 동경유학길에 송진우와 함께 비밀리에 일본日本으로 가려했는데, 인촌 집안에서는 집안어른의 병환을 핑계로 노비를 보내 그를 불렀으나 자신을 붙잡으려는 계획임을 간파하고 하인을 돌려보낸 뒤 급히 전라북도 옥구군 군산항에서 배를 타고 일본으로 건너갔다.

송진우宋鎭禹와 함께 일본 도쿄에 도착한 김성수는 도쿄 시내에 하숙하며 세이소쿠 영어학교正則英語學敎에 입학했다. 이곳에서 영어와 수학 등을 배웠으나, 일본어 실력이 다소 부족했던 김성수는 별도의 가정교사를 초빙하여 일본어 회화를 배웠다. 고향에서 부쳐주는 학비 외에 시내에서 송진우와 함께 점원 등으로 아르바이트를 하면서 용돈과 학비를 조달하였다.

1909년 4월 송진우와 함께 긴조중등학교錦城中等學敎 5학년에 편입학했으며 이곳에서 영어를 주로 집중해서 배웠으며, 1910년 3월 긴조중등학교를 졸업하였다. 장덕수는 일본 와세다 대학 시절 만난 친구로, 동아일보와 한민당을 함께 운영한 정치적, 사상적 동지였다. 이어 4월 김성수는 역시 송진우와 함께 일본 동경의 와세다대학교早稻田大學敎에 입학하였다.

이후 와세다대학교 예과豫科에서 수학하던 중, 8월 29일 대한제국이 강제로 병합되자 충격을 받은 송진우는 귀국하였고, 김성수는 홀로 일본에 남아 공부를 지속했으며 1911년 와세다 대학교 예과를 마치고, 와세다 대학교 본과에 입학, 정경학부에서 공부했다. 김성수는 집안에서 부치는 학비 등으로 어렵지 않은 생활을 하였다. 와세다 대학에서 사귄 친구들은 설산 장덕수, 해공 신익희, 민세 안재홍, 가인 김병로, 낭산 김준연 등이었다.

공부에만 몰두하지 않고 그는 정치강연회가 있으면 먼길이라도 찾아서 참석하였고, 인도의 마하트마 간디가 제창한 비폭력 무저항운동인 간디이즘에 감동하여, 생활에 있어서는 간디이즘을 신조로 하여 물품과 물, 전기 등을 절약했고 자기를 위한 소비를 최소한도 줄이고 그 남은 것으로 불우한 처지에 있는 이들에게 기꺼이 희사하였다.

김성수는 유학 당시에도 그 자신 역시 유학생의 신분으로, 불우하고 어려운 처지에 있는 유학생들을 찾아 기꺼이 지원해주었고, 대신 학비를 납부해 주기도 하고 곤경에 처한 친구을 다른 나라에 유학을 보내기도 했다. 1914년 와세다 대학교 정경학부를 졸업한 뒤 그해 7월 귀국하였다.

해방 후 부통령 비서실장을 지낸 김승문에 의하면 인촌의 도움을 받은 확인된 사람만도 유학생 50여 명을 포함 730여 명에 이른다고 한다. 이때 김성수는 일본에서 산업자본의 골간이 되는 부분들을 눈여겨 봐둔 뒤, 기업·학교·언론 등을 통해 현실적인 힘을 마련하겠다고 다짐하였다. 당시 식민치하의 조국에는 자원이 빈약하다는 것을 인식한 그는 구국운동의 방책으로 그는 세가지 목표를 설정 '인재배양'人材培養, '경제자립'經濟自立, '언론 창달'言論暢達이라는 목표를 수립하였다.

4. 민족계몽운동[民族啓蒙運動]

1914년 가을 김성수는 교육계몽에 뜻을 품고, 사립 중등학교를 설립하겠다는 야심 찬 계획을 가지고 서울로 왔다. 이때 집안에서 자금을 주지 않자, 그는 3일 동안 단식을 한 끝에 자금을 마련해 갔다. 그의 첫 시도는 사립학교 설립안이었는데, 조선총독부 교육국으로부터 거절 당하면서 무산되었다,

1914년말 김성수는 최남선崔南善, 안재홍安在鴻 등 일본 유학 시절 동창들과 함께 교육자료를 모아 1915년 봄 백산학교白山學校라는 이름의 사립학교 설립안을 만들고 학교설립을 추진하였으나, 조선총독부가 허가를 해주지 않아 좌절당하였다. 조선총독부의 설립인가 거절 이유로는 백산은 한민족의 영신靈山인 백두산을 뜻하는 것이니, 학교 이름이 불온하다고 퇴짜를 놨던 것이다.

그해 안희제 등이 세운 백산상회白山商會가 독립운동 자금을 공급하는 단체임이 총독부에 정보가 입수되면서 백산상회와의 관련성 등으로 취조당했다. 이때 경영난에 빠졌던 중앙학회가 그에게 "중앙학교의 운영을 맡아달라"고 요청한다.

1915년 재정적인 어려움을 겪고 있던 중앙학교로부터 운영을 맡아달라는 의뢰가 들어왔고, 김성수는 그 제안을 수락하였다. 그의 생부모는 지나친 모험이라고 반대하였으나 양아버지 김기중만이 그의 의견에 처음부터 지지하였다.

인촌은 생가 부모를 끈질기게 설득해 인수 비용을 마련하고 1915년 4월 경영난에 허덕이던 중앙고등보통학교를 인수하여 학교장을 맡았고, 중앙학교에 편입학생이었던 이희승은 '인촌과 만남으로서 학교의 교세가 뻗어나가게 되었다.'고 증언하였다. 안창호의 영향을 받은 인촌은 교육 계몽활동에 종사하면서, 교육과 문화의 힘으로 실력을 키워 독립을 이룩하자는

'실력양성론'을 주장했다.

　중앙학교의 인수와 동시에 인촌은 중앙고등보통학교의 경제학 교수가 되었다. 경제학 원론 교과목을 가르치면서 교재가 없었던 터라, 김성수는 학생들에게 일일이 필기를 시키고 이를 꼼꼼히 지도하였다. 나아가 어려운 고학생들의 장학사업도 지원하였다.

　1915년 9월에는 부모를 여의고 학비곤란으로 귀국한 이광수를 후원하여 일본으로 다시 유학시켜 와세다대학早稻田大學 고등예과에 편입시키기도 했다. 이광수는 당시 형편상 오산학교에서 교편을 잡고 있었다. 이때 김성수는 '우리는 알아야 한다. 우리가 일본 사람들에게 식민통치를 당하는 것은 우리가 모르기 때문이며, 알려면 배워야 한다. 그래야만이 자주독립을 할 수 있다.

　인촌은 지금 유행하는 학문이 계속 빛을 보리라는 생각은 잘못이다. 20~30년 후에 바뀔 수가 있다. 문학보다는 과학에 관심을 가지라.'고 학생들에게 훈육하였다. 거기에 감화를 받은 학생 정문기는 후에 수산학자가 된다. 장로인 박관준으로부터 개신교 입교를 권고 받았으나, 인촌은 기독교에 관심이 있다고 대답하였다. 일부 교인들의 끈질긴 선교노력에 일시적으로 교회에 출석하기는 하였으나 신앙에 별다른 관심을 갖지는 않았다.

　인촌은 이론 교육 외에 체육활동에도 관심을 갖고 윤치영이 운영하는 중앙학교 야구부, 축구부의 활동에도 적극 지원했다. 그리고 식민 치하의 조선 백성들이 일본제 무명, 비단 등을 수입하며 일본제 제품이 한국에 유행던 시절, 마하트마 간디의 경제 자립운동에 영향을 받아 민족 산업을 일으키기 위해 국내자본 육성 계획을 세웠으며, 인촌은 중앙고보의 학생들로 하여금 국산 무명옷을 교복으로 입게 하였다.

　1917년 방직기술자인 이강현의 건의를 받아들여 일제 당국은 순순히 허락하지 않았으나 결국 그의 사업을 승인해주었다. 1917년 10월 재정적으로 어려움을 겪고 있던 광목제조 회사 '경성직뉴주식회사'를 인수해 일본에서 도요타 방직기를 도입하여 생산량을 증가시켰다. 그는 일본의 방직 회사들이 조선에 진출해 있는 상황에서 그가 시장진출을 확보하기 위해 조선인 지사들을 주주로 공모하는 방법을 창안해냈다.

이후 그는 외부 자본의 침투는 민족의 경제를 갉아먹고, 외환의 유출을 촉진한다는 점을 들어 조선인 인텔리들을 설득하기 시작했다. 1918년 봄 경상북도 경주를 찾아 최부잣집의 후손 최준을 방문하였다. 김성수가 최준을 찾은 것은 경성방직과 후에 세우게 될 동아일보에 지방의 유력 인사들의 참여를 권유하기 위함이었다.

김성수가 경북 경주를 다녀간 지 1년 후 1919년 10월 경성방직이 설립되었고, 최준은 경성방직의 창립 발기인의 한 사람이 되었다. 최준은 김성수와 안희제 등과 교류하면서 교육의 중요성을 깨달았다고 한다. 김성수는 한국인 최초의 방직회사 설립자가 되었다(그해 11월 부산에서 설립된 조선방직 회사는 일본인이 세운 것이었다).

중앙학교의 졸업생 중에서도 윤주복尹柱福 등은 인촌의 권고로 규슈대학 방적학과로 진학, 졸업한 뒤 경성방직에 입사하였다. 그는 전국을 다니며 주주를 모집한 끝에 많은 주주와 후견인들을 모았고 경방 창립 발기인들의 주식은 3,790주였고 16,210주는 일반공모주였다.

송진우와 김성수 등이 3.1 만세운동을 모의하던 중앙고등학교 숙직실에서 1918년 제1차 세계대전의 종결을 목적으로 설립된 파리강화회담에서 월슨 미국 대통령이 '약소국 국민들의 운명은 스스로 결정해야 한다'는 민족자결주의를 발표한 사실이 한반도에 알려지면서 독립운동에 더욱 박차를 가했다.

민족자결주의에 감화된 김성수는 독립운동에 투신을 결심, 어릴 때부터 오랜 친구였던 고하 송진우를 학교 학감직에 임명한 뒤 1919년 초 그에게 중앙학교 학교장직을 넘기고, 이때부터 본격적인 독립운동에 투신한다. 이어 송진우의 도움을 받아 함께 일본 도쿄에 연락, 동경 조선 유학생들과 기맥을 통하여 독립선언을 준비했다.

1918년부터 독립운동을 준비했으며, 중앙학교 교장직을 맡긴 후 주로 숙직실에 모여 비밀리에 추진하였다. 상해에서 한인청년단이 1919년에 열릴 파리강화회의에 한국측 대표자를 파견한다는 것을 접하고, 범거족적인 독립운동을 준비하기 위해서는 각계의 참여가 필요함을 역설했다.

김규식이 자신의 활동을 위해서는 누군가는 호응하여 사건을 벌여야 된다고 하자 이를 입수한 인촌은 송진우와 함께 천도교와 기독교 세력의 포섭과 협력을 주선했다.

1918년 12월의 어느 날 미국으로부터 이승만이 보낸 밀사가 송진우와 김성수를 찾아왔다. 이승만의 밀사는 "월슨 대통령의 민족자결론의 원칙이 정식으로 제출될 이번 강화회의를 이용하여 한민족의 노예 생활을 호소하고 자주권을 회복시켜야 한다. 미국에 있는 동지들도 이 구국운동을 추진시키고 있으니 국내에서도 이에 호응해주기 바란다."는 내용의 밀서를 전해주었다.

한편 김성수는 자신의 거처를 독립지사들에게 제공, 이승훈·한용운·최남선·최린 등이 그의 자택에서 3.1 운동을 준비했다. 3.1 운동 준비를 기획하다가 밀정의 밀고로 3.1 운동 직후 송진우가 투옥되고 김성수도 체포되었다. 일본경찰의 심문 때 송진우는 인촌은 투옥을 피해야만 교육사업을 비롯한 더 큰 민족사업을 계속할 수 있다고 김성수를 설득하고 형문 때 송진우는 고문을 당하면서도 김성수의 관련을 적극 부인하여 결국 송진우만 1년 7개월형을 살고 풀려났다.

파리강화회의에서 김규식이 이끄는 한국측 대표의 참여는 무산되었다. 이후 김성수는 교육과 계몽운동, 실력양성에 주력하였다. 그는 중앙학교를 인수할 때부터, 한양이라는 이름을 미리 짓고 전문학교(전문대학)의 설립을 계획하고 있었다. 그러나 3.1 운동으로 계획은 무산되고 차선책으로 언론사 설립을 계획힌다. 그러나 그는 조선총독부 당국에 묵살로 좌절되었고 총독부 당국의 요시찰 대상이 되었다.

상해 임시정부의 출범 이후 그는 일제의 눈을 피해 익명으로 임정에 후원금을 비밀리에 송금하였다. 인촌의 자금 송금은 후일 안창호, 김구 등이 알게 되었다. 익명으로 임시정부에서 밀파한 독립단獨立團이 국내에 잠입하여 활동 중, 한번은 그의 서울 계동 자택에 찾아와 독립운동 자금을 요구하였다. 그는 대답없이 자신의 금고문을 열고 속을 뒤적거리며 일부러 객에게 알린 뒤, 자신은 소변보고 온다 하고는 자리를 비켰다. 독립단원들은 품에 안을 만큼의 자금을 품은 뒤 사라졌다.

김성수는 동아일보 사장이던 고하를 통해 김좌진 장군에게 3백~4백 명 규모였던 독립군의 무기구매와 훈련 등에 쓰도록 비밀리에 황소 백 마리를 살 수 있는 1만원 정도씩 네 차례나 군자금을 보내주었다.

1919년 10월 3.1 만세운동 가담 혐의로 6개월형을 언도받고 1920년 3월 22일에 가출옥한 이아주李娥珠가 세브란스 병원에 입원했을 때, 그는 이아주의 문병을 갔다. 이 인연으로 후일 이아주와 재혼하게 되었다. 이아주는 용인 이씨 이봉섭李鳳涉과 김해 김씨의 딸로 정신여학교에 재학 중이었다. 이아주는 후에 2005년 3월 7일 3.1 만세운동에 참여한 공로로 대통령 표창이 추서되었다.

한때 동아일보의 기자로 활약했고 한겨레 신문을 창간했던 언론인 송건호는 당시 발기인 대표였던 인촌이 20대의 청년이라는 사실이 놀랍다고 평가하였다. 전국 각지를 다니며 홍보를 하여 각지의 지역유지들이 발기인으로 참여하기도 했다. 1920년 동아일보 주필로 활동했다. 일제의 민간지 발행허가 계획에 따라 창간된 동아일보는 근본적으로는 민족주의 노선을 지향했다고는 하나 식민지 시대라는 시대상황 속에서 기본적으로 한계를 가질 수밖에 없었다.

식민통치에서 벗어나려면 조선인이 스스로 자각, 깨우쳐서 실력을 양성해야 되는 것이었다. 기술을 배워서 익히고, 식품과 생산품을 자체 조달할 수 있어야 되며, 경제력을 바탕으로 실력을 양성해야 된다고 봤다.

특히 김성수의 개량주의 노선은 이같은 동아일보 노선의 사상적 골간이 되었다고 할 수 있다. 동아일보는 1920년대 초반부터 총독부에 대해 조선인 자본의 보호를 요구하였고, 김성수는 1922~1926년 기간에 사이토 총독과 13번이나 만났다.

신문사 정착과 사회활동을 위해서는 총독부의 허가를 얻는 일이 필수였고, 조선인의 시각에서 조선인의 입장을 대변하는 언론이 몇 개 쯤은 필요하지 않겠느냐는 이유로 총독부 공보국을 설득하였다. 인촌 김성수는 송진우 출감후 김성수는 그와 함께 동아일보를 경영하였다.

이후 김성수는 송진우와 손잡고 단군릉 수축, 이순신 장군의 유적보존 및 사당 건립, 한글맞춤법 통일안 제정 등의 사업을 추진했다. 1920년 4월 15일 조선총독부는 평양에서의 반일시위를 보도했다는 이유를 달아, 창간 직후의 동아일보에 판매와 배포를 금지처분하였으나 김성수는 중단하지 않았다.

동아일보는 이후 총독부에 의해 기사 삭제, 압류, 배포금지, 정간 등 끝없는 탄압을 받아야 했다. 김성수는 송진우, 장덕수와 함께 수시로 총독부 공보담당 부서에 출입하며 보도내용을 해명해야 했다. 1923년 5월 송진우와 함께 어려운 환경에 있던 이광수에게 동아일보사에 입사할 것을 권유하여 객원논설위원으로 천거하였다.

1922년 이상재, 윤치호, 이승훈, 김병로 등과 함께 주동이 되고 발기인 1,170명을 확보하여 민립대학 기성회를 출범시키고 모금활동을 했다. 그러나 일제 당국의 탄압으로 실패하고 말았다. 1923년부터는 조만식·안재홍·송진우 등과 물산장려운동을 추진하였다. 그는 '입어라 조선 사람이 짠 것을, 먹어라 조선 사람이 만든 것을'이라는 구호로, 국내에서 생산된 국산품을 애용해줄 것을 호소하였다.

김성수가 창간한 동아일보에서 외국상인·외국상품 배척을 주장하던 시기에, 역시 김성수가 세운 경성방직에서는 일본 기업과의 경쟁을 피해 북부지방으로 진출하고 있었던 것이다. 이를 두고 〈경성방직 50년〉에서는 북진정책으로 높게 평가하고 있지만, 실상은 일본기업과의 경쟁을 피하기 위한 조치이기도 했다.

1922년 3월에는 태극성 광목을 출시하였다. 조선인에게 친근감을 줄 수 있는 상표를 고민하던 그는 조선 말 박영효가 창안한 태극기에서 힌트를 얻어 태극성 광목이란 이름 붙였다. 1925년 5월 하와이 호놀룰루에서 열린 제1차 태평양문제연구회의에 참석하고 돌아온 김활란 등과 자주 만나 정치, 경제, 문화 등을 논의하곤 했다.

11월 김구의 어머니 곽낙원이 아들의 활동에 짐이 될 것과 손자들의 건강을 우려해 귀국하였다. 인천까지의 뱃삯은 마련하였으나, 의지할 데가 없던 곽낙원은 차비 마련이 어려웠다. 곽낙원은 고심하다가 동아일보 인천지국을 찾아가 서울에 갈 차표와 차비를 구하였다. 서울에서 다시 동아일보 본사를 찾아가자 송진우가 곽낙원과 손자의 차비를 지불해 주었다. 곽낙원의 동아일보 인천지국 및 본사 방문 소식을 접한 김성수는 직접 찾아가 곽 여사에게 생활에 쓰시라며 봉투를 건넸다.

1926년 6월 10일 순종의 국장 인산일에 중앙중학교 체육교사 조철호 趙喆鎬가 학생들을 이끌고 단성사 근처로 집결, 가두시위를 벌였다. 순종의 영여가 창덕궁을 출발, 종로를 통과할 때 한 학생이 군중으로부터 빠져나와 격문을 뿌리고 대한독립만세를 외쳤고, 주위에 정렬한 상복입은 군중들이 호응하여 대한독립만세를 외쳤다. 만세사건으로 구속된 학생 중 100여 명이 중앙중학교 학생이었다.

1926년 6월 11일 순종의 인산일을 계기로 벌어진 6.10 만세 운동의 배후의 한 사람으로 지목되어 조선총독부 경무국에 소환 조사를 받았으나 혐의점이 없어서 바로 풀려났다. 6월 말 6.10 만세운동 당시 중앙학교 학생들이 만세운동을 주도하거나 만세시위에 연루되어 학교가 폐교될 위기에 처하자, 김성수는 '학교 걱정 말고 가서 싸우라'고 학생들을 독려하였다. 그 이후 많은 학생들과 청년들에게 의로운 지도자로 존경받았다.

1929년 11월 3일 통학열차에서 일본인 남학생이 한국인 여학생을 희롱하다가 한인 남학생들이 가해 남학생을 구타, 한인 학생과 일본인 학생 간의 싸움이 발생하여 광주 학생 항일 운동이 발생했다. 동아일보에서 이를 대대적으로 보도하자 일본은 보도정지령을 내렸으며, 그는 여학생 성추행 사건을 기회로 사태 확산을 획책한 것으로 의심받고 총독부에 소환되었다.

인도의 마하트마 간디의 사상에 감화된 인촌은 간디와 서신을 주고 받으며 자문을 구하였고, 1926년 10월의 편지에서 그는 간디에게 "식민지하 조선을 위한 고언"을 자문, 간디는 1927년에 보낸 답신에서 "조선은 조선의 것이 되길 바란다"는 답신을 발송하였다.

1930년 미국, 유럽으로 여행, 1931년 세계일주를 마치고 귀국했다. 이때부터 송진우 등과 함께 농촌 계몽운동인 브나로드 운동(Vnarod movement)을 주도했는데 브나로드 운동이란, 러시아어로 '민중 속으로'라는 뜻이다. 1931년 7월 동아일보는 "배우자, 가르치자, 다 함께"라는 기치를 내걸고 브나로드 운동을 주도했다.

인촌은 1932년 초 세계일주를 이유로 인천항에서 출국, 상하이의 임정을 방문하고 돌아왔다. 1932년 3월 26일 자금난에 빠졌던 보성전문학교를 인수하여 보성전문학교 재단 주무이사에 취임하였다. 그해 6월 보성전문학교 제10대 교장에 취임하였다.

보성전문학교는 1905년 이용익이 창설한 이래 계속 재정난을 겪다가 손병희가 맡았으나 여의치 못해 그가 인수하게 된 것이며, 농촌지역은 문맹과 기아, 질병이 만연하였으므로 농촌을 계몽하겠다는 이상을 품은 대학생들이 방학 혹은 휴학기간을 이용해 농촌 계몽 운동에 참여하기 시작했다.

최용신, 심재영, 심훈 등이 브나로드 운동에 참여했고, 사회주의자들도 동참하기 시작하여 전국적으로 확산되었다. 조선총독부의 학무국과 경무국으로부터 반일사상 고취를 의심하여 방문, 소환, 전화 항의 등을 받았으나 별다른 혐의점이 없어 브나로드 운동 자체를 막지는 못했다. 이는 1938년 일제 당국의 탄압을 받고 중단되지만, 해방 이후 대한민국 대학생들의 농촌 봉사활동(농활)으로 이어진다.

한글학회 학자들에게 은밀히 자금을 지원해 주었고, 연세대 한글 학자 외솔 최현배는 '인촌을 울다'라는 기고를 통해서 그 내용을 말하기도 했다. 동아일보 창간 후에는 문맹퇴치에 목표를 두고 많은 기획들을 실천했다. 한글을 좀더 아름답게 다듬고 문법도 정리하도록 한글학회 학자들과 연계해 많은 노력을 했다. 물론 일제 식민정부는 많은 압박을 가했지만 지혜롭게 대처하고 폐간도 불사하는 시련을 겪으며 민족의 문화적 토양을 만들기 위해 그 많은 시련을 감내하며 나라를 지켜나갔다.

일본 내선일체 정책인 창씨개명에는 끝까지 동조하지 않고 드러나지 않은 교육자로서 지내고 싶어했으며 고려대학교는 특별한 마음으로 직접 경영을 하면서 학교에 애착을 갖고 돌보았다.

인촌은 세계의 명문대들을 둘러본 후에 듀크대학교의 모습에서 영감을 얻어 미학적으로 고려대학교 건물도 짓고 나무도 사재를 들여 손수 심고 가꾸면서 교육자로서 살고자 노력했다.

1935년 이후 김성수는 공직을 사퇴하고 고미술품과 예술품 수집에 힘을 기울였다. 그는 고미술품과 작품의 외국 반출을 막아야 된다며 거금을 치르고서라도 미술품, 서예 작품을 매입해 들였고, 전형필, 송진우, 장택상 등도 그의 견해에 동조하여 거액을 들여서라도 미술품 입찰에 가서 그림,

서화 등의 작품을 구매했다.

1936년 영국 런던을 방문하여 장덕수, 윤보선, 신성모, 윤치왕, 이활 등을 만나 보고 귀국했다. 1936년 8월 25일 기사에서 베를린 올림픽에서 마라톤을 제패한 손기정 선수 사진의 가슴에서 일장기를 지워버렸다. 동아일보에서 베를린 올림픽에 참가한 한국인 선수 손기정이 우승을 하자, 이길용 기자 등은 보도 사진에서 일장기를 삭제하고 내보냈다. 동아일보의 일장기 말소 사건 보도 이후 조선일보, 조선중앙일보 등에서도 일장기 말소 기사를 내보냈고, 김성수는 조선총독부 경무국에 연행되었다.

일장기 말소사건의 후유증으로 동아일보는 강제 폐간되었다가 1937년 6월 3일 복간하였다. 동아일보는 네 번 강제 폐간 당했고, 김성수는 조선총독부 경무국에 수차례 불려가 협박과 멸시, 폭행을 당하기도 했다.

1937년 5월 26일 다시 제12대 보성전문학교장에 취임하였다. 이후 그는 정치적 활동을 최대한 피하고 교육과 학교 정비에 치중하려 노력하였다. 1937년 수양동우회 사건으로 안창호가 수감되자 이광수는 안창호가 간장이 좋지 않음을 들어 인촌에게 도움을 청하였다. 이광수의 호소로 인촌은 구금된 안창호의 보석금을 마련하여 지불하였다. 안창호는 석방되었으나 곧 경성대학병원에 입원했고, 김성수는 그의 치료비까지 부담했지만 그는 차도 없이 3월 10일 경성제국대학 병원에서 생을 마감했다.

인촌은 안창호의 장례식에 참석하고 돌아왔다. 1937년 이화여전 재단이사(뒤의 재단법인 이화학원 이사)에 취임하였고, 1938년 안창호가 작고하자 추모비를 세우는 데 참여하였다. 숭실전문학교의 신사참배 반대를 옹호하다가 총독부 경무국에 연행되었다가 풀려나기도 했다.

한편 동아일보에서 강제 해직된 직원들의 생계도 살피고, 그들에게 생활비도 지불하여 주었으며 복직시킬 수 있는 직원들은 다시 복직시키고, 불가능한 경우에는 다른 일자리를 주선해 주기도 했다. 그래서 해고 당한 직원들도 인촌에게 양심이나 원한을 품지는 않았다. 1940년 8월 10일 일제가 동아일보를 강제 폐간시키자, 김성수는 고향으로 돌아가 1945년 8.15 광복 때까지 칩거하였다.

옥고를 치르고 출감한 김선기 등이 김성수를 찾아갔더니 그 손을 잡으며 고생했다 하며 '고문을 당하면 못할 말이 어디 있겠나'하며 이극로의 안부를 걱정했다. 잡혀간 이극로는 가혹한 고문에 못 이겨 사전 편찬 등은 독립운동의 일환이라고 거짓 자백을 했으며 〈조선기념도서출판관〉의 책임자로 있던 김성수도 관련이 있는 것처럼 자백을 강요당하였다.

당시 경무국 보안과장이 술 한잔 사겠다는 이유로 김성수를 술집 청향원으로 불러, "조선어사전 편찬은 독립운동의 방법이었다"는 이극로의 자백을 들려주며 추궁하였는데 김성수는 "조선어 사전 하나 편찬해 독립이 된다면 진작 편찬하지 왜 이제 하겠는가."라며 반박했고 일본 경찰은 아무 말도 하지 않았다고 한다.

한편 그는 1941년부터 이승만이 단파방송 '미국의 소리'에 출연하자, 송진우, 여운형, 안재홍, 장택상, 윤치영 등과 함께 비밀리에 청취하기도 했다. 1942년 이후 그는 요시찰인물 2급으로 분류되어 감시와 내사를 당했다. 1945년 8월, 일제가 패망하여 항복하고 총독부 총독 아베 노부유키가 치안권 이양을 송진우에게 제시하였으나, 그는 거부의사를 표했고 김성수도 이에 공감하였다고 한다.

국내 각지를 순찰하던 그는 경기도 전곡全谷의 농장을 거쳐서 경성부의 집으로 돌아왔다. 유진오는 그의 회고록 『양호기』에서 김성수의 이름으로 총독부 기관지 『매일신보』에 실린 '학도병' 기사는 매일신보사 기자 김병규가 유진오와 상의한 뒤에 대필하여 승인을 받은 글이라 주장하였다.

1945년 8월 16일 여운형, 안재홍 등으로부터 건국준비위원회에 참여해 달라는 요청을 받았으나 그러나 그는 송진우, 김준연 등과 상의한 뒤 대한민국 임시정부 봉대를 이유로 건준 참여를 거절하였다. 1945년 9월 8일 조선인민공화국(인공)의 내각이 발표되었는데, 박헌영 진영의 추천으로 김성수는 인공 내각의 인민위원 겸 문교부장으로 선임되었다.

1945년 11월 임시정부 귀국 제1진이 환국하자 송진우, 허정, 장택상, 조병옥, 김준연과 함께 경교장을 방문하여, 6시간을 기다린 후 그들을 만났다. 1945년 12월 서울운동장에서 열린 임시정부 환영회에 참석하였다. 김구金九가 모스크바 3상회담에 반발, 강력한 반탁운동을 추진하자 김성수도 여기에 참가하여 12월 30일 결성된 신탁통치반대 국민총동원위원회 위원이 되었다.

1946년 1월 16일 김구를 위원장으로 하는 반탁독립투쟁위원회가 결성되었을 때, 조성환, 조소앙 등과 함께 반탁독립투쟁위 부위원장에 피선되었다. 그가 한민당을 맡게 됨에 따라 1946년 2월 19일 보성전문학교 교장직을 사퇴하고, 후임자로 현상윤을 내정하였다.

1947년 1월 18일 김구, 조소앙, 이철승 등과 함께 매국노 소탕대회 및 탁치반대 투쟁사 발표대회에 참석하였다. 대회는 오후 2시 천도교 강당에서 각급 학교 맹원 2천여 명이 모인 가운데 거행되었다. 김성수는 김구와 함께 격려사를 하였다.

김성수는 1월 26일 경교장에서 열린 반탁독립투쟁회 결성에 참여하고 반탁투쟁회 부위원장의 한 사람으로 선출되었다. 1947년 9월 5일 이승만을 임시정부 주석, 김구를 부주석으로 추대하고 임시정부 국무위원을 새로 보선할 때 김승학과 함께 대한민국 임시정부 국무위원에 추가 보선되었다.

그는 임시정부의 법통 아래 이승만·김구·김규식의 삼자 합작에 의한 독립정부의 실현을 정치목표로 설정했다. 이를 위해 "한민당과 한독당이 통합함으로써 민족진영이 대동단결해야 한다."는 것이 정치적 신념이었다. 인촌은 이승만, 김구, 김규식의 삼자회담을 주선하기도 하였다. 김성수는 자신이 이끄는 한민당과 김구의 한국독립당의 합당을 추진하였다.

인촌은 이승만을 고문으로 하며 김구를 위원장으로 하는 반탁독립투쟁위원회의 부위원장으로 추대되었다. 이로써 양당의 합당이 이루어지는 듯하였으나 끝내 입장차이로 결렬되었다.

1948년 3월 5일 이승만이 단독정부 수립을 위해 소집한 민족지도자 33인의 한 사람으로 선발되었다. 4월, 남한만의 단독정부수립이긴 하지만 한반도에 합법적이고 민주적인 정부가 들어서야 한다고 생각, 5월 10일 국회의원 총선거에 참여를 결정했다.

김성수는 내각 책임제를 가장 이상적인 정치 제도로 생각했다. 조선시대의 유교적 가치관과 권위주의적인 사고관이 당시 사회를 지배하고 있었으므로, 대통령이 절대권력을 행사하면 독재를 할 수 있다고 봤다. 조선시대를 살던 사람들이 그때가지도 생존하고 있었고, 대통령을 황제나 왕으로 생각하는 국민들도 존재했다. 인촌은 이 점을 들어 대통령 중심제는 아직 시기상조라고 판단했다.

인촌은 이승만을 찾아 내각 책임제를 수용할 것을 건의하였다. 그러나 정부 수립 초기, 이승만의 반대가 거세자 그는 혼란 수습을 위해 일단 자신의 이상을 뒤로 미루고, 한민당원들을 손수 설득하는 데 주력했다.

건국 초에 내각책임제를 채택하여 정권의 교체가 잦아지면 정치적 혼란을 막기 어렵고 새 나라의 초석을 놓는 일에서도 비능률적일 것이므로 이 박사의 의사를 따르는 것이 좋겠다는 논리를 폈다. 일단 한민당원들의 반발을 무마하기 위한 조치였지만 내각제가 이상적인 정치 체제라는 그의 신념은 바뀌지 않았다.

5. 공포된 농지개혁법안, 1950년 3월에 개정되어

김성수는 자신과 한민당원 전 의원이 이범석의 총리인준에 동의하는 조건으로 각료 8석을 요구했다. 이범석은 당시 12개 부와 4개 처의 조직에서 장관 8석은 지나친 요구라고 했으나, 곧 김성수의 제의를 수용하였다. 이범석은 국방부장관 직을 겸하라는 제의를 받았으나 그는 이승만에게 한민당에서 지명한 인물을 천거했다. 그러나 이승만은 자신이 생각해둔 인사가 있다 하여 그의 부탁을 받은 이범석의 8명 중 3명만을 입각시켰다.

민족진영강화위원회에 참여하면서 인촌은 김규식에게 민주국민당을 맡아줄 것을 청하였으나 김규식은 이를 거절했다. 1950년 5월 그에게 대통령 후보에 출마하라는 권고가 있었으나, 그는 자신의 부덕함을 이유로 대통령 후보직을 사양하였다. 6월 25일 한국 전쟁이 발발하자 가족들을 피신시킨 뒤, 서울 시내에 은신해 있다가 정부가 있는 대전으로 남하했다. 이후 대한민국 정부를 따라 대전에서 대구를 거쳐 부산으로 이동하였다.

부산피난지에서 경찰의 불심검문에 걸려 몸수색을 당하였으나 한번도 불쾌한 기색을 나타내지 않았다. 전쟁 중이던 1952년 5월 제2대 정부통령 선거에서 한국민주당에서 이시영이 대통령 후보로 출마할 때 러닝메이트가 되어 부통령 후보에 출마하였다.

9.28 국군의 서울 수복 이후에 인촌은 친자식처럼 보살피던 이인수를 잃고 고통스러워했다. 이인수는 영국 유학을 다녀와서 중앙학교에서부터 영어를 가르쳤고 고려대 교수로 유능한 교육자였는데, 6.25 한국전쟁 때 인민군이 밀려들어와서 강압적으로 반미 선전에 가담한 이력을 죄목으로 사형을 당하였다.

인촌은 이인수를 구명하려고 이승만을 찾아갔는데 신속히 처형해 신성모 국방장관이 늦었다고 하여 항의를 하기도 했다. 인촌은 부산 피난지에서 이승만과 함께 1951년 5월 17일 제2대 부통령副統領에 취임하였다.

김성수는 처음에 부통령직 제의를 받아 들이지 않았다. "이승만정부의 실정失政에 희생양이 되고 싶지 않다"는 것이 그의 이유였다. 김성수는 그러나 동료들의 끈질긴 간청으로 부통령직을 수락하지 않을 수 없었다. 김성수는 부통령이 되자마자 이승만이 신성모를 주일본한국대사로 임명하는 것을 정실인사라며 반대하여 이승만과 충돌하였다. 한국전쟁 당시 이승만이 수도 서울을 사수하겠다는 발언을 한 것도 정치도의를 어긴 것이라 여겼고, 이승만과의 사이에 점차 불협화음이 생겨나게 되었다.

이승만의 재선 목적으로 헌법이 개정되면서 부산 정치파동 사건이 터지자, 김성수는 이 사건에 대해 '민주주의를 유린한 행동'이라면서 강하게 반발하였고 부통령 퇴임을 앞두고 있던 시기였던 5월 29일 이승만을 규탄하는 장문의 사퇴서를 발표한 뒤 중도 사임하였다.

6월 20일 정부측에서 발표한 대통령 직선제 개헌안이 부결되자 정부는 국회 해산과, 반反 민의民意 국회의원들을 소환하겠다고 위협했다. 국회가 내각제 개헌안으로 맞서자 정부는 백골단, 땃벌떼 등을 동원하여 국회의원들을 위협했다. 이에 이시영은 장면, 김성수 등 81명과 함께 부산의 국제구락부에 모여 반독재 구국선언을 시도하였으나, 실패하고 말았다.

1952년 8월 이승만은 발췌 개헌안이 통과되자 대통령은 직선제로 선출했다. 이때 조봉암이 나서자 민국당은 서둘러 이시영을 옹립했다. 김성수는 김창숙·이동하·신익희·장면 등 8명이 8월 초 이시영을 추대하자는 성명을 낼 때 참여하였다.

1953년 초 중풍에 걸려 자리에 누웠고, 병원에 다니며 통원치료를 하였다. 1954년 11월 1일 친구인 최두선의 회갑연에 아내의 부축을 받고 방문하였다. 1954년부터 통합야당인 민주당의 창당을 주도하였으나 완성을 못보고 병으로 사망하게 된다. 말년의 김성수는 중풍과 심근염 등으로 고생하였다. 김성수는 신당 창당 활동에서 한발 물러서며 정치 일선에서 물러나 병상에서 혁신계 조봉암을 신당 운동에 참가시키는 민주세력의 대동단결을 호소하였다,

후일 윤제술은 '김준연과 조병옥이 조봉암을 받아들이는 것을 극렬하게

반대하자, 신도성은 김준연이 조봉암을 빨갱이로 몰아붙이는 것을 격렬히 비난했고, 조병옥이나 신익희는 어물어물할 따름이라고 증언했다. 이 문제에서 신익희는 회피하였다. 김성수는 "민주대동이라고 했으면 그대로 해야지, 왜 딴소리들을 하느냐. 해공의 책임회피가 문제야."라며 양쪽 모두 공박하였다

　김성수는 민주국민당이 조봉암의 신당 참여문제로 알력이 심하였을 때, 민주대동의 입장에서 조봉암과 합작할 것을 보수파에 권고하였다. 보수파들은 김성수의 정치적 영향력에 마지못해 조봉암이 반공주의노선을 견지하겠다는 것을 공적으로 약속한다면 좋다는 태도로 나와, 김성수는 조봉암에게 태도를 명확히 표명해줄 것을 권고해 조봉암은 새로운 성명서를 작성해서 2월 22일 발표하였으나 김성수는 조봉암의 새로운 성명서는 보지 못하고 말았다.

6. 결론

　옛말에 인생은 짧고 세상은 길다는 말이 있다. 삼라만상의 일체 만물은 죽을 때 어떻게든 살아 남는 것이 최고의 가치라 생각한다. 우리는 충과 역을 논하지만, 충과 역을 모르고 행할 때가 많다. 그래서 누구의 과를 말하기 전 그때 처지가 그랬다면 '누구나 그렇게 했을 것이다.'라고 생각한다. 그렇다고 선생을 두둔하는 것은 더욱 아니다.

　우리나라의 현재는 고대 국가로부터 오늘에 이르기까지 유구한 흥망성쇠를 겪은 역사적 바탕 위에 오늘이 있게 되었고, 이런 맥락에서 본다면 선생과 같이 일제강점기를 사는 처지엔 누구든 그러하지 않다고 누라서 장담할 수 없다. 절대란 없으며 충과 역을 구분하는 잣대 또한 언제나 승자 편에 있다는 것을 알았으면 한다.

그래서 시대에 따라 국가유공자라고 상훈을 추서하기도 하고 취소할 수도 있다고 할 것이다. 그러나 옥석을 가린다며 때에 따라 편 가르기가 되어 끝내는 국론이 분열되고 민심이 갈라지듯이 요즘 우리나라 정치 상황에서 볼 수 있는 보수, 진보 또는 좌우 진영 논리 대결이 작금의 현상이 아닌가?

　이런 논쟁이 좌우갈등 문제나 정치적 진영 논리로 거론되어선 안 된다. 객관적 사실보다는 좌우 진영 논리로 따지다 보니 문제가 된다는 것이다. 특히 같은 친일 기고문을 매체에 기고한 '누구는 빠지고 누구는 들어갔다.'라는 이유로 민족 문제 연구소와의 갈등을 초래해서도 더욱 안 된다.

　누구는 친일인명사전에 들어갔고, 누구는 친일인명사전에서 빠졌다?

　그 이유는 누구는 일제 말에 국내에서 유일한 독립운동 단체인 조선건국동맹을 결성하고, 중국 옌안의 조선의용군, 중국 충칭의 대한민국 임시정부와 연락을 취하고, 광복에 대비하는 등 구체적인 독립운동이 객관적으로 분명하게 밝혀졌다고, 학계에서도 이를 인정하고 있기 때문에 누구는 빠졌고, 누구는 인정하지 않기 때문이다.

　참고로, 일제 말기 국내 독립운동 단체는 건국동맹 이외에 거의 전무했었다. 그리고 살아 생전에는 김성수와 여운형 두 분들은 사상적으로 정반대 관계였지만, 구국을 위해선 따지지 않고 매우 친분이 두터웠다고 전한다.

　인촌은 여운형 계열 인사 조봉암과 수시로 교류하면서 항일 관련 자금 등을 지원한 사실 등이 여러 결과들이 이를 증명한다. 그래서 인촌 김성수도 친일파에서 빠져야 맞다는 것이다.

　그럼에도 불구하고 근래에는 친일인명사전 문제와 훈장 수여 문제로 좌우 측에서는 누구에게 수여한 1급 훈장을 치탈하라고 서로 주장하더니 끝내는 진보 측과 역사학계에선 인촌 김성수를 포함하여 친일경력이 있는 사람들의 훈장을 치탈하라 주장하여 훈장을 취소하게 된 것이다.

　나는 좌우 양측에 강력히 권고한다. 친일인명사전이나 훈장을 치탈하라고 주장만 하지 말고 시대적 역사적으로 한 치 앞을 가늠할 수 없는 암울했던 시절에 국권 회복을 위해 목숨을 담보한 항일운동뿐만 아니라 인촌 김성수 선생과 같이 민족교육을 위한 언론사 경영이나, 교육사업도 나름 애국의 한 방편이었다는 사실에 주목하여 최종적 평가를 해야 한다는 것이다.

왜냐하면, 총독부의 창씨개명 요구를 끝내 거부했고, 학교, 신문, 회사를 살리기 위해 '소극적으로 친일'을 한 것이라고 보아야 하기 때문이다. 물론 진보 진영과 법원에서 이러한 사실들의 대부분을 받아들이지 않았다는 사실에 주목해야 하고, 나아가 실망감을 금치 못한다.

다른 관점에서 보면, 인촌 선생으로서는 자신의 행보에 학교, 언론, 기업과 거기에 속한 사람들의 생사가 걸렸을 뿐아니라 민족의 장래에도 심대한 영향이 있을 것을 염려해 대놓고 친일을 거부한다는 것 자체가 거의 불가능했을 것으로 추측되기 때문이다.

선생은 한 세대를 살면서 35년의 시간 동안에 조선인 절대 다수는 일본의 침략에 의한 지배를 받아야 했고, 적어도 일제의 행정기관과 군사기관 앞에서는 겉으로 이를 부정하기 어려웠기 때문이라 사료되기 때문이다.

그나마 선생은 태평양전쟁 전까지 일제에 대한 나름의 저항을 계속 시도했던 사람 중의 1인이었으나, 일본의 통치가 비이성적으로 폭주하게 된 태평양전쟁 말기에 이르러서부터 생존을 위해서라도 상당히 일제에 협력하는 척 할 수밖에 없었을 것이며 다른 면에서 본다면 한편으론 무장 항일운동을 지원하고 일제의 폭정에도 나라와 고향을 지키는 이천만 조선은 언젠가는 독립할 수 있다는 희망을 준 독립운동의 유일한 방편이라 생각하지 않을 수 없었을 것이다.

이러한 시대적 과정을 걱정하여 지구상에는 많은 선각자들이 후천을 예언하게 된 것이며 세계의 모든 예언들이 대부분 우리나라가 세계경영의 종주국이 된다는 것이며 그중에 후천 미륵정토 용화선경(우리가 지금껏 경험해

보지 못한 고도로 발달된 민주적사회)의 용화천주(고도로 발달된 민주적 사회의 주인 즉 절대자)
즉 주인인 인류 모두가 미륵으로 재생신(새로 태어나야)해야 한다는 것이다.

이 '후천 미륵정토 용화선경'은 용화천주 미륵존불께서는 물약자효 의통
(醫統, 인류의 모든 잘못을 바르게 고친 통일된 새로운)법으로 해원(解冤, 천지간에 쌓인 원과
한을 풀어 막힘이 없게 하는 것)하여 용화선경, 즉 우리가 경험해보지 못한 고도로
발달된 민주적사회를 이룩하자고 말한 것이다.

물약자효 의통醫統법이란 앞에서 말한 정치, 경제, 사회, 문화, 종교, 사
상적으로 충돌함이 없이 바루어 하나로 통일함을 말하는 것이다. 이와 같
은 바탕에서 해원解冤은 마음에 걸림을 없게 하여 즉 원한을 풀어 걸림이
없게 한다는 것이다.

해원解冤은 무극신(无克神, 이기려는 마음을 없게 하는 것)으로 이루게 되는 것이
며 다시 말해 무극신이란 경쟁하거나 이기려는 마음이 없어야 한다는 것이
다. 이 무극신无極神의 마음자리는 대도덕大道德으로, 즉 큰 도덕적 가치에서
성취될 수 있게 된다는 것이다.

큰 도덕적 가치란 상대방을 존중하며 그 처지에서 그렇게 할 수밖에 없
었다는 점을 이해하는 것이다. 즉, 조건없이 신성스럽게 여기고, 이기려는
마음이 전혀 없어야 한다는 말이다.

이상과 같이 인촌 김성수 선생께서는 평생 동안 가슴속에 안고 화천하
시면서도 말하지 못하신 무언가에 대해 많은 역사적 증언과 기록을 보면
서 느끼게 되었다. 이러한 뜻을 같이하는 분들에겐 필자의 소견을 전할
수 있는 기회를 주신 현보 리 훈 박사님께 진심으로 감사드리며, 혹 이러
한 소견에 동의하지 못하시는 여러분들께도 지면을 통하여 정중히 사과드
리면서 이 글을 줄입니다.

인촌 김성수 선생의 삶과 빛나는 열정

김 문 환(법학 박사)
前 국민대학교 총장
前 대학총장협회 회장

1. 동아일보와 나

남북 비극의 6.25 동란이 휴전회담으로 끝나가던 1953년 초, 초등학교에 입학한 필자는 한글을 깨치면서 처음으로 동아일보를 만났다. 그 이전에는 우리 동네가 세상의 전부로 생각했던 어린 촌뜨기가 바깥세상과 접한 것이다. 전쟁을 치르는 국민소득 50달러의 나라에서 미디어 혜택을 받을 리가 없었던 시절이었다. 어쨌든 경북 의성 집에서 구독한 동아일보는 내가 세상과 소통하는 유일한 창구였다. 동아일보는 나에게 신문이요, 라디오이고 인터넷이었다.

당시 소설가 정비석 선생께서 동아일보에서 연재한 나이 어린 충남이가 주인공인 소매치기 이야기와, 뒤이어 연재한 삼국지를 아주 열심히 읽었던 기억이 지금도 생생하다. 또한 1956년 해공 신익희 선생이 대통령 당선 직전에 이리에서 서거한 사건도 동아를 통해 알게 되었다. 그 당시 이승만 대통령의 독재를 극렬하게 비난하는 동아일보가 어린 마음에도 흡족하였다. 그 이후 신문을 읽는 습관이 계속되어 지금껏 동아일보 구독자로 남았다.

금년인 2020년이 동아일보와 조선일보가 함께 창간된 지 100주년이 되는 해라고 하니 감개무량하다. '신문은 사회의 등불'이라고 하는데, 특히 동아는 지난 100여 년간 나라가 농경사회에서 첨단기술사회로 발전하면서 국민소득 3만 달러를 달성하는 데 엄청난 역할을 수행한 언론사이기 때문이다.

2. 인촌의 청년기

인촌 김성수金性洙 선생은 우리가 익히 알고 있다고 생각하지만 필자가 이 글을 쓰면서 새삼 새롭게 알게 된 내용이 적지 아니하다. 인촌 선생은 대한제국에서 일제강점기를 거쳐 광복 이후의 대한민국까지 나라가 질풍 노도와 같은 세월 속에서 함께 살아왔었다. 세계사적으로는 양차 세계대 전의 혼란기였으며, 한국인 모두가 생활이 아닌 생존을 염려하는 파란만 장한 삶을 살았던 때여서 인촌도 결코 평탄한 삶은 아니었다고 생각된다.

여기에서 간략하게 인촌의 일생을 정리해 본다. 인촌 김성수金性洙 선생 은 1891년 전라도 고창군 부안면 인촌리에서 호남의 거부巨富 김경중金璟中 선생의 아들로 태어나 3세에 큰아버지 기중棋中의 양자가 되었다. 조선조 정조 당시의 성리학자인 하서 김인후金麟厚의 13대손인 인촌仁村의 어린 시 절은 아마도 월인천강 은작량 문임오복 금포화月印千江 銀作浪 門臨五福 錦鋪花 였을 것이다.[1]

죽마고우인 평생 동지 송진우宋鎭禹는 물론 백관수白寬洙 등과 교류한 인 촌은 교육자, 언론인 그리고 기업인이었다. 일제강점기인 1914년 와세다 대학교早稻田大學校 정치경제학부를 졸업한 후 귀국한 인촌은 민족교육과 계 몽에 큰 뜻을 품고, 사립 중등학교를 설립하겠다는 야심 찬 계획을 가지고 서울로 돌아왔고, 이때 집안에서 자금을 주지 않자, 3일간의 단식으로 집 안에서 자금을 마련했다고 한다.

인촌은 양부 김기중의 후원을 받아 운영난에 빠진 중앙중학교를 1915년 에 인수하여 1917년에는 중앙학교를 정규학교로 승격시키는 등 민족교육 활동을 하였다. 1919년 3·1운동이 출발한 중앙학교 기숙사는 사실 민족

---

1) 번역해보면 "월인천강으로 은하수의 물결을 만들고, 문 앞에는 오복이 임하여 비단 꽃이 펼쳤네"이다.

의 성지였다. 3.1 독립운동에 주도적으로 참여하였던 인촌은 오늘날 '한국 기업 100년사'의 출발점이라는 평가를 받는 경성방직을 1919년 10월 설립 하여 물산장려운동을 주도하였다. 이는 인도의 마하트마 간디가 주창한 경제자립운동에 영향을 받아 일본기업에 맞선 '민족자본 기업'이다.[2]

1920년에는 양기탁, 유근, 장덕수 등과 동아일보를 설립해서[3] 1920년 7월 동아일보 사장이 되었으며, 수차례 고하 송진우와 사장직을 교대하였다.[4] 같은 해인 1920년 조선과 나란히 동아일보가 탄생한 것은 일제의 압제에 저항한 3.1 독립운동의 에너지를 계승하기 위하여 만들어진 민족 자각의 독립의지를 표상한 성취물이라 할 수 있다.

그 목적은 민족의 눈과 귀가 되는 언론의 필요성을 절감하였기 때문이 다. 아무리 재산이 많더라도 많은 논밭을 팔아 전망이 없는 신문 사업을 벌인 것은 당시로서는 혁명가의 정신이 아니면 불가능했다. 아마도 인촌 의 의식 속에는 민족계몽의 원대한 구상이 있었을 것으로 짐작된다. 그 점에서는 청년 인촌은 선각자요, 역사의 주인공이었다.

인촌은 재산을 개인의 영달을 위하여 함부로 사용하지 않고 교육과 언 론에 바쳤던 것이다. 인촌이 인수한 보성전문학교(현 고려대학교)는 당시에 농외聾瞶한 한국의 젊은이들에게 희망의 세상을 열어주었고, 동아일보는 백성들에게 세상사를 정확하게 전해 준 등대불과 같았다.

인촌은 1923년에는 조선민립대학 설립운동에 적극적으로 참여하였다. 그것이 씨앗이 되어 1929년 초에는 자신과 양부 김기중 등 7명이 60만원 을 출자해 재단법인 중앙학원中央學院을 설립했다. 1932년에는 오늘날 고려 대학교高麗大學校의 전신인 보성전문普成專門학교를 인수하여 1935년 6월까지

2) 황태호 기자, 첫 근대식 주식회사 '경성방직' 1919년 설립, 동아일보 2019년 12월 9일 A 5면.
3) https://namu.wiki/w/%EB%8F%99%EC%95%84%EC%9D%BC%EB%B3%B4
4) [네이버 지식백과] 김성수 [金性洙] (한국민족문화대백과, 한국학중앙연구원)

교장으로 활동했다.

이는 인촌이 민족의 계몽을 위한 언론 사업에 이어 민족혼을 가진 엘리트 양성을 위한 교육사업에 매진하여 국가의 100년 대계를 세웠다고 보지 않을 수 없다. 어떻게 약관의 나이 20대 후반에 이런 엄청난 일을 할 수 있었는지 오직 놀라울 뿐이다.

1930년대 인촌 김성수는 민족의 자질과 실력양성론에 따라 자치운동을 지지하였다. 그리고 1936년 11월에는 동아일보가 베를린 올림픽에서 세계 마라톤을 정복한 쾌거를 기념하는 '일장기말소사건'으로 신문이 폐간되고 인촌은 동아일보 취체역에서 물러나 칩거한 것은 인촌의 애국정신을 잘 표상한다고 할 것이다.[5]

동아일보와 고려대학교로 인정되는 인촌 김성수金性洙 선생은 결코 거만하지 않아 대면하기 쉬웠으며 항상 이웃을 찬양했다고 한다. 어떤 이는 그의 그릇이 크고 중량감이 있어서 형산荊山의 박옥璞玉과 같았고, 재화才華는 탁월하여 물 위에 떠 있는 주기와 같이 빛났다고 하였다.

성품도 부모에게 효도하고 친우에게는 신뢰를 지키는 효우孝友의 기상으로 덕德이 많고 인화력이 있어 인촌仁村이란 호에 어울린다고 칭송했으며, 인촌은 국가와 민족을 먼저 생각하는 정치가였으며, 자신보다 유능하고 존경하는 인물이 있으면 뒤로 물러나 그 사람을 추대하는 데 주저하지 않았다고 한다.[6]

---

5) 『친일반민족행위진상규명 보고서』IV-3: 친일반민족행위자 결정이유서(친일반민족행위진상 규명위원회, 현대문화사, 2009)
6) 김형석 [아무튼, 주말- 김형석의 100세 일기], 천하의 美 하지 장군에게 쓴 소리한 인촌… 누가 고양이 목에 방울을 거나, 조선일보 2019년 11월 16일.

3. 인촌의 중년기 이후

인촌은 당시로는 늦은 세월에 시유詩遊나 하고 풍류나 읊조리며 경치가 놀이에 더 좋은 만경우유晚景優遊를 할 수 있었으나, 그 시작할 곳에서 시작하여 그 마칠 곳에서 마치지 못한 것인가? 인촌은 1938년에 친일단체 국민정신총동원조선연맹 산하 비상시생활개선위원회 위원을 지냈다.

이후에도 국민총력조선연맹 총무위원(1943), 흥아보국단興亞報國團 결성준비위원(1941), 조선임전보국단 감사(1941) 등으로 활동하면서 학병제 · 징병제를 찬양하는 글을 쓰거나 강연했다.[7]

인촌 김성수의 이러한 활동은 「일제강점하 반민족행위 진상규명에 관한 특별법」 제2조에 해당하는 친일반민족행위로 규정되어 『친일반민족행위진상규명 보고서』에 관련 행적이 상세하게 채록되었다. 그리고 일본이 패망하면서 나라가 광복을 맞은 이후에는 한국민주당 조직과 대한민국 임시정부 봉대운동 등에 참여한 뒤 김구, 조소앙 등과 함께 신탁통치반대운동을 주관하였다.

1947년부터 한국민주당의 당수를 지내기도 했고 1947년 3월부터 정부수립 전까지 대한민국 임시정부의 국무위원을 지냈다. 그리고 1949년 민주국민당의 최고위원이 되었고, 이시영에 이어 한국전쟁 기간인 1951년 5월 국회에서 제2대 부통령으로 선출되었으나, 1952년 이승만 대통령이 재선을 추진하면서 부산정치파동을 일으키자 이에 항거해 5월 29일 부통령직위를 헌신짝처럼 벗어던지고 사임하였다.

이승만李承晩의 독재에 분명하게 반대한 것이다. 인촌은 1954년 이승만의 장기집권에 반대하는 호헌동지회에 참여하여 통합야당인 민주당의 창립준비에 관여하였고, 같은 해 12월 민주국민당 고문 등으로 활약하다가

7) (네이버 지식백과) 김성수 [金性洙] (두산백과)

65세에 서거하면서 장례는 1955년 2월 24일 국민장國民葬으로 거행되었다.[8]

인촌은 살아생전에 여러 종교를 믿었다. 젊은 시절에는 문묘에 배향된 대학자인 하서 선생의 가풍을 따라 유교(성리학)를 따르다가 개신교(장로회)로 개종하였고, 임종 직전 로마 가톨릭교회의 세례(세례명: 바오로)와 병자성사를 받았다. 그의 삶에 대한 고뇌의 한 단면을 보여준다고 할 수 있다. 그러나 그는 결코 종교에 깊숙이 빠지지는 않았으며, 종교를 정치에 이용하지도 않았다.

4. 삶은 아이러니인가?

미국의 초대 조지 워싱턴 대통령이나 3대의 토마스 제퍼슨 대통령은 많은 노예를 거닐었으며, 노예에게서 자식까지 두었다고 전해진다. 그러나 이들을 오늘날 시각에서 인종주의자라고 매도하지 않는다. 또한 남북전쟁의 위기에서 나라를 구한 링컨 대통령은 독재 정치가였지만, 그의 잘못을 지적하는 경우는 거의 없다.

또한 프린스턴대학교 학생들이 우드로 윌슨(Woodrow Wilson) 전 미국 대통령(1913~1921)이 인종분리주의를 강조하였다면서 80년간이나 사용해온 그의 이름을 학교에서 지우자고 했으나, 학교당국은 이를 거절하였다. 윌슨 대통령은 1902년부터 1910년까지 8년간 프린스턴대학교의 총장을 역임하였으며, 대통령 시절에 국제연맹의 탄생에 노력한 공로로 1919년에 노벨평화상도 수상하였다.[9]

미국의 클린턴 대통령이 유명한 로드장학생으로 선발되어 영국 옥스퍼드 대학교에 다닌 적이 있다. 그 세계적 명성의 로드장학재단을 만든 주인

---

8) 최은희(崔恩喜), "김성수(金性洙)", 「한국의 인간상(韓國의 人間像)」, 제6권(第6卷).
9) Associated Press, Princeton to keep Woodrow Wilson's name on school despite race outcry, Fox News April 04, 2016.

공인 영국의 세실 로드(Cecil Rhodes)는 17세의 나이로 식민지인 남아프리카에 가서 죽을 고생을 하며 광산에서 차를 팔다가 오늘날 세계적으로 가장 큰 다이아몬드 회사인 드비어스 사를 설립하였다. 나중에 거부가 되면서 세실 로드는 그의 이름을 딴 로디지아를 건국하기도 했다. 이 나라가 오늘날 짐바브웨가 되었다.[10]

그런데 수년 전 옥스퍼드대학교(Oriel College) 구내에 있는 건물 벽의 세실 로드 조상彫像을 철거하겠다고 학생들이 나섰다. 세실 로드는 제국주의자로 나쁜 인물이라는 것이다. 그러자 이를 두고 격렬한 토론이 벌어졌으며, 결국에는 대학의 이사장이 철거를 하지 않는 방향으로 학생들을 설득하였다. 그도 식민지역사의 유산을 표상하는 한 단면이라는 것이었다.[11]

인촌은 사후 1962년 건국공로훈장 대통령장이 추서된 한편, 2002년 2월 28일 '대한민국 국회의 민족정기를 세우는 국회의원모임'과 광복회가 선정한 친일파 708인 명단 등에 언론계 친일파로 수록되었다.

그 이후 2017년에 대법원은 반민족규명법에서 규정한 행위를 하였다고 판시하였다.[12] 또한 2018년 2월 문재인 정부에서 독립유공자 서훈이 박탈되었다.[13] 판결문에서 인촌이 "3.1 운동에 참여하고 동아일보사와 고려대학교 등을 운영하면서 민족문화의 보존과 유지 및 발전에 기여한 성과가 적지 아니한 사정이 있다고 한 지적으로 만족하여야 할 것인가 하는 아쉬움이 남는다.

일제침략기의 판결이란 사실관계에 기초하여 법적인 재단을 하는 것이기는 하지만, 질풍노도와 같은 혼란기를 살아온 인촌에 대한 법해석의 경

---

10) 멘탈 플러스 편집부 엮음, 강미경 옮김, 불량지식의 창고(Forbidden Knoeledge), 세종서적, 2006년 129면.
11) Gonzalo Viña, Oxford college decides to retain Cecil Rhodes statue, FT January 29, 2016.
12) 대법원 판결 2017. 4. 13, 대판 2016누 346.
13) '친일행위' 인촌 김성수, 56년만에 건국훈장 박탈, 연합뉴스 2018년 2월 13일.

직성이 아쉬울 뿐이다. 법의 가늠자는 모든 인간이 성인이 되기를 바라는 것이라고 해야 할 것 같다. 대법원이 인촌이란 거목의 전 생애를 관통하는 시각에서 독립과 광복운동의 영광과 친일의 오욕을 전체적으로 판단하지 못한 아쉬움이 남는다.

물론 일생을 독립운동에만 매진한 분들도 드물게 있지만, 국권이 약한 현실에서 본다면 한 인간은 아무리 위대하다고 해도 참으로 작은 조각배에 불과하다. 그것은 18세기 유럽을 호령하던 프랑스의 나폴레옹도 세인트헬레나 섬에 유배된 모습은 키 작고 초라한 모습이 아닌가 말이다.

이에 비하면 우리는 역사적 인물의 평가에 아주 인색하다. 특히 "현재의 잣대로 과거를 평가"하는 측면이 강하다고 할 수 있다. 우리는 앞으로 역사 발전에 따라 이미 역사가 된 인물에 대한 재평가가 필요하다는 생각이 드는 대목이다. 나아가 일제침략시대의 역사적 인물의 단죄는 역사철학 등이 고려되어 결정되었으면 한다.

2020년 새해를 몇 시간 앞둔 시간에 프란치스코 교황(83)이 바티칸의 성 베드로 광장에 모인 신자들과 만나 인사를 나누는 자리에서 한 여성 신도가 그의 손을 세게 잡아당기자 여성에게 불같이 화를 냈다고 한다. 그리고 이튿날 해당 신도에게 사과의 뜻을 전하면서 "우리는 자주 인내심을 잃으며 그건 내게도 일어난다"면서 "어제 있었던 나쁜 예시에 대해 사과한다"고 말했다.

AFP는 많은 온라인 댓글이 "교황도 인간"이라는 내용이었다며 그가 보인 '본능적 반응'을 지지했다고 전했다. 교황도 인간이라는 점을 지적하며 넘어간 서양 언론의 태도가 좋은 길잡이가 될 것으로 보인다.[14]

인촌이 노년에 일부 친일한 행적을 대법원이 굳이 지적한 것은 바람직

---

14) 이슈 포토, 갑자기 손 잡아당긴 신도 손등 치며 화낸 교황… "교황도 인간", 조선일보 2020년 1월 2일.

한 측면만 있는 것은 아니었다고 생각한다. 그래도 그는 일제의 암흑기에 동아일보와 고려대학과 경성방직을 설립 내지 인수하여 민족의 횃불를 밝힌 공적(특히 일장기 말소 사건)[15] 등을 종합적으로 보아 평가해야 하는 태도가 필요하지 않을까 한다. 필자는 아래의 여러 측면에서 인촌을 종합적으로 평가하는 입장에 서고 싶다.

첫째, 인촌은 일제의 암흑기에 경성방직을 설립하고 고려대학교를 중흥시켜 국가경제의 발전과 인재양성에 헌신한 공적을 높이 평가해야 한다고 본다.

둘째, 인촌은 일제강점기에 많은 인사들이 그랬듯이 항일과 친일의 양면에 걸쳐 있지만, 일제에서 수많은 독립 운동가를 지원하는 등 친일보다는 항일의 공이 더 큰 인물이었다고 생각된다. 인촌이 광복 직후 부통령에 당선된 것은 이러한 인촌의 행적을 반영하여 친일행적을 눈 감은 여지가 반영되었다고 할 수 있으며, 더욱이나 이승만 독재에 항거하여 직위를 헌신짝처럼 벗어던진 것은 대단한 행위라고 할 수 있다.

셋째, 인촌은 1937~1945년의 전시체제에서 일제의 정책에 협력했었지만, 그렇다고 1937~1942년까지는 내심 민족운동을 완전히 포기하지는 않고, 그래도 '합법적인 공간'에서 최대한 실력양성운동에 관해 지원해 주는 등의 활동을 벌여, 1930년대 후반 독립운동단체였던 '흥업구락부'에 가입하여 비밀리에 활동하기도 했다. 그리고, 이무렵 한글을 연구하는 조선어학회에 대한 비밀지원을 해주기도 했다. 그래서 1942년 조선어학회 사건이 나면서 총독부는 인촌을 배후지원자로 보고 연행, 심문하기도 하였으나 투옥은 모면했다.

넷째, 1930년대 말부터 일제의 가혹한 '민족말살정책'으로 실력양성운동

---

15) https://namu.wiki/w/%EC%9D%BC%EC%9E%A5%EA%B8%B0%20%EB%A7%90%EC%86%8C%EC%82%AC%EA%B1%B4

같은 '합법적 공간' 활동이라는 게 거의 불가능한 상황이 되면서 인촌이 어쩔 수 없이 친일로 기울였지만 총독부의 창씨개명 요구를 끝내 거부했다. 또한 불가항력적 상황에서 동아일보와 경성방직회사 및 고려대학교를 살리기 위한 '소극적 친일'을 한 것으로 보아야 한다는 생각이 든다.

사실 항일무장투쟁이 말로는 쉽지만, 현실적으로 일본이 태평양전쟁 말기에 비이성적으로 폭주하는 통치환경에서 체제 자체를 노골적으로 부정하는 학교, 언론사, 기업의 존재는 있을 수 없는 일이었다. 인촌이 일제 말기에 불복종운동을 전개했었다면 수천 명에 이르는 식솔들의 생계는 사실상 풍비박산이 났을 것이라 본다. 이는 마치 스페인이 이슬람의 지배를 받으면서 가톨릭 신자들이 표면상으로 이슬람교로 개종한 것에 대비할 수도 있다고 본다.

다섯째, 해방 후 조봉암 초대 농림부장관이 농지개혁법을 입안하고 대지주에게서 경제적인 토대를 완전히 몰수하려 하자, 당시 지주들은 농지개혁에 결사적으로 저항하려 하였다. 그러자 최대지주이며 한민당의 실질적 오너였던 인촌이 "조정자"로 나서 농지개혁의 대세를 받아들인 공적은 높이 평가해야 한다.

인촌 김성수가 「'유상몰수 유상분배'로 하되 소출의 30%를 5년 동안 내면 되는, 농민에게 지극히 유리한 농지개혁」에 나서면서 모두가 꼼짝없이 따를 수밖에 없었다. 인촌의 협조에 힘입어 대한민국은 전근대적 지주제의 잔재를 거의 일소하고, 근대국가로서 힘찬 출발을 할 수 있었다.[16] 나아가 농지개혁이 없었다면 남한은 6.25전란에서 이길 수 없었을 것으로 전문가들은 평가한다.

인촌은 어려운 상황에서는 항상 뒤에서 남몰래 독립운동가들을 도와주었다고 하는 이야기도 많다. 여러 증언 내용을 보면 독립운동가를 방에

16) https://namu.wiki/w/%EA%B9%80%EC%84%B1%EC%88%98(1891)

남겨둔 상황에서 금고를 열어놓고 밖에 나가는 일을 자주 했다고 한다.[17] 국제공산당 자금사건에서 사라진 돈이 그 신문을 통해서 한국 독립군 쪽으로 갔다는 이야기도 있다.

故김수환(金壽煥80) 추기경은 1991년 10월 11일 인촌탄생 100주년 추념사에서 "인촌 선생은 한 시대를 이끌어 온 각계의 훌륭한 일꾼을 수없이 길러낸 '민족사의 산실'과 같은 존재"라고 추모했다. 김 추기경은 특히 "스스로 몸을 낮추어 항상 겸양으로 마음을 가다듬고 뒷자리에서 남의 공로를 드높여 주는 것이 인촌 선생의 인품이자 경륜이었다"고 회고했다.[18]

친일파 문제에 적극적인 역사학자들도 김성수의 친일행적은 인정하면서도 대한민국 정치인 김성수를 높게 평가하는 게 일반적이다. '거물 운동권'인 주대환 전 민주노동당 정책위의장(2004년)이 저술한 현대사를 보는 좌파적 민족주의 사관을 비판한 강연을 정리한 교양서인『주대환의 시민을 위한 한국 현대사』에서 저자는 다음과 같이 말했다.

"… 독립운동가들 전부 김성수의 도움을 받았기 때문입니다. 그렇게 덕을 많이 베풀었다는 이야기가 있습니다. … 그의 한계를 비판을 할 수는 있겠지만 그의 족적을 지울 수는 없을 것 같습니다. 우리의 선 자리가 그가 닦아놓은 기반 위에 있기 때문이지요."[19]

4.19 직후에 대통령 권한대행 겸 내각수반을 지낸 허정許政은 "인촌이 한 일이 무엇이냐고 의아하게 생각하는 사람이 혹시라도 있다면, 그는 그야말로 '나무를 보고 숲은 보지 못하는' 어리석음을 저지르는 사람이다. 정치, 경제, 사회, 문화의 각 분야에서 그가 다듬어 놓은 초석이 우리 문화의 발전에 얼마나 큰 기여를 했는가는 아는 사람은 우리 현대사에 남긴 그의

---

17) 김차수 기자, 이승헌 기자, 인촌 김성수 선생, 각계 지도자들의 증언, 동아일보 2002년 3월 31일.
18) 김차수 기자, 이승헌 기자, 인촌 김성수 선생, 각계 지도자들의 증언, 동아일보 2002년 3월 31일.
19) 조종엽 기자, [책의 향기] "'후진국형 진보' 넘는 뉴레프트 사관 필요", 동아일보 2017년 3월 18일.

업적을 소홀히 다루지 못할 것이다."[20]고 했다.

허정은 또한 "그 평가가 어떻든 내 마음속에 남아 있는 탁월한 인물 인촌에 대한 추모의 정은 변하지 않을 것"이라고 했다. 허정은 인촌의 인물평을 하면서도 스스로 "나는 그를 평가할 자리에 있지 않다. 그에 대한 평가는 역사가 맡아야 할 것이다."[21]라고 한 말을 곱씹으면서 이 글을 맺는다.

참고문헌

인촌기념회, 인촌 김성수 전, 1976년

허정 회고록, 내일을 위한 증언, 샘터사, 1979년

인촌 김성수: 인촌 김성수의 사상과 일화, 동아일보사, 1985년

김학준, 해방공간의 주역들, 동아일보사, 1996년

멘탈 플로스 편집부 엮음, 강미경 옮김, 불량지식의 창고(Forbidden Knoeledge), 세종
  서적, 2006년

카터 J. 에커트 저, 주익종 옮김, 제국의 후예: 고창 김씨가와 한국 자본주의의 식민지 기원
  1876~1945, 푸른역사, 2008년

주익종, 대군의 척후: 일제하의 경성방직과 김성수·김연수』 푸른역사, 2008년

민족문제연구소, 친일인명사전 1, 2009년

국사편찬위원회 한국사데이터베이스(db.history.go.kr)

네이버 지식백과, 김성수(金性洙), 한국민족문화대백과, 한국학중앙연구원.

최은희(崔恩喜), "김성수(金性洙)", 「한국의 인간상(韓國의 人間像)」, 제6권(第6卷)

Gonzalo Viña, Oxford college decides to retain Cecil Rhodes statue, FT January 29, 2016.

Associated Press, Princeton to keep Woodrow Wilson's name on school despite race
  outcry, Fox News April 04, 2016.

대법원 판결 2017. 4. 13, 대판 2016두 346.

김성수(1891) 나무위키, https://namu.wiki/w/%EA%B9%80%EC%84%B1%EC%88%98(1891)

김성수(1891) 위키피디아, https://ko.wikipedia.org/wiki/%EA%B9%80%EC%84%B1%EC%
  88%98_(1891%EB%85%84)

기타 신문기사

---

20) 허정 회고록, 내일을 위한 증언, 샘터사, 1979년 195면.
21) 허정 회고록, 198면.

민족 선각자 인촌 김성수 선생 이해하기

김 학 주(연세정외)
前 새정치국민회의정책실장
(사)자산운용연구위원장

1. 김성수 일생

일제강점기의 언론인으로서 동아일보를 창간하고 경영했다. 1915년 중앙학교, 1932년 보성전문학교를 인수하여 경영하였고, 광복 후인 1946년엔 보성전문학교를 개편하여 고려대학교를 창립하는 등 민족사업가요, 민족사업가요 교육자로서도 놀라운 업적을 남겼다.

정계에서도 제2대 대한민국 부통령을 역임하였으며, 오늘날 민주당 계열 정당의 뿌리인 한국민주당을 창당하는 등 뚜렷한 획을 그었다. 독립유공자, 친일인명사전에 등재된 친일반민족행위자이기도 하다.

사실 일제시대 때 수많은 독립운동가를 지원하고, 친일보다는 항일의 공이 더 큰 인물이었다고 보는 견해도 있다. 해방 후에도 활발하게 교육사업을 펼쳐 평판이 나쁘지 않았다.

각계의 신망을 얻어 제2대 부통령에 취임하였으며, 그럼에도 불구하고 얼마 지나지 않아 이승만 장기독재에 실망하여 부통령직을 내던지고 반독재투쟁에 과감히 나섰다.

1962년에 박정희 대통령에 의해 건국공로훈장이 추서되었으나, 2018년 문재인 정부에서 친일반민족행위 진상규명위원회의 조사결과에 따라 국무회의 의결로 서훈을 취소하였다. 현재 동아일보 및 채널A 대표이사인 김재호의 증조부이다.

일제강점기와 해방 전후 미군정기, 제1공화국에 이르기까지 언론, 교육, 정치, 경제, 문화 등 사회 다방면에서 강한 영향력을 행사한 보기 드문 인물이다.

대한민국 근대 제조업의 시초격인 경성방직, 현대 교육의 대표 중 한 곳인 보성전문학교(고려대학교)와 고려중앙학원, 대한민국 언론계 역사에서 최초 쌍벽을 이루는 신문사인 동아일보, 한국 최초의 정당이자 오늘날 민주당계 정당들의 뿌리인 한국민주당과 민주국민당은 모두 김성수가 창립했거나 그 핵심 간부로 활동했다.

김성수는 친일반민족행위로 비판도 받지만, 김성수가 남긴 거대한 영향력은 당대에는 물론이고 21세기 현대까지도 그 발자취가 확고할 뿐 아니라 크게 남아 있다.

2. 김성수의 성장과 활동

2.1 생애 초기

1891년 10월 11일, 전라북도 고창군에서 지역 유지(일명 전라도 만석꾼)의 아들로 태어났다. 1906년 16세, 전라남도 창평 영학숙에서, 1907년 17세 때에는 전북 내소사(절)에서 공부했다. 1908년 10월, 18세에 도쿄 세이소쿠 영어학교에 입학했다가 1909년 4월, 19세에 도쿄 긴조 중학교 5학년에 편입했다.

1910년 4월, 20세에 와세다대학교 예과에 입학한 뒤, 예과를 마친 후 1911년, 21세에 와세다대학교 정경학부로 입학하여 1914년 7월, 24세에 졸업했다.

대학교 졸업 이후 집안의 막대한 재력을 활용하여 교육, 언론 분야의 여러 사업에 과감히 뛰어들었다.

2.2 실력양성 운동과 기업인 활동

1915년 4월 중앙학교를 인수하여 1917년 3월에 교장에 취임했다. 1917년 10월 재정적으로 어려움을 겪고 있던 윤치호의 경성직뉴주식회사를 인수하고 경영했다. 1918년 3월 중앙학교 교장을 사직했다. 1919년 3.1 운동에 참여했다. 이후 1919년 10월, 조선총독부로부터 경성방직주식회사 설립인가를 받아 회사를 인수해 경영하였다.

이듬해 양기탁, 유근, 장덕수와 더불어 동아일보 설립에 주도적으로 참여했다. 1920년 7월부터 동아일보 사장으로 일했다. 1921년 7월 조선인산업대회 발기총회에서 위원으로 선출되었다. 같은 해 9월 동아일보가 주식회사로 전환하면서 사장을 사임하고 취체역取締役=이사(理事)으로 활동했다. 동아일보를 매개로 1922년 11월부터 물산장려운동에 참여했고, 1923년 3월 '조선민립대학기성회' 회금會金 보관위원으로 활동했다.

1924년 4월 동아일보 취체역을 사직했는데, 그 이유가 친일 정치깡패 박춘금의 압력 때문이었다. 그러나, 같은 해 9월 고문으로 동아일보에 복귀했다. 여하튼, '박춘금의 동아일보 테러사건'을 전후로 자치론, 민족개량주의의 길로 접어들면서 이 노선으로 기울기 시작했다. 1924년 자치운동의 일환으로 '연정회硏政會' 설립을 추진하였는데, 이는 '민족개량주의' 혹은 '실력양성론'이라는 이름으로 일제 조선총독부의 '문화정치'에 발맞춰 일제와의 타협 속에 추진된 것으로, 비타협 민족세력으로부터 반발을 받아 물의를 빚고 중단되고 말았다.

1924년 10월부터 동아일보 사장으로서 전무와 상무를 겸하다가 1927년 10월 사임했다. 1928년 3월 경성방직 이사에서 물러났다. 1926년에 또다시 '자치운동'을 전개하다가 비타협 민족주의자와 사회주의자들로부터 커다란 물의를 빚었다. 이를 계기로 비타협 민족주의자와 사회주의자들이 이에 대항하기 위해 1927년 2월에 신간회를 결성한다. 신간회 결성 이후, 김성수는 송진우를 앞세워 신간회를 주도하고자 여러 번 시도했으나 사회주의 세력의 거센 반발로 신간회에는 발도 들여놓지 못했다.

1931년 9월 중앙고등보통학교 교장에 취임했다. 그리고 1932년 3월, 보성전문학교를 인수한 뒤, 1932년 6월부터 1935년 6월까지 보성전문학교 교장으로 활동했다. 그해 4월, 중앙학교 교장을 사임했다. 1935년 3월 '조선문화 향상을 위해 도서출판의 진흥을 도모한다'는 취지로 설립된 조선기념도서출판관의 관장 겸 이사로 추대되었다. 1935년 11월 경기도청의 주도로 '경기도내의 사상선도와 사상범의 전향지도 보호'를 목적으로 조직된 '소도회'의 이사에 선임되었다.

1936년 8월, 일장기 말소사건으로 동아일보는 정간되었고, 사장 송진우가 소수 기자(현진건 등)들의 실수였다고 총독부에 정간을 해제해 달라고 부탁, 폐간을 모면한 뒤 송진우는 사장직에서 물러나고 모든 활동을 그만둔 채 칩거생활을 했다. 그해 11월 '일장기 말소사건'의 여파로 김성수 역시 동아일보 취체역(이사직)에서 물러났다.

2.3 전시체제 시기 활동

동아일보는 1937년 6월 복간되었지만, 이를 전후로 일제강점기 말기 전시체제에 '어용기관지'로 지원병을 적극 권장하거나 미화하는 기사 글을 여러 번 올렸다는 어두운 과거를 남기게 된다. 1937년 5월 김성수는 보성전문학교 교장으로 다시 취임했다.

1937년 7월, 중일전쟁이 발발하자 중일전쟁의 의미를 널리 확산시키기 위해 마련된 경성방송국의 라디오 시국강좌를 7월 30일과 8월 2일 이틀 동안 담당했다. 같은 해 1937년 8월, 경성군사후원연맹에 국방헌금 1,000원을 헌납했다. 같은 해 1937년 9월 학무국이 주최한 시국강연대의 일원으로 춘천, 철원 등 강원도 일대에 시국강연에 나섰다. 1938년 7월 '국민정신총동원조선연맹' 발기에 참여하고 이사를 맡았다.

김성수가 1937~1945년 동안 전시체제 때 일제의 정책에 협력했었지만, 그렇다고 1937~1942년까지는 내심 민족운동을 완전히 포기하지는 않았기에 '합법적인 공간'에서 최대한 실력양성운동에 관해 지원해주는 등의 활동을 벌이기도 했는데, 1930년대 후반 독립운동단체였던 '흥업구락부'에 가입하여 비밀리에 활동하기도 했다. 그러나 곧이어 터진 '흥업구락부 사건'에 관련되어 조사받거나 처벌받지는 않았다.

이 무렵 조선어학회(한글연구단체)에 비밀리에 지원을 해주기도 했다. 그래서 1942년 조선어학회 사건 당시 총독부는 김성수를 배후 지원자로 보고 연행, 심문하였으나 혐의점이 없어서 투옥을 모면한 적도 있었다.

그러나, 1940년대 들어 총독부의 가혹한 '민족말살정책'으로 실력양성운동 같은 '합법적 공간' 활동이라는 게 거의 불가능한 상황이 되자, 1942년을 전후로 김성수는 자포자기 심정에서 인지한 친일쪽으로 기울고 만다.

특히 1943~1945년엔 총독부 기관지 매일신보, 경성일보, 월간 잡지 〈춘추〉등 총 25편 이상의 내선일체 찬양글, 학도병 권유문 글 등을 집중적으로 썼다. "조선에 징병령 실시의 쾌보는 실로 반도 2천5백만 동포의 일대 감격이며 일대 광영이라", "제군이 생을 받은 이 반도를 위하여 희생됨으로써 이 반도는 황국으로서의 자격을 완수하게 되는 것"이라 했다.

이러한 점 때문에 김성수는 '선先항일, 후後친일' 인사로 분류되어 한국독립당원 김승학이 작성한 '친일파 군상' 263명 가운데 한 명으로 수록되었다.

민간단체에서 발행한 친일인명사전, 대한민국 정부기관 '친일진상규명위원회' 보고서에도 수록되는 불명예를 안게 되었다. 이것을 두고 "3년만 참지, 하긴 일제가 망할 걸 알았다면 친일한 사람들이 몇이나 될까"라는 의문을 갖게 된다.

2.4 광복 이후

해방 이후에 송진우, 장덕수와 함께 한국민주당 창당에 관여했다. 1945년 9월, 미군정청 한국인고문단 의장으로 활동했다. 1946년 1월 동아일보 사장에 다시 취임했고, 오랜 친구인 송진우의 사망으로 공백이 된 한국민주당 수석총무로 선출되었다. 같은 해 2월에 보성전문학교 교장을, 1947년 2월에는 동아일보 사장을 사임했다. 해방정국 동안 김성수는 한민당을 이끌며 이승만과 함께 '반공운동', '반탁운동', '단독정부 수립운동'을 주도한다

2.5 정부수립 이후

김성수는 대한민국 정부 수립 이후 1949년 2월 민주국민당을 창당하고 최고위원으로 선출되었다. 같은 해 7월 동아일보 고문이 되었다. 그 후 초대 농림부 장관이었던 조봉암이 농지개혁법을 입안하고 대지주에게서 경제적인 토대를 완전히 몰수하려 하자, '당대의 조정자'로서 농지개혁의 대세를 받아들였다. 당시 지주들은 농지개혁에 결사적으로 저항하려 하였지만, 최대 지주이며 한민당의 실질적 오너였던 김성수가 농지개혁을 하자고 하니까 꼼짝없이 따를 수밖에 없었다.

이러한 김성수의 협조에 힘입어 대한민국은 전근대적 지주제의 잔재를 거의 일소하고, 근대국가로서 힘찬 출발을 할 수 있었다. 1951년 6월 대한민국 제2대 부통령으로 선출되어 1952년 5월까지 활동했다. 부통령 재임기간 동안 상당히 개념인으로 활동하여, 독재정권 장기화를 막고자 많은 노력을 했고 구 악습을 타파하기 위해 헌신하며 투쟁했다.

부통령 임기 만료 직전인 1952년에 부산정치파동이 일어나자, 민주주의를 유린한 행위라며 이승만 정권에 강한 적대감을 드러냈다. 그리고 남은 부통령 임기를 과감히 때려치웠다.

이후 호헌동지회를 결성해 범 야당 세력을 결집시키며 반反독재 운동에 헌신했다. 그러나 1954년부터 뇌질환 등으로 건강이 악화된 그는 호헌동지회를 기반으로 1955년 9월에 '민주당'이 결성되기 이전인 1955년 2월 18일에 심근염, 뇌일혈, 위장병 등의 합병증으로 서울특별시 종로구 계동 자

택에서 사망하였다.

3. 친일반민족 행적 논란

3.1 공식적 결정

　대통령 직속 친일반민족행위진상규명위원회 2009년 보고서에 포함되었고, 친일인명사전에도 등재되었다. 이유는 일제강점기 말(특히 중일전쟁 시기부터. 아무리 좋게 넘어간다 해도 태평양전쟁 말기 1943년 말 이후) 친일기고문과 국민정신총동원 조선연맹 발기인과 활동했다는 점, 총독부 어용기관지 매일신보, 경성일보, 잡지 〈춘추〉 등에 학병 권유문을 수차례 기고했을 뿐만 아니라 담화문 및 연설 등을 수백차례 했다는 점, 국방헌금을 여러 차례 납부했던 점 등이다.

　2011년 '친일경력이 있는 독립유공자 19명'이 국가보훈처로부터 서훈취소 결정 내려졌을 때, 김성수만 보류 결정되었는데 인촌기념사업회가 행정안전부 장관을 상대로 친일반민족행위자로 결정한 것을 취소해달라고 법원에 소송을 냈기 때문이다. 그러나 1심과 2심을 거치면서 김성수 친일행적이 대부분 인정되었다. 이어, 2017년 4월 13일 대법원은 최종적으로 김성수의 친일행적을 인정했다. 대법원 확정 판결에 따라 2018년 2월 13일 국무회의 의결로 건국훈장의 서훈이 취소되었다.

3.2 정치적인 논쟁

　위와 같은 공식적 결정과는 별개로, 이 논쟁이 좌우갈등 문제에서 정치적으로 심심하면 거론되고 있는 중이다. 객관적 사실보다는 좌우가 서로 정치적으로 이해득실을 따지다보니 문제가 꼬일 때가 많다.

　특히 뉴라이트를 중심으로 한 극우세력에선 '같은 친일 기고문 떡밥이 있는 여운형은 안 오르고 김성수는 오르냐.'는 이유로 민족 문제 연구소를 공격하기도 한다. 다만 여운형이 친일인명사전 문제에서 빠진 이유는 일제 말에 국내에서 유일한 독립운동 단체인 조선건국동맹을 결성하고, 중국 옌안의 조선의용군, 중국 충칭의 대한민국 임시정부와 연락을 취하고, 광복에 대비하는 등 구체적인 독립운동이 객관적으로 분명하게 밝혀졌고, 학계에서도 이를 인정하고 있기 때문이었다.

참고로, 일제 말기 국내서 독립운동 단체는 건국동맹 이외에 거의 전무했었다. 그리고 아이러니한 건 살아생전 김성수와 여운형이 사상적으론 정반대 관계였지만, 인간적으론 매우 친분이 두터웠다는 점이다. 김성수는 여운형 계열 인사인 조봉암을 많이 밀어주기도 했다.

어느 시사 카툰은 여운형을 번번히 건국훈장 독립장 심사에서 탈락시키면서 일제 말기 징병을 옹호한 전적이 있는 김성수에게 진작에 건국훈장을 추서한 보훈처의 행동에 대해 비판한 적이 있다. 후에 여운형이 김성수보다 더 높은 등급의 훈장을 받게 되었다.

친일인명사전 문제 이후로 사상에 따른 훈장수여 문제가 불거져 나와 뉴라이트를 중심으로 한 극우 측에서는 여운형에게 수여한 1급 훈장을 치탈하라고 물귀신 작전주장하고 있고 진보측과 역사학계에서는 김성수를 포함하여 친일경력이 있는 자의 훈장을 치탈하라 주장하며 서로 치고 받고 싸우고 있다.

3.3 친일파로 몰기 어렵다는 반론

반론 측에선 전시체제기간(1943~1945) 동안 집중적으로 쓴 여러 편의 글이 있긴 하지만 강압이나 조작에 의한 것일 가능성이 있고, 김성수는 적어도 그 전까지 실력양성운동 등 항일활동을 실천으로 보여준 지식인 가운데 한 명이었기 때문에, 적어도 조선일보 사주인 방 응모같이 대놓고 친일파라고 분류하는 건 아니라고 주장한다.

이에 대한 주요 근거로 내세우는 가장 대표적인 반론이 매일신보 기자인 김병규라는 자가 인촌 김성수의 명의를 함부로 도용해서 자기 멋대로 실었다는 주장이다. 이 부분에 대해서는 진위여부를 놓고 실제 재판까지 가기도 했다. 2005년 재판 당시 재판부에서는 '실제로는 김병규라는 매일신보 기자가 친일논설들을 게재하기에 앞서 김성수에게 글의 내용을 보이고, 김성수가 그 내용을 충분히 검토한 이후에 이를 매일신보에 게재하였다는 것인바, 그런 경위로 게재된 글은 김성수 자신의 글이라고 보아도 무방하다고 여겨지므로 위 보도는 진실에 부합하거나 진실이라고 믿을 만한 상당한 이유가 있다.'라고 결정을 내렸다.

또 총독부의 창씨개명 요구를 끝내 거부했다는 점에서 신문, 회사, 학교를 살리기 위한 '소극적인 친일'을 한 것 아니냐는 주장도 있다. 물론 법원에선 대부분을 받아들이지 않았다.

법원의 입장에서는 행위의 동기, 당시의 정황을 깊이 고려하지 않고, 외부적으로 표시된 사실만 갖고 판단할 수밖에 없으므로, 정상참작 등의 정책적 결정을 내릴 수는 없었을 것이다.

그 외에 각종 독립운동가담 제의를 표면상으로는 거절하면서 뒤로 몰래 도와줬다는 이야기도 있다. 여러 증언 내용을 보면 독립운동가를 방에 남겨둔 상황에서 금고를 열어놓고 밖에 나가는 일을 자주 했다고 한다. 국제공산당 자금사건에서 사라진 돈이 한국 독립군 쪽으로 갔다는 이야기도 있다.

다른 관점에서 보면, 인촌으로서는 자신의 행보에 학교, 언론, 기업과 거기 속한 사람들의 생사가 걸린 만큼 친일을 거부한다는 것 자체가 거의 불가능했을 것으로 추측되기 때문에, 정상을 참작해야 한다는 견해도 있다.

한 세대를 넘는 36년 기간 동안 조선 인민 절대 다수는 일본이 침략자의 지배를 받아야 했고, 적어도 일제의 행정기관과 군사기관 앞에서 겉으로는 이를 부정하기 어려웠을 것으로 보지 않을 수 없다.

항일무장투쟁이 말이야 쉽지, 현실적으로 그러한 시스템 안에서 체제 자체를 노골적으로 부정하는 학교, 언론사, 기업이 존재한다는 것은 있을 수 없는 일이었다. 그나마 인촌은 태평양전쟁 전까지 일제에 대한 나름의 저항을 계속 시도했던 사람 중의 1인이었으나, 일본의 통치가 비이성적으로 폭주하게 된 태평양전쟁 말기에 이르러서부터 생존을 위해서라도 상당히 일제에 협력하는 척했던 것으로 보아야 한다.

백산 안희제 선생이나, 경주 최부자 최준 선생 같은 경우는 뭐냐는 반론이 있는데, 이들은 인촌이 그런 식으로 불복종운동을 했었다면 그의 식솔들 수천 명의 생계는 사실상 풍비박산이 났을 것이다.

4. 그 외의 평가

4.1 민족지도자로서 긍정적인 평가

〈김대중 대통령〉

사실 동아일보가 우익으로 전향하기 전에는 각 방면에서 찬사를 받았다.

예를 들어 김대중 전 대통령은 1993년 8월 15일 광복 48주년 특별기고에서 다음과 같이 말했다.

"인촌은 비록 감옥에 가고 독립투쟁은 하지 않았지만 어떠한 독립투쟁 못지않게 우리 민족에 공헌을 했다고 나는 믿는다. 인촌은 동아일보를 창간해 우리 민족을 계몽하여 갈 방향을 제시해 주었고 큰 힘을 주었다. 그 공로는 아무리 강조해도 다 표현할 수 없을 정도로 큰 것이었다.

인촌은 오늘의 중앙고와 고려대를 운영해서 수많은 인재를 양성하여 일제 치하에서 이 나라를 이끌 고급 인력을 배출, 우리 민족의 내실 역량을 키웠다. 인촌은 또한 근대적 산업규모의 경성방직을 만들어서 우리 민족도 능히 근대적 사업을 할 수 있는 능력을 가지고 있음을 과시했다."

그 후 2000년 3월 31일 동아일보 창간 80주년 기념식 축사에서도 김대중은 김성수를 이렇게 찬양했다. "인촌 선생은 민족 민주 문화주의 3대 강령을 내건 동아일보로 우리 민족의 앞날을 이끈 탁월한 스승이자 지도자였다"고….

〈김수환 추기경〉

김수환 추기경 또한 1991년 10월11일 인촌 탄생 100주년 추념사에서 "인촌 선생은 한 시대를 이끌어 온 각계의 훌륭한 일꾼을 수없이 길러낸 '민족사의 산실'과 같은 존재", "스스로 몸을 낮추어 항상 겸양으로 마음을 가다듬고 뒷자리에서 남의 공로를 드높여 주는 것이 인촌 선생의 인품이자 경륜이었다"라고 평한 적이 있다.

4.2 역사학계의 평가

한국현대사 연구 권위자인 서중석 교수는 김성수의 정치활동에 대해 높이 평가하고 있다. 서중석 교수는 '김성수가 없었다면, 아마 제1공화국은 더욱 썩어문드러졌을 거다'라면서 그가 주도해서 결성한 '호헌동지회'에 대해 높이 평가했다.

박태균 교수는 자신의 저서 '한국전쟁'에서 정치인의 귀감이라고 굉장한 호평을 하였다. 친일파 문제에 적극적인 역사학자들도, 김성수의 친일행적은 인정하면서도 대한민국 정치인 김성수를 높게 평가하는 게 일반적이다.

역사학자는 아니지만, 노동운동가로 명망 있는 주대환 역시 김성수에 대해서 "독립운동가들 모두가 김성수의 도움을 받았다. 그렇게 덕을 많이 베풀었다는 얘기가 있다. 그의 한계를 비판할 수는 있겠지만 그의 족적을 지울 수는 없을 것 같다. 우리의 선 자리가 그가 닦아놓은 기반 위에 있기 때문이다."라고 말하기도 하였다.

4.3 고려대학교 창립자로서의 평가

현 고려대학교의 창립자이기도 하다. 사실 보성학원의 설립자는 김성수가 아닌 이용익 선생으로, 김성수는 당시 운영난에 시달리던 보성학원을 인수했고, 이후 민족자본을 모아 건물을 세우고, 교수진을 갖추는 등의 노력을 기울이며 지금의 고려대학교를 이끌었다.

고려대학교는 그러한 김성수의 업적을 기념하기 위해 인촌의 묘소를 고대 캠퍼스 내에 두었다. 이 묘소는 고대 재단-교수-학생이 합심하여 군사정권에 맞서 싸우던 1970년대까지만 해도 학생들에게서 사랑을 받아, 학생들은 나라에 슬픈 일이 있을 때, 그리고 개인적으로 아픔이 있을 때마다 그곳 인촌묘소에 가서 꺼이꺼이 울었을 정도였다.

그러나 1980년대 이후 고대 재단이 군사정권에 협조하면서 그러한 분위기는 사라져 버렸다. 게다가 1980년대 이후 인근의 도로개설로 인촌묘소의 지맥이 끊겼다는 말이 나오자, 1987년 12월 인촌 묘소는 경기도 남양주군 화덕면 금남1리에 마련된 새 묘소로 이장됐다.

그 외에도 고려대학교 교우회 동문들은 김성수를 기념하기 위해 본관 앞에 김성수 동상을 세우고 학교재단은 인촌묘소 자리에 인촌기념관을 세웠다. 그러나 김성수 동상은 1989년 고대 내에서 분규가 있었을 때 조치원 분교(서창캠퍼스) 학생회 임원들이 상경하여 동상에 줄을 매고 끌어내리려 하는 등의 수난을 겪었다.

고려대학교 부근의 도로명은 '인촌로'였는데, 위의 친일 논란으로 인해 '고려대로', '안감내로' 등으로 도로명 변경이 추진돼 2018년 11월 '고려대로'로 개칭되었다.

4.4 중앙고등학교 인수자

중앙고등학교의 인수자이기도 하며 김성수의 동상과 인촌기념도서관이 이곳에도 있다.

4.5 고향에서의 평가

　지주로서 소작인들에게 예의를 갖추고 대했다는 이야기가 있는 등 고향에서는 그럭저럭 평판이 좋은 편이었다. 반면 그의 밑에서 토지를 관리하는 마름 중 한 사람으로 일했던 서정주의 아버지는 지역 주민들에게 평판이 좋지 않았다고 한다. 참고로 서정주의 생가는 각각 고창군 부안면 선운리, 김성수의 생가는 부안면 봉암리에 위치해 있어서 별로 멀지 않은 편이다.

5. 총괄 평가

　1. 국내에서 나라를 지키면서 건국을 다지고 준비한 독립운동가?
　2. 독립운동은 무엇인가? 어떤 행동이 독립운동인가? 어떤 활동이 건국활동인가?

당시 동시대 활동하던 인물들

이승만 1875, 김구 1876, 이승훈 1864, 안창호 1878, 여운형 1883
고하 송진우 1890, 고당 조만식 1882(조식 후손)

---

　3. 인간에 대한 평가
　　3-1 평가의 주체
　　　- 외국에서 활동하다 돌아온 사람들
　　　- 비겁하게 살아남은 사람들
　　　- 살아 남은 자들의 후손들
　　3-2 평가할 수 있는 자격
　　　(1) 비판자 : 좌파도 우파도 민족주의도 세계주의 판단도, 국가적
　　　　　관점도필요하다.

(2) 법원에서 : 증거주의, 불고불리주의(당해 사건만 판단함)

따라서 본질에 대한 판단, 종합적 판단은 별도로 해야 한다.

(3) 고려대 학사문제에서 쟁점 : 김성수 비판, 이제 서로 반성해야 한다.

3-3 총괄평가의 측면 : 서로 보완하고 서로 칭찬하기

독립운동이나 건국활동은 그 범위도 넓고, 인간의 활동은 다방면에 걸쳐 이루어지기 때문에, 무장투쟁 하신 분들이 외교활동 분들을 욕하지 않는다. 다만 후배들이나 전문가들이라고 하는 사람들이 편을 가르고 비판할 뿐이다. 다 합쳐야 나라가 되고 독립운동이 되고 건국활동이 된다.

- 무장투쟁, 외교활동, 만세운동, 국내활동
- 후방지원, 독립자금 조달, 후원
- 교육활동, 면학활동, 산업활동, 종교활동, 예술활동
- 농민운동, 농업활동, 계몽활동

〈평가 및 쟁점〉

1. 비판자 : 좌파 민족주의(인명사전)

2. 우파 판단, 국가 관점도 필요하다.

지금은 좌파가 우파를 판단하고 있다. 사회주의 계열에서 자본가계급을 판단하고 평가한다. 그럴 경우에 당연히 김성수는 나쁜 쪽에 속한다. 그것을 멍청하게 공부한 놈이, 사회주의 시각으로 친일 김성수를 그대로 가져다가 자본주의 체제에서 레코드를 틀어 놓고 욕지거리대회를 하고 있다. 인명사전이나 조사보고서는 당연히 친일파 처벌하자고 한다. 그렇다고 아들이나 딸이나 똑같이 제 아비 어미를 욕

하면 되겠습니까, 고대인들이여?

3. 법원에서 : 증거주의, 불고불리주의 판단

본질에 대한 판단은 별도로 고발한 제목만 따지는 단편적 판단을 한다. 〈김성수는 친일 반민족 행위를 하였는가? - 판결, 옳소〉

기소한 건에 대해서만 판단하는 판사, 그대로 따라서 책으로 만들어 인명사전 만들고 있다.

인물에 대한 역사적 판단은 그렇게 하는 것이 아니다. 고등학교 교사가 대학교 교수가 판단하는 것은 한 과목이다. 10과목 중에서 김성수가 한 과목 F나왔다고 그를 공부 못하는 학생이었다고 종합평가 할수 없는 일이다. 김성수가 평생을 살면서 한 일 가운데, 일시적으로 친일한 부분을 두고 '곁으로 한 일은 맞다.'라는 것은 개미가 코끼리를 판단하는 것이나 다름이 없다. 특히 자기 아비 어미를 그렇게 보면 안 된다.

4. 고대 학사문제에서 쟁점

학교 내 분쟁에서, 자손들끼리 서로 싸우다 조상들 욕하기, 고대인이여, 동상을 세웠으면 욕되게 하지 마라. 묘를 파고 이장하고 불효막심, 누가 뭐래도 김성수는 민족, 건국, 독립, 애국, 애족, 어느 것 하나부끄러울 것 없는 고대가 마음껏 자랑스러워해도 나무랄 것이 없는이 나라의 큰어른이요, 민족을 위한 선각자이다.

5. 자기 몸을 희생해서 살려낸 학교

오산학교 남강 이승훈, 대성학교 도산 안창호, 보성학교 인촌 김성수, 이화여대 김활란, 연세대 백낙준, 고려대 김성수, 중앙대 임영신, 한양대 김연준 등이 아닌가?

각각 자기 학교 내에서 비판당하고 있는 것을 보면서, 우리 집안에서 어머니에게 버릇없이 구는 자식 보는 것 같다. 대한민국 땅에서 김성수는 얼마나 위대한 애국자인데, 집안에서 오해받고 젖 달라고 보채고, 밥 달라고 떼쓰고, 친하다고 장난치고, 정말 철 좀 들었으면 한다. 고대의 김성수는 어린 시절 고대를 업고, 보리고개를 40번이나 넘어온 민족의 어머니이시다. 연세대나 한양대나 중앙대에 가서 물어보라. 고대의 김성수는 어떤 어머니이신가? 김성수는 고려대를 키운 그 하나만으로도 이 민족에게 크나큰 업적을 이루었고, 그 어떤 허물을 갚고도 남는다.

6. 대한민국의 애국자들, 다 같은 식구, 서로 욕하지 말자

상해 임정 좋아하는, 김구 좋아서 따르는 친구들, 노령 신흥무관학교 연구하는, 이회영, 이시영 칭찬하는 박사들, 개화문명 외국학교 출신 개화파 신사들 이승만, 외교론자 싫어하는 박용만 추종자들, 하와이 기독교 교회 이승만 극찬론자들 당시에 그분들은 서로 친구였고 동지였고 애국자들이었다.

자기 조상, 각자 노선, 부자도 가난한 농부 출신도 많이 바뀌었다. 대한민국을 세우고 만들고 키우고 정말 고생도 많았다. 서로 욕하지 맙시다. 김성수 부통령님, 고대 아버지 어머니 같으신 분, 나 농부의 손자, 지식인의 아들, 연세대 출신이 윤동주 시를 좋아하는 저도 이승만 존경하고 김구 좋아하고 김성수 사랑합니다.

그동안 이 민족이 마음 아프게 해드려서 죄송하고 찬탁 반탁, 남북전쟁, 독재정권, 군사정권, 산업전선, 민주화 이 모든 것, 다 높으신 선배 김성수 선생 가슴속 깊은 뜻 젖 먹고, 그 노고, 그 은혜, 특히 튼튼한 고대 친구들 키워 주셔서 진심으로 감사드립니다.

날고픈 신촌골 독수리가 포효하는
안암골 호랑이에게 띄우는 편지

신 광 조(연대 행정고시)
인촌사랑방 대표

　저는 연세대학교 정외과 78학번 신광조입니다. 지금은 공직생활을 마치고, 현재는 전북 고창에 있는 〈인촌사랑방〉에서 인촌 김성수 선생을 연구하며 선양하는 일로 세월을 보내고 있습니다. 인촌에 대해서 가장 이야기 해보고 싶은 분들은 저의 정 많고 의리 있는 고려대학교 출신 친구들입니다.

　저는 2019년 여름부터 인촌 사랑방에 머문 이후, 인촌에 대해 알수록 배울수록, 그리운 친구들에게 편지를 쓰고 싶습니다. 존경하는 리 훈 선배가 좋은 기회를 주시어 편지 몇 편을 지면으로 소개하게 되어 인촌사랑방이야기를 나누며 함께 할 수 있어 무척 기쁘고 나아가 영광입니다.

1. 제 1信

　촉촉이 가을비가 내립니다. 침잠의 계절이 다가오는 것을 예견하듯 조용히 내립니다. "가슴에 근심 가득 잠 못 드는 밤"을 보냈습니다. 새벽 빗소리가 창에 들어 비춥니다.

　가을은 자신을, 좋아하는 사람을 생각하기에 좋은 시간인가 봅니다.

■ "To be or not to be, that is the question"

　친구들이 잘 아는 이 문구를 저는 "그냥 살아서 기다릴 것이냐, 죽어 없어져 버릴 것이냐?"로 번역합니다.

　序詩의 윤동주 시인이 45년 2월에 감옥에서 죽었습니다. 28세 나이에,

안중근은 32살에 죽었습니다. 자신이 그토록 사랑하는 조국 땅이 아닌 남의 나라 감옥에서. 나라를 잃으면 당연히 독립운동을 해야 합니다. 저처럼 가슴에 불을 품고 사는 사람은 분질러져 버리든지, 태워져 버리든지 해야 합니다. 젊은 시절 그 길만이 전부인 줄 알았습니다. 나이가 들수록, "내가 아는 것이 전부가 아니다"라는 것을 깨달을수록, 다른 길도 있다는 것을 알게 되었습니다. 이것은 自强운동으로 이야기되는 '실력 양성운동'입니다.

우리나라는 워낙 흑백논리가 지배하는 곳이라서, 이런 생각들은 잘 비춰주지도 않습니다. 정치인들이 이런 전략을 펴다간 즉시 '사꾸라'로 몰립니다. 계산에 밝은 정치인 어느 누구도 이 노선을 택하지 못합니다. 우리나라에 당연히 정치의 큰 갈래로 자리 잡아야 할 권위와 전통을 중시하는 '보수주의'가 자리 잡지 못한 이유입니다. 보수주의 정당을 표방하면서, 버크의 명저 『프랑스 혁명에 관한 생각』 책 한 권을 읽지 않은 우스꽝스러운 나라가 대한민국입니다.

우리나라는 '민주공화국'이라고 하면서 '공화'라는 말을 별로 고민해 본 적이 없는 나라입니다. 시대의 문제를 해결할 '新保守'의 정치노선을 정치 현실에서 정치 이념으로 진정으로 고민한 사람은 DJ입니다. DJ는 인촌을 이렇게 평가했습니다. "인촌은 비록 감옥에 가고 독립투쟁은 하지 않았지만 어떠한 독립투쟁 못지않게 우리 민족에 공헌했다고 나는 믿는다. 인촌은 동아일보를 창간해 우리민족을 계몽해 갈 방향을 제시해 주었고 큰 힘을 주었다. 그 공로는 아무리 강조해도 다 표현할 수 없을 정도로 큰 것이었다. 인촌은 오늘의 중앙고와 고려대를 운영해서 수많은 인재를 양성하여 일제 치하에서 이 나라를 이끌 고급인력을 배출, 우리 민족의 내실 역량을 키웠다. 인촌은 또한 근대적 산업규모의 경성방직을 만들어서 우리 민족도 능히 근대적 사업을 할 수 있는 능력을 가지고 있음을 과시했다."

만약 김대중 대통령이 살아계신다면 이런 인촌 선생의 친일론을 찬성했을까요? 저는 틀림없이 반대하셨을 것이라고 생각합니다. 지금까지 역대 정권이 모두가 반일 민족주의 선동을 하고, 정치에 이용했습니다. 친일 잔재를 청산한다면서 1948년 대한민국 정부수립이 선포된 중앙청을 허물어 버리고, "일본의 버르장머리를 고쳐놓겠다"고 특유의 혀 짧은 경상도 사투리로 큰소리친 분도 계십니다.

김대중 정권이 가장 평안했습니다. 일본을 보는 시각이 가장 여유로웠고 마음이 부자였습니다. 다른 분들은 콤플렉스가 가득 했습니다. DJ는 한일 회담과 국교정상화를 찬성하면서 '사꾸라', 여권의 첩자로 몰렸습니다. 인촌을 '辯正'하고 옹호하는 저를 '나경원 꼬봉, 나베, 토착왜구'라고 욕합니다. DJ도 저하고 신세가 똑같은 적도 많았습니다.

■ 인촌과 DJ에게서 배우자!

DJ는 '商氣'가 강한 분이었지만, 결코 장사꾼만은 아니었습니다. 당장보다는 현실에서 승리뿐만이 아니라 미래에서도 승리하기를 계산했던 분입니다. 기분에 좌지우지 되지 않았습니다. 그때, 더 늦기 전에 한일관계를 정상화하여 무역을 하고 기술을 도입하고 대일청구권 자금과 차관으로 경제 개발을 시작하지 않았다면 우리나라 경제발전에 어떤 어려움이 있었을지 모릅니다. 중국이 문화대혁명을 하고 있을 때, 우리는 세계 시장에서 중국이란 거대한 경쟁자가 나타나기 전에 수출을 해서 자식들 대학교육 시킬 수 있는 나라를 만들었습니다.

그래서 저는 바로 이런 김대중의 정신을 이어받아서, "반일 민족주의의 광란에 맞서 싸우자", 아무 데나 소녀상 세우기를 거부하고, 유서 깊은 광주일고를 비롯한 많은 학교의 교가를 바꾸자는 전교조의 무모한 제안을 거부하고, 멀쩡하게 살아있는 나무 뽑아내기도 거부하고, 성북구에서야 어떻게 하였든지 우리 고창에서는 '인촌로'의 도로명 바꾸기를 거부하고, 거꾸로 인촌 김성수 선생을 되살리는 운동을 하자는 것입니다.

인촌은 3.1 운동을 실질적으로 기획 주도하고, 대한민국 건국의 밑바탕이 되는 헌법제정을 주도하는 등 건국의 어머니로서 힘써온 분입니다. 우리는 부끄러운 역사도 사실 그대로 인정하고, 남보다는 자기 탓을 해야 합니다. 2차 세계 대전에서 피 흘린 전 세계의 청년들에게 감사할 줄도 알아야 하고, 만주 봉천 허허벌판에서 독립운동을 한 분들을 한없이 존경해야 합니다. 아울러 이 나라를 위하여 목숨은 못 바쳤으나, 자신이 가진 모든 것을 다 바쳐 실력양성 자강운동을 한 분들도 존경해야 합니다.

인촌은 100년 전 당시 조선사람 가운데 실로 보기드문 근대인의 한 분이었고, 우물 안 개구리, 위정척사파 류 선비형 지식인이 아닌 코스모폴리탄적 정신을 품은 세계 시민이었고, 허세와는 거리가 먼 實用주의자였습니다. 인도의 지도자 간디를 존경하여 1927년 간디와 편지를 주고받기도 하였습니다.

모두가 비분강개하고 술 마시고 있을 때, 인촌은 조용히 인재를 기르고, 민족을 위해 실질적인 일들을 했습니다. 청년들에게는 유학비를 대주어서 일본이나 미국, 영국 가서 과학과 기술을 배워오라고 지도하였습니다.

도산 안창호 선생이 후배 청년들에게 목 놓아 절규했습니다. "힘을 기르소서, 힘을 기르소서, 실력 없이 무슨 독립을 합니까?" 누가 안창호의 절규에 가장 충실하게 답한 사람입니까? 바로 인촌 김성수라고 저는 생각합니다. 우리는 우리 민족을 갈기갈기 찢어놓고 가장 슬프게 하였던 죽창과 총살의 비극에 아직도 갇혀 있습니다. 여러분은 태백산맥을 읽으면 눈물이 안 납니까? 이념을 만들어 놓은 자들은 자기만 유명해지고 아무도 책임도 지지 않고 떠났습니다. 전 세계에서 그 이념의 노예가 되어 밤낮 싸움

박질만 하고 있는 나라가 대한민국을 제외하고 도대체 어디에 있습니까?

우리는 너무나 오랫동안 빨간색 파란색 관념의 감옥에 갇혀 할 말을 못하고 살았습니다. 대한민국은 진정한 자유인이 하늘에서 별을 따오기보다 힘든 나라입니다. 인간이 되도록 건드려서는 안 될 사상과 양심의 자유를 구가하지는 못하고, 스스로 그 강물에 빠져 허우적거리고 있는 나라입니다. 이제는 말해야 합니다. 가짜 친북 주사파, 전대협 출신 386 정치인들, 상위 10% 대기업 노동자 기득권을 지키는 노동자 단체가 나라의 장래를 생각하는 자들이 아니라는 것을 말해야 합니다. 그들은 잘못된 당의정 같은 이념에 도취된 환자일 뿐입니다.

지금 대한민국의 상황은 기존의 거짓 진보와 가짜 보수를 갈아엎고, 새 판을 짜야 할 때입니다. 그래야만 통일의 방향도 분명해질 것입니다. 이런 고민 속에 우리가 배울 분이 한 분도 없었을까요? 아닙니다.

인촌 김성수와 DJ는 이미 이런 문제에 고민을 많이 했던 분들입니다. 그리고 갈 길을 찾기 위해 무진장 애썼던 분들입니다. 그 길을 찾기 위해 등불을 찾아서, 우선은 두 분에게 많이 배워야 합니다. 깊이 연구하고 느끼고 생각해야 합니다. 부족한 제가 '인촌 사랑방지기'가 되어, 불씨를 던지겠습니다. 긴 글 읽어주시어 감사합니다.

2. 제 2信: "인촌의 꿈"

■ '드림리얼리스트'가 된다는 것

仁村 자신은 그의 유택이 있는 장소에 사택을 짓고 高大의 학생들이 포효하는 모습을 바라보면서 여생을 지내다가 죽거든 총장 공관으로 사용케 할 생각이었다. 그만큼 넓게는 교육, 좁게는 고대를 키우는 것에 심혈을 기울였다. 한 가지 특별히 주익해야 할 것은 일제 치하에서 교육이나

기타 사업을 하면서 누구보다 최소한 총독정치에 순응했다는 점에 대한 해석이다.

인촌은 자기의 민족교육을 실현키 위해서 하늘을 우러러 부끄럽지 않고 땅을 굽어 사람에 부끄럽지 않도록 세심한 노력을 기울이고 살았다. 말주변도 없고 글도 쓸 줄 모른다면서 시국의 협조를 요청하는 총독부의 압력을 소극적으로만 피하고 있었던 것은 혹시나 자신이 중도하차 하면 그토록 하고 싶었던 나라를 끌고 갈 교육자의 소임을 다하지 못하는 일이 생길 수도 있지 않을까를 염려해서였다. 정말 급할 때는 대신 강연도 시키고 글도 쓰도록 한 것을 미루어보면 간접적이면 몰라도 직접적으로 몸소 친일행위를 하지는 않았다.

한국 사회에서 역사나 법률 판단이 꽁트의 실증주의, 즉 증거가 되는 자료에만 매달리고 있는 것은 대단히 서글픈 일이다. 인간은 없고 자료만 있다. 인촌도 결국 그의 마음이 담기지 않은, 대리 강연과 글이 문제 되어 증거로 제시되며 부관참시 당했다. 이것은 아무도 미워하지 않는 자의 죽음이었다.

나는 인촌연구를 하면서 인촌을 '친일파 매국노'로 매도하는 분들에게 울부짖으며 외치고 싶다. 단 한 가지라도 좋으니 인촌이 속과 겉이 일치한 친일 행위가 있으면 설명해 주라고. 인촌이 자신의 이익을 위해서 그런 일을 했다면 제발 찾아달라고…. 인촌은 적어도 자신의 일신을 위해 살지 않았고 자신의 앞가림을 위해 부평초처럼 살지 않았으며 일제에 협조하더라도 인간적으로 매우 가슴 아파했다.

우리나라의 최고의 지성과 양심이라고 불리는 대법관들에게 묻고 싶다. 당신들은 판결을 하면서 단 한 번이라도 인촌의 마음과 애국애민정신에 대해 살펴보았느냐고. 그리고 조금이나마 공부를 해보았느냐고. 인촌 친일파 혐의 시발이자 중심에 섰던 전 고려대 사학과 강만길 교수에게도 묻고 싶다.

당신은 무엇 때문에, 당신의 판단으로 그토록 역사의식이 없는 비양심 인사 친일파 김성수가 자식처럼 여긴 고려대학교에 오랫동안 봉직하신 건가요? 실력이 없어서인가요, 연줄이 없어서인가요? 인촌 친일 판정을 주도했던 민족문제연구소 관계자나 맹목적으로 그 판단을 추종하고 따르는 전교조 등 좌파 계열 사회단체에도 묻고 싶다. 당신들은 인촌을 알아보기 위해 조그마한 노력, 인촌에 관한 책 한 권이라도 읽어보았느냐고.

해방 다음 해 가을 보성전문이 고려대학교로 발전했을 때 미국에 망명 중이던 서재필 박사가 고려대학교에 강연차 왔다. 당시 대강당 등에서 서재필은 강연을 했고, 인촌 김성수, 기당 현상윤, 현민 유진오 등 교수들이 강연을 들었다. 그때 서재필은 자신은 장신이므로 연단 밑에서 말한다고 하면서 여러 가지 이야기를 했는데, '애국자는 누구냐?'에 대해서 말했다. 해외에서 독립운동한 사람도 애국자이지만 조선 안에서 꾸준히 민족운동을 한 사람도 애국자라고 하면서 의미심장한 이야기를 남겼다.

당시의 화제는 '누가 이 나라의 대권을 잡느냐?'였는데, "여기 김성수씨와 같은 분이 대통령이 되어야 한다."고 분명하게 말했다. 누구보다 조선 사정을 잘 아는 애국자라 대통령에 적격이란 뜻으로 서재필의 말은 전해왔다고 한다. 인촌은 富하면서 교만하지 않고 재물을 보관하는 청지기로 자처했다. 시대의 영웅 주윤발이 한 달 용돈이 11만원이라고 한다. 그리고 그가 생전에 모은 7천여억원을 세상을 위해 다 내놓고 떠난다고 한다. 그는 진짜 영웅이다. 섹시하다.

선각자 중에는 인촌이 그런 삶을 산 사람이다. 만일 인촌이 돈에 의탁하여 살려고 했다면 그렇게 荊棘的 민족주의의 길을 걷지 않았을 것이다. '바이블'에 부자가 천당에 들어가는 것보다 악마가 바늘구멍으로 나가는 것이 쉽겠다는 말이 있다. 인촌은 돈에 노예가 되지 않고 오직 민족을 위해 모두 사용했다. 인촌은 참으로 인간적인 사람이다. 겸허했다. 감히 천하에 앞서려고 하지 않고 항상 뒤에서, 아래서 조역자가 되었다. 그리 했으니까 사람들이 인촌을 떠받들게 되는 것이다. 한국사회는 어느 때부터인가, 인간미는 따지지 않고 투쟁에 능숙하거나 처세술이나 잔재주에 능한 자를 똑똑하다고 하는 몹쓸 병이 생겼다.

그런 인간은 아무리 지위가 높거나 돈을 많이 벌어도 실은 인간의 급수로는 중간도 못되는 자들이다. 행정을 할 때도 보면 온갖 잔머리와 기술, 교언영색으로 출세도 하고 잘 나가는 자들도 부지기수다. 어찌 보면 이제 보편화가 되어 버린 것 같다. 그러나 인촌은 사람을 잘 보고 잘 썼다. 인촌이 상좌에 있어 교만을 피웠다면 어떻게 많은 사람들이 그를 믿고 따랐을까. 지금 한국은 我利我慾이 난무하다. 여야가 저렇게도 싸우고, 김순흥, 이병용, 황인호가 신광조에게 밤낮 두들겨 맞는 것도 이 때문이다. 정말 인촌이 그립다.

한마디로 인촌은 큰 그릇이었다. 종재기만도 못한 인간들이 인촌을 친일파로 매도하는 꼴이 참으로 우습다. 그러다가 분노한다. 노자의 '대국하류'와 같고 니체의 '바다'였다. 인촌은 인촌리 추성천이 줄포 앞바다로 흘러가는 모습을 가을 빛 국화 옆에서 보았을 것이다. 하류에서 모든 상류의 細流를 다 용납할 수 있는 大河와 같았다.

요즘 왕새우 대하(한겨레 정대하 기자는 '大夏', 생일이 한 여름임)가 제철이다. 나는 왕새우에 소금을 안주삼아 인촌을 생각하며 증류식 소주 고창소주를 마신다. 바이블 첫 장 '남의 섬김을 받고자 하는 자는 먼저 남을 섬기라'는 말을 그대로 실천한 분이 바로 인촌이다.

■ 춘원 이광수와 인촌 김성수 이야기

우리나라에서 가장 연애편지를 잘 쓴 사람은 춘원이었다고 한다. 그의 편지를 받고 감격해, 춘원의 연인이 되고 싶지 않은 여인이 없었다고 한다. 춘원은 몸도 마음도 유약한 사람이었다. 글로는 누구도 따라올 사람이 없었다. 춘원은 인촌보다 한 해 늦게 태어났다. 민족의 격변기만 아니었다면, 한국 문단의 최고의 별이 되었을 것이다.

소월과 같은 평북 정주가 고향인 춘원은 소년 시절 조실부모하고 고아나 다름없이 되었다. 14세에 일진회의 관비유학생으로 선발되어 동경유학을 갔지만 나라가 망하는 바람에 학비가 끊겨 귀국하여 대성중학교를 다니다가 다시 도일하여 명치학원 중학부를 졸업했다. 그는 향리에 돌아와 이승훈 밑에서 오산학교 교원을 했다. 인촌은 춘원보다 한 살 위다. 춘원이 계동에 있는 인촌 집을 찾아가 인촌을 만났다. 인촌왈 "학비 염려는 마세요. 학교를 해보겠다고 해서 요즘 궁색하기는 하지만 도와드릴 수 있습니다. 공부를 계속해 보시오."

1915년 4월, 춘원은 와세다 대학 문학부 철학과에 입학하게 되었다. 춘원이 졸업할 때까지 인촌은 중앙학교에서 장학금조로 매월 20원씩 보내주었다. 인촌은 대학 시절 이미 폐가 좋지 않아 신열 때문에 결강하고 누워있는 날이 많았다. 춘원이 인촌의 인정에 감동한 이야기가 〈이광수 전집〉에 실려 있다.

"동경에 와서도 늘 인촌의 은혜를 생각하고는 있었지만 그가 나에게 베풀어 준 온정은 잊을 길이 없다. 그날도 나는 신열 때문에 누워있었다. 마침 P군이 찾아왔다. 그는 경성에 다녀오는 길이라며 한지로 정성껏 싼 꾸러미 하나를 들고 있었다. 한 제쯤 되는 한약이었다. P군은 따로 봉투를 꺼내 주며 이 약은 '십전대보탕'이란 보약인데 이 봉투와 함께 인촌께서 직접 주시며 잘 달여 먹고 건강해지기를 바란다고 말씀하더라는 것이었다. 봉투를 열어보니 돈 백오십 원이 들어 있었다. 쪽지가 있어 그걸 읽어보니 인촌의 친필이 있었다. '걱정이 되어 직접 한의원에 가서 보약 한 제를 지어 보내니 다려 먹고 원기를 찾아 면학에 힘써 달라'는 내용이었다."

그 후 춘원이 곤경에 빠져 사회적으로 매장이 되어 거의 버려진 상태에 있을 때 구원의 손길을 뻗혀 다시 재기하도록 만들어준 은인도 인촌이었다. 춘원은 와세다대학 재학 중 매일신보에 우리나라 신문학 사상 최초의 장편소설인 『무정』을 발표하여 화제를 일으킨 작가가 되었다. 그후 춘원은 상해 임시정부에 가 도산을 도왔고, 기관지독립신문 주필을 했다. 그러나 늘 여자가 말썽이다. 연인이던 허영숙이 상해를 찾아와 춘원은 사회로부터 의심을 받았고 결국 내동댕이쳐졌다. 형사들과 임의동행형식으로 서울로 들어왔다는 것이 큰 문제가 되었다.

그러든 말든 춘원은 허영숙과 신혼 방을 차렸다. 사랑에 울고 사랑에 죽는 춘원이었다. 그러는 중에 춘원은 다시 필화사건에 휩쓸리게 되었다. 당시 종합지〈개벽〉에 민족개조론을 집필하게 되었는데, 요지는 우리는 열등민족이기 때문에 개조가 필요하다고 썼다. 그렇잖아도 나빠져 있던 독자들의 비위를 거스르게 되었다.

허영숙을 통해 총독부에 매수되어 오더니 민족성까지 모독하며 일제에게 동조한다 하여, 개벽사는 부서지고 숭삼동 춘원집은 돌팔매질을 당하며 유리창이 박살났다. 춘원은 매장되었다. 일련의 사태에 어느 누구도 나서지 않았다. 일년 쯤 지나서 인촌이 고하 송진우에게 춘원 문제를 상의했다.

인촌은 고하에게 "어떻게 춘원을 구출해 줄 방법이 없을까?" 했으나, 송진우는 "안 돼. 개벽사에 돌멩이가 날아간 지 일 년도 안 됐는데 이번엔 우리 신문이 돌팔매 당할 걸세", "전후 과실이야 어떻든 그 재능이 아까운 사람이란 말이여. 어찌 사람이 실수 않고 사는가? 그 실수, 다시 되풀이 하지 않고 나라 위해 헌신하면 되는 거 아녀? 過 없는 사람 어딨는가? 고 하, 과보다 공이 많으면 되는 거지. 다시 그에게 재기의 기회를 주어 보세. 좋은 방도가 없을까?" 했다. 그래서 춘원은 〈嘉實〉이란 단편을 Y생이란 익 명으로 동아일보에 연재했다. 그리하여 춘원은 동아일보의 객원기자가 되 었고 나중 편집국장이 되어 그의 회상대로 생애 중 가장 바쁘고 보람 있는 시간을 보내게 됐다.

그러던 춘원이 등을 돌리고 조선일보로 떠났다. 사람들은 춘원을 '의리 없는 배신자'라고 비난했지만, 인촌은 한 번도 그를 탓하지 않았다고 한다. 춘원이 인촌에게 보낸 편지 한 통이다.

"인촌 은형!

오래 가물어 염려 많으실 듯합니다. 山居에는 벌써 칠칠하고 메뚜기 나 는 소리 들리게 되었습니다. 뵈온 지 벌써 일년이 다가와 옵니다. (중략) 산 지에 일이 없어 고요히 생각하오매 오직 지난 날의 잘못들만이 회한의 날 카로운 칼날로 병든 心魂을 어이 옵니다. 형도 광수에게서 害 받은 분 중 에 한 분입니다.

형의 넓으신 마음은 벌써 광수의 불신을 다 잊어버리셨겠지만 어쩌다 광수의 생각이 나시면 유쾌한 추억이 아니실 걸 생각하오면 이 마음 심히 괴롭습니다. (중략) 지난 48년간에 해온 일이 모두 덕을 잃고 복을 깎는 일 이어서 형을 마음으로 사모하면서도 형을 가까이 할 인연이 항상 적사오 며 은혜 높으신 형께 무엇을 드리고 싶은 마음 간절하오나 물과 심이 다 빈궁한 광수로서는 아무 드릴 것 없는 처지에 있습니다.

광수로서 오직 한 가지 일은 늘 중심에 형을 念하여 건강과 복덕 원만하 기를 빌고 사람을 대하여 형의 감덕을 찬양하는 것뿐이옵니다. 오늘, 날이 청명하고 새소리 청아하옵니다. 아무 일도 없으면서 형께 편지 드리고 싶어 이런 말씀 아룁니다. 이만. 1939년 6월 17일. 제 이광수 배상"

이 같은 편지를 인촌에게 보낸 1939년 전반까지만 해도 춘원은 총독부일 협조에 갈등을 많이 나타냈다. 그러나 39년 말 경부터 춘원의 친일행위는 적극적인 양상을 띠었다. 그는 '가야마 미쓰로오'(香山光郞)로 창씨개명을 하여 총독부의 조선혼 말살정책에 맞장구를 쳤으며, 집안에는 이른바 가미다나를 만들어 놓고 일본의 승전을 기원하는 등 친일행위에 앞장섰다.

3. 제 3信

■ "인간사랑 나라사랑의 큰 얼굴 인촌 김성수 선생!"

누가 나에게 당신의 사상의 첫 번째가 무엇이냐고 묻는다면 제가 추구하는 가치는 첫째도 '휴머니즘'(인간주의, 이타주의), 둘째도 휴머니즘, 셋째도 휴머니즘이라고 답하겠습니다. 인간이 살아가는 세상은 경쟁의 세상이요, 승자 독식의 세계라 사막일 수밖에 없습니다. 그 사막을 살아갈 수 있게 하는 것은 휴머니즘이라는 오아시스가 있기 때문으로 봅니다.

그 어떤 문명도 희생의 역사를 거치지 않고는 성립되지 않습니다. 자식을 위해 희생하는 어머니, 국가에 헌신하는 군인, 믿음을 배반하지 않는 순교자, 물에 빠진 사람을 위해 제 목숨을 내놓는 구조대원이 있습니다. 일본의 지하철역에서 알지도 못하는 일본인을 구하기 위해 피어보지도 못한 목숨을 던진 고려대생 이수현 군은 얼마나 저를 울렸던가요.

제가 그리도 사랑하는 음악에서 영화까지, 문학에서 모든 예술이 이 희생에 대해 기록하고 있습니다. 지금껏 인류가 쌓아올린 모든 문명은 희생의 역사가 없었다면 잉태조차 할 수 없었을 것입니다. 이타적 행동으로 구현되는 희생정신이 없이는 인간이라는 존재도 미미한 생물에 불과하였을 것입니다. 우리는 타인의 행복을 위해 우리가 가진 소중한 것을 내놓을 준비가 되어 있다는 것에서 우리가 사는 이유를 발견해 낼 수 있습니다. 누군가의 희생이 없이는 우리라는 존재는 아름다운 사람으로 존재할 수가 없습니다.

100세의 노 철학자이신 대학은사 김형석 교수님의 말씀을 하나하나 새겨봅니다. '아껴서 남 주자'로 선생님은 행복해하고 건강하십니다. 웃는 모습을 보면 꼭 어린 아이 같습니다. 선생님의 말씀이나 글을 읽는 것만으로 저는 무척 행복해지곤 합니다.

제가 인촌 정신과 사상을 연구하고 깊이 빠져가는 이유도 김성수 선생님의 인간적인 사랑에 있습니다. 선생님은 자신에게 엄격하고 철두철미하게 근검절약하셨지만 늘 사람을 인간으로 대하셨습니다. 육당 최남선의 동생이 최두선이라는 분인데, 중앙학교 선생으로 있을 적에 동덕학교 여선생과 연애한다는 소문이 있었습니다. 원래 저처럼 문학과 예술을 좋아하는 사람들은 연애를 잘 합니다. 인촌은 사표를 종용했습니다. 그러나 얼마 후 쫓아낸 각천 최두선을 다시 불러 동아일보 사장으로 임명했습니다.

의아하여 물었더니 빙긋이 웃으시며 말씀하시더랍니다. "교육자로서는 품위상 아이들에게 안 좋은 일이지만 신문사 사장이 연애한들 무슨 잘못이겠는가." 인촌 선생은 평생 바람 한번 안 피운 사람이지만, 남의 연애는 간섭도 안 하면서도, '그래 인간의 가장 솔직한 감정은 연애다'고 하셨습니다. 저는 기질상 좌익사상이 깊게 몸에 배긴 사람입니다.

무명으로 이름을 숨기고 싸웠지만 실은, 이인영이나 임종석은 옆에도 못 올 체계바라였습니다. 사상에 물들지 않고 기질 때문에 밖에서 운동노래만 나오면 총알처럼 뛰어나갔습니다. 빈부격차가 싫었고, 정의롭지 못한 것은 죽더라도 부수어야 했습니다.

우리나라 민족혼 사상의 뿌리는 '박은식, 신채호, 안중근'으로 이어집니다. 그분들의 마음에는 '임 향한 일편단심이야 가실 줄이 있으랴'의 절조와 기개와 웅혼이 서려 있습니다. 그런 정신으로 이길 수 없는 싸움을 日帝와 했고, 생을 일찍 마감했습니다. 한없이 존경받아야 할 위인이요, 훌륭한 분들입니다. 그러나 우리가 놓치지 않아야 할 점이 하나 있습니다. 인간은 환경의 지배를 받는 감정의 동물이라는 점입니다.

우리나라 독립운동은 1937년 중일전쟁을 겪으면서 양상이 달라집니다. 해외에 나가 있었느냐 국내에서 살고 있었느냐에 따라 모습이 크게 달라집니다. 저는 일제 초기 때부터 또는 그보다 앞서 친일 행적을 보인 분들은 친일 매국의 비판을 받아야 한다고 봅니다. 그러나 국권을 뺏겨 나라가 없는 상황이 40년 넘게 흐른 상황에서 박은식, 신채호 선생이 주창하던 '민족혼' 찾기 꿈만을 그리고 살기는 쉽지 않았을 것으로 봅니다. 그런 상황에서 살고 버터 나가기 위해 할 수 없이 광주일고 교가 등을 만들어준 음악가 선배들을 친일파로 '부관참시'하는 작금의 인정머리 없는 세상에 절망합니다.

사상과 이념은 인간애를 잃어버리면 무서운 흉기가 됩니다. 인간다운 삶으로 살기 위해 부르짖었던 사회주의나 공산주의 사상은 인간과 사상의 미명으로 인간을 처단합니다. 그것이 숙청입니다. 인촌이 공산주의를 멀리했던 이유입니다.

인간적인 사람을 좋아했던 인촌은 공산주의를 가까이할 수가 없었습니다. 그럼에도 공산주의자들을 인간적으로 이해하려고 무던히 노력했습니다. 때문에 일부러 멀리하지는 않았습니다. 해방 전후 가슴이 뜨거운 대다수 젊은이들은 사회주의 사상에 빠져 들어갔습니다. 세상의 모순을 지적하고 계급타파를 주창하는 이론은 가슴을 뛰게 했습니다. 강남좌파가 최근에야 나온 것이 아닙니다.

공부를 많이 한 사람일수록 좌파가 많은 것이 이 나라였습니다. 그만큼 우리나라 사람들의 마음은 뜨겁습니다. 해방 전후 이태준이라는 뛰어난 소설가가 있었습니다. 호가 '尙虛'입니다. '오히려 비어 있다' 얼마나 멋있는 호입니까?

1924년 휘문고보 시절 동맹 휴교 주모자로 퇴학당하고 나서, 김형석 교수님이 다닌 일본 조치대학을 다니다가 중퇴하고 글을 쓰기 시작했습니다. 우리가 잘 아는 '文章'을 주관했으며, 1941년 제2회 조선예술상을 수상했습니다. 1946년 7, 8월경 월북한 것으로 알려져 있으며 한국전쟁이 발발하자 종군작가로 낙동강 전선까지 내려왔다고 합니다. 그러나 1952년부터 사상검토를 당하고 과거를 추궁 받았으며 1956년 숙청당했다 합니다.

저는 '남이 하지 마라'는 짓은 기어이 기필코 하고 맙니다. 대학 시절 이태준 선생의 여러 작품을 어렵게 구해 읽어보았습니다. 인간관계의 섬세한 묘사나 연민의 시선으로 대상과 사건을 바라보는 자세 때문에 단편소설의 서정성을 높여 예술적 완성도와 깊이를 세운 작가였습니다. 광복 이후에 그는 '조선 문학가동맹'의 핵심 성원으로 작품에도 사회주의적 색채를 담으려고 애썼습니다. 그가 월북한 것이 무슨 이유인지는 잘 모릅니다.

결국 한국전쟁 이후 숙청을 당할 수밖에 없었다는 점은 그가 철저히 사회주의자가 아니었으며 그의 열정은 오히려 순수성으로 해서 오해를 받는 인간적 서정성에 기초하였음을 보여주고 있습니다. 우리는 늘 경계해야 합니다. 인간의 삶의 이상향을 추구해 至難한 길을 가려하는 사회주의가 오히려 인간 권력 탐욕의 비인간적 칼날을 휘두르기 쉽다는 것을. 고교 시절 제가 아끼는 후배 중에 김태훈이 있었습니다.

저에게 생텍쥐페리와 헤세 책을 여러 권 빌려가더니 되돌려 주지도 않고 저 멀리 세상을 떠나가 버렸습니다. 함형수 시인의 '해바라기의 비명'을 암송하고 있으면 '형은 이 세상에서 제일 멋있는 남자'라고 치켜세웠던 그 자랑스런 후배가 독재에 항서하기 위하여 도서관 옥상에서 몸을 꽃잎처럼 날려버렸습니다.

지난 일요일 광주일고 동창회 체육대회에 갔더니 '자랑스러운 일고인'으로 김태훈 형제분들에게 상을 줬더군요. 큰 형님이 김채훈 동아일보 기자를 하셨습니다. 독실한 가톨릭 집안의 남아로서, '천하의 잡놈'인 저와는 다르게 공부도 잘 하고 純正 하나로 살던 서울대생이었습니다.

체육대회가 끝날 때쯤 태훈이 옛 집에 가봤습니다. 산천은 의구한데 인걸은 간 데가 없었습니다. 그리고 고통스런 생각이 찾아왔습니다. '자유와 정의 아니면 죽음을 달라!' 이 말 가슴에 새겨 몇 십 명이 목숨을 던져 버렸는지 모릅니다. 자기는 죽지도 않으면서 죽음을 찬미해서는 안 됩니다. 이것은 인간에 대한 미움이지 인간 사랑을 실천하는 길이 아닙니다.

21세기가 바라보는 시점에서 태어난 조선 사람 중에 이광수, 최남선, 홍명희를 3천재로 친다고 합니다. 홍명희는 북한으로 갔고, 이광수와 최남선은 친일파로 부관참시 되었습니다. 이광수와 최남선의 하소연을 들어보면 그분들에게도 할 말은 있습니다. 인간적인 휴머니즘으로 조금만 봐주면 '국가는 생각 안 하고 자신만 위하는 비열한 사람'으로 볼 사람들이 아닙니다.

연세대와 고려대를 명문 사학으로 키운 김성수, 백낙준 선생도 친일파이고, 그 대학을 다닌 우리 같은 사람들은 매국노들에게서 배우고 친일파 학교를 나왔습니다. 우리나라는 대한민국은 있을 줄 모르지만 건국의 아버지도, 어머니도 없습니다. 자신들을 국가를 이끌 영재로 키우기 위해 모든 것을 다 바친 인촌 김성수 선생 동상을 내동댕이치고 만신창이로 만들고 있습니다.

인촌 김성수 사랑방에서 살펴본 결과 대한민국 제정 헌법을 기안한 유진오 박사도 인촌 선생과 뜻을 함께 한 천재였다고 합니다. 그러나 유진오 박사 자제분들은 전부 서울대학교만 나왔습니다. 인촌은 어려운 환경에서 출판운동을 한 일조각 한만년 사장을 많이 지원해 주었습니다.

이 한 씨 집안도 자제분들이 다 박사이고 서울대만 나왔습니다. 형제들 중에서 가장 공부도 못하고 '똘 것'이 한홍구 박사입니다. 전교조 교사 분들이 이 분의 역사 강의에 열광하고 있습니다. 철저한 계급타파 좌익 역사관을 가진 분입니다.

한홍구 박사의 부인이 유진오 총장의 외손녀입니다. 외조모는 이명래 고약을 만드신 분입니다. 남의 가계를 샅샅이 조사할 일은 아니로되, 매우 머리가 뛰어나고 정직한 집안입니다. 한홍구 박사, 이 분이 친일파 진상 조사위원으로 결정적 역할을 했습니다. 인촌 김성수 그러니까 자신의 조부와 백부 분들과 주고도 못사는 인촌을 친일파로 모는 데 앞장섰습니다. 자신의 부인의 외조부 유진오 박사도 어김없이 친일파로 몰아, 인물의 페이지에서 지웠습니다. 한홍구 교수는 내가 보기에는 공부도 많이 하고 의식도 사납고, 정의로운 분임에는 틀림이 없지만 한 쪽으로 지나치게 편향되어 있습니다. 외고집이고 자기만 옳습니다. 외눈박이입니다.

자기와 비슷한, 자기 편 전교조 교사들은 열광하고 전교조 교사들은 어린 학생들에게 그런 편향된 지식을 주입시키기에 바쁩니다. 지금 한국의 청소년들 태반이 순수하고 하얀 색깔의 교육을 받지 못하고 있습니다. 빨간색으로 마음껏 칠해지고 있습니다. 커나가는 학생들의 마음에 색깔을 칠하면 안 됩니다. 사상은 주입되는 것이 아닙니다. 하나씩 하나씩 자기의 마음에 익어가는 것입니다.

우리 모두가 사상에 앞서, 어떤 사상을 갖든지, 인간애가 넘치는 '홍익인간'이 되는 것이야말로 우리나라가 동방의 등불이 되는 길이라고 확신하면서 이 글을 마칩니다.

내가 본 인촌 김성수 선생

강 석 승(행정학 박사)
21세기안보전략연구원 원장

I. 프롤로그

필자는 우리 '민족의 선구자'로 널리 알려진 인촌 김성수 선생(1891~1955 : 이하에서는 '인촌 선생'으로 표기)을 만나본 적도, 그리고 그분의 업적을 심층적으로 분석·평가한 적도 없다. 적어도 인촌 선생에 대해서는 '문외한門外漢'이라 할 수밖에 없는 사람이 왜 그분을 회고하는 글을 쓰는가 하는 점에 대해 이 글을 읽는 분들은 매우 의아하게 생각할 것이다.

이럼에도 불구하고 주제넘게 이 글을 쓰는 이유는 평소 가깝게 지내는 리 훈 박사께서 간곡한 부탁을 하였기 때문에 뒤늦게 인촌 선생의 그간의 업적을 열람하고 마치 "장님이 코끼리를 그리는 것"과 같은 심정으로 간략이 그의 생애를 조망해 보기로 하였다.

인촌 선생은 널리 알려져 있는 바와 같이 우리 겨레가 일제 침략의 압제 아래 신음할 때 교육·언론·산업분야에서 민족의 역량을 키워 독립의 기틀을 다지는 데 헌신했던 선각자였다. 그는 대한제국의 교육인 겸 언론인·기업인·근대민족주의 운동가였으며, 건국 초기 정치인, 언론인, 교육인, 서예가였다.

그는 전라도 고창에서 출생하였으며, 지난날 한때 한성부에서 잠시 유아기를 보낸 적이 있으나, 전라도 부안 줄포에서 성장하였다. 1914년 일본 와세다대학교 정치경제학부에서 학사학위를 취득하였다. 귀국 후인 1915년 중앙고등보통학교를 인수하여 학교장을 지내는 등 교육활동을 하였다.

특히 그는 1919년 3·1 운동 준비에 참여하여 자신의 집과 중앙학교 숙직실을 비밀아지트로 삼아 회합장소로 제공하였으며, 일제강점기의 언론인으로서 동아일보를 창간하고 경영했으며, 1915년에는 중앙학교를, 1932년에는 보성전문학교를 인수하여 경영하였고, 광복 후인 1946년엔 보성전문학교를 개편하여 고려대학교를 설립하는 등 교육사업가로서도 큰 업적을 남겼다.

정계에서도 제2대 대한민국 부통령을 역임하였으며, 오늘날 민주당 계열 정당의 뿌리인 한국민주당을 창당하는 등 뚜렷한 획劃을 그었다. 그러나 그는 독립유공자이면서도 친일인명사전에 등재된 친일반민족행위자이기도 하다.

일제강점기의 많은 이들이 그랬듯이 그도 항일과 친일 양면에 걸쳐 있는 인물로 분류되었지만, 냉정한 시각에서 볼 때 일제시대 수많은 독립운동가를 지원하는 등 친일보다는 항일의 공이 더 큰 인물이었다고 보는 것이 보다 타당한 평가가 아닌가 보여진다.

해방 후에도 그는 매우 활발하게 교육사업을 펼쳐 평판이 나쁘지 않았으며, 그런 이유 때문인지 각계의 신망을 얻어 제2대 부통령에 취임하였으나 얼마 지나지 않아 이승만 장기독재에 실망하여 그 직職을 과감하게 내던지고 반독재투쟁에 나서는 등 나름의 업적도 있어 논란의 여지가 있기도 하다.

Ⅱ. 일제 강점기시대의 업적

1891년 전라도 고부군 부안면 인촌리(현 전북 고창군 부안면 봉암리 인촌마을)에서 태어난 인촌 선생은 1893년 아들이 없는 큰아버지 김기중의 양자가 됨으로써 양쪽 집으로부터 재산을 물려받을 수 있게 되었는데, 이는 그의 다양한 근대화 사업의 경제적 기반이 마련되었음을 의미한다.

1908년 18세가 되던 해에 인촌 선생은 친구인 송진우와 함께 일본 유학길에 올랐다. 그리고 조선이 공식적으로 일본에 병합되던 1910년 4월 와세다대학 예과과정에 입학하였다. 아마도 이런 유학의 경험은 그에게 근대교육에 대한 의지를 강하게 불어넣었을 것으로 보인다.

유학 중 그는 생부와 양부를 초청해 함께 일본을 둘러보면서 공부를 마치면 우리나라의 교육사업에 헌신하겠다는 포부를 불태웠던 것으로 미루어 짐작할 수 있다. 그 과정을 보면 참으로 신중하고 치밀하게 계획된 점을 엿볼 수 있다.

　그의 교육에 대한 의지는 24세가 되던 1914년 7월 공부를 마치고 귀국하면서 구체화되기 시작한 것으로 보인다. 그도 그럴 것이 그가 1915년 인수하여 1917년 교장으로 취임한 중앙학교는 민족주의와 반일정신을 증진시키는 교육적 사명 아래 근대적 교육기관으로 발전해 갔고 지금은 중앙중·고등학교가 되어 우리나라의 중등교육에 크게 기여하고 있다.

　그는 1917년 10월 재정적으로 어려움을 겪고 있던 광목제조 회사인 '경성직뉴주식회사'를 윤치소 등으로부터 인수하여 경성방직으로 전환시키면서 기업인으로 변모하게 된다. 당시 경성방직은 순수한 우리 자본에 의해 세워진 최초의 대규모 기업이었다.

　초기에는 경영상황이 매우 어려웠으나 1926년 이후 성장하였다. 또한 그는 1919년 3.1 운동에 참여하였으며, 이듬해인 1920년에는 일본계 언론의 활동과 외신기자들의 출입을 보면서 국내 언론설립의 필요성을 인식하고 언론사 창간 활동을 준비하면서 양기탁, 유근, 장덕수와 함께 동아일보 설립에 주도적으로 참여했다.

　그는 1919년 10월 9일 '동아일보'라는 제호題號로 신문을 발행하겠다는 신청서를 총독부 경무국에 냈다. 당시 총독부에 제출된 10여 건의 허가신청 중에서 동아일보·조선일보·시사신문 3개 매체만이 허가되었다. 1920년 4월 1일 동아일보 창간호를 냈는데, 당시 이 신문은 20대 청년들이 주축을 이룬 청년신문이었다.

　인촌 선생의 나이는 29세였고, 주간 장덕수는 25세, 편집국장 이상협은 27세였으니 지금의 상황과 비교하면 격세지감隔世之感을 느끼고도 남을 듯하다. 뿐만 아니라 어떤 면에서는 운명적인 면도 없지 않다.

　그가 일제 강점기에 동아일보 사장을 맡은 기간은 겨우 4년 5개월간으로 1920년 7월부터 이듬해 9월까지이고, 1924년 10월부터 1927년 10월까지다. 해방 후인 1946년 1월부터 1947년 2월까지 사장을 지내며, 동아일보를 이끌었다.

　1920년 초부터 그는 강연활동을 다니며 국내에 좋은 제품이 있는데도 외제를 선호選好하는 것은 외국자본의 침투를 도와주는 것이라는 이유를 내세우면서 국산품國産品을 애용해 줄 것을 호소하며, 나라의 국력을 걱정하며 노력했다.

　그런가 하면, 1924년부터 조선의 자치운동의 일환으로 '연정회研政會' 설립을 추진하였는데, 이는 이른바 '민족개량주의' 혹은 '실력양성론'이라는 미명美名 하에 일제 조선총독부의 '문화정치'에 발맞춰 일제와의 타협 속에 추진된 것으로, 비타협 민족세력으로부터 반발을 받아 물의를 빚자 중단되기도 했다.

　그는 1926년에 또다시 '자치운동'을 전개하다가 비타협 민족주의자와 사회주의자들로부터 커다란 물의를 빚었다. 이를 계기로 비타협 민족주의자와 사회주의자들이 이에 대항하기 위해 1927년 2월에 '신간회'를 결성했고, 신간회가 결성된 이후, 인촌 선생은 송진우를 앞세워 이 단체를 주도하고자 여러 번 시도했으나, 사회주의세력의 거센 반발로 신간회에는 발도 들여놓지 못했다.

　1932년 3월에는 자금난에 빠졌던 보성전문학교를 인수하여 보성전문학교 재단 주무이사에 취임하였으며, 그해 6월에는 제10대 교장에 취임하였다. 이 학교의 교장으로 있으면서 그는 조선어(한글)와 한국사, 교련과목을 의무, 필수과목으로 지정하도록 지시하였다.

　당시 조선총독부는 그가 조선어(한글)와 한국사, 교련을 필수 이수과목으로 지정한 것을 두고 불령선인 양성목적이 아니냐며 의혹을 제기, 트집을 삼았으나 그는 "조선의 역사와 언어를 알게 하는 것이 목적이며 다른 뜻은 없다"며 학무국 측을 무마하였다.

1936년 8월 25일 동아일보에서 베를린올림픽에 참가한 손기정 선수가 우승을 하자, 기자 이길용 등은 보도사진에서 일장기日章旗를 삭제하고 내보냈다. 이 보도 이후 조선일보와 조선중앙일보 등에서도 일장기 말소기사를 내보냈고, 이 때문에 인촌 선생은 조선총독부 경무국에 연행되었다.

이 사건의 후유증으로 동아일보는 강제폐간 당했다가 1937년 6월 3일에 복간하였다. 이후 동아일보는 네 번씩 강제 폐간 당했고, 이때마다 그는 조선총독부 경무국에 불려가 수차례 협박과 멸시, 폭행을 당하기도 했다.

당시 신문사의 운영은 재원 부족과 총독부의 감시로 어려움을 겪어야 했다. 총독부의 강력한 통제와 감시로 인해 동아일보는 수많은 삭제, 판매 및 배포 금지, 압류, 보도 금지, 그리고 정간 등의 조치에 시달려야 했다. 그럼에도 불구하고 동아일보는 문화민족주의 운동의 매체로서 그 역할을 꾸준히 담당해 나갔다.

동아일보는 문맹文盲타파를 위한 범민족적 캠페인을 벌이기로 하고, 300여 곳의 신문사 보급소를 동원하여 포스터를 발행하고 상금을 걸어 문맹타파를 촉구하는 노래도 공모하였다.

또한 조선어학회와 함께 한글운동 캠페인을 벌이기도 했다. 뿐만 아니라 여러 차례 사설을 통해 약화되어 가던 물산장려운동의 불씨를 다시 지피고자 하였다. 이런 동아일보를 창간한 인촌 선생은 총독부의 창씨개명 요구를 끝내 거부했다는 점에서 신문, 회사, 학교를 살리기 위한 '소극적인 친일'을 한 것 아니냐는 주장도 있다. 물론 법원에선 대부분을 받아들이지 않았다.

여러 증언 내용을 보면 독립운동가를 방에 남겨둔 상황에서 금고를 열어놓고 밖에 나가는 일을 자주 했다고 한다. 상하이 임시정부의 출범 이후 그는 일제의 눈을 피해 익명匿名으로 임정臨政에 후원금을 비밀리에 송금하였는데, 후일 안창호와 김구 등이 이런 사실을 알게 되었다.

익명으로 임시정부에서 밀파한 독립단獨立團이 국내에 잠입하여 활동 중, 한번은 그의 서울 계동 자택에 찾아와 독립운동자금을 요구하자, 그는 아무런 말도 없이 자신의 금고문을 열고 그 속을 뒤적거리며 일부러 객客에게 알린 뒤, 자신은 "소변을 보고 온다"고 하고는 자리를 비켰다.

독립단원들은 품에 안을 만큼의 자금을 품은 뒤 사라졌다고 한다. 유난히 민족의식이 강했던 인촌 선생은 창씨개명創氏改名을 끝내 거부했다. 그가 창씨개명을 하지 않자 이 아이디어를 낸 총독부 학무국장이 직접 종용했으나 끝내 응하지 않았으며, 일제로부터 부여하는 어떤 훈장이나 작위도 받지 않았다.

Ⅲ. 일제 강점기시대의 친일행적 논란

1937년부터 1945년까지 실력양성운동을 비롯한 민족운동은 총독부의 가혹한 민족말살정책으로 탄압을 받아 '합법적 공간'에서의 활동이 어려워지자 1942년 전후로는 인촌 선생은 적어도 외형적으로는 완전한 친일파로 변절하지 않으면 안되는 상황인 것으로 보인다.

앞에서 잠시 살펴본 바와 같이 일장기 말소사건으로 한동안 폐간되었다가 1937년 6월 복간된 동아일보에는 일본의 침략전쟁을 위한 지원병을 적극 권장하거나 미화하는 기사가 여러 번 올라왔다.

1937년 5월부터 보성전문학교 교장으로 다시 취임해 있었던 인촌 선생은 이 해 7월 7일 중일전쟁이 발발하자, 7월 30일과 8월 2일 이틀 동안 전쟁의 의미를 선전하기 위해 마련된 경성방송국의 라디오 시국강좌 담당 및 연설을 하였다.

8월에는 경성군사후원연맹에 국방헌금 1,000원을 헌납했다. 9월에는 총독부 학무국이 주최한 '시국강연대'의 일원으로 춘천, 철원 등 강원도 일대에서 연사로서 시국강연에 나서기도 했다.

이후인 1938년 6월에는 친일단체인 '국민정신총동원조선연맹'의 발기인·이사 및 산하의 비상시생활개선위원회 위원 등을 지냈으며, 이 밖에도 흥아보국단興亞報國團 결성 준비위원(1941), 조선임전보국단 감사(1941) 등으로 활동하였다.

1940년대에 접어들면서 총독부의 가혹하기 이를 데 없는 '민족말살정책'으로 실력양성운동 같은 '합법적 공간' 활동이라 거의 불가능한 상황이 되자, 1942년을 전후하여 그는 자포자기 심정에서 친일파親日派에 속하고 만다.

특히 1943~1945년엔 총독부 기관지 매일신보, 경성일보, 월간 잡지 〈춘추〉 등 총 25편 이상의 내선일체 찬양글, 학도병 권유문 글 등을 집중적으로 썼다.

이러한 점 때문에 인촌 선생은 '선先항일, 후後친일' 인사로 분류되어 한국독립당원 김승학이 작성한 '친일파 군상' 263명 가운데 한 명으로 수록되었고, 오늘날 민간단체에서 발행한 친일인명사전, 대한민국 정부기관 '친일진상규명위원회' 보고서에도 수록되는 불명예를 안게 되었다.

Ⅳ. 해방이후의 업적

인촌 선생은 8.15 광복 이후 한국민주당 조직과 대한민국 임시정부 봉대운동 등에 참여한 뒤 김구, 조소앙 등과 함께 신탁통치반대운동을 주관하였다. 1946년 10월 간접선거로 실시된 민의원 선거에서 당선됐다.

그는 한민당을 이끌면서 일관되게 이승만과 김구의 합작에 의한 민족진영 중심의 통일정부 수립이라는 기본목표를 추구했으며, 앞에서 언급한 친일행적에도 불구하고 여전히 치열한 독립투사들로부터 존경을 받았다.

1946년 미 군정청이 보성전문학교의 종합대학 승격을 인가하면서 교명校名이 고려대학교로 바뀌게 되었으며, 그는 이사장에 취임하면서 현상윤을 총장으로 임명해 민족대학 건립과 경영에 최선을 다했다.

1949년에는 민주국민당의 최고위원이 되었고, 한국전쟁 기간인 1951년

6월에는 대한민국의 제2대 부통령으로 선출되었음에도 불구하고 대통령인 이승만을 견제하다가 인사문제 등으로 갈등했다.

1952년 6월 이승만이 재선再選의 목적으로 헌법을 개정하고 이승만을 신적으로 미화하고 맹목적으로 추앙, 추종하는 자유당 부하들을 질타하는 가운데 이승만의 독재를 비난하는 장문의 사직서를 국회에서 낭독하면서 과감하게 부통령 직을 버리는 용단勇斷을 내리기도 하였다.

그는 부통령 재임기간 동안 상당한 개화인으로 활동하여, 독재정권 장기화를 막고 구舊 악습을 타파하기 위한 노력도 많이 했으며, 부통령 임기 만료 직전인 1952년에 부산정치파동이 일어나자, 이것은 "민주주의를 유린한 행위"라며 이승만정권에 강한 적대감을 드러냈다.

특히 부통령 재임 중 자신에게 '폐하'라고 부르는 관료를 보고 충격을 받고, 고관이나 고위장성에게 흔하게 쓰이던 '각하'의 칭호를 없앴다. 이승만의 독단적인 통치에 맞서 반反 이승만파를 규합하려는 인촌 선생의 노력은 1955년 1월까지 계속되었다.

그러나 신당新黨 창당을 위한 노력의 결과를 보지 못한 채 1955년 2월 18일 운명했다. 사후 그는 1962년 건국공로훈장 대통령장이 추서되었으며, 2002년 2월 28일에는 '대한민국 국회의 민족정기를 세우는 국회의원모임'과 광복회가 선정한 친일파 708인 명단에 수록되었다.

친일반민족행위 705인 명단, 친일인명사전에 언론계 친일파로 수록된 이후, 대법원에서 거짓서훈으로 인정, 2018년에 독립유공자 서훈이 박탈되어 논란論難이 되기도 하였다.

V. 에필로그

고려대 본관 앞에 세워진 인촌 선생의 동상銅像을 바라보면서 필자는 적지 않은 회한悔恨의 감感을 가지게 된다. 암울했던 일제의 식민통치시기,

만약 필자가 그 당시에 존재했다면 과연 어떤 행동을 했을 것인가?

일제에 추종하여 개인의 영달榮達을 위해 친일의 반열에 들었을까, 아니면 보다 거시적이고 장기적 차원에서 조국의 독립을 위해 초개草芥같이 자신의 귀중한 생명을 버렸던 순국선열과 호국영령처럼 멸사봉공滅私奉公했을 것인가?

인촌의 행적行績에 관한 여러 증언 내용을 보면 앞에서 잠시 언급하였던 것처럼 독립운동가를 방에 남겨둔 상황에서 금고를 열어놓고 밖에 나가는 일을 자주 했다는 사실만 보더라도 평범한 범인이 아니라는 인식이 강하게 느껴진다고나 할까?

비록 그가 1937~1945년 기간동안 전시체제 당시 일제의 정책에 부분적으로 협력했었지만, 그렇다고 1937~1942년까지는 내심 민족운동을 완전히 포기하지는 않았으며 오직, '합법적인 공간'에서 최대한 실력양성운동에 관해 지원해 주는 등의 활동을 벌이기도 했는데, 1930년대 후반 독립운동단체였던 '흥업구락부'에 가입하여 비밀리에 활동하기도 했던 기록 등을 간과해서는 안 되리라 본다.

결론적으로 보면, 친일매국은 하고 싶지 않고, 독립운동이나 반독재운동을 하고 싶었으나 장기적인 안목에서 민족독립과 민족계몽 등의 활발한 활동을 해 왔던 점을 감안해야 한다는 사실을 지적하고 싶다. 그리고 일제 침략에 의한 탄압시대의 대자본가의 역량을 실천한 보기드문 분들 중의 한 분이 아닐까 하는 생각이 들고, 그간 민족의 독립과 민족교육에 쏟은 열정 때문에 어쩔 수 없었던 것으로 사료된다.

문득 인촌 선생이 이 글을 본다면 "어떤 평가를 내릴 것인가" 하는 자괴自愧감을 가지면서 '빙산의 일각'처럼 묘사한 필자의 글이 인촌 선생과 그분의 후손들께 누累가 되지나 않을 것인가 하는 마음으로 송구悚懼함을 표시하고 싶다.

3.1 독립운동과 구국에 헌신한 선각자

배 정 화(수필가, 화가)
금강산황금화 전문작가
금강산 홍보대사

1. 인촌의 탄생과 생활환경

평소 인촌 김성수 선생에 대해 어느 정도는 알고 있었으나 직접 그분에 관해 글을 쓴다는 것은 상상도 못했고 할 수도 없었다. 그것은 그분이 살아온 인생 역정과 삶이 보통 사람으로서는 상상하기 어려울 뿐만 아니라 너무도 훌륭했기 때문이었다. 그러나 금강산 황금화 전시 등에 관한 이야기를 함께 해 온 리 훈 박사와의 인연 때문이었다.

인촌 선생에 대한 글을 씀에 있어 가장 염려되는 것은 다름 아닌 훌륭한 인촌 선생의 삶과 업적에 혹 누가 되지나 않을까 해 많이 망설이다 결심하게 되었고 한시, 서예, 수필화가로서 허덕이다 보니 항상 시간에 쫓겨 사는 처지라서 어려움을 표시했으나, 이 책 출판에 헌신한 리 박사의 청을 저버릴 수가 없었고 책 제목과 인촌 7언율시를 쓰는 김에 함께 써 보자는 욕심이 생기기도 했다.

인촌 선생은 조선 중기 빼어난 성리학자로서 문물에 배양된 하서 김인후(1510~1560) 13대손이다. 전북 고창군 부안면 인촌리에서 태어났다. 김인후는 도학, 절의, 문장에서 당시 유림의 사표 격楷이었다. 하서 선생 후손으로 근세사에서 걸출한 인물이 태어났는데 그중 한 분이 김성수(1891~1955)이고 또 한 분은 가인 김병로(1988~1964) 선생이다.[1]

인촌과 가인은 민족의 발전과 번영을 위해서 헌신적인 삶을 영위하면서 대

---

1) 인촌 김성수의 삶 인간 자본의 표상, 백완기, 나남, 2012.

한민국 독립과 긴국의 초석을 다지는 역할을 유감없이 발휘했다. 근대사에 큰 발자취를 남긴 분들이라 할 수 있다. 두 분은 대조적이었으며 인촌이 인자한 반면 가인은 청렴강직을 상징하기도 했다. 이것은 하서 선생의 도학정신과 절의節義 정신이 두 분의 인격 형성에 뿌리가 되었던 것이 아닌가 한다.

인촌은 김경중(1863~1945) 4남으로 태어났다. 그리고 백부 김기중(1859~1933)의 양자로 입양되었다. 생가와 양가는 한 울타리 안에서 살았고 집과 집 사이에 솟을 대문을 놓아 두 집을 경계하며 살았다 어린 인촌은 생가에서 자고 싶어 했으나 생모 고씨 부인은 "여기는 네 집이 아니니! 네 집에 가서 자도록 해라"고 단호히 어린 아들의 청을 들어주지 않았다고 한다.[2]

인촌의 평생 자우명인 公·私의 구별정신은 두 부친의 유가적 전통생활에 의해 성립되었고 집안 어른들은 고루한 관습이나 전통에만 사로잡히지 않고 시문詩文의 변화에 민감했다. 때문에 두 분은 학문을 섬기면서 재산을 모으는 이재에도 능했다. 양부 김기중은 근대화와 신학문에 눈을 떠 벼슬자리에서 물러나 1908년 부안군 줄포에 영신학교를 설립하고 나아가 뜻있는 인사들이 만든 호남학회에도 가입해 활동하며 후원을 했다.

생부 김기중은 관료 출신으로서 학자이며 저술가였기에 1907년 『조선사』 17권을 출판하고 후일 유고를 모아 『지산유고』를 펴냈다. 특히 경제문제에도 남다른 능력을 보여 큰 재산을 형성해 학회 이사직을 맡아 『호남학보』를 발간하면서 재정적 후원자의 역할을 해 왔었다. 두 분은 부안면 인촌리에서 건선면 줄포로 옮긴 후에 재산 증식에 열중하여 1920년대에는 연간 2만석 이상을 추수했다.[3]

강주진은 인촌의 공선사후 신의일관 정신은 선대에서부터 내려오는 세전유풍과 유가의 충효사상에서 찾고 있다. 인촌의 생활은 삼강오륜三綱五倫

2) 인촌 김성수 전 p.47.
3) 한국근현대 동업사연구, 한말 일제하의 자국제와 농어문제, 일조각, 1889.

에서 효제충신孝悌忠信과 인의예지仁義禮智 신의信義의 철학에 기초를 두고 있었다.[4] 그러나 전환시대나 조선시대의 고루하고 고조적인 성리학에 빠지지 않고 천명天命 사상을 믿으면서 인본주의적 정신을 믿고 자유인권사상을 신봉했다.[5] 생부 김기중은 생을 살아오면서 스스로 다짐한 자우명을 자식들에게 일상훈日常訓으로 남기고 있었다. 그 내용은 다음과 같다.

"일을 대할 때에 공정광명을 잊지 말고 사람을 대할 때는 춘풍화기로서 하라"

양입계출量入計出이면 민부국강民富國强이니 "명심하라 자기에게 후한 자는 타인에게 후할 수 없다. 생활의 규도를 세우고 조선 산을 사랑하라"였다.[6] 이에 인촌은 평생 동안 가훈을 가슴에 담고 실천하는 데 모든 노력을 경주했다.

2. 우정 어린 일본 유학과 청년 시절

인촌은 18세까지 집안에 서당을 꾸려 한학에 전념했고 인촌의 요구에 마을 친구들을 초대해 매일 함께 공부했다. 이러한 조처는 인촌의 양부와 스승의 이해와 적극적 협조에 의해 가능했다. 인촌의 면학 과정은 명심보감, 소학, 동몽선습, 사서삼경, 자치통감, 사마천, 사시열전, 삼국지, 동양 철학과 역사였다. 최선을 다해 노력하며 미래지도자로서 그 능력을 하나하나 갖추어 나아갔다.

인촌에게 결정적으로 영향을 끼친 분은 호남의 선각자로 꼽히는 선비 고정주(전직 규장각 칙각)이다. 그분은 시대가 급변해 가는 것을 직감하고 둘째 아들 광준과 사위 성수에게 신학문을 가르쳐야겠다는 결심을 했으며, 영어와 수학에 대한 기초 학문이 필요함을 절감했다. 그래서 고정주 선생은 인촌의 부친인 두 사돈을 만나 의논했다. 이때 양부 김기중은 동북군

---

4) 인촌의 독립 사상과 노선, 강주진, 인촌 기념회, 동아일보사, 1982, p.48.
5) 인촌 김성수 전 고재욱 편, p.47.
6) 인촌 김성수전 조재욱 편, 인촌 기념회, 1976.

현직 군수였다. 생부는 신산 군수을 끝으로 관직에서 물러나 있었다.

생부인 진산 군수을 지낸 김경중은 집에 머물면서『조선사』,『지산유교』를 집필 중이었다. 고정주의 청을 들은 두 분은 그렇게 하자고 즉석에서 동의 했고 그 길로 한양에 가 영어 교사를 초빙하고 전남 담양군 창평읍에서 5리쯤 떨어진 곳에 "영학숙"을 차렸다. 인촌이 창평 영학숙에서 두 달쯤 됐을 때 새로운 학우가 입소했는데 그가 바로 고하 송진우였다. 이때의 우정이 일생동안 함께 이어진 것이다.

영학숙에 입소한 송진우는 다른 학생들과 어울리지 않고 거의 혼자 지내고 있어 인촌은 고하에게 말을 걸며 같이 놀자고 하자 "너는 아무하고 노냐? 줏대 없게"라며 쏘아 붙쳤다. 인촌은 어이가 없어 더 말하지 않았다. 그런데 다음날 인촌과 고하 사이에 말문이 터졌다. "이름이 뭣이여?", "나, 송진우여 너는?", "김성수, 니 집은 어디여?", "담양군 고지면 손곡리라고 하는 쬐깐한 동네"라고 했다.

인촌은 고하와 창평 영학숙에서 만남은 가히 운명적이라 해도 과언이 아니었다. 고하의 일성이 현 시국에 대한 이야기였고 "을사늑약"은 나라를 넘겨주는 조약이라며 조정을 통렬하게 비판했다. 인촌은 고하의 울분 섞인 말을 듣고 놀라움을 감추지 못하고 한동안 침묵이 흘러갔다. 인촌은 마지막 순간까지 기다리다 "우리가 분해, 가슴을 치고 땅을 쳐도 소용없어 우리는 오직 실력을 키워야 한다"고 했다.[7]

고하는 내심 이 말에 동의했으며 창평 영학숙에서 인촌과 고하의 우정은 날로 깊어만 갔다. 인촌이 온화하고 신중했다면 고하는 강경하고 대담했다. 이런 성격 때문에 견해 차이로 가끔 다투기도 했지만 서로 보완적 관계를 잘 선용했었다. 어느 날 고하는 "나는 갈란다. 여기는 우물 속이나 똑같아"라며 고향 손곡리로 가버렸다. 인촌은 허전한 마음을 달래기 위해

---

7) 나라앞 일이 걱정이다. 인촌 김성수 마지막 한마디, 김님채, 동서문화사, 2019, p.10.

서 영어 공부에 전념했으나 결국 초겨울 부안 인촌리로 돌아오고 말았다.

인촌이 본가에 도착하자 군수직을 그만두고 집에 와 머물고 있던 양부는 아들에게 "창평에서 얻은 것이 뭐이냐?" 인촌은 신중히 대답했다. "친구를 얻었습니다.", "그가 어디 사는 누구냐?", "공부는 그저 그렇습니다. 그러나 그릇은 저보다 훨씬 큰 것 같습니다.", "그래! 담양 어느 집안 자제이더냐?", "5대째 담양에 사는 송씨 집안입니다."

인촌이 "그 친구는 기삼연이란 분께 글을 배웠다고 들었습니다.", "기삼연이라면 성리학자 기정 진씨 집안인데", "예 그렇습니다. 그분과 인척간이라 했습니다. 경성에서 오신 선생께서는 영어에 능통하고 한학에도 조예가 깊어서 신구학문을 다 가르치는 분입니다." 양부는 인촌의 마음과 도량 그리고 학구열을 꼼꼼히 살펴보았다.[8]

인촌의 집안은 1907년 줄포로 이사했다. 인촌의 할아버지 김요협이 인촌리에 자리 잡은 후 그대로 살던 곳이었다. 물론 줄포로 이사한 후에도 김기중과 김경준 두 분 형제는 한 울타리 안에서 의좋게 살았다. 인촌 할아버지 김요협께서 생존해 있었음에도 이사를 가는 데 그만한 이유가 있었다. 동네 분들이 왜 이사 가느냐고 물으면 두 분은 "고가古家에 도깨비장난이 심해 물 건너가면 도깨비가 떨어질 것이라 해서요"라고 했다.

당시 부잣집에 화적 떼가 처 들어와 불을 놓아 처마 밑기둥이 검게 거슬린 흔적이 있었다. 이것은 을사늑약 등으로 조정이 혼란스러울 때였고 치안 또한 취약했기 때문이기도 했다. 인촌 집에서도 몇 차례 화를 당했지만 보다 안전한 곳으로 이사할 곳을 찾아 돌아본 후 고창군 일대를 두고 줄포로 이사하게 된 원인이다.

인촌의 양부는 어떤 계기가 있어, 인촌에게 새로운 면학 분위기가 필요하다는 사실을 깨닫고 인촌을 불러 앞서 홍덕에 다녀왔다. 그곳에 아비

8) 나라 앞날이 걱정이다. 인촌 김성수 마지막 한마디 김남채, 동서문화사, 2019.12.

친구 백낙현씨가 있고 "그 집에 너보다 두 살 많은 아들이 있느니라 그 곳에서 아들 판수과 함께 공부를 했으면 하는데 어떠냐" 인촌은 "예 좋습니다. 그곳에 가 함께 공부하겠습니다." 인촌은 집에서 약 20리 떨어진 백낙현씨 댁으로 갔다.

김성수와 백관수는 다음날 청연암에 들어가 함께 열심히 면학에 정진했다. 청연암에 온 지 일주일쯤 됐을 때 친구 송진우가 불현듯 찾아왔다. 고하는 인촌을 만나기 위해 줄포에 갔더니 어른들이 "성수가 청연암에서 공부하고 있으니 너도 거기 가서 공부해라"고 일러주었다. 송진우를 본 성수는 참으로 기뻤다. 송진우는 인촌의 부모님 말씀에 따라 청연암에서 함께 공부를 했다.[9]

일제 침략자들은 야욕이 넘쳐 고종을 강제 폐위시키고 순종을 왕으로 삼았다. 이토 조선 총독부 통감은 조선의 통치자 행세를 했다. 급기야 조선 군대가 해산되면서 전국 우국지사들은 방방곡곡에서 저항하며 강연을 이어갔다. 이때 전북 흥덕과 줄포 사이에 있는 후포에도 시국 강연회가 있어 인촌은 강연을 듣게 되었다. 연사는 대한협회 한승리였다. 인촌은 이 강연에서 "민권"이라는 말을 처음 듣게 된다.

한승리는 주권재민을 토로하며 "나라의 주인은 임금이 아니라 백성이다. 정치를 비판할 수 있으며 만민은 평등하다"고 했다. 나아가 10년 전 갑오경장에서 천민계급이 해방되었음을 선언되었다는 사실을 알려주었다. 인촌이 조선의 독립과 해방된 민권民權에 대해 알고 눈을 뜬 것은 이 강연회가 처음이었고 인촌의 의식에 새로운 비전을 가져다주었다.

인촌은 강연회가 끝나고 강연자 한승리를 만나 인사를 했다. "선생님 강연 잘 들었습니다. 저는 김성수입니다. 선생님의 강연을 듣고 신문학과 영어를 배우고 싶습니다.", "줄포에 사느냐", "예"라 하자 "지산 선생 자제가 아닌가?", "예, 맞습니다. 저의 아버지이십니다.", "그래 그렇다면 아버님께

---

9) 나라 앞일이 걱정이다. 인촌 김성수 마지막 한마디, 김남채, 동서문화, 2019, p.21.

말씀 드리고 군산 금호학교로 오게나. 나는 그 학교에서 영어와 문리를 가르친다네.", "예, 선생님 고맙습니다."[10]

인촌은 아버님의 승낙을 받고 백관수 송진우와 함께 금호학교에 입학하고 싶었으나 송진우가 고향 담양 송곡리에 갔기에 두 사람만 입학했다. 이 학교는 국어, 산수, 역사, 지리, 영어, 물리, 화학, 체조, 창가 과목을 가르쳤다. 특히 한승리 선생 댁에서 민권에 대한 중요한 특강을 많이 들어 인촌은 하나하나 가슴에 새기며 열심히 노력하며 미래를 준비해 나아갔다.

인촌은 봉건주의와 유교사상에 함몰되어있는 곳에서 새로운 광명의 세상을 발견하게 되었고 인촌은 역사와 지리 등을 공부하면서 민족에 대한 것을 알게 되었고 그와 더불어 학문을 접하면서 암암리에 일본에 가 공부해야 한다는 생각을 굳히며 면학에 정진했다. 그러나 양부의 반대가 가장 염려되었다. 어느 날 집에서 서찰이 왔다. "경성에서 손님이 배편으로 오시니 군산에가 줄포 집으로 모시고 오너라"는 내용이었다. 인촌이 모셔야 할 분은 금산 신임 군수 홍범식이었다.

홍범식은 아들과 함께 왔고 아들은 당시 일본 중학생이라서 까만 제복과 모자를 썼다. 인촌은 김경중 아들이라며 정중히 인사를 했다. 그리고 손님인 부자父子를 객주에 하룻밤 모시며 그날 밤 백관수와 홍명희를 만나 많은 대화를 나누었다. 인촌은 홍명희에게 일본에 대해 궁금한 것을 많이 물었다. 평소에 일본 유학에 따른 정보를 들었지만 일본어가 능하지 못해 걱정을 했다.

홍범식 부자는 김경중이 보낸 말을 타고 안내인을 따라 줄포로 갔다. 인촌은 손님을 환송하고 일본 유학을 결심하고 있을 때 손곡리에서 송진우가 인촌을 찾아 왔다. "진우 어쩐 일이냐?", "경성가는 길에 자네를 보려고 왔지", "경성은 왜?", "아버님께서 한성교원양성소에 입소해 교사가 되라는 거여 그래서 자네들과 함께 가려고.", "시골에서 세월 보내지 말고 같이 가

10) 나라 앞날이 걱정이다. 인촌 김성수, 마지막 한마지, 김남채, 동서문화, p.23.

사." 인촌은 홍명희에게 들었던 이야기를 상세히 해주었다.

송진우는 귀를 세우고 인촌의 말을 듣더니 "그래 우물 안의 개구리가 되지 말고 용이 되든지 아니면 이무기라도 되자"였다. 백관수, 김성수, 송진우 세 사람은 의기투합했다. 한승리 선생을 뵙고 일본 유학에 대한 뜻을 밝히자, 잘 생각했다며 격려해 주었다. 일본 유학 출발 과정에 집안의 반대가 심했다. 그러나 과감히 결행했고 이에 인촌과 친구들은 청운의 꿈을 품고 장도에 오르게 되었다.[11]

3. 3.1 독립운동과 건국 활동

일본 유학생활의 실질적 안내자는 고향에서 만난 홍명희였다. 그는 자기가 머물던 하숙집으로 안내했다. 한승리와 홍명희는 인촌의 인생 진로와 의식 설계에 적지 않는 영향을 주었다. 인촌은 말로만 듣던 일본의 발전상을 보고 놀랐고 한편으로 허탈감도 들었다. 홍명희의 안내로 동경을 돌아보고 조국의 현실과 비교하며 많은 생각에 잠겼다. 인촌은 상대적으로 조국을 위해 무엇인가 해야 한다는 각오를 했다.

동경유학 시절 인촌에게 결정적 영향을 준 사람은 인촌이 다닌 와세다 대학 설립자이고 총장인 오쿠마 시게노부였다. 오쿠마는 입지전적 인물로 일본 수상을 두 번이나 역임한 정치가였으나 인촌은 그분의 정치보다는 교육사업에 더욱 관심을 가졌다. 청년 인촌에게 교육구국의 신념과 더불어 교육사업에 일생을 바치겠다는 각오를 하게 했으며 이것은 순전히 오쿠마의 영향이 컸던 것이다.

인촌의 회고에 의하면 오쿠마 사상이나 이론에 크게 공명하지 않았으나 그를 존경하는 한 사람임을 부인하지 않았다. 그의 우국경세로서 지조를

---

11) 나라 앞일 걱정이다. 인촌 김성수 마지막 한마디, 김남채, 동서문화, p.26.

존경했고 뒷날 일본 헌정을 선도하는 수백여 명의 유명한 정치가와 사회적 방면에서 인재를 배출해 일본 문명을 건설한 그의 국가적 공로를 생각하면 오직 경복할 뿐이라고 회고했다. 청년 인촌에게 이러한 일본의 모습들은 또 다른 깨달음과 비전을 주었다.

인촌의 동경유학 시절에 사상적 면에서 영향을 준 또 한사람은 후쿠가와 유키치였다. 그는 일본 근대화의 아버지로 게이오대학 설립자였고 사상은 독립자존이었다. "인간의 목표는 심신을 독립시키고 자기 자신을 존경하며 품위를 지키는 것이다."라고 주장했다 개인과 국가의 자주 독립을 위해서는 서양문명의 도입이 급선무라며 영국의 입헌군주제의 채택을 제창했다. 이 두 분의 정신세계는 인촌에게 큰 힘이 되었던 것이다.[12]

그는 탈아입구론脫亞入毆論을 역설하며 일본, 중국, 조선은 생존과 독립을 위해서 하루속히 아시아적 전통이나 기존 가치에서 벗어나 구라파 문명으로 들어가야 한다는 것이었다. 이 사상은 유길준, 박영호, 윤치호 등 개화파에 영향을 끼친 바 있다. 인촌의 회고에 의하면 사상적 면에서 오쿠마보다 후쿠자와 사상에 더욱 경도되었다고 밝힌 바 있다. 그의 사상은 후에 이광수의 "민족개조론"으로 이어지기도 했다.

인촌은 와세다 대학에 입학한 것이 21살이었고 졸업은 24세였다. 인촌에게 영향을 끼친 세력이 있다면 동경유학 시절에 사귄 친구들이다. 인촌이 귀국해 시작한 사업을 함께한 사람들도 이때 만난 사람들이 대부분이었다. 송진우와 백관수 그리고 홍명희와 장덕수, 현상윤, 최두선, 신익희, 양원모, 박용희, 김준연, 김우영, 유억겸, 이강현, 김도연, 조만식, 김병로, 조소앙, 정노식 등이었다.

인촌은 스스로 이야기하기를 조국의 근대화에 대한 열정과 의지를 다지게 된 것은 동경유학 시절이었다고 하였다. 인촌은 귀국 전 졸업식 때 양

---

12) 대학시대의 학우들 김성수 삼천리 193부, 5월

부를 일본에 오시도록 해 일본의 발전상을 보여드리고 민족의 진정한 독립은 교육에 있다며 양부에게 참관하시도록 했다. 인촌의 이런 용의주도用意周到함은 미래의 꿈을 다짐하며 하나씩 실천해 나갔다.[13]

인촌의 생활에 있어 최우선의 가치는 오직 민족이었다. 민족을 추구하는 민족주의는 어떤 내용을 담고 있는가를 탐색해야 할 필요가 있었다. 인촌이 남긴 민족주의에 대한 분명한 견해는 없지만 인촌이 해온 업적과 활동을 근간으로 이 문제를 살펴야 하리라 본다. 인촌의 기본 정신은 "국가는 유한하되 민족은 영원하다고 생각했던 것이며 민족이 있어야 나라가 있고 개인의 자존과 자유 그리고 민주주의가 형성된다고 보았다.

인촌의 "공선사후 신의일관" 정신으로 생활했던 것은 그것 자체가 사회질서의 근간이고 공공선을 뜻하기 때문이다. 인촌은 이 정신을 일생 동안 좌우명으로 삼았으며 근검절약으로 친구들과 이웃 그리고 나라의 자주 독립을 위해 헌신했다. 인촌은 청년 시절에 중앙학교, 보성전문학교(현 고려대학교), 동아일보와 경성방직 등을 설립했고 민족교육과 계몽에 이바지하며 노심초사했던 것이었다.

인촌이 생각하는 민족주의는 민족자결주의를 토대로 한 독립사상이었고 민족의 힘을 배양함과 동시에 민족문화 유산을 보존하는 것이었다. 인촌은 민족주의에서 배제되어야 할 국수주의와 민족 우월성을 내세워 이웃을 공격하거나 침략하는 행위를 정당화하는 모순된 민족주의를 단호히 거부했다. 인촌은 나치와 일본 침략을 인간으로서 있을 수 없는 침략 행위로 간주했기 때문이다.[14]

인촌의 민족주의는 결국 독립사상으로 결집되고 침략자인 일본에게 즉각적인 반일이나 항일보다 조국의 미래에 진정한 독립을 구축하는 데 역

---

13) 인촌 김성수의 삶, 인간 자본의 표상, 백완기, 나남, p.52.
14) 인촌 김성수의 삶. 인간자본의 표상, 백완기, 나남, p.20.

점을 두었다. 인촌이 추구한 독립정신과 사상은 일본 침략의 영향을 주었다. 우리 민족이 일본처럼 잘 살아야 하고 그러기 위해 교육으로 민족의 힘을 길러 구국의 기틀을 만들어야 겠다는 신념을 굳게 가졌다. 그리고 산업화를 통해서 국력을 키워야 한다는 것도 일본에서 배우고 터득했던 것이다.

인촌의 독립정신은 무력투쟁 방식이 아니었다. 그것은 비폭력 운동이었고 때문에 실력배양과 국력 신장에 전념했으며 직접적인 운동과 간접적인 운동을 병행해 갔다. 직접적인 운동은 중앙학교을 중심으로 일어난 3.1 운동이었고 동아일보의 민족계몽정신과 문화 활동이었다. 인촌은 중앙학교를 설립해 그곳을 민족이 나아갈 새로운 문명의 전당으로 생각하기에 이른다.

중앙학교 설립과 관련해 1916년 기당 현상윤을 불러 중앙학교 교사로 부임하도록 했다. 김성수, 송진우, 현상윤은 중앙학교 숙직실에서 침식을 같이 하면서 학교 일과 민족 장래를 의논하며 미래에 대한 설계로 줄기차게 이어갔다. 이때 고하는 29세, 인촌은 28세, 기당은 26세였다. 더불어 숙직실은 국내 젊은 지성들과 해외 유학생들의 사랑채가 되었고 인촌은 잠시도 쉬지 않고 모두의 중지를 모으는 데 최선을 다했다.

인촌의 동경유학 친구, 김우영은 당시 중앙학교 숙직실의 풍경을 회고하면서 "젊은 동지들의 집회 장소였다"고 술회했다. 이러한 정황으로 보면 중앙학교 숙직실은 새로운 사조와 시국의 변화에 관한 최신 정보를 얻고 교환하는 최적의 장소가 되었다. 1918년 독일의 항복으로 1차 대전이 끝남에 따라 6월에 열린 베르사유 회담에서 미국의 월슨 대통령은 "민족자결주의를 주장하며 약소국을 고무했다.15)

4. 인촌의 빛나는 업적

앞에서 언급했던 인촌의 가족관계와 어린 시절 그리고 면학과정과 청년

---

15) 내가 아는 인촌, 김우영, 신생공론, 1955, p.6.

시절, 동경유학 시절과 교우관계 등을 살펴보았다. 일제침략에 의한 조국이 초토화된 처참한 상황에서도 오직 조국의 독립과 부강한 나라를 위해 불철주야 헌신했던 인촌의 나이 겨우 25-28세이었음에 더욱 놀랍다. 대학을 갓 졸업한 인촌의 열정은 민족교육을 통한 독립의 열정을 불살랐던 것은 어떤 의미에서 기적이 아닐 수 없었다.

오늘날 나라의 경제력이 세계 10위권을 지향하는 시점에서도 과연 어떤 청년이 중앙중고등학교와 보성전문학교(현 고려대학교)를 인수하고 동아일보를 창간하며 주식회사 경성방직을 세울 수 있었겠는가? 이 모든 과업들이 나라를 빼앗긴 일제 치하에서 비롯되어 우뚝 선 업적이 아닌가! 참으로 놀라운 일이다. 감히 뉘라서 이토록 빛나는 업적을 남길 수 있을까 자문해 본다.

대한민국 건국과정에서 인촌은 자유민주주의 정치체제를 기반으로 추진했고 어떤 어려움과 난관이 있어도 이 정신을 고수하며 모든 민주단체들과 함께하기 위해 최선을 다했다. 때문에 한국 민주당 한민당에 본의 아니게 정치에 참여했지만 결과적으로 시종일관 민족진영의 대동단결에 힘써 왔다. 그래서 건국준비위원회 여운영과 맞서 싸우며 임시 정부의 법통을 중심으로 반탁과 반공에 전력투구 했었다.

특히 김구, 김규식의 남북협상에 대해 회의적인 반면 인촌은 오직 대한민국 건국을 위해 최선을 다했다. 건국과정에서도 이승만과 뜻을 같이했으나 건국 후 이승만 독재정권과 맞서 부통령직을 과감히 던지고, 일사불란하게 투쟁했었다. 인촌은 오직 자유민주주의를 실현키 위해 갈등과 혼란으로 치닫던 한국민주당과 민주국민당을 통합시키기 위해 고군분투했다.

5. 인촌의 친일문제

인촌의 친일문제에 대한 그간의 견해는 조국이 광복되어 건국되는 과정에서 좌익세력들은 인촌을 친일파로 몰아세웠고 근거로 학병권유을 위한 연설과 매일신보에 그 같은 글을 썼다고 했으나 인촌은 일제가 직간접적으로 때로는 강압적으로 학병지원에 대해서 탄압과 강요를 받았던 것이다. 나는 "그들의 교육을 맡았지 전쟁터로 가라마라는 임무를 맡은 것이아니다"라고 했다.16)

인촌의 학병권유 문제로 친일 시비를 한다면 인촌이 행한 나라와 민족을 위한 모든 활동을 중단하고 나약한 자연인으로 돌아가 무능한 지식인과 기생집을 출입하며 살아야 한다는 논리가 아닌가? 이것은 인촌이 일생동안 조국의 독립과 민족의 안녕과 번영을 위해 힘써온 모든 활동과 과업을 한순간에 저버릴 수 없었기에 어쩔 수 없는 침략자들의 강요에 의한 것이었다. 당시 대다수 애국지사들이 겪어야 했던 서글픈 운명이었다.

또 다른 친일시비는 동아일보 광고 수입이었다. 동아일보 재정상태가 일본의 광고 수입 증가로 안정의 기틀을 다졌다는 것이다. 1931년 국내 광고가 35%때 일본의 광고 수입이 63.8%였다고 한다. 그러나 신문이 광고 수입에 의존하는 것은 생존을 위해서 불가피한 상황이었다. 동아일보가 문을 닫을 각오를 가졌다면 모르되 그렇지 않는다면 당시 일본의 광고 수입은 동아일보 전 직원의 생명줄이기도 했다.

셋째는 총독부 출입이 빈번했다는 것이다. 이것을 가지고 친일파로 단정지을 수는 없다. 그럼에도 친일파 가능성이 높다고 주장했다. 이것은 침략시대에 어쩔 수 없는 일이다. 그들이 오라면 오고 가라고 하면 가는 침략자의 횡포에 의해 어쩔 수 없이 울분을 삼켜야 했고 그들의 침략성과 교만술 등이 복합적으로 작용을 한 것이 아닌가 한다. 나라를 빼앗긴 약소민족의 설움에 대해 울분을 참고 함께해야만 하는 과정에서 비롯된 모함의 극치를 감수하며 고통스럽게 대처해온 것이 아닌가 한다.17)

---

16) 이철승, "오늘이 있기에 내일도 있네! 매사를 길게 보게" 인촌을 생각한다. 2005, p.65.

넷째, 친일단체 창립 발기인 이사 및 감사로 참여해 활동했고 각종 시국 강연에 연사로 참석함으로서 일제의 전시 동원정책에 협력했다는 것이다. 인촌 이외에도 많은 민족지도자들이 이런 활동에 참가하였으며 이는 거의 명의도용名義盜用과 강압에 의한 행위였다. 예컨대 고당 조만식 선생의 글은 매일신보 평양지사장 고영한의 대필이라고 밝혀졌다.[18]

친일문제를 심층적으로 분석한 임종국도 일제 총독부는 조선의 명사들에게 꼭두각시 노릇을 강요하며 협박을 자행하였고 그런 가운데 명의 도용은 다반사였다고 판단했다. 박지향 교수는 37년 이후로 조선의 유지 계급들이 일제에 마지못해 따르는 정도를 넘어 그들의 강제적 요구에 따를 수밖에 없었던 것이라 밝히고 있다.[19]

다섯째, 경성방직이 일본의 보조금과 협조를 받았다는 것이다. 인촌의 친일론에 이완범 교수 역시 인촌은 1937년 중일전쟁을 전후로 "협력적 저항에서 저항적 협력으로 기울어졌다 했고, 이것은 일제가 당시 전시체제로 바뀌면서 조선지도자들을 강제로 동원한 것이 원인이라고 설명하고 있다. 일제 치하에서 민족사업이 얼마나 어려운 과제였는지를 안다면 인촌의 친일론에 대해 의문을 가질 수 없고 당시 정치 상황들이 이 사실을 충분히 대변해주고 있다.[20]

인촌이 친일파로 몰리고 남한만의 분단국가를 세운 주범으로 몰리게 된 것도 공산주의와 민주주의 이념 분쟁과 투쟁의 산물이라 아니할 수 없다. 필사적인 좌익세력들은 인촌을 공산주의를 거부하고 자유민주주의를 선호하는 입장에 대해 끝까지 저주하며 어떠한 수단과 방법을 동원해서라도 인촌을 타도하려 했기 때문이다. 건국 당시 인촌의 존재는 공산주의자들

17) 인촌 김성수의 삶 인간 자본의 표상, 백완기, 나남, 2012, p.308.
18) 강동진, 일제의 한국 친략 정책사, 한길사, 1984, p.170.
19) 이현희, 대한민국 부통령. 인촌 김성수 연구. 나남. 2009, p.517.
20) 임종국, 빼앗긴 시절의 이야기, 민족문제연구소, 2007, p.248.

의 주적이었기에 인촌을 타도하기 위한 온갖 술책을 쓰며 광분했다.[21]

6. 결 론

3.1 운동 이전에 우리 민족 대다수는 자유롭지 못했을 뿐만 아니라 국민 모두는 처참한 삶을 살았으며, 일제 침략자와 앞잡이들에게 엄청난 시련과 고통을 당해 그 피해 또한 비참했다. 그 시대를 살아온 국민들은 오직 살아남기 위해 비굴함을 감내하며 몸부림을 쳐야 했던 참혹한 생활과 뼈아픈 경험을 할 수밖에 없었던 것이다.

고당 조만식 선생은 김일성에게 정권에 항쟁하다가 평양 고려호텔에 연금되면서 자신의 운명적 종말임을 예감하고 부인에게 마지막 면회에 흰 봉투를 건네준다. "자식들은 자유로운 세상에서 살아야 하니 38선을 넘어 서울로 가라"고 했다. 봉투 안에는 자신의 머리카락이 들어 있었다. 자기가 죽었다는 사실이 전해지면 빈 관으로 장례를 치를 수 없으니 유품을 남겨주었던 것이다.

그리고 조만식 선생은 6.25 전쟁 중에 세상을 떠났다. 이처럼 숨은 애국지사들과 많은 국민들의 희생이 있었기에 인촌의 고귀한 민족정신은 더욱 빛나는 업적과 탁월한 애국정신으로 다가오고 있지 않는가? 만약 인촌이 3.1 독립운동에 대한 지대한 활약과 전국적으로 확산될 자금을 제공해 주지 않았다면 우리 민족은 어떻게 되었을까? 민족의 암흑기에 나라와 민족 그리고 애국자들에게 자신의 모든 것을 다바친 인촌 선생을 생각하니 눈시울이 뜨거워진다.

주: 인촌 선생에 대해 연구발표된 자료들을 참고해 작성되었음을 양해해 주시기 바립니다.

---

21) 인촌 김성수의 삶 인간자본의 표상, 백완기, 나남, 2012. p.314. 참고문헌

인촌은 어떻게 친일파가 되었나?

김 형 석(역사학 박사)
前 총신대학교 역사교육과 교수
대한민국역사연구소 소장

지금 대한민국은 역사전쟁의 전운이 감돌고 있다. 일본으로부터 독립한 지 75년이 지났지만 친일 논쟁은 그칠 줄을 모르고, 급기야는 국립묘지에 묻힌 유공자 가운데 친일파들의 무덤을 파묘하자는 주장까지 등장하였다. 왜, 이런 일이 벌어지고 있을까. 두말할 나위 없이 역사학계에서 풀어야 할 친일논쟁이 정치적 도구로 이용되었기 때문이다.

1988년 필자가 남강문화재단에 근무하며 《남강 이승훈과 민족운동》을 편찬할 때, 남강의 종손從孫으로 한국사학계의 거두이던 이기백 교수를 만난 적이 있다. 그때 선생이 고이 간직하던 자료를 나에게 건네주었는데, 일본 교세이출판사에서 나온 《세계의 교육자 100인》이었다. 그 속에는 한국인으로 남강과 인촌 두 분이 선정되어 있었다.

이렇게 세계가 인정하는 교육자이자 대한민국 건국의 공로자인 인촌도 친일반민족행위자로 친일인명사전에 올라있다. 나는 오랜 기간 연구실을 떠나 통일운동에 종사한 탓으로 인촌이 친일인명사전에 오르게 된 과정을 몰랐다. 그래서 국회도서관과 국립중앙도서관은 물론 국사편찬위원회의 한국사데이터베이스까지 검색해 보았으나, 뜻밖으로 인촌이 친일파라는 연구 논문을 찾기가 어려웠다. 장신의 「일제 말기 김성수의 친일 행적과 변호론 비판」(<한국독립운동사연구> 제32집, 2009)과 오수열의 「인촌 김성수의 생애와 친일 행적 논란」(<서석사회과학논총> 3-2호, 2010)이 전부였다.

이 가운데 장신의 글은 인촌의 친일 행적을 역사학적 방법론으로 서술한 첫 번째 논문이지만, 2014년에 김진경이 「일제 말기 인촌 김성수 친일

논란에 대한 재검토」(<역사학연구> 55호, 호남사학회)를 통해 반박한 후에는 더 이상의 문제 제기가 없었다. 오수열 역시 마찬가지다. 이에 비해 인촌의 민족운동을 연구하고 그의 행적이 친일이 아니라는 연구 논문은 10여 편 발견할 수 있었다. 그럼에도 불구하고 제대로 된 학술적인 공청회도 없이 인촌은 친일파로 낙인찍혔다. 더욱이 『친일인명사전』은 학계에서 공인된 전문 학술서적이 아님에도 불구하고, 우리 사회에서는 국민의 성금으로 제작했다는 명분으로 권위를 부여하고 경전처럼 신성시하는 경향이 있다.

그러면 인촌은 어떻게 친일파가 되었을까? 인촌이 친일파라는 주장은 주로 언론인들에 의해 제기되었다. 일반적으로 언론인의 글은 직설적이고 감정적이어서 파급 효과가 크다. 그러나 기사 송고시간에 쫓겨 글을 쓰는 습성으로 인해 깊이 있는 사색과 자료에 대한 검증이 부실한 경향이 있다. 간혹 시류에 편승하여 사실을 조작 왜곡하는 경우도 종종 있다. 이 글에서 인촌의 친일파 논쟁에 주도적인 역할을 감당한 언론인(김승학, 위기봉, 정운현)의 주장을 집중적으로 검증하려는 것도 이 때문이다. 이들은 친일파 연구의 권위자로 불리는 임종국을 능가하는 활동으로 인촌을 친일파로 만드는 데 중요한 역할을 감당했기 때문이다.

≪친일인명사전≫에는 인촌의 친일행위에 관해 이렇게 기술하고 있다.

김성수는 1937년 5월 보성전문학교 교장으로 다시 취임했다.
① 같은 해 7월에 일어난 중일전쟁의 의미를 널리 확산시키기 위해서 마련된 경성 방송국의 라디오 시국 강좌를 7월 30일과 8월 2일 이틀 동안 담당했다.
② 같은 해 8월 경성군사후원연맹에 국방헌금 1,000원을 헌납했다.
③ 같은 해 9월 학무국이 주최한 전 조선시국강연대의 일원으로 춘천, 철원 등 강원도 일대에서 시국강연에 나섰다.
④ 1938년 7월 국민정신총동원조선연맹 발기에 참여하고 이사를 맡았다.
⑤ 같은 해 8월 경성부 방면위원,
⑥ 같은 해 10월 국민정신총동원조선연맹이 주최한 비상시국국민생활개선위원회 의례 및 사회풍조쇄신부 위원으로 임명되었다.

⑦ 1939년 4월 경성부 내 중학교 이상 학교장의 자격으로 신설된 국민총력조선연맹 이사 및 평의원을 지냈다.
⑧ 같은 해 8월 흥아보국단 준비위원회 위원 및 경기도 위원을 지냈다. 이어 9월 조선보국단 발기에 참여하고 10월에 감사로 뽑혔다. 산하의 비상시생활개선위원회 위원 등을 지냈다.
⑨ 1941년 조선방송협회 평의원과 조선사업협회 평의원도 겸했다.
이 밖에 1943~1945년 기간 동안 매일신보와 경성일보, 잡지『춘추』등에 학병제·징병제를 찬양하는 논설 글 및 사설을 기고하고, 학도지원병 지원을 독려하는 각종 활동에 가담했다.

이상의 내용은 조선총독부 기관지인 〈매일신보〉 등에 실명으로 게재되어 있으며, 인촌이 친일파인지의 여부를 판단하는 데 결정적인 증거로 제시되었다. 그럼에도 불구하고 지금껏 논란이 계속된 것은 '역사적 사실'(historical fact)보다, 당시의 역사적 상황이 왜 그렇게 행동할 수밖에 없었던가에 대한 해석의 문제가 중요하기 때문이다.

이와 함께 일부 사실이 조작되고 왜곡이 되었다는 의문도 제기되었다. 따라서 독립운동가로 건국과정에 중추적인 역할을 담당했던 인촌이 친일반민족행위자로 낙인찍히기까지의 과정을 살펴보는 것은 매우 의미 있는 일일 것이다.

1. 김승학의 《친일파 군상》과 인촌

인촌을 친일파로 처음 주장한 사람은 김승학(金承學, 일명 김탁; 1881-1965)이다. 그는 평북 의주 출신으로 국내외를 오가며 무장투쟁과 언론활동을 전개한 독립운동가다. 중국 상하이에서 독립신문을 발행하다가 광복 후 서울에서 속간했다. 1947년 9월 5일 이승만을 임시정부 주석, 김구를 부주석으로 추대하고 국무위원을 보선할 때 인촌과 함께 국무위원에 선임되었고, 1948년 친일파 청산을 위한 '친일파 명단'을 육필 원고로 작성했다.

1949년 김구가 암살당하자 정계를 떠나 독립운동사 편찬에 매진하다가 1964년에 사망했다. 이듬해 그의 유고집 ≪한국독립사≫가 출판되었다. 현재까지도 인촌과의 인연에 관해서는 알려진 바가 없지만, 해방 정국의 복잡한 상황을 고려하면 정치적 이해관계가 작용했을 가능성이 제기된다.

1946년 2월 8일 이승만李承晚 계열의 독립촉성중앙협의회와 김구金九 계열의 신탁통치반대국민총동원위원회가 통합하여 대한독립촉성국민회가 발족되었다. 임원은 총재 이승만, 부총재 김구 휘하에 집행부로 회장 오세창吳世昌, 부회장 방응모方應模, 총무부장 홍순필洪淳必 등이었다. 이때 인촌을 포함한 각계 명사들이 대거 포진하였으며, 김승학도 가담하였다.

중앙조직을 끝내고 전국의 시·도·군 단위로까지 지부조직을 확대하는 동시에 대한독립촉성국민회청년대가 설치되어 전위부대로 활동하는 등 국민운동단체로 조직이 형성되었다. 그러나 조직이 너무나 비대하여 독립촉성중앙협의회와 한독당 외에도 김규식金奎植, 신익희申翼熙 추종 세력까지 참여하여 갈등하면서 임원진이 수시로 개편되었다.

결국 임정을 자율정부로 대신하자는 임정 봉대파奉戴派와 남한만의 단독 총선거를 주장하는 이승만 계열로 양분되자, 봉대파가 임시정부추진회를 구성하고 김승학이 위원장을 맡았다. 그 후 김승학은 대한민국임시정부 국무위원 겸 정치부장인 동시에 한독당 감찰위원장으로도 선정되었다. 1948년 3월에는 신탁통치를 반대하다가 서대문형무소에 수감되었다.

이 같은 상황에서 임정계열이 추진한 임시정부 국무위원 명단에 인촌이 들어있었지만 자의적인 것이 아니라 도용당했을 가능성이 다분하다. 역시 국무위원이던 이시영이 '비법적인 운영'을 지적하면서 사퇴한 것으로도 미루어 짐작할 수 있다. 인촌의 입장은 임정의 법통 아래에 이승만·김구·김규식 3자 합작에 의한 독립정부를 실현하는 것이었고, 이를 위해 민족진영이 대동단결해야 한다는 것이 정치적인 신념이었다. 따라서 이승만·

김구·김규식의 3자회담을 주선하고, 자신이 이끄는 한민당과 김구 중심의 한독당의 합당을 추진하였다.

서중석은 「해방 후 민족국가 건설운동과 통일전선」에서 당시의 상황을 이렇게 설명한다. "미군정의 보고서에 의하면, 김구가 인촌의 암살을 기도해왔다. 인촌은 한민당과 한독당의 통합에 찬성했지만, 김구 측이 자행한 인촌의 암살 기도가 미수로 끝나게 되자 한민당 측은 임정을 노골적으로 증오하게 되었다. 인촌은 불쾌감을 드러내지는 않았으나 내심 분개했고, 김구에 대한 한민당과 후예들의 시선 역시 곱지 않게 되었다.[1]

1948년 5월 31일 제헌국회가 개원한 후 임정 계열은 미군정과 이승만 정권이 친일파를 옹호하고 이들로 하여금 자신들의 활동을 억압한다는 데 커다란 불만을 갖고 있었다. 그러던 중 이승만 대통령 후임으로 신익희가 국회의장에 선출되자, 8월 5일 제40차 본회의에서는 김웅진金雄鎭 의원이 발의한 '반민족행위처벌법 기초 특별위원회' 구성안이 가결되었고, 이튿날 위원장 김웅진, 부위원장 김상돈金相敦이 선출되었다.

이어 9월 22일 법률 제3호로 반민족행위처벌법이 공포되어 반민특위가 구성되었고, 11월 25일 제113차 본회의에서는 반민특위활동을 지원하는 법률안이 통과되었다. 이에 따라 특별재판부 재판관과 검사관, 반민특위 도道 조사부 책임자가 선출되면서 반민특위 조직을 완성하였다.

이렇게 반민특위의 활동이 기정사실화되자 임정 측은 자신들의 입장을 정리할 필요에서, 김구의 지시에 따라 김승학이 육필로 친일파 263명의 명단을 작성하였다. 이 원고는 그해 연말에 구성된 반민특위의 재판관과 검찰관 17인 중에서 12인의 명단을 정확하게 예견하였다. 따라서 이 육필 명단은 친일파에 대한 김구와 임정파의 살생부이었다. 그뿐 아니라 김승학의 육필 원고는 '반민특위 설치법'이 공포될 무렵인 1948년 9월에 ≪친일

---

1) 서중석, ≪한국현대민족운동연구≫(역사비평사, 1996), pp.532, 535.

파 군상≫이란 이름의 책으로 출판되었는데, '예상 등장인물'이란 부제가
붙어있어서 반민특위에서 조사받아야 할 명단을 사전에 공표하고 정치적
으로 압박한 것으로 볼 수가 있다.[2]

　여기서 주목할 사실은 반민특위 위원이나 재판부·검찰관 등의 명단
이 ≪친일파 군상≫에는 누락된 데 반해, 육필 원고에는 들어있다는 점이
다. 이때는 반민특위 위원 구성원이나 특별재판관, 검찰관이 아직 선정되
지 않았다는 점에서 김구와 임정계열의 친일파 청산 의지와 방법론, 청산
대상을 기록한 자료로 판단된다. 자료에 수록된 명단에는 특별재판부 재
판관 16명 가운데 재판장 김병로를 비롯한 12명이 들어 있다.

　또 특별검찰부 검찰장관 권승렬과 검찰관 차장 노일환을 비롯한 9명의
검찰관 중에서 7명이 김승학의 육필 원고에 들어있다. 특별재판부나 검찰
부가 선임되기 이전에 작성된 육필 원고의 명단이 거의 적중한다는 것은
친일파 숙청에 관한 한 임정 측의 견해가 상당 부분 반영되었고, 반민특위
가 임정과 밀접한 관계가 있음을 보여주는 것이다.

　김승학의 육필 원고에는 인촌을 '선先 항일, 후後 친일인사'로 규정하고
"경찰의 박해를 면하고 신변 안전 또는 지위, 사업의 유지를 위해 부득이
끌려 다닌 자"로 분류되었다. 이런 시각은 ≪친일파 군상≫도 동일하다.
"모 정당 측은 김성수도 전시 협력이 많았다 하여 친일파시視 한다. 그러나
전시에 모모 단체 모종 집회 등에 김성수 명의가 나타난 것은 왜적과 그
주구배들이 김성수의 명의를 대부분 도용한 것이라 하여, 김성수 자신이
출석 또는 승낙한 일은 별로 없다. 김성수는 조선의 교육사업, 문화사업을
위한 큰 공로자인 동시에 큰 희생자다. 그는 굉대宏大한 사업을 유지하기
위하여 몇 가지 일에 그 이름을 낸 일이 있었다고 한다.[3]

---

2) 이 내용은 역사평론가 이덕일이 〈월간 중앙〉 2001년 8월호에 발표한 「임정 국무위원 김승
　학이 김구 지시로 작성한 친일파 263명 살생부 초안 최초 공개」에 수록되어 있다.

이런 점에서 김승학은 인촌을 친일파로 매도하기보다 그가 부일附日 할 수밖에 없었던 상황을 이해하고 역사적인 공과를 객관적으로 평가하려고 노력한 흔적이 보인다. 따라서 김승학은 인촌을 친일파로 단정하기보다 정치적인 이유로 친일 명단에 포함한 것이 아닌지 검토가 필요하다. 임시정부의 복원을 통해서 김구의 정통성을 내세우던 그의 입장에서는 인촌의 존재가 다분히 불편할 수밖에 없었을 것이기 때문이다.

한편 반민특위가 임정파의 구상대로 활동하면서 친일반민족행위자를 판단하는 '프레임'도 그들의 의도대로 만들어졌다. 조국의 독립을 위해서 일제에 항거한 항일운동은 다양한 형태로 전개되었음에도 불구하고, 반민특위 이후에는 평가 기준이 오로지 임정 순혈주의와 무장투쟁 중심으로 특정된 것이다. 이로 인해 국내에서 활동한 지식인들은 거의가 친일파로 매도당하는 결과를 낳았다. 인촌의 경우가 대표적이다.

2. 임종국의 ≪실록 친일파≫와 인촌

임종국은 1929년 10월 26일 경남 창녕에서 출생했다. 4살 때 서울로 이사하여 재동소학교와 경성농림고등학교를 거쳐 고려대 정치외교학과에 진학했다. 그러나 경제 사정으로 2년 후에 중퇴하고 문학의 길을 걸었다. 1956년 〈문학예술〉에서 시 「비碑」로 추천을 받고, 이어 〈사상계〉에서 시 「자화상」, 「꽃망울 서장」으로 추천을 받아 문단에 등단했다. 이후 1966년 ≪이상李箱 전집≫과 ≪친일문학론≫을 발간하여 주목 받았다. 재야에서 문학평론가로 활동하며 ≪한국문학의 사회사≫, ≪일제 침략과 친일파≫, ≪일제하의 사상 탄압≫ 등을 남긴 친일파 연구의 선구자이다. 1968년에 고려대 정치학과에 재입학해서 이듬해 학사학위를 취득했다.

---

3) 소화12.9.1 각도 순강 연사 피선, 소화18.11.26 「의용봉공의 추」, 소화18.11.6 「학도여 성전에 나가라」, 소화18.12.7 「절대로 협력」 - (≪친일파 군상≫, p.31)

임종국이 친일파 연구에서 독보적 위치를 차지한 것은 친일이라는 말이 금기시되던 1966년에 저술한 ≪친일문학론≫을 기점으로 친일 청산을 위한 역사를 조사하고 기록했기 때문이다. 임종국은 어떤 작가의 작품을 바로 이해하기 위해서는 그가 살던 시대와 역사, 그에 대한 작가의 인식을 연구해야 한다고 생각했다. 따라서 비평에 앞서 그 작품이 쓰인 시대적인 배경과 역사를 샅샅이 조사했다. 이른바 '문학의 사회학적' 접근이었다.

그러던 중에 1965년의 한일회담은 중요한 전환점이 되었다. 한일국교 수교가 체결된 후 발생할 지도 모르는 제2의 이완용에 대한 경고장으로 나온 책이 ≪친일문학론≫이다. 이 책의 서문에 실린 '자화상'이라는 글은 역사에 대한 자각과 자기반성으로부터 출발한다.

"해방이 되었다고 세상이 뒤집혔다. 이때 내 나이 17세. 하루는 친구 놈한테서 김구 선생이 오신다는 말을 들었다. '얘! 그 김구 선생이라는 이가 중국 사람이래.', '그래? 중국 사람이 뭘 하러 조선엘 오지?', '이런 짜식! 임마. 그것 두 몰라! 정치하러 온대.', '정치? 그럼 우린 중국한테 먹히니?' 지금 나는 요즘 17세에 비해 그 무렵의 내 정신연령이 몇 살쯤 되었을까 생각해 본다. 식민지 교육 밑에서, 나는 그것이 당연한 줄로만 알았을 뿐 한번 회의懷疑조차 해본 일이 없었다. 이제 친일문학을 쓰면서 나는 나를 그토록 천치로 만들어 준 그 무렵의 일체를 증오하지 않을 수 없다."
- 임종국, ≪친일문학론≫ 중 '자화상'에서

임종국의 자기반성은 부친에게 이어졌다. 그는 천도교 지도자로서 시국 강연에 나가서 내선일체를 강조한 부친 임문호의 친일 행적을 공개했다. "1937년 9월 4일-27일. 백동민, 임문호, 김병제로서 금산·회령·함흥 외 35개 처를 순회 강연케 하는 한편, 비타산적으로 내선일체의 정신을 발휘하고 '거국일치의 백격'을 고양하자는 등의 삐라를 발행했던 것이다."

그 다음의 비판 대상은 스승이었다. 그는 은사인 유진오의 친일행적을 밝히는 한편으로 아버지의 사랑방을 드나들던 백철·조용만·조연현 등의 문인들을 역사 앞에서 반성해야 할 사람들로 지목했다. 혈연·학연·지연을 뛰어 넘어 역사 앞에서 철저한 자기반성을 통해 우리의 현대사를 바르게 세우려는 몸부림이었다.

임종국은 그가 평생토록 수집하고 손으로 써서 만든 12,000명의 인명카드를 비롯한 수많은 자료를 남겼다. 그리고 한평생 친일파 연구에 바친 그의 유지를 받들어서 1991년에는 민족문제연구소가 설립되었다. 그런데 주목할 만한 사실이 있다. 필자가 과문한 탓인지는 모르겠지만, 임종국이 생전에 남긴 저술들 가운데 인촌의 이름을 발견하기가 어렵다. 단지 그의 사후에 민족문제연구소가 출간한 ≪실록 친일파≫(실천문학사, 1991)에 실린 시국강연반 명단에만 한 차례 올라있을 뿐이다.

이로 인해 임종국은 후학으로부터 공개 비판을 받은 적도 있었다. "≪빼앗긴 시절의 이야기≫ 마지막 장을 넘기면서 몇 번이고 편저자의 이름을 확인했다. 책머리에는 '임종국 선집⑧ 민족문제연구소 편'이라고 적혀 있었다. 확인할수록 속이 편치 않았다. 이유는 책에 기록된 암울했던 역사로 인해서라기보다는 친일문학론으로 유명한 임종국 선생의 글에서 오점을 발견하였기 때문이다. … 책 전체의 40% 분량을 차지하는 '고대 산맥'에 이르면 고려대학교의 설립 과정과 후일담을 담고 있다. 그런데 그 기록이 그토록 객관적 자료를 중시했던 선생답지 않았다.

선생이 고대 출신이라는 점과 〈고우회보〉에 실린 글이라는 점을 십분 이해한다고 하더라도 속이 편치 않았던 이유는 이렇다. 문제는 선생 자신이 직접 인용한 '학도여 출정하라!'고 외쳤던 사람이 누구인지를 밝히지 않았다는 것이다. 유감스럽게도 김성수의 친일행적과 보성전문 교장자리에 있던 시기가 딱 맞아떨어지는데도 불구하고, 선생은 보성전문을 민족학교로 추켜세우며 인촌을 그 중심에 놓기를 주저하지 않았다."[4]

왜, 그랬을까? 고기복의 지적처럼 그가 고대 출신이기 때문이었을까? 물론 그렇지는 않았을 것이다. 부친을 생전에 친일파로 고발하고, 스승과 문단의 대선배들의 친일행적을 밝히는 데 앞장섰던 그가 고대 출신이라는 이유로 인촌의 실명을 감추려했다는 것은 한마디로 어불성설이다.

고기복은 계속하여 비판을 이어간다.

"학생들을 대상으로 근로동원이 실시되던 시절 '펜 대신 총을 잡으라'는 소리를 누가 했는지를 모를 리 없는 선생께서 보성전문의 굳건한 성장에 혁혁한 공을 세운 인촌을 감싸고, 고대의 기틀을 이루어낸 인물로 묘사한 부분은 지나칠 수 없는 내용이었다. … 고대 설립자 김성수가 1943년 8월에 담화를 통해 밝힌 '학도여 성전에 나서라'는 민족 번영을 위한 담화였나? 평생을 친일 연구에 매진했던 학자가 후배들의 모교에 대한 자긍심을 고취시키기 위해 잠시 학자적 양심을 접었던 걸까?"

여기서 주목할 만한 대목이 있다. 임종국은 친일파 연구를 진행하면서 단순하게 친일행위를 밝히는 데 그치지 않고, 대상 인물의 역사적 공과를 따져서 평가하려던 것은 아닐까? 하고 생각해본다. 그는 인촌이 민족사학 고대를 통해서 끼친 공헌과 친일행위를 올려놓고 어떻게 평가할 것인지 고심한 것으로 보인다. 그리고 그가 얻은 결론은 친일 행위에 대한 기록은 남기되 가급적 실명 언급은 자제함으로써, 독자가 功과 過를 객관적으로 판단하도록 한 것으로 보인다.

---

4) 고기복, 「임종국 선생의 글을 읽고 속이 편치 않는 이유」, 〈오마이뉴스〉(1997. 2. 12)

3. 정운현의 《황국신민이로소이다》와 인촌

친일파 논쟁의 최대 성과물인 친일인명사전을 만든 민족문제연구소가 임종국의 유산이라면, 이것을 법적으로 가능하게 한 친일반민족행위진상규명위원회에는 정운현의 역할이 있었다. 경남 함양 출신으로 대구에서 학창 시절을 보낸 정운현은 경북대학교 도서관학과를 졸업하고 중앙일보 현대사연구소에서 기자로 활동하며 친일파에 관한 글을 쓰기 시작했다.

이후 대한매일신문을 거쳐 오마이뉴스 초대 편집국장으로 근무했는데, 이때 《임종국 평전》을 비롯한 다양한 저술활동으로 친일논쟁의 선두에서 활동하던 중에, 2005년 6월 친일반민족행위진상규명위원회가 발족하자 사무처장으로 실무를 책임 맡아서 21,000여 쪽에 달하는 방대한 분량의 《대한민국 친일진상규명위원회 보고서》를 25권의 책으로 발행하였다.

민족문제연구소가 2009년에 발간한 《친일인명사전》도 2001년부터 민간차원에서 독자적인 편찬 작업을 벌인 성과이긴 하지만, 내용상으로는 친일진상규명위원회 보고서와 대부분 일치한다. 따라서 친일인명사전과 진상보고서, 《임종국 평전》의 저자인 정운현의 저술들 사이에는 상당한 유사성을 느낄 수 있다.

정운현은 특히 동아일보와 인촌에 관한 글을 많이 썼다. 오마이뉴스에 2009년 8월 26일부터 10회에 걸쳐 연재한 '작심 기획, 동아 대 해부'가 대표적이다. 그런데 이 기획물은 제목부터가 무척 자극적인데다가 표현도 난삽하기가 그지없다. 친일 청산을 부르짖던 당시의 분위기를 독려하는 프로파간다처럼 느껴지는 이유이다.

그러나 '은혜를 원수로 갚는 파렴치', '〈동아〉 앞세워 총독부와 뒷거래' 등의 자극적 제목을 단 글들은 인터넷에서 삭제되어 찾아보기가 어렵다. 대신 동일한 내용의 글 일부가 《나는 황국신민이로소이다》에 실려 있다.

그중에서 4장에는 「그들에게 언론의 역할을 묻지 말라」는 부제와 함께 서춘·김성수·방응모·진학문 네 명을 소개하였는데, 그중에 "일장기 말소에 분노한 민족지 창업주"라는 제목의 글이 눈길을 끈다.

(1) 3.1 운동과 인촌

정운현은 ≪나는 황국신민이로소이다≫ 중에서 「일장기 말소에 분노한 민족지 창업주」라는 제목으로 인촌을 고발하면서 3.1 운동 당시 인촌의 행적을 이렇게 설명한다.

"전 민족 차원의 의거로 일컬어지는 3.1 의거를 인촌은 중앙학교 교장 시절에 맞았다. 그러나 민족교육의 기치를 내걸면서 교육 사업에 투신한 그가 보인 면모와는 딴판이었다. ≪인촌 김성수≫에는 "단판 승부는 자폭 행위이며, 운동은 2선·3선으로 계속돼야 하고, 중앙학교를 살려야 한다는 주위의 강권으로 인촌은 2월 27일 고향 줄포로 낙향했다"고 나와 있다.

이것은 같은 민간 사립학교인 보성학교 교주 의암 손병희孫秉熙와 교장 윤익선尹益善이 3.1의거에 가담했다가 체포·투옥된 사실과 정반대되는 사례이다. 인촌은 학교를 살린다는 명목으로 민족적 거사를 외면한 동시에 일제와의 정면 대립을 교묘하게 피한 셈이다."

이런 정운현의 글을 보면 한마디로 인촌은 기회주의자이며 배신자처럼 묘사되었다. 그러면 정운현의 주장은 얼마나 일리가 있을까? 역사학자의 관점에서 그의 글을 분석해본다.

현재까지의 연구에 의하면 3.1 운동은 국내외 8군데서 태동하였으며, 그 진원지는 상해의 신한청년당이다. 1918년 12월 15일 미국 윌슨(Wilson, Woodrow) 대통령의 특사로 상하이에 도착한 크레인을 만난 여운형이 파리강화회의에 정부 대신에 정당 대표도 참석이 가능한지 여부를 확인한 후, 신한청년당에서는 김규식을 대표로 파견하여 독립을 호소하기로 하였다. 그리고 여운형은 만주와 연해주로, 장덕수는 일본으로, 선우 혁은 국내로 파송하여 긴밀하게 연락하면서 국제 정세 변화에 따른 대책을 협의했다.

이 같은 노력의 결과 1919년 2월 1일에는 만주와 연해주에서 활동하는 독립운동가 39명의 명의로 무오독립선언서가 발표되었으며, 평양에서도 선우 혁의 방한을 계기로 '105인 사건'의 동지들을 중심으로 기독교계의 유력한 인사들이 모여 3월 3일 고종 국장일을 기해 독립운동을 추진하고 있었다. 이런 주장은 신용하, 「신한청년당의 독립운동」(『한국학보』 44집, 1986)에 근거한 것으로 학계의 일반적인 견해이다.

한편 일본의 도쿄 유학생들도 1918년 말부터 독립운동을 실행하려는 분위기가 고조되었는데, 이들을 대표하여 송계백이 독립선언서를 인쇄할 활자와 경비를 구하기 위해 1919년 1월에 국내로 잠입했다. 그는 모교인 보성학교를 찾아 은사인 최린에게 유학생들의 동향을 보고하고, 보성학교 1년 선배인 현상윤을 통해서 중앙학교의 송진우와 김성수에게도 알렸다. 현상윤, 송진우, 김성수는 모두 송계백이 다닌 와세다대학교 출신이었다.

이렇게 상하이 신한청년당과 도쿄 유학생들을 진원지로 국내에 파급된 독립운동 움직임은 서울의 중앙학교와 천도교(보성학교), YMCA와 감리교 인사들, 평안도 지역의 장로교 세력 등으로 제각기 추진되었다. 그런데 이 다양한 세력이 한 군데로 모이게 되는 결정적인 사건이 바로 2월 11일 계동 130번지에서 이루어졌다.

일부 기록에는 '김사용의 집'으로 나오는데 1918년에 인촌이 매입하여 별제(別第, 별장의 동의어)로 사용하던 곳이다. 이곳에서 최남선의 전갈을 받고 평북 선천에서 급거 상경한 이승훈이 송진우와 만나 기독교를 조직화하여 천도교와 연합하는 독립운동을 거사하기로 약속했기 때문이다.

이승훈의 취조서에는 이날 계동 '김사용의 집'에서 송진우와 현상윤을 만난 것으로 나온다. 그런데 『인촌 김성수』에는 인촌이 송진우, 현상윤과 함께 이승훈을 맞이한 것으로 서술했다. 도대체 어느 편의 말이 맞을까? 필자의 판단으로는 인촌이 영접했다는 주장이 맞다. 남강이 취조서에서 인촌을 뺀 것은 그를 보호하기 위한 배려였다.

남강이 장소에 대해서도 '김성수의 별제'라고 진술하지 않고, '김사용의 집'이라고 진술한 것도 마찬가지이다. 인촌과 남강은 25세의 나이차에도 불구하고 서로 존중하면서 마음을 나누는 사이였다. 이런 사정은 1924년 4월 '박춘금 테러사건'으로 동아일보가 자중지란에 빠지자 인촌이 남강을 사장으로 청빙하여 위기를 극복한 것으로도 알 수가 있다.

일반적으로 3.1운동의 발발에서 중앙학교의 역할을 논할 때, 송진우와 현상윤이 숙직실에서 송계백을 만나 2.8독립선언서 초안을 받고 국내의 독립운동을 모의했다는 사실을 주목한다. 그러나 그보다 훨씬 더 중요한 역할은 2월 11일 인촌이 그의 별제에서 이승훈을 만나 단일화의 큰 틀에 합의한 것이다. 이 때문에 서울과 평양에서 각기 추진되었던 3.1운동을 하나로 묶고, 기독교와 천도교 세력을 연결할 수 있었다. 따라서 인촌은 3.1 운동에서 방관자가 아니라 오히려 촉진자였다고 말할 수 있다.

다만 인촌이 거사 이틀 전인 2월 27일 고향 줄포로 내려가서 3.1운동의 시위현장에 없었고, 이로 인해 처벌을 피하게 된 것이 비겁한 행위였다는 지적에 대해서는 앞으로 연구와 검증이 필요하다.

『인촌 김성수』에는 3.1 운동이 일어날 때 인촌이 서울에 없었던 이유가 두 가지 나온다. 3.1 운동을 장기화하기 위해 제2의 시위운동을 주도할 세력으로 가장 연소자이며 실무자로 핵심적 역할을 담당한 중앙학교 측의 인사들이 민족대표 선정에서 빠졌으며, 내부적으로도 중앙학교를 살리기 위해 모의단계부터 인촌은 남아서 학교를 지키기로 합의했다는 것이다. 이에 대해 객관적으로 입증할 만한 자료는 없지만 당시 정황으로 볼 때, 수긍이 가는 것은 사실이다. 더욱이 안창호가 105인 사건으로 구속되자 곧바로 평양의 대성학교가 폐교당한 사실을 기억하는 이들로서는 당연한 선택이었을 것이다.

이 점에 대해 이완범은 "인촌은 전면에 나서는 것을 좋아하지 않았으며, 배후에서 후원하면서도 실질적으로 책임지는 스타일이었다. 즉 후원자적 태도는 실력양성론에 기반을 둔 근대화론과 관련성이 있는데, 일제와의 정면 대결은 피한 채, 교육·기업·언론 등을 통하여 실력을 양성함으로써 근대화된 사회를 지향한데 따른 것이다.[5]

(2) 경성방직과 인촌

정운현은 계속하여 3.1운동 직후 인촌의 행적에도 문제를 제기한다.

"3.1의거 직후 그는 전국의 유지들을 찾아다니면서 독립운동자금으로 생각하고 출자하라며 자금을 모집하여 그해 10월 경성방직을 설립했다. 당시 그는 3.1의거 직후의 고조된 민족의식을 바탕으로 비교적 수월하게 거액의 자금을 모집할 수 있었다. 결국 3.1의거의 방관자였던 그가 3.1 의거의 최대 수혜자가 되었으니, 이는 '역사의 아이러니'가 아닐 수 없다."

정운현의 주장처럼 경성방직은 1919년 창립 초기 총 2만 주의 지분 90% 가량을 188명에 달하는 소액주주들이 나눠가지고 있었다. 그런데 인촌이 경성방직의 설립 자금을 모금하러 다닌 것은 그보다 1년 이상 앞선 1918년 봄의 일이다. '경주 최 부자'로 유명한 최준은 그때 인촌의 예방을 받고 이듬해 10월 경성방직 창립 발기인으로 참여하고, 뒤이어 동아일보 설립에도 주주로 참여하였다.

인촌은 몇 사람의 부호들로부터 더 쉽게 큰돈을 투자 받을 수 있었지만 많은 조선인이 참여한 민족기업을 세우고 싶다는 꿈을 이루기 위해 '1인 1주 운동'을 전개하였다. 그런데 이것을 마치 경방 설립자금을 수월하게

---

5) 이완범, 「김성수의 식민지 권력에 대한 저항과 협력」, 〈한국민족운동사연구〉 58호, 2009, p.411.

모금하는 방안으로 오도하였고, 3.1운동의 방관자 인촌이 최대 수혜자가 되었다고 강조하는 것은 지나친 억지 주장이다.

이어 그는 1930년 12월 30일 조선을 떠나는 총독 사이토 마코토에게 보낸 편지에 근거하여 인촌의 친일 행적을 강조한다.

"이번에 건강이 좋지 않아 조선을 떠나게 된 것은 정말 유감스럽습니다. 각하가 조선에 계신 동안에 여러 가지로 후정厚情을 입었습니다. 그중에도 경성방직회사를 위해 특별한 배려를 받은 것은 감명해 마지않으며 깊이 감사의 말씀을 올립니다. 석별의 정으로 별편別便에 조촐하지만 기국(器局, 바둑판)을 하나 보냅니다. 기념으로 받아주신다면 더할 나위 없는 영광으로 여기겠습니다."

이 편지를 두고 정운현은 "민족지 동아일보의 사주인 인촌이 조선 식민 통치의 최고 책임자였던 사이토 총독에게 보낸 편지는 그가 평소 총독을 어떻게 생각하고 있었으며, 두 사람의 관계가 어떠했는지, 총독으로부터 어떤 은혜를 입었는지 구체적으로 보여준다."고 주장한다. 물론 이 내용을 두고 특별한 관계라도 되는 것처럼 오해할 수 있는 소지도 있다. 그러나 모든 것을 친일과 항일이라는 이분법적 잣대로만 보지 않고, 일상의 삶을 살아간 사업가가 사업체를 유지하기 위해 조선 총독에게 보내는 비즈니스 성격의 편지로 볼 수는 없는 것일까.

정운현의 공격은 그뿐 아니라 기생관광의 원조는 인촌과 동아일보라고 주장한다. "(경성방직의 운영을 위해) 인촌은 일본의 광고주들에게 금강산관광·기생관광 등의 향응을 베풀기도 했다. 일본인 기생관광의 뿌리가 민족지 동아일보에서 비롯한 것임을 아는 사람은 그리 많지 않다. 한 언론학자는 당시 동아일보가 민족지를 표방한 채, 계열기업의 선전지 역할을 한 것에 불과한 것이었다고 혹평했다."6)

---

6) 정운현, ≪나는 황국신민이로소이다≫(개마고원, 1999), p.188.

그러나 그의 책 어디에도 인촌이 기생관광의 원조라는 내용의 출처나 어느 언론학자의 말인지에 대해서는 언급이 없다. 혹시 그의 창작이거나 아니면 동아일보 해직기자 출신으로 『다시 쓰는 東亞日報史』의 저자인 위기봉(가명?)의 말이 아닌지 궁금하다. 정운현이 인촌을 공격하는 데 가장 많이 인용한 ≪다시 쓰는 東亞日報史≫는 '양 대가리 달아놓고 개고기를 팔던 동아일보', '사이또 총독의 사생아 동아일보', '숙명의 곡예사 인촌 김성수' 등 인신비하성의 말을 거침없이 쏟아놓고 있기 때문이다.

(3) 일장기 말소사건과 인촌

정운현이 인촌을 친일파로 내몬 두 번째 주제는 '일장기 말소사건'이다. 그는 ≪나는 황국신민이로소이다≫ 중에서 '일장기 말소에 분노한 민족지 창업주'라는 제목하에 다음과 같이 주장하였다.

① 일제하 그가(인촌) 민족주의자였는지 어떤지를 보여준 단적인 사례가 하나 있다. 흔히 동아일보가 '민족지' 운운하면서 단골로 내세우는 메뉴가 1936년에 발생한 '일장기 말소 사건'이다. 우선 이 사건은 동아일보사 차원에서 행해진 것이 아니라, 당시 체육부 이길용 기자 개인의 애국심에서 비롯한 것임을 먼저 밝혀둔다.

② 동아일보사로 오는 자동차 속에서 인촌은 일장기 말소는 몰지각한 소행이라고 노여움과 개탄을 금할 수가 없었다. 사진에서 일장기를 지워버리는 데서 오는 쾌快와 동아일보가 정간되고 영영 문을 닫게 되는 데서 나는 실失을 생각하면 그 답은 분명했다.

③ 일장기 말소는 동아일보에 앞서 여운형이 사장이던 조선중앙일보가 먼저 행한 것이었음에도 불구하고, 마치 조선중앙일보가 동아일보 지면을 모방하여 일장기를 말소한 것처럼 역사적 사실을 왜곡하고 있다는 점이다.(인촌 김성수) 따라서 이 사건을 동아일보의 민족운동의

일환으로 보는 것은 어불성설이다. 이 사건에서 인촌의 역할은 이에 관련된 10여 명의 기자를 해직시킨 일이었다.[7]

이 글을 대하는 순간 일장기 말소는 조선중앙일보가 먼저 행한 것인데, 마치 조선중앙일보가 동아일보를 모방한 것처럼 사실을 왜곡하고 있다는 부분이 와 닿는다. 만약 이 주장이 사실이면 동아일보는 파렴치한 행위를 한 것도 모자라 역사를 왜곡하는 중대한 잘못을 범한 것이다.

따라서 필자는 이 내용을 네 가지로 나누어 살펴보고자 한다.

첫째, 조선중앙일보가 동아일보보다 먼저 일장기를 말소한 사진을 게재했다는 주장이다. 이 주장은 정운현에 앞서 1993년 이기형의 ≪여운형 평전≫에서 처음 제기되었다. 그런데 채백의 ≪사라진 일장기의 진실≫(커뮤니케이션북스, 2008)에는 "8월 13일자 동아일보 조간(지방판)에 조선중앙일보(서울판)가 게재한 사진과 똑같은 사진을 실었는데, 서울판이 당일 새벽에 인쇄하던 반면에 지방판 조간은 그 전날 인쇄하던 관행에 비춰 손기정의 우승 사진은 동아일보가 먼저였다고 결론지을 수 있다"고 밝히고 있다.

둘째, 이 사건에서 인촌의 역할은 이에 관련된 10여 명의 기자를 해직시킨 일뿐이라는 주장이다. 그런데 당사자인 이길용의 주장은 전혀 다르다. ≪신문기자 수첩≫(모던출판사, 1948)에 실린 이길용의 회고담이다.

"이튿날 아침부터 10명이 차례로 종로경찰서에 붙들려갔다. 단 여섯 방밖에 없는 종로경찰서 유치장은 대거 10명의 사우(社友)로서 난데없는 '매의 합숙소'가 되었다. 이 사건으로 동아일보란 크나큰 기관의 문이 닫혔고, 날마다 중압 속에서 일망정 왜정의 그 눈초리를 받아가면서도 조석으로 그렇게도 우렁차게 활기 있게 돌던 윤전기가 시름없이 멈춰 녹슬게 됐다.

총독부에서는 8월 29일자부터 무기정간 처분을 내렸다. 1920년 4월 창

---

7) ≪나는 황국신민이로소이다≫ pp.189-190.

간한 이래 네 번째 당한 무기정간이었다. 그리고 사회부장 현진건 이하 이길용·이상범(화가) 등 8명을 연행한 후에 구속했다."

정운현은 이 같은 역사적 사실을 어떻게 인촌이 한 일이었다고 왜곡할 수 있는지 도대체 이해가 되지 않는다.

셋째, "조선중앙일보에서 먼저 행한 것이었음에도 불구하고, 마치 조선중앙일보가 동아일보의 지면을 모방하여 일장기를 말소한 것처럼 역사적 사실을 왜곡하고 있다"는 주장이다.

《인촌 김성수 전》 원문에는 이렇게 언급되어 있다.

"(일장기 말소사건으로) 동아일보가 곤경을 치르고 있을 때, 조선중앙일보도 같은 사건으로 결국 폐간에 이르게 되었다. 조선중앙일보는 동아일보의 지면을 보고 역시 손 선수의 사진에서 히노마루를 지워버렸는데 처음에는 총독부가 이를 발견하지 못하였음인지 별다른 문책이 없었으나, 동아일보 사건이 날로 확대되자 운동담당 기자 유해붕이 경찰에 자수하고 신문은 9월 5일자로 자진 휴간에 들어간 것이다."[8]

이 글은 결과론적으로 보면 오류이다. 일장기 말소 사진을 실은 신문이 독자들에게 전달된 것은 두 신문 모두 8월 13일자로 동일하기 때문이다. 그렇다고 동아일보가 고의로 역사를 날조했다는 주장도 동의할 수 없다. 시간상으로 동아일보에서 소용돌이가 일어나고 열흘이 지난 후에야 조선중앙일보 사건이 알려졌다는 점에서, 동아일보 측에서는 그렇게 인식했을 여지도 다분하기 때문이다.

다음으로 ②동아일보사로 오는 자동차 속에서 인촌이 혼자 생각했다는 부분에 대한 검토이다. 《인촌 김성수 전》을 대조해보면 위의 인용문에

---

8) 《인촌 김성수 전》, p.391.

이어지는 내용이 눈에 들어온다.

"산란한 마음을 억누르지 못하던 인촌은 도중에 문제의 신문을 구해서 그 사진을 보고는 생각이 달라지는 것을 느꼈다. 민족의 정기가 위축되어만 가고 변절하는 유명 인사의 군상이 늘어가는 세태로 볼 때, 히노마루 말소는 잠자려는 민족의식을 흔들어 놓은 경종이 아닌가 하는 생각이 든 것이다. 그렇게 생각하니 마음이 다소 가라앉는 것 같았다. 그에 대한 탄압은 민족 대표지로서 쾌히 짊어져야 할 십자가라고 생각되기도 하였다."

그런데 정운현은 전체 내용 중에서 뒷부분은 의도적으로 생략한 채, 앞부분의 내용만 편집하여 고의로 왜곡했다. 〈오마이뉴스〉에서는 '일장기 말소에 분노한 민족지라 불리어지는 동아일보 사주'라는 제목을 붙여서 인촌을 친일파로 몰아가고 있다. 의도된 것으로 볼 수밖에 없는 이유다.

마지막으로 ①이 사건은 동아일보사 차원에서 행한 것이 아니라, 당시 체육부 이길용 기자 개인의 애국심에서 비롯한 것이라는 주장이다.

이에 대해 이길용은 회고담에서 당시 상황을 이렇게 설명하고 있다.

"세상이 알기는 베를린올림픽 마라톤의 '일장기 말소사건'이 이길용의 짓으로 꾸며진 것만 알고 있다. 그러나 사내의 사시(社是)라고 할까. 전통이라고 할까. 방침이 일장기를 되도록은 아니 실었다. 우리는 도무지 싣지 않을 속셈이었던 것이다. 이것은 내지(內地)라는 글을 쓰지 않는 것과 마찬가지였다. 항다반(恒茶飯, 차 마시고 밥 먹는 일)으로 부지기수였다."

이 사건이 개인의 영웅담이 아니라 동아일보의 전통이었다는 이길용의 말은 이보다 4년 전인 1932년 8월 9일자 동아일보 1면의 로스엔젤레스 하계올림픽 마라톤에서 6위로 입상한 김은배 선수의 사진에도 일장기가 지워져 있다는 사실에서 설득력을 얻고 있다.

(4) '학병 권유' 논설의 실체

2005년 6월 〈오마이뉴스〉 편집국장에서 친일진상규명위원회의 사무처장으로 자리를 옮긴 정운현은 ≪대한민국친일진상규명위원회 보고서≫(이하 ≪보고서≫) 발간에 힘썼다. 그의 재직 기간이 2007년 12월까지로 2009년에 출판된 ≪보고서≫를 완성하지는 못했지만, 내용상으로는 그의 작품이라고 판단할 수 있다. ≪보고서≫를 보면 그가 저술한 책의 내용과 유사한 부분을 많이 발견할 수 있기 때문이다.

"1938년 6월에는 친일단체인 국민정신총동원조선연맹 발기인·이사 및 산하 비상시생활개선위원회 위원 등을 지냈다. 이밖에 국민총력조선연맹 발기인 및 이사(1940), 국민총력조선연맹 총무위원(1943), 흥아보국단 결성준비위원(1941), 조선임전보국단 감사(1941) 등으로 활동하면서 1943년부터 1945년까지의 기간 동안에 매일신보와 경성일보, 잡지 〈춘추〉 등에 학병·징병제를 찬양하는 내용의 총 25편의 논설 글 및 사설을 기고했다."[9]

이 보고서 내용처럼 인촌의 실명으로 기재된 25편의 기록이 존재하는 것은 사실이다. 그러나 글의 실체를 놓고 대필설과 조작설이 제기되었던 것도 엄연한 사실이다. 그간의 연구 성과도 제각각이다. 일찍이 유진오는 인촌이 집필을 거부하자 매일신보 김병규 기자가 대신 썼다는 대필설을 주장하였고, 이완범은 대필과 함께 '명의 도용'의 가능성도 제기했다.

이에 대해 장신은 기고문 대필설과 기사 조작설은 인촌의 친일행적을 은폐하기 위한 사실왜곡이고, 설사 유진오의 감수를 전제로 대필에 동의했더라도 저작권은 인촌에게 있기 때문에, 책임의 소재도 인촌에게 있다고 주장하였다. 그럼에도 불구하고 "(인촌의 친일행위는) 본인이 적극적으로 나섰다고 볼 정황을 찾을 수는 없었고, ≪친일파군상≫의 지적대로 '피동적 활동을 한 인물'로 보는 것이 타당하다"고 결론을 맺었다.[10]

---

9) 『대한민국 친일진상규명위원회 보고서』, 4-3권. pp.43-97.

한편 언론학자 정진석 교수가 〈고등경찰 비밀기록〉을 분석한 결과에 따르면, 총독부 산하의 고등경찰은 1920년부터 1930년까지 동아일보를 325번 압류했다고 한다. 이후 식민지 지배의 합법적 틀 안에서 개량적인 민족운동을 전개했지만 동아일보는 무기정간 4회, 발매금지 2천 회 이상, 신문 압수 89회, 기사 삭제 2,423회 등의 탄압을 받았으며, 1940년 8월 10일 폐간당하고 말았다.

인촌은 동아일보가 폐간되자 자신의 농장에 은거했지만, 부일 단체의 결성 때마다 이름이 언론에 등장하였다. 명의 도용설이 나오는 이유이다. 그러다가 1943년 10월 20일 학도지원병제가 시행되면서부터 보성전문학교의 지원율을 높이기 위한 각종 활동에 나섰다. 이 시기의 인촌의 친일행위가 학교를 살리기 위한 불가피한 조치라고 주장하는 근거이다.

이처럼 학계의 연구를 종합적으로 살펴보면 정운현의 주장처럼 인촌이 자발적이거나 적극적으로 친일행위를 한 적이 없다. 그리고 ≪나는 황국신민이로소이다≫에서 제기한 3.1운동과 일장기 말소사건에 관한 내용은 잘못된 주장임을 알 수가 있다. 바로 이 점에서 그가 친일진상규명위원회 사무처장으로 발간에 앞장섰던 ≪친일진상규명위원회 보고서≫의 김성수 항목에 대해서도 이후 역사학계에서 제기된 문제점을 중심으로 학문적인 검증이 필요하다.

(5) 인촌을 어떻게 볼 것인가

친일 청산작업은 해방 직후부터 한국사회가 당면한 과제였다. 그러나 분단과 결부되어 정치적·이념적 성격을 띠게 되면서 청산작업은 실패하고 사회적 갈등의 원인이 된 '기억의 터'가 되었다. 그동안 친일 잔재 청산을 주장하는 사람들은 프랑스의 나치협력자 숙청을 모범적 사례로 제

---

10) 장신, 앞의 글, pp.294, 304.

시한다. 그러나 프랑스와 우리나라 상황을 비교하기에는 많은 무리가 따른다.

프랑스는 독일에게 지배당한 기간이 4년에 불과하지만, 우리는 36년 동안을 일제 식민지로 일본식 교육을 받고 일본 법률의 통치 아래 살았다. 우리나라의 친일 청산이 프랑스처럼 쉽사리 진행될 수가 없는 이유이다. 그렇더라도 친일 청산은 우리가 반드시 감당해야 할 '민족의 기억'이지만, 이 과정에서 프랑스처럼 오류를 범하지는 말아야 한다.

《프랑스 지식인의 세계》를 쓴 임종권 박사의 연구에 의하면, 프랑스의 나치협력자 숙청에 대해 실존주의 철학자이면서 노벨문학상 수상자인 카뮈(Albert Camus, 1913-1960)와 사회철학자 레이몽 아롱(Raymond Aron, 1905-1983)은 "숙청이 완전히 실패했다"고 주장했으며, 역사가 피에르 리오(Jean-Pierre Rioux, 1939년생)는 "국민적 기억의 곪은 상처"라고 부정적으로 평가한다.

이것은 프랑스 국민에게 남긴 '숙청의 트라우마'가 가해자와 피해자를 구분하기 어려울 만큼 복잡하고 미묘한 성격을 띠기 때문이다. 한편에서 숙청이 범죄자를 처벌하는 것으로 보고 당연시한 데 비해, 다른 한편에는 이와 다르게 숙청을 국가이성의 이름으로 자행된 인권 침해라는 관점에서 범죄행위로 인식한다. 한 마디로 프랑스 국민에게 잊고 싶은 기억이다.

그에 비해 우리나라는 정반대다. 프랑스의 숙청작업을 배우고 싶어 할 뿐 아니라, 친일파라는 꼬리표만 갖다 붙이면 인권 따위는 필요도 없다. 세계 어느 나라가 인터넷에다가 검색어만 입력하면 자동으로 '친일반민족행위자'라고 뜨는 경우가 있을까. 그야말로 국가 권력에 의해 정당화되는 인권 침해의 대표적인 사례이다. 문제는 친일에 대한 정의가 학문적으로 확증되지 않은 채, 특정한 민간 연구소가 만든 《친일인명사전》에 의한 일방적인 재단이라는 점이다.

그런 점에서 오히려 최초의 친일파 자료인 ≪친일파 군상≫의 인식이 보다 합리적이다. 편집자(김승학)는 친일과 반민족행위의 범주를 부득이 협력적 태도를 보인 '소극적 친일파'에 대해서는 동정을 표하고, 그 당시 박해와 위협 가운데서도 백절불굴의 절개를 지킨 애국지사에게는 경의를 표하였다. 동시에 소위 친일 선두부대인 '적극적 친일파'에 대한 중대한 처벌을 강조한 것이다.

현 상황에서는 억울한 친일파가 나타날 수밖에 없는데, 인촌의 경우가 대표적이다. 독립운동과 대한민국 건국의 공로자로 추앙받던 인촌은 조선총독부 기관지에 학도병 참가를 권유하는 기고문을 실었다는 이유로 2002년 일부 국회의원과 시민단체 등이 발표한 친일파 708명의 명단에 포함되었다. 이어 2009년 친일반민족행위진상규명위원회가 발표한 친일반민족행위자 705인 명단에 포함되고 ≪친일인명사전≫에도 수록되었다.

이후 2011년 국가보훈처에서 서훈취소 결정이 내려지자 법원에 소송을 제기했으나, 2017년 4월 13일 대법원은 인촌의 친일 행적을 최종적으로 확정 판결했다. 그러나 역사적 사실을 재판으로 확정할 수는 없다. 재판 판결은 친일반민족행위자 처벌에 관한 법리상의 판단일 뿐, 역사 논리의 완성이나 역사 연구의 끝이 아니다. 친일파 논쟁에 대한 국민들의 공통된 관심사가 있다면 그것은 진실을 아는 것이다.

결론적으로 인촌의 친일행적은 1938년부터 1945년에 이르는 기간에 학병을 권유하는 글을 쓰고 강연을 했다는 것이다. 그리고 이와 관련하여 대필설과 명의도용설이 제기되고 있다. 설령 법적으로 그 글에 대한 책임이 인촌에게 있다고 하더라도, '역사적 인물 김성수'를 평가할 때는 그가 남긴 공과 과를 따져서 평가해야 한다. 그런 점에서 인촌이 남긴 역사적 공功은 과過보다 훨씬 더 크다.

인촌은 동시대를 산 다른 지식인들과 달리 끝까지 창씨개명을 한 적이 없다. 병상에 누운 도산을 뒷바라지한 것을 비롯해 애국지사를 돕고 독립운동 자금을 지원했다는 증언도 부지기수이다. 무엇보다 그가 보성전문과 동아일보를 통해서 민족의 독립 역량을 함양시킨 공로는 다른 어떤 독립운동의 성과와도 비교하기 어렵다.

더욱이 '역사적 인물'을 평가하는 잣대는 친일親日만이 아니다. '역사적 인물 인촌 김성수'에 대한 올바른 재평가가 이뤄지기를 기대한다.

덧붙이는 글

필자가 이 글을 작성하는 내내 코로나19로 인해 공공도서관을 이용할 수 없어서 본문에 인용된 자료를 일일이 확인할 수가 없었다. 이 때문에 상세한 각주를 달지 못하고, 참고문헌도 본문에 소개한 것으로 대신함을 밝힌다.

필자 소개

건국대학교 사학과와 경희대학교 대학원에서 역사학을 전공하여 박사학위를 취득하였다. 총신대학교 역사교육과 교수를 역임하였으며, 지금은 대한민국사연구소 소장으로 블로그 '김형석의 역사산책'을 운영하고 있다. 저서로는 『기적을 이루는 사람들』, 『안익태의 극일 스토리』, 『광주 그날의 진실』 등이 있고, 편저로 『남강 이승훈과 민족운동』, 『일재 김병조의 민족운동』 『남강 이승훈과 씨알 함석헌』 등이 있다.

명사의 발자취를 찾아서
암울한 시기에 우뚝 선 민족의 선각자

송 점 종(성대 법대)
주식회사 영주대표
금강산황금화 후원 회장

도립공원 내 고즈넉한 선운사를 찾어 낙엽을 밟으며 발을 들어 놓으니, 길목에 질마재 길 안내판이 여행객을 반갑게 맞아 주었다. 어렸을 적 성장했던 고향에도 질마재 길이 있었는데, 여기에도 같은 지명이름이 눈에 띄니 초행길이지만 갑자기 정겨움이 확 밀려왔다.

이순에서 서너 발짝을 지나온 세월이라 조용한 산사를 찾으면서 고창의 산과 강이 품은 아름다운 지형을 살펴보게 되는 것도 인지상정이 아닐까 생각될 뿐 아니라 고향은 마치 어머님 품과 같다는 생각을 하며 어린 시절의 추억이 엄습해 옴을 느낀다.

서울에서 대학을 나와 사회생활을 하며 만난 지인들에게서 전해들은 이야기로 미래의 세대에게 교육의 중요성을 일찍 깨우쳐 준 사학의 명문인 고려대학교, 한양대학교, 중앙대학교 그리고 우석대학교 등을 설립하신 분들이 유독 이 고장 출신들이었다는 사실에 놀라움과 자부심을 느끼며 민족교육의 중요성을 다시 한번 상기해 본다.

민족의 선각자들께서 수익 사업도 아닌 교육 사업에 정열을 쏟았던 고귀한 뜻과 사명감을 느끼며 필자는 더욱 면밀히 이 고장의 산천을 살펴보게 되었다.

서울에서 고창 풍천장어라는 간판이 많이 보이고 해서 이 지역의 장어, 고인돌 역사유적지, 그리고 읍성 등에 관하여 관심을 갖고 유심히 되돌아

보았다.

필자 역시 IMF를 겪고 난 후 서울 근교의 한 아파트 부지로 인한 소송로 9년이라는 세월을 보내면서 아들과 딸을 데리고 유적지를 살펴보는 시간도 갖지 못해 자녀들에게 항상 미안했고, 어느덧 아이들이 성장해 국방의 의무를 수행하고 있는 기간이 되었지만, 이번에 기회가 되어 선운사를 찾게 되면서 인촌 선생의 고향인 고창지역의 문화를 느껴 볼 수 있었다.

필자와 오랜 지인인 리 훈 박사와 함께 해왔던 임인철 선배는 5.16 당시 성대 총 학생회장 겸 전국학생연맹 의장을 역임한 분이었고, 리 훈 박사와는 40여 년간을 함께해 그 덕택에 필자도 자주 대화시간을 가졌다. 인생 선배들의 이야기 중에 최근 리 훈 박사가 주장한 이야기가 뇌리에서 되살아나 인촌 김성수 선생에 대해 다시 한번 되돌아보게 되었다.

오래전 안암골 호랑이라고 알려진 고려대학교 교정에 세워진 인촌 선생 동상을 친일파라고 판단해 철거하려는 일부 몰지각한 학생들이 인촌 동상을 묻어버린다며 총장실을 점거하던 중 이를 설득하기 위해 리 훈박사께서 오전 8시에 단신으로 총장실에 들어가 학생들을 설득해 위기를 모면했던 이야기를 해, 참으로 흐뭇하고 기뻤다.

필자는 신촌의 독수리, 안암골 호랑이로 상징되는 명문사학에 입학하고 싶었던 시기가 있었으나 은행잎을 상징하는 대학을 다니며 심산 김창숙선생의 생애에 대한 공부도 했고, 심산 선생의 수행 비서를 했던 고 임인철 선배님을 존경하면서 리 훈 박사와 함께 선생에 대한 이야기를 나누고 함께 했기에 그분의 삶에 대해 잠깐 언급하고자 한다.

고故 임인철 선배는 심산 김창숙 선생의 수행과 안전을 도모키 위해 핵심 비서까지 자임했으며, 박정희 군사정부 시절에 펼친 새마을운동에 깊이 관여한 훌륭한 인품이었다고 기억된다. 간혹, 설 명절 때는 임선배님을 필자 집에 초대되어 떡국 등을 접대한 추억도 있었다. 그러나 고인이 되고 나니 생전에 더 많은 배려를 해드리지 못한 점이 너무 아섭고 송구스러울 뿐이다.

리 훈 박사도 학생 때부터 국제적인 봉사활동을 해왔고, 현재도 금강산 세계청년 평화캠프 올림픽조직위원장과 북한 금강산 평화방문단 총단장을 역임한 평화주의자로 60년 넘게 봉사와 평화운동을 추진해 온 관점에서 서울시 종로구 필운동에 거주했던 독립유공자 후손인 김일(김한수) 선생께서 어렵게 살아가실 때 20년이 넘게 아들과 함께 봉사활동을 하시는 모습을 가까이 보면서 고개가 숙여졌고 존경심을 갖게 되었다.

독립유공자 후손인 故 김일 선생께서는 대한적십자사에서 주기적으로 케어해 주었지만 방 한 칸에 화장실이 딸린 곳에서 정말 어렵게 살아가셨고 리 훈 박사는 당시 묵묵히 긴 세월을 봉사해 왔었다. 특히 가끔 아들(당시 경복고 재학 중)과 함께 김일 선생의 목욕과 청소 등을 솔선수범해 왔기에 필자도 가족과 함께 찾아가 침구류 세탁, 화장실 청소 등을 마치고 밥을 지어 대접하는 등 봉사 활동을 함께 실천하면서 미래에 자식들의 인성에 체화體化될 것이라 생각해 가슴 깊이 뿌듯한 마음이 자리함을 느꼈다.

리 훈 박사의 평소 실천적 봉사정신과 활동력이 근간이 되었기에 동상 철거시위 당시 잘못된 판단을 한 일부 학생들을 설득할 수 있었음을 이해하게 되었다. 하지만 그 당시 언론들은 인촌 김성수 선생이 후대에 끼친 영향과 지대한 업적에도 불구하고 친일 행적을 해온 사람이라 하여 시시비비가 된 시기였다.

그래서 인촌 선생의 생애에 대한 책을 구입해 보았고, 〈오마이뉴스〉 기사 등을 출력해 살펴보았다. 인촌 선생이 살았던 일제 치하에서의 시대(1920년)와 6.25전쟁 후에 태어난 베이비붐 세대(1960-1970년)를 비교해 보기로 했다. 언론과 책에 나타난 인촌 선생의 친일행적에 대해 세 가지의 카테고리, 즉 만석꾼 재산가인 지주의 자녀가 만든 경성방직, 동아일보 그리고 고려대학교를 통해 조명해 보고자 했다.

전후세대인 베이비붐 세대의 사고와 경험으로 볼 때 잘못된 진영논리로 속단하는 방법과 사고의 접근은 별로 좋은 방식이 아니라 여겨질 뿐 아니라 오늘날의 시대에도 어울리지 않는 행위라 본다. 한마디로 전근대적 사고와 행동이 아닌가 하는 의문이 들고, 21세기를 살아가는 모습은 더욱 아니라 본다.

지금도 광장에 나와서 함성을 지르는 모습 즉, 고위공직자 수사처나 검·경수사권조정법률 문제 등으로 인한 함성은 진영논리가 확연히 드러나 보일 뿐이다. 이런 정치가 진정 국민을 위한 정치인가 묻고 싶다. 진정 국민을 위한 제도를 제정, 개정하는 것으로 보면 답이 쉽게 도출될 것인데 하는 아쉬움과 함께 이런 점을 지면을 통해 정리해 보고자 한다.

Ⅰ.

필자가 1960~1970년대의 청소년기를 거치면서 새마을운동이나, 농경사회 상황을 인촌 선생(1891~1955)의 고향인 고창과 비교해 보면, 인촌 선생의 고향은 일제하에서 농지개량과 수리시설을 할 정도로 일찍이 농경방식이 상당히 앞서 있었다는 사실을 알 수 있다. 1차 산업에서도 인촌 선생이 살았던 지역이 다른 지역에 비해 훨씬 앞서 있었다고 보여진다.

필자가 성장할 시기에 고향의 농경지 상황은 농지정리가 되지 않았고, 수리시설까지도 정비가 되지 않았기에 가뭄이 한창일 때는 대부분이 한해 농사를 망치는 것이 비일비재했다. 그해의 농사는 하늘의 운에 맡기는 수준에 머물렀고 그러한 처지에 허덕이는 것이 당시 농촌의 일반적인 현실이었다.

때문에 어른들은 가뭄이 한창일 때 자기 논에 물이 들어가는 것과, 자식의 입에 음식이 들어가는 것을 보면 마냥 행복하다고 표현할 정도의 분위기였다. 이런 말이 나온 사회적 배경에는 하늘의 운에 따라 일 년 농사가 결정되기 때문이었다. 인간이 자연을 극복하면서 농사를 경작할 수 있도록 수리시설水利施設을 갖추었다면 결코 이런 표현은 나오지 않았을 것이다.

전후세대의 성장기인 1960~1970년대는 농로는 사실상 지게로 농자재와 씨앗과 거름을 지고 날라 농사를 짓는 게 현실이었다. 그러나 인촌 선생의 토지에는 일제 치하에서도 수리시설이 어느 정도 갖추어진 지역이었던 것을 보면 상당히 발전된 농경사회였다고 하지 않을 수 없다.

인촌 선생 집안이 만석꾼이 된 것은 소작농들에게서 엄청난 지료를 받아 챙겼고, 일제에 협조를 하였기 때문에 만석꾼이 될 수 있었다고 기술된 글도 보았다. 그러나 그 당시는 필자의 고향에서도 인촌 선생의 나이 약관인 1910~1920년로부터 약 40~50년 후였음에도 불구하고 필자의 집안은 부농富農은 아니지였만 타인에게 돈을 차용하면서 살아가지 않았었다.

필자의 집안은 일꾼들을 고용하면서 농사를 경작하는 농가였기에 일꾼들(그 당시에는 일꾼들을 '머슴'이라고 호칭)이 주인댁하고 어느 정도 합의를 하여 일년 노임(세경)을 책정했었다. 세경(머슴에게 지급하는 일 년 동안의 연봉을 말함)을 책정하는 데는 그 일꾼의 능력에 따라 일반적으로 87㎏의 쌀 1가마니로 계산한 방식이었다.

노임은 각자 능력에 따라 12가마니를 가져간 일꾼을 '상일꾼'이라고 했고, 10가마니를 가져간 일꾼을 '중일꾼', 그리고 7~8가마니를 가져간 일꾼을 그냥 '일꾼'이라고 불렀다. 물론 이러한 노임 책정 자체가 합리적인 노임은 아니었으나 노동자와 주인이 어느 정도 합의에 의해 결정했던 것이기 때문에 당시 임금과 노동의 대가가 꼭 불합리한 것만은 아니라 본다.

인촌 선생이 살았던 지역과 필자가 성장했던 지역의 시대상황을 비교해 보면 근 40~50년 정도의 차이가 나지만 일꾼들이나, 소작농이나 모두 당사자들 간의 합의 노임을 정하는 것이 상식이었다. 어떤 분은 인촌 선생을 분석한 글에서 일본정부를 옹호하면서 소작농에게 소작료를 착취했다고 기술하고 있는 경우도 있었다.

그 시대를 살지 않은 필자로서는 그 글에 전적으로 동의하기가 어렵다. 더구나 현대의 법률적인 측면에서 볼 때, 소작농이나, 일꾼들이 서로가 합의가 되어 소작료나 인건비가 결정되었던 점은 오늘날 노동 계약 절차도 당사자들의 의사표시에 따른 계약과 같다. 그러나 오늘날에도 노임문제는 항상 논란의 대상이 되고 있지 않는가?

필자가 성장한 시기이나, 상일꾼이 집안일에 엄청난 역할을 했다. 나아가 지역기관에서는 수리시설과 군사보호시설 등에 필요한 도로를 개설하기 위해 부역賦役을 했었다. 필자의 고향에는 유명한 팔영산八影山이 있는데 정상 부근에 군부대가 있어, 근무하는 군인들의 식재료를 운반하기 위해서 부락(마을)마다 수없이 부역에 임했다.

그러한 부역은 거의 강제성을 띠었지만 당시에는 노동력이 전부인 농경사회였기에 상일꾼은 자기가 속한 집안의 일을 해야 했고, 필자는 청소년기에 어른들에 비해 노동력이 떨어지지만 집집마다 부역을 나가야 하는 상황이었기에 의무적으로 동참했다. 지금의 시각으로 보면 인권을 침해했다고 원망하고 정부를 성토했을 것이다.

그러나 당시에는 모두 잘 살아보자는 사회적 분위기였으며 그것이 기초가 되어 지금은 안전하고 편리한 등산로가 되었다. 또한 새마을운동으로 리어카와 경운기가 등장하는 시기다 보니 골목길을 넓히기 위해서 집집마다 한 자씩 자기 땅을 양보하여 골목길을 넓혔다. 좁은 농로도 서로가 양보하여 기부하다보니 지금의 경운기나, 대형트랙터가 다닐 수 있는 길이 생겼다.

이렇듯 당시 노동력이 절대적인 농경시대에서는 그렇게 사는 것이 자연스러운 사회상이었다. 모내기 때에는 부락마다 서로 도우면서 살자는 뜻에서 서로 품앗이를 하면서 살아가는 때였기에 필자 집에서 모내기를 할 때면 이웃들이 품앗이에 기꺼이 참여하는 그런 시절이었다.

한 사람이 와서 모내기를 도왔어도 그날 품앗이를 온 집안 모든 식구들이 와서 점심을 먹고 때론 저녁까지 함께 먹었다.

필자의 성장시기에 사랑채가 딸린 집에 매일 한학을 공부하신 어르신들이 사랑채에서 기거를 하시면서 하신 말씀대로, "적선지가는 필유여경積善之家는 必有餘慶이라", 즉 "선한 일을 하는 집안은 반드시 좋은 일이 되돌아온다"고 하신 말씀과 같이 서로가 나눠먹고 살아가는 것이 적선이었던 것이다.

현재의 경제적인 시각에서 보면 굉장히 손해라는 구조로 볼 수 있으나, 그 시절에는 서로 나눠먹고 살아가는 인정이 넘치는 정겨움이 있었다고 생각한다.

Ⅱ.

필자의 성장하는 시기에도 소농작이었지만 그래도 베풀면서 살아왔고, 일꾼들에게서 '도련님'이라는 호칭도 듣고 살았던 시절이었다. 지금의 시대에서 되돌아보면 도련님이라는 단어는 신분차별적인 용어이고, 그런 단어는 농경시대 사회상을 상징하는 단어이다. 그러다가 박정희 정부 시절에 경제개발 5개년 계획을 실행한 결과 농경사회(제1차산업)에서 산업사회(중화학산업)를 변화되기 시작하여 지금의 한국경제의 밑거름이 되었다.

그 시절에 정부에서 쌀 종자를 개량하여 통일벼, 밀양벼, 유신벼라는 신품종이 출시되면서 일반벼로는 산출량이 미미했기에 보리밥 먹던 시절에 개량미가 증대되다보니 일꾼(머슴)들이 없어지기 시작했고 산업사회로 인력이 이동했다. 사실상 개량미보다는 일반미가 밥맛도 훨씬 좋았다. 그래서 당시에 부유한 집에서는 개량미를 한다고 비웃는 사람들도 있었다.

하지만 대다수 일반 국민들은 보리밥 보다는 쌀밥으로 식생활을 개선하려는 정부의 노력에 박수를 보냈다. 얼마나 먹고 살기가 어려웠으면 아들, 딸 구별 말고 둘만 낳아 잘 기르자는 캠페인을 강력히 추진했을까? 학교에 갈 때 도시락에 혼식을 강제적으로 실시하여 선생님께서 보리와 쌀을 일정 비율로 혼식했는지 검사했던 그 시대을 생각하면 웃음이 나올 지경이다.

지금의 세대들이 결혼하고 자녀를 가지지 않다 보니 인구절벽이라는 기사를 언론을 통해 자주 접하고 있다. 이러한 기사를 보면 그 당시의 산아제한(産兒制限) 정책이 잘못된 정책이라고 비판을 하고 있지만, 당시엔 먹고 살기가 얼마나 어려웠으면 국가에서 그런 정책을 시행했겠는가도 생각해 볼 일이다. 이렇듯 모든 정책과 과업에는 양면성이 존재한다는 것이다.

정부 주도하에 제조업에 투자해 부산의 신발공장, 마산, 창원 등지의 섬유산업 등으로 노동자가 증가하는 경제구조로 탈바꿈하다 보니 농촌지역의 노동력 구조가 급속도로 변하기 시작했다. 그래서 추석이나, 설 명절에 부산, 마산, 그리고 창원지역의 회사에서 제공하는 대형버스 차량이 호남지역으로 줄지어 내려오는 진풍경을 낳았다.

손에는 당시 선물 꾸러미가 회사에서 제공하는 5㎏의 설탕봉지가 전부인 때였다. 지금은 건강을 챙기느라 설탕을 피하라고 권하지만 그때는 최고의 선물이었다. 이렇게 1960~1970년대에 드디어 농경사회에서 산업사회로 변화되는데, 인촌 선생은 일제 치하인 1920년대에 경성방직이라는 제조업(제2차 산업)을 인수해 경영을 했다니 후세대인 우리가 지금 생각해도 놀랍고 숙연해짐과 동시에 존경심에 고개가 숙여진다.

Ⅲ.

주권을 빼앗긴 국민의 입장에서 보면 일제 치하를 살아가면서 언론사를 설립하고, 미래 세대에게 교육의 필요성을 몸소 실천하려고 부친으로부터 물려받은 만석꾼의 재산으로 과감히 투자를 한 숭고한 애국애민정신과, 민족을 위한 봉사, 그리고 합리적이고 실용적인 사고를 무시하고, 나쁜 면만을 부각하여 안암동 교정에 세워진 인촌 선생의 동상을 철거하려는 그런 극단적인 행동을 하려는 일부 학생들이 있었다는 사실에 정말 부끄러운 마음을 금할 길이 없다.

1970년대에 서울에 와서 대학을 다니면서 신문과 방송에 의존하면서 언론의 중요성을 몸소 느꼈다. 그 당시는 청년기였고 장발이나 나팔바지가 한창 유행을 하고 있었는데, 풍기 문란죄가 된다고 해 경찰서에 연행되는 시기였다. 또한 군사정부에서 동아일보를 탄압하는 시대였기에 신문과 방송이 언론의 전부였다고 해도 될 것이다.

지금은 대중 매체가 발전하여 손안에서 모든 뉴스를 실시간으로 접할 수 있지만, 당시에는 그렇지를 못한 시기였기에 정부에서 동아일보 광고 탄압시, 백지로 기사가 나올 때도 있었다. 필자는 당시 학생 시절임에도 정부의 언론 탄압을 성토하면서 격려하기 위해 동아일보사에 천 원, 삼천 원, 크게는 만 원씩 보낸 적도 있었다.

인촌 선생이 언론사를 설립한 것도 그 당시 불가능했던 일제 침략 시대에 권력의 횡포를 감시함이었고, 그런 엄청난 위험을 무릅쓰면서까지 소신 있는 용기로 경영을 지속해 왔기에 지금도 국내에서 우뚝 선 언론사가 된 것이 아닌가? 이것은 오직 인촌 선생의 높은 식견과 용기에 의한 결과이고 당시로서 불가능에 가까운 일이 아니었을까 생각해 본다. 높은 안목과 용기에 감탄하고 존경을 표하고자 한다.

당시 인촌 선생 나이는 겨우 26세였다. 일제 치하에서 우리 민족혼을 지키기 위해서 수익사업도 아닌 교육 사업에 부모님에게 민족 교육의 중요성을 주장하며 투자를 위해 효자로서는 상상하기 어려운 구한말 민족의 참혹한 시련기에 단식투쟁으로 헌신한 그런 부분도 존경 받아야 마땅하다고 본다.

지금도 대학입시 자녀를 둔 학부모들의 명문 고려대학교를 보내려고 얼마나 노심초사 하는지를 생각해 보면 알 것이다. 언론에서도 세계 유수의 대학으로 평가를 한 기사를 보면, 고려대학교가 100위권에 항상 들어가는 사실에 자부심을 갖게 한다. 이것은 인촌 선생의 정신을 후학들이 잘 받들어 왔기 때문이다. 지속적으로 학교에 투자한 재단과, 학생, 학교당국, 그리고 교직원들의 한결같은 노력이 있었기에 가능한 일이었다고 생각한다.

IV.

처참한 일제 치하에서 부모로부터 물려받은 재산만 가지고도 인촌 선생의 개인적 삶은 충분히 여유로웠을 것인데, 일제의 탄압을 당하면서 미래 세대를 위해 교육기관을 설립해 경영해 온 것을 보면서, 후세대인 필자는 일부 몰지각한 대학생들이 인촌 선생을 친일파라 운운하며 속단한 것이 우리의 고귀한 역사적 사실까지도 묻어 버리려는 어리석은 일이며 크게 잘못된 행동이 아닐 수 없다고 생각한다.

이와 같은 역사적 사실을 보면서 우리가 반면교사反面教師로 삼아 보자는 취지에서 한신의 고사를 인용해 보고자 한다. 한신은 성장과정에 불우한 자신의 자존감을 잃지 않고 성장하며 열심히 공부를 했다. 항우는 한신에 관한 시중의 소문을 듣고는 자신의 신하인 범증이 그토록 적극적으로 추천을 했지만, 그 소문을 듣고 한신을 말단 관직인 '지극낭관'에 임명하고 만다.

그러자 범증은 그래도 항우에게 한신을 군대의 원수元首로까지 추천하면서 만약 그를 원수로 등용하지 않는다면 그를 죽여서 그가 다른 사람에게로 귀의하지 못하도록 하라고 적극적으로 권하지만 항우는 듣지 않는다. 한신은 성장과정이 불우했다는 소문이 시중에 파다했다. "낚시를 하다가 배가 고픈 상황에 빨래하는 아낙네에게 밥을 얻어먹는 상황이라든가, 저잣거리에서 백정들이 한신더러 맨날 칼만 차고 다닌다고 놀리면서, 칼로 자기를 한번 찔러보라고 놀리면서 찌르지 못하면 자기 가랑이 사이로 기어 나가라고 하자, 한신은 백정의 가랑이 사이로 기어 나가는 일이 있었다. 이런 굴욕을 당한 인물 과하지욕胯下之辱이라는 소문이 파다한 상황이었다."

그러자 한신은 항우를 떠나 유방에게로 간다. 유방 아래에 소하라는 당대의 유명한 신하가 유방에게 한신을 추천한다. 그러자 유방도 '한신을 보고는 외모나 시중의 소문이 그러하는데 그를 소하 승상의 추천으로 그를 장수로 중용한다면 삼군이 불복하고, 제후들도 비웃을 것이고, 더더구나 항우도 그를 장수로 등용했다고 전해 들으면 항우가 나를(유방) 틀림없이 앞을 못 보는 소경이라고 여길 것이 아니오.'라고 거절한다.

그러면서 소하 승상의 추천도 있고 하니 창고지기가 비어 있으니 그 직위인 '연오관連廒官'으로 직위를 주면서 살펴보라고 한다. 이에 한신은 유방 밑에서 주어진 일을 열심히 한다. 업무 추진을 차질 없이 잘 처리하자 결국 또 '치속도위治粟都尉'로 승진한다. 그러자 한신은 장량이 유방과 소하에게 추천한 추천장을 휴대하고 있으면서도 자기 실력으로 유방에게 인정받고 싶어서 열심히 업무를 처리하지만, 유방도 결국 한신의 불우했던 가정사를 알고는 중용하지 않자, 한신은 장량이 추천한 추천장을 제시한다.

그렇게 장량의 추천서를 제시함으로서 결국 유방 밑에서 최고위 직인 '파초대장군破楚大將軍'에 오른다. 여기서 한 나라의 지도자인 유방의 지도력도 엿볼 수 있다. 소하 승상이 한신을 줄기차게 추천을 하지만 잠시 망설인 점도 이유가 있어서였다. 그 사람의 한 가지 능력만을 믿고 중용을 한다는 것은 매우 위험한 일에 직면할 수 있다는 사실이다.

수 많은 군인들이 한 사람의 지휘를 받아야 할 것이고 그 밑에 많은 장수들도 한신의 지휘를 받아야 하는데 그 사람이 말만 능하고 행동은 무능하여 계책이 부족하다면 우리의 수많은 군인과 장수들의 생명이 무고하게 당할 수 있기 때문에 유방은 소하 승상이 적극적으로 추천했음에도 불구하고 망설였다는 임명권자의 신중한 용인술이 엿보이는 대목이다.

인촌 선생께서 민족교육을 하는 목적도 바로 여기에 있지 않을까 생각해 본다. 인재를 소중히 여기며 등용시키는 사실을 보면 놀랍다. 이것은 좋은 면을 계승 발전시키고 역사를 진보시키는 원동력이라는 명백한 능력임을 알았기 때문이라 본다. 결국 한신의 불우한 가정사만 주장했다면 그의 능력이나 전략은 사장死藏이 되었을 것이기 때문이다.

유방 아래서 그의 전략을 발휘하여 초楚의 항우를 물리치고, 한漢나라로 통일했다는 역사적인 사실에서 우리도 인촌 선생의 좋은 면과, 당시 청년이 교육사업(고려대학설립) 등 언론사를 설립하고, 주식회사라는 법인을 설립하여 경성방직이라는 제조업(제2차 산업) 등을 시작했다는 그 발상 자체를 분명히 본받아야 한다는 점이다.

V.

필자는 지금도 광화문 광장(2019)에서 엄청난 함성이 계속되는 우리 사회를 보면서 가슴 아픈 심정이 아닐 수 없음을 절감한다. 신분범들만을 처벌하려는 고위공직자 처벌에 관한 법률 제정에 대하여 신중해야 할 국회의원들이 국회에서 토론을 하여 좋은 법률을 제정하면 될 것을, 국민들에게 엉뚱한 주장을 하며 편을 가르고 국민을 분열시키고 있는 현실에 정치 지도자들의 큰 각성과 반성이 선행되길 바란다.

수년 전 수도권에 있는 오피스텔 30세대를 억울한 재판으로 패소를 당한 사건을 잠깐 언급해 보면 지금의 광장의 함성이 무엇을 촉구하는지 국민의 소리를 알 것이다. 지금 광장에 나와 외치며 국민들을 편 가르기를 하는 정치지도자들은 옳은 정치행위인지에 대해 곰곰이 생각해 보았으면 한다. 위에서 언급한 것처럼 고려대학교에 재학 중인 일부 학생들의 극단적인 행동도 이와 똑같다는 생각이 든다. 때문에 상대의 의견도 존중하는 그런 소양과 인격이 더욱 확산되는 노력을 했으면 한다.

필자가 양구에서 군 복무 전역을 앞두고 있을 때 하급자가 만들어준 도장에 시경에 나온 글귀를 새겨 둔 지가 벌써 40년이 흘렀다.

'緡蠻黃鳥 止于丘隅'라는 글귀이다. 즉 "머무름에 있어 그 머무를 곳을 아니, 사람으로서 새만도 못해서야 되겠는가"였다. 필자는 항상 이 글귀를 생각하면서 살아가자고 다짐해 왔다.

의회 지도자들이 국민을 위한 정치라며 광장에 뛰어나와 온 나라가 만신창이가 되도록 외치는 행위가 답이 될 수는 없기 때문이다. 지금도 억지를 써가면서 편 가르는 식의 정치를 하고 있어 너무도 참담하다는 생각에서 고사를 인용해 보았다.

인촌 동상을 묻어버리려고 했던 일부 학생들, 먼 미래를 짊어질 대학생들이다. 학업에 열중해 더욱더 아름답고 정의로운 이 나라를 잘 이끌기를 바라는 마음 간절하다. 필자와 관련된 오피스텔 30세대에 관한 재판을 직접 겪으면서 진영논리로 해결될 일인지 쉽게 결론을 내릴 수 있기 때문이다.

권리를 주장한 원고 측이 주상복합 건물 아파트 5세대에 신청한 사건을 청구도 하지 않은 다른 목적인 오피스텔 30세대에 판결을 내린 1심인데도 불구하고, 상급심들도 정정해주지 않는 재판부나, 실체적 진실을 파헤칠 정의의 임무를 가진 검찰에서도 억울한 재판의 판결문을 그대로 인용하면서 기소를 해 소유자를 범죄자로 기소하며, 자기들의 잘못을 계속 숨기려고만 했다. 이것이 우리나라 사법체계였음을 깨닫게 되었다.

이렇게 해 소유자는 재산도 잃고, 범죄자로 인권도 침해당하는 처지가 되었는데도, 어느 곳에 하소연하여 정정을 구할 수도 없게 되었다. 이것이 현 사법제도이다. 고위공직자들의 엄중한 권한 행사가 보장될 때 우리 5천여 만 국민들의 기본권이 지켜질 수 있기에 천부적 인권보장 차원에서 꼭 필요한 법률 제정이라고 생각한다.

현 정부가 제정하고자 하는 법률에서 수사를 받을 고위 공직자는 단 몇 천 명에 한정된다. 이 법률이 시행되면 고위 공직자들이 권한을 행사하면서 좀 더 신중하게 행사를 할 것으로 생각되기 때문이다. 그런데, 어느 정당에서는 그 법률이 제정되면 장기 집권에 이용된다는 주장을 하며, 국민들을 호도하며 편 가르기 식의 정치를 일삼는 지도자들의 집단적 정치행위를 보면서 정말이지 참담하고 서글픈 심정이 아닐 수 없다.

어느 시대의 역사와 인물의 공·과는 분명히 있기 마련이다. 그러나 그것은 민족과 나라를 위해 좋은 면을 계승해 국민의식으로 발전되어야 하며 극한 대립으로 치달은 진보·보수라는 양대 진영으로 나눠지는 문화는 지양止揚되어야 한다는 것이다. 그러므로 인촌 선생의 헌신적이고 초인적인 노력과 나라와 민족을 위한 엄청난 열정에 정중히 고개를 숙이며 반성과 함께 용서를 빈다.

암울했던 일제 치하의 침략과 탄압에도 굴하지 않고, 먼 미래를 주시하며 조국의 완전한 독립을 모색하며 이룩한 업적은 대한민국의 빛나는 가치이고 비전이기에 인촌 선생은 민족과 나라를 위해 우뚝 선 선각자임이 분명한 사실이다. 그토록 힘겨운 역사적 과업들이 한 청년의 열정에 의해 실천되어 성공할 수 있었던 것은 인촌 선생의 의지와 열정 바로 그것이었다. 투자를 꺼려하신 양부를 설득하기 위해 그 시대에 불가능했던 단식투쟁을 해 관철시킨 의지와 과감한 행동과 그 숭고한 정신을 후세대를 살아가는 우리 모두가 정중히 본받아야 할 유일한 교훈임을 깨닫자는 뜻에서 이 글을 쓰고 갈음하고자 한다.

참고문헌

1. 문화민족주의자 김성수, 김중순 저, 유석춘 역, 일조각, 1998년
2. 대군의 척후, 주익종, 푸른역사, 2008년
3. 오마이뉴스, '김성수 집안 재산 축적기', 2006.11.15. 이후 시리즈, 1-7회 기사
4. 김영문 옮김, 원본 초한지, (주)문학동네, 2019년
5. 신완역 사서오경(대학, 중용, 효경), 이민수, 장기근 역, 평범사, 1980년
6. 평화와 봉사, 리 훈, 백산출판사, 2000년
7. 나라 앞일이 걱정이다, 인촌 김성수, 마지막 한마디, 김채남, 동서문화사, 2019년
8. 남아있는 시간을 위해, 김형석, 김영신, 2018년
9. 인촌 김성수의 삶 인간자본의 표상, 백완기, 나남, 2012년
10. 홍익 평화 포럼, 리 훈, 경덕출판사, 1988년

진실규명, 용서와 화해로 나아가길 바라면서…

엄 창 섭(고대 의대 교수)
(사)대학연구윤리협의회 이사장

김수환 추기경은 2005년 2월 발간된 인촌 김성수 서거 50주기 추모집의 추모사에서 다음과 같은 말을 하였다. "오늘날 우리 사회는 아집과 독선으로 인해 사회공동체가 해체될 위기를 맞고 있습니다. 과거를 경험하지 않은 사람들이 오늘의 시각에서 정치적 편견을 갖고 함부로 역사를 재단하려 합니다. 이 때문에 갈등과 분열과 반목이 심화되고 있으며 경제는 더욱 어려운 지경에 빠져 들었습니다. 암울한 미래에 국민은 절망하고 있습니다. 그런데도 정치인들은 정쟁政爭을 그치려 하지 않습니다."[1]

인촌을 추모하는 추모사에서 한 말이니 분명 인촌과 관련이 있을 것이다. 고려대학교는 이용익 선생이 설립한 보성학원을 인수하여 만들어진 학교이다. 그 공로를 기리기 위해 인촌의 묘소는 캠퍼스 안에 있었다. 필자가 고려대학교에 입학하였을 때에도 인촌묘소는 안암동의 교정에 있었다. 수업이 없던 시간뿐 아니라 가끔은 수업을 빼먹고 모였던 곳이 지금의 인촌기념관 자리에 있던 인촌묘소였다. 봉분 앞 잔디밭에서 학우들과 삼삼오오 앉아서 학업, 교우, 진로, 그리고 우리나라의 앞날에 대한 이야기들을 나누곤 했던 기억이 남아있다.

1980년 5월은 계엄령으로 고려대학교를 군인들이 점거하여 학생들의 출입을 막던 때였고, 학생 2명이 모이면 경찰서에 집회 신고를 하라고 했던 때였다. 학교에 들어가지 못하던 고려대생들은 길거리로 나서기도 했

---

1) 『仁村 金性洙 서거 50주기 추모집 仁村을 생각한다』, 인촌 김성수 서거 50주기 추모집 간행위원회(2005), 우성문화인쇄, 31쪽.

고, 이웃한 경희대학교, 서울시립대학교, 한국외국어대학교 등을 찾아 공부를 하기도 했었다. 그 무리에 필자도 끼어 있었다. 학교가 다시 문을 열었을 때 제일 먼저 찾았던 곳도 인촌묘소였다. 그곳에서 만난 학우들과의 대화 속에서 인촌이 친일파라는 이야기는 들어본 적이 없다. 오히려 어떤 일을 함에 있어서 개인보다 나라와 민족을 더 먼저 생각해야 한다는 '공선사후'라는 인촌의 교육이념에 대한 이야기는 많이 나누었던 것 같다.

누구와 언제 그런 이야기를 나누었느냐고 물어보면 솔직히 정확하게 누구였는지 기억은 나지 않는다. 그런 인촌묘소에 대하여 교내에 묘지가 있는 것이 적당한가 하는 이야기가 돌더니 1987년 남양주시로 이장되었고, 그 자리에는 1991년에 인촌기념관이 들어섰다. 1987년은 필자가 박사과정에 입학해서 공부에 집중하던 시절이니 학교 안의 돌아가는 사정에 대하여 별로 신경을 쓸 여유가 없었다. 그래서 왜 인촌묘소가 이전되었는지에 대하여는 들었던 사정이 별로 없다. 하지만 인촌의 친일 행위가 문제되었던 것은 아니었다고 생각한다.

본관 앞의 인촌동상은 1959년 제54회 개교기념일을 기념하여 교우들이 성금을 모아 세운 것이다. 이 동상은 1989년 큰 수모를 겪었는데 그것은 세종캠퍼스(당시 조치원 분교)를 본교와 통합하라는 세종캠퍼스 학생들이 인촌동상 아래에 구덩이를 파고 동상에 밧줄을 걸어 쓰러뜨리려고 하였던 사건이다. 이때가 아마도 처음 인촌이 친일파라는 주장이 나타났던 때가 아닌가 싶다. 그러나 표면적으로 주장하는 것과 달리 실제로는 세종캠퍼스 학생들이 본교와의 통합을 요구하는 자신들의 뜻을 관철하지 못한 것이 원인이었지, 인촌의 친일행적 때문에 동상을 제거하려고 했던 것은 아니다.

그런데 언제부터인가 인촌이 친일파였기 때문에 인촌묘소를 학교에서 쫓아낸 것이라는 이야기가 들리더니 총학생회에서 교육 현장인 학교에 친일 행위로 문제가 된 인촌의 동상을 둘 수 없다고 동상 철거를 요구하는 목소리도 들렸다. 급기야 언제부터인지 모르지만 '인촌로'라 불리던 학교 주위의 도로 이름이 '고려대로'로 바뀌었다는 소식을 들었다. 이러한 일련의 사건들은 모두 인촌이 일제강점기 말에 친일 활동을 하였다는 의혹을 받아 친일반민족행위자로 지목이 되고, 이어서 친일인명사전에 이름이 등재되고, 법원에서도 그 사실을 인정하는 판결이 나오고, 그를 근거로 인촌에게 수여되었던 건국공로훈장 복장(複章, 지금의 대통령장) 서훈이 취소되는 일련의 과정과 관련이 있다. 그러니까 2009년 '친일반민족행위진상규명위원회' 활동 이후에 인촌의 친일 행위가 문제가 되기 시작한 것이라 할 수 있다.

인촌 서거 50주년이 되던 해는 2005년이다. 그러니 김수환 추기경이 모두에 적은 글을 쓴 때는 2005년일 것이고, 그때 이미 인촌과 관련한 일련의 변화를 예견하고 있었다고 보는 것이 타당한 것 같다. 김수환 추기경 이야기를 다시 살펴보자. "과거를 경험하지 않은 사람들이 오늘의 시각에서 정치적 편견을 가지고 역사를 재단하려 한다." 과거를 경험하지 않은 사람들은 누구인가? 오늘의 시각은 무엇일까? 그리고 정치적 편견은 어떤 것을 말하는 것일까? 그리고 그들은 왜 역사를 재단하려 하는 것일까? 짧은 문장 속에서 꽤나 많은 질문이 쏟아진다.

■ 철학적·추상적 개념으로서의 역사

김수환 추기경이 언급한 말을 이해하기 위해서는 우선 '역사'라는 것이 무엇인가에 대한 근본적인 질문부터 다시 짚어 봐야 할 것 같다.

역사란 무엇인가? 『한국민족문화대백과사전』에 따르면 "역사라는 용어에는 시간의 흐름, 과거의 기록물, 역사학 혹은 사학, 과거가 갖는 의미 등 4가지 개념이 포함"[2]되어 있는데, 김수환 추기경이 사용한 '역사'라는 단어의 의미는 이 중 어떤 것일까? '역사를 재단'한다는 표현으로 미루어 짐작건대 아마도 "철학적 혹은 추상적 개념으로 과거의 역사가 어떤 의미를 가지는가 하는 경우"에 해당하지 않을까 싶다. 어떤 개념을 적용하는가에 따라 역사는 사뭇 다른 모습과 한계를 가지게 될 것이다.

'역사학' 혹은 '사학'으로서 역사를 연구한다는 것은 전문적인 지식과 방법을 구비한 연구자가 객관적 사료를 근거로 과거의 사실관계를 살피고, 그것이 이후의 사회발전에 어떻게 기여 혹은 영향을 미쳤는지를 따진다는 것을 의미하는 것이다. 이런 학계의 논의는 경우에 따라서는 꽤 오랜 시간이 걸리고, 사실관계에 대한 새로운 증거가 발굴되거나 새로운 학설로 재해석되지 않는 한 역사적 사건이 갖는 의미나 해석도 크게 변하지 않는다.

이에 반하여 '철학적' 혹은 '추상적' 개념으로 역사의 의미를 따질 때는 객관적 사실도 중요하지만 그러한 사실과 관련한 사회적 혹은 집단의 시민의식이나 시대정신의 영향을 받게 된다. 그렇기 때문에 철저한 역사적 고증을 거치는 역사학적 판단과는 어느 정도 차이가 있다고 봐야 할 것이다. 역사학으로서의 역사가 다분히 이성적이라고 한다면 철학적 개념으로서의 역사는 다분히 감성적이라 할 것이다. 이성을 사용하게 되는 경우는 누구든지 비슷한 합리적인 결론에 이르는 경향이 있지만, 감성이라는 것은 개개인에 따라서 많은 차이를 보이기 때문에 정확한 역사적 의미보다는 개개인의 호불호에 따라 의미가 왜곡될 위험성이 있다. 이 때문에 최근에는 사회의 여러 분야에서 개인보다는 다수의 감성이 동일시되는 '공감'을 중요시여기는 경향이 있다. 공감이란 감성을 어느 정도 이성적 수준으로 변환시키는 과정이라고 할 수 있을 것이다. 그럼에도 불구하고 객관적 사실에 대한 이성적 판단과는 달리 사건에 대한 도덕적 윤리적 통찰이라

---

2) 정구복(2000), "역사", 『한국민족문화대백과사전』, 한국학중앙연구원, 인터넷 주소. http://encykorea.aks.ac.kr/ (2020년 2월 26일 확인)

는 공감 자체에 내재된 한계를 벗어나기는 쉽지 않다.

여기서 필자가 역사의 과학적 접근을 '이성'이라는 말로, 철학적·추상적 접근을 '감성'·'공감'이라는 말로 표현하는 이유는 이 글의 뒷부분에서 법원의 판결 문제를 논의할 때 바로 비슷한 개념을 사용하여 설명하고 있기 때문이다. 이러한 배경을 가지고 김수환 추기경의 말에서 떠오른 질문들을 살펴보려 한다.

■ 똑같은 사건에 대하여 달라지는 기준들

우리나라의 근현대는 한 마디로 격동의 시기였다. 서구의 문물이 우리나라로 몰려들어오는 혼돈의 과정에서 한편으로는 기존의 정신적 지주를 이루고 있던 사상과 풍습과 문물이 무너지고, 나라를 지탱하던 정치체계에도 큰 변화가 일어나는 것이 불가피하였다. 이전에는 중국만을 통해 받아들였던 외국의 문물이 일본, 소련, 미국과 영국을 포함한 서방 제국들 등 다양한 경로를 통해 들어오기 시작했다. 그런 와중에 제대로 판단을 내리고 적절히 대응하지 못한 탓에 나라를 잃어버리는 수모까지 겪을 수밖에 없었던 것을 우리 모두 잘 알고 있다.

나라를 잃어버리는 것이 우리가 원하던 일이 아니었고, 그 기간 동안 우리 민족이 겪어야 했던 고통과 어려움으로 인해 특히 이 시기와 관련되어 우리 국민들이 가지는 반응은 이성적이기보다는 감정적인 경우가 많은 것이 현실이다. 일본과 관련된 문제에서는 절대로 양보를 해서는 안 되며, 절대로 져서는 안 된다는 것이 암암리에 누구나 동의하는 원칙이 되었다. 이러다 보니 가끔은 사실 여부를 떠나 무조건 일본은 우리를 괴롭힌 나쁜 존재이고 우리는 그저 연약한 피해자라는 의식 프레임에 스스로를 가두어 버리기도 한다.

우리 스스로가 피해자가 되었기 때문에 어떠한 논리를 펴서라도 그 상황에서 벗어나야 하는 압박감이 작용할 수밖에 없다. 이러한 현상이 대표적으로 나타난 것이 해방 이후 일본 제국주의에 도움을 주었던 소위 친일파 정리 및 청산과 관련된 것이다. 친일파라는 개념과 친일청산의 변화에 대하여는 주익종의 글을 살펴보면 그 개략을 짐작할 수 있다. 주요 내용을 요약하면 다음과 같다.

"일제강점기 중 우리 국민들을 힘들게 하였고 우리나라에 해를 끼친 사람들을 찾아내어 처벌하기 위하여 만들어진 법이 「반민족행위처벌법」[3]이다. 이 법에서 정하고 있는 반민족행위자의 판단 기준은 대표적으로 '악질적' 행위를 하거나 '악질절' 죄적이 뚜렷하다는 것이었다. 이 법에 의해 만들어진 반민족행위특별조사위원회(반민특위)에서 반민족행위자로 지목된 사람은 모두 688명이었다.

노무현 대통령 집권기에 제정 공포된 「일제강점하친일반민족행위진상규명에 관한 특별법」[4]에 의해 만들어진 친일반민족행위진상규명위원회(반민규명위)에서는 1,005명을 친일반민족행위자로 선정하였다. 이 법의 제2조 16항에 정의된 친일반민족행위자는 '고등문관 이상의 관리 또는 군경의 헌병분대장 이상 또는 경찰간부로서 주로 무고한 우리민족 구성원의 감금 · 고문 · 학대 등 탄압에 압장선 행위'를 한 자이다. 이때 새로 추가된 317명 중에는 김성수, 김활란, 백락준, 고황경, 장덕수, 노기남, 양주삼, 방응모, 김동인, 서정주, 모윤숙 등이 포함되어 있다.

---

3) 「반민족행위처벌법」은 1948년 9월 22일 법률 제3호로 제정되고 1948년 12월 7일 법률 제13호로 일부 개정되어 1948년 12월 28일 시행되었다. 이 법의 제1조부터 제8조에는 다양한 반민족행위에 대하여 종류와 각각의 경우에 처할 벌을 규정하고 있다.
4) 「일제강점하 반민족행위 진상규명에 관한 특별법」(약칭: 반민족규명법)은 2004년 3월 22일 제정 공포되고 2004년 9월 23일부터 시행되었다. 이 법에 의해 만들어진 친일반민족행위진상규명위원회는 대통령 직속으로 2005년 5월부터 2009년 11월까지 활동하였다.

친일청산과 관련된 기준은 2009년 민족문제연구소가 조직한 친일인명 사전편찬위원회가 사전을 편찬할 때 또다시 변한다. 민족문제연구소는 '식민통치기구의 일원으로서 식민지배의 하수인이 된 자'라는 기준을 적용하여 총 4,389명을 '친일인물'로 선정하여 사전을 편찬하였다."[5] 그런데 과거의 역사에 문제가 있다면 왜 처음부터 제대로 검증을 하여 정리하지 않고 동일한 사안에 대하여 다양한 잣대를 들이대며 반복적으로 조사를 하는 것일까? 단순히 보자면 기준이 바뀌었기 때문일 것이다. 어떤 조사에서 사용하는 기준은 그 조사의 목적에 맞추어 만들어지는 것이다. 그러니 기준이 바뀌었다는 것은 조사의 목적이 바뀌었다는 의미라고 해석하는 것이 합리적일 것이다.

건국 직후 「반민족행위처벌법」에서 목표로 한 것은 반민족행위자를 찾아내어 처벌하는 것이었다. 일제에 협력하여 반민족적인 행위를 한 사람을 찾아내어 처벌하는 것에 대하여 그때나 지금이나 어느 누구도 반대할 이유도 명분도 없을 것이다. 문제는 반민특위에서 반민족행위자로 지목한 688명 중 단지 293명만이 기소되었는데, 그중 78명이 실형을 선고 받았다는 것이다. 이나마도 1951년 2월 「반민족행위처벌법」과 관련한 판결을 무효화하는 법률[6]이 제정되어 모두 풀려나고 말았다.[7]

이러한 사실만 가지고 보면 잘 이해가 되지 않는다. 반민족행위자로 의

---

5) 주익종 (2019). "18. 친일청산이란 사기극", 『반일 종족주의』, 213-224쪽. 여기에서는 글의 일부를 요약 인용하였다.
6) 「반민족행위처벌법」 및 동개정법률 제13호, 제34호 및 제54호는 1951.2.14. 제정된 「반민족행위처벌등폐지에관한법률」(법률 제176호)에 의해 폐지되었고, 부칙에 "폐지된 법률에 의하여 공소 계속중의 사건은 본법 시행일에 공소취하된 것으로 본다. 폐지된 법률에 의한 판결은 본법 시행일로부터 그 언도의 효력을 상실한다."고 정하고 있다.
7) 반민특위는 10개월 남짓의 활동 기간에 688명을 취급했으며, 이 중 293명을 기소했다. 293명 중 특별재판부가 해체되기 전에 판결을 받은 자는 78명, 미결인 자는 215명이었으나 78명에 대한 판결도 「반민족행위처벌 등 폐지에 관한 법률」 제정에 의해 모두 효력을 상실하였다. (허종 (2003), 『반민특위의 조직과 활동: 친일파 청산 그 좌절의 역사』 선인, 296-301쪽.)

심을 받던 사람들에 대하여 더 자세히 살펴보니 반민족행위자가 아니었음이 드러났을까? 아니면 반민족행위자들이 득세를 해서 스스로를 처벌할 수 없도록 수를 쓴 것일까?

이러한 이유와 관련하여 주익종은 "해방된 조국에서 반민족행위 청산보다 더 시급하고 중요하게 처리해야 할 국가적 과제가 발생한 탓이라고 설명한다. 그 과제란 당시 제주도에서 벌어진 남로당 무장봉기, 여수 순천의 국군 반란과 같은 공산세력의 준동으로 인하여 발생한 국가 전복 위기로부터 국가를 구하여야 했는데, 불행하게도 이들을 진압하는 업무를 담당하던 경찰 핵심 요원들이 주로 반민족행위자였기 때문에 처벌을 할 수 없었다는 것"[8]이다.

이에 대하여 박수현은 "친일세력들이 반공을 내세워 미군정에 편승해 애국자 행세를 하며 이승만 정권의 기반으로 권력의 중심을 이루면서 조직적인 반대 운동을 펼쳐 법적 처벌은 물론 윤리적 책임까지 묻지 못하게 한 것"[9]이라고 주장한다. 어떠한 해석과 설명이 맞는지에 대하여는 앞으로도 학자들의 심도 있는 연구가 필요하다고 생각한다.

중요한 것은 반민족행위자를 처벌할 기회를 이러한 배경 속에서 잃어버리고 말았다는 것이다. 잘 알다시피 이렇게 시기를 잃어버린 경우 여간해서 다시 바로잡을 수 있는 기회가 오는 경우는 드물다. 그런데 대한민국이 세워진 지 50년이나 지나서 그런 기회가 다시 찾아온 것이다. 아니 기회를 다시 만들었다고 하는 것이 더 정확한 표현일 것이다. 2004년에 노무현 대통령 집권 시기에 「반민족규명법」이 제정되고, 이를 근거로 활동한 반민규명위에서는 1,005명의 친일반민족행위자를 선정하였다. 다시 한 번 일제 강점기 때 우리 민족을 괴롭힌 사람들을 정리할 기회가 생긴 것이다.

---

8) 주익종(2019), "18. 친일청산이란 사기극", 『반일 종족주의』, 215-216쪽.
9) 박수현(2011), 한국 민주화와 친일 청산문제, 『기억과 전망』(통권 24호), 2011년, 139쪽.

그런데 여기에 의문이 생긴다. 반민규명위와 반민특위의 차이는 무엇이고, 이들은 어떤 기준을 가지고 반민족행위자 686명보다 300여 명이 더 많은 사람들을 친일반민족행위자로 선정한 것일까? 명확한 차이는 이름에 '친일'이라는 단어가 더해진 것에서 찾아볼 수 있다.

가장 최근 친일인물을 선정하여 그 명단을 수록한 『친일인명사전』을 발간한 민족문제연구소 친일인명사전편찬위원회에서 사용한 선정 기준은 "을사늑약 전후부터 1945년 8월 15일 해방에 이르기까지 일본 제국주의의 국권침탈·식민통치·침략전쟁에 적극 협력함으로써 우리 민족 또는 타민족에게 신체적, 물리적, 정신적으로 직·간접적 피해를 끼친 자"로 정의하고 있다.[10] 이 기준을 적용하면 그 대상자는 4,389명으로 늘어난다.

■ 정치적 편견에 따른 시각차

위의 예를 통하여 우리는 "친일행위"라는 판단과 관련하여 어떠한 기준을 적용하는가에 따라 그 대상자 수가 엄청나게 변하는 것을 알게 되었다. 그렇다면 각각의 판단은 정당한 것인지, 정당하다면 그 근거는 무엇인지 살펴보아야 어느 기준이 여러 기준 중에서 가장 받아들이기 적절한 것인지 판단할 수 있을 것이다.

반민특위나 반민규명위는 각각 법적인 근거를 가지고 활동을 하였다. 반면, 민족문제연구소의 활동은 법적 근거보다는 윤리적 판단에 근거하고

---

10) 친일인명사전 선정 기준을 적용하면 "반민족행위자 전부와 부일협력자 상층부"가 대상이 된다. 친일인명사전의 기록에 따르면, 특히 부일협력자 중 "일정한 직위 이상은 그 지위에 대한 책임을, 지식인과 문화예술인의 경우는 그 사회적 책임을 엄중히 묻는다는 취지에서 수록대상"으로 했다. 즉 수록대상자는 개인의 직접적인 행위와 개인의 지위·역할(직무) 두 가지를 함께 고려했다. 크게 "일제의 국권침탈에 협력한 자, 일제의 식민통치기구에 참여한 자, 항일운동을 방해한 자, 일제의 침략전쟁에 협력한 자, 지식인·종교인·문화예술인으로서 일제의 식민통치와 침략전쟁에 협력자"가 그 대상이다(『친일인명사전』 1권. 친일인명사전편찬위원회 (2009), 민족문제연구소, 21-22쪽).

있다고 생각한다. 법적 판단이든 윤리적 판단이든 순수한 법리나 윤리적 원칙을 적용한다면 크게 차이가 나지는 않을 것이다. 그렇지만 법이든 윤리든 인간이 살아가는 사회 속에서 개인 혹은 집단의 생활이나 행동을 제약한다는 특성을 고려하면 상당한 부분 정치적 배경이나 판단이 개입하고 있음을 짐작할 수 있다. 그렇다면 어떤 사건이나 현상을 판단하는 데 있어서 법, 윤리, 정치적 측면이 어떻게 고려되어야 할까?

송두율은 경향신문에 투고한 칼럼에서 법, 정치, 도덕의 관계에 대하여 다음과 같이 설명한 적이 있다. "법과 정치, 그리고 도덕의 관계를 어떻게 설정해야 하는가의 문제를 둘러싼 논의에 대해 미국의 법철학자 드워킨은 법, 정치 그리고 도덕의 내적 연결을 강조하면서 법적 규범이 도덕처럼 될 수도 있지만 근본적으로는 정치적 프로그램을 떠나서는 존재할 수 없으며, 사회의 전체적 목적지향도 법적 형식이 전제하는 결속력 덕택이라고 설명한다. 한마디로 법은 정치와 도덕 간의 연결고리라고 본다."[11]

지금껏 논의를 하고 있는 '반민족행위', '친일반민족행위', '친일행위'는 점차 오래된 정의로부터 최근의 정의로 변하는 것이며, 그 관점이 점차 '반민족'에서 '친일'로 변해가고 있음을 알 수 있다. 드워킨의 이론이 맞다면 법이 정치와 도덕의 중간에 있는 것일 테니, 반민특위의 '반민족행위'는 가장 정치적인 판단일 것이고, 민족문제연구소의 『친일인명사전』은 가장 윤리적 판단에 가깝다고 볼 수 있을 것이다. 그리고 그 중간에 있는 반민규명위의 '친일반민족행위'는 가장 법적인 판단에 해당한다고 봐야 할 것이다. 물론 이러한 가정은 일제 강점기의 친일활동을 어떻게 평가하는 것이 적절한 것인가에 대하여 필자가 이해하기 위하여 세운 개인적인 가

---

11) 송두율(2019), 법, 정치 그리고 도덕, 경향신문, 2019. 10. 17., (원문 기사: http://news.khan. co.kr/kh_news/khan_art_view.html?art_id=201910072051015#csidxf7a55615b3c5e61b7490e e8d3166d33) (2020년 3월 4일 확인)

설일 뿐이고 학술적인 근거는 전혀 없는 것임을 명확히 해둔다.

건국 직후에 적용되었던 정치적 배경은 무엇이었을까? 친일행위자는 일제 강점기에 생긴 것이니 독립이나 건국 이후에도 당연히 있었을 것이다. 그럼에도 불구하고 「반민족행위처벌법」을 만든 제헌국회는 친일행위자를 처벌 대상에서 배제하였다. 또 다시 주익종의 설명을 가져와 보자. 우선 생각해 볼 수 있는 이유는 대상자의 숫자일 것이다. 반민족행위자로부터 친일인명사전이 만들어지는 과정을 보면서 어떤 기준을 사용하는가에 따라 그 수가 몇백 명에서 수천 명까지 변하는 것을 보았다. "만약 민족문제연구소에서 적용하였던 일정 직위 이상이 아닌 일제 강점기 때 공무원이나 일정 액수 이상의 세금을 낸 사람, 더 나아가 하나라도 일제에서 시킨 일을 했던 사람이라는 기준을 적용하거나, 친일행위라고 하는 행동들이 자의적으로 한 것인지 강압이나 분위기 때문에 어쩔 수 없이 한 것인지 등에 대한 고려가 없다면 그 수는 몇만 명 어쩌면 수십만 명에 이르게 될지도 모른다."[12]

그리고 두 번째 이유는 앞에서 언급한 대로 공산주의자들로부터 국가를 지켜야 한다는 긴박한 사정이었다. 이러한 정치적 고려에서 친일행위자와 정말 국가와 민족에 잘못을 저지른 반민족행위자를 구분할 필요와 그 경계에 대하여 적당한 합의가 필요했으리라 생각한다. 그 합의가 정치인들 사이에서만 이루어진 정치적 합의였는지 국민들의 이해를 바탕으로 한 사회적 합의였는지에 대하여는 논란의 여지는 있지만 「반민족행위처벌법」이 정치적 고려를 바탕으로 하고 있음을 부인할 수 없다.

2004년 노무현 정부 때 반민족행위자의 범주에 '친일'이라는 개념을 포함시킨 「반민족규명법」에 「반민족행위처벌법」과 동일한 기준을 적용하여

---

12) 주익종(2019), "18. 친일청산이란 사기극", 『반일 종족주의』, 221-222쪽.

보자. 첫 번째 문제인 대상자의 숫자는 특정 직위 이상이라는 제한을 가함으로써 크게 늘어나지 않게 통제할 수 있게 되었다. 두 번째 이유인 국가를 보호하는 문제는 조금 복잡한 것 같다. 이 시기는 우리나라의 민주화가 이루어진 시점이라는 점에서 정부의 입장은 민주화세력의 보호와 반민주화세력의 척결이라는 필요성이 등장하였을 것이다. 이러한 배경에서 왜 '친일청산'이라고 하는 것이 사회의 주요 정신으로 등장하는지 납득할 수 있다.

박수현은 "그동안 친일행적이 민주화세력의 일차적인 관심이 되지 못했던 이유는 민주화가 너무나 중요한 과제였기 때문이라고 주장한다. 그는 건국 후 청산되지 않은 친일세력이 우리 사회의 모든 분야에서 핵심적 위치를 차지하게 되었는데 그것이 가능했던 이유는 독재체제 때문이었다고 주장한다. 친일세력과 독재체제는 서로를 강건하게 유지해 주는 기틀이었고, 우리나라의 민주화를 지연시킨 이유이다. 이러한 인식하에서 6월항쟁 이후 민주화가 무르익으면서 자연스럽게 친일 청산이 현안으로 등장하게 된 것이다. 다만 이미 오랜 세월이 흐른 탓에 그 방향은 인적·제도적 청산이 아닌 진상규명을 통한 역사적 청산에 중점을 두고 진행된 것이다. 즉, 친일청산 자체보다 친일청산이라는 행위 자체에 내포된 민주적·평화적 가치의 사회화에 목적을 두고 있었다"는 것이다.[13]

그렇기 때문에 새로 추가되는 친일반민족행위자나 친일인물은 정말 일제 강점기 동안 우리 민족에게 해를 가했던 사실 자체보다도 해방 이후 우리나라의 핵심적 위치를 차지한 사람들 중 일제 강점기 동안 친일 행적이 있는 사람들을 골라 그들이 민주화에 방해가 되었다는 사실을 규명하는 것이 될 수밖에 없다. 그렇기 때문에 사회적 지위가 낮은 사람들이 저

---

13) 박수현(2011), 한국 민주화와 친일 청산문제, 『기억과 전망』 (통권 24호), 2011년, 130-131쪽.

지른 친일반민족행위에 대하여는 문제를 삼지 않았다.

민주화운동의 근저에는 겉으로는 드러내 놓고 말하지는 못하지만 국민들 마음 속에 담겨 있던 자유민주주의에 대한 열망이 깔려 있다. 그런 측면에서 민주화운동은 사람들이 모여서 살 때 지키지 않으면 이 사회를 지탱할 수 없는 중요한 가치인 민주, 즉 국민 개개인이 주인으로서 누려야 할 권리, 자유, 그리고 지켜야 할 책임을 추구한 것이고, 그런 측면에서 윤리적이라 할 수 있다. 그런 민주화운동 뒤에 새로운 목표를 향해 모습을 드러낸 「반민족규명법」은 그렇기 때문에 「반민족행위처벌법」보다는 덜 정치적이고 윤리적인 측면이 포함될 수밖에 없었다고 본다. 여기에서 한 걸음 더 나아간 민족문제연구소의 『친일인명사전』은 이제는 정치적인 성격보다 훨씬 더 윤리적인 성격을 띠지 않을 수 없게 된 것이다.

■ 과거를 경험하지 않은 사람들

반민특위 때 활동을 했던 사람들은 일제 강점기를 직접 경험한 사람들이었다. 그들은 일제 강점기를 살면서 어떤 사람들이 어떤 잘못을 저질렀는지 직접 보고 겪은 당사자들이었다. 그런데 그들은 '반민족' 행위만을 문제삼았고, '친일' 행위에 대하여는 문제를 삼지 않았다. 그런데 그로부터 꽤 오랜 시간이 지난 후에 일제 강점기를 직접 경험하지 않은 사람들이 다시 옛일을 조사하면서 당사자였던 사람들의 결정을 부정하고 '친일' 행위를 문제 삼을 때는 그 근거가 합리적이고 타당하여야 할 것이다.

김수환 추기경의 말을 다시 살펴보자. "과거를 경험하지 않은 사람들이 오늘의 시각에서 정치적 편견을 갖고 함부로 역사를 재단하려 합니다." 지금까지 논의해 온 내용을 근거로 이 말을 보다 직설적으로 풀면 다음과 같이 될 것이다. "일제 강점기를 경험하지 않은 반민규명위나 민족문제연구소 사람들이 민주화된 오늘의 시각에서 친일파의 존재는 독재정권의 비호하에 민주화를 방해하는 장애물이었다는 편견을 가지고 일제 강점기 시대의 다양한 친일행위를 문제삼아 우리나라 역사를 다시 쓰려 한다."

어떤 시기를 간접적으로 경험한 사람들보다 직접 경험한 사람들이 내리는 결론은 아무래도 더 신뢰할 수 있을 것이다. 그렇지만 직접 경험을 하지 못했다고 무조건 잘못 판단할 것이라 생각할 수는 없다. 일제 강점기는 직접 경험하지 못했어도 우리는 당시의 여러 사정들을 교육, 언론 보도, 그리고 각종 자료들을 통해 간접적으로 경험하고 나름대로 판단의 기준을 가지고 있다.

우리가 실제 경험을 한 사람들의 판단과 의견을 조금은 더 존중하고 비중 있게 다루는 이유는 그들이 직접 당사자이기 때문이다. 당사자를 중시하는 이러한 경향은 특히 윤리적 판단에서 매우 중요하다. 그 결정이 옳고 그름을 떠나 각 개개인이 스스로 판단을 내리는 자율성을 존중한다는 것은 윤리적 판단에서 매우 중요한 원칙이다. 위에서 일제 강점기 동안의 친일 활동과 관련하여 반민족행위, 친일반민족행위, 친일행위라는 스펙트럼으로 점차 변화해 왔음을 이야기하면서 각각은 정치적, 법적(=정치적+윤리적), 윤리적 특성을 기본으로 하고 있다고 하였다.

시기가 지난 시점에 판단을 내리는 것이 윤리적 특성이 강하다면, 이전의 판단이 가지고 있던 정치적 특성을 인정하는 것, 즉 당사자가 스스로 내린 자율성을 인정하는 것은 매우 중요한 의미를 가진다. 그러한 자율성을 인정하지 않고 타인에 의해 번복되려면 자율성보다 더 크고 중요한 가치를 얻을 수 있음이 전제되어야 한다. 그렇지 않다면 사회가 달라지고 조건이 달라지면 다시 새로운 기준으로 다시 판단하려는 일들이 생길 것이기 때문이다. 그렇기 때문에 당사자들이 정한 기준으로 판단한 것을 존중하는 것이 최선이라 생각한다. 그렇다고 이미 선정해 놓은 친일반민족 행위자나 친일인물들의 친일 활동을 부인하자고 하는 것은 아니다. 그것은 윤리적 측면에서 검토하고 문제가 있다면 해결해 가야 할 과제이다.

■ 역사를 재단하려는 이유

일제 강점기의 과거에 대하여 지금의 기준으로 판단할 때 어떠한 사람들이 그 대상으로 새로 추가되는지 살펴보자. 「반민족규명법」을 적용할 때 새롭게 추가된 인물들에는 김성수, 박정희, 백선엽, 서정주 등이 포함되어 있다. 이들이 어쨌든 친일행위를 했다고 주장할 수도 있을 것이다. 그런데 이들이 저지른 친일행위가 과연 반민족행위였는가 하는 점은 당사자들에 의해 배제되었다. 만일 반민족행위가 아니라면 그들의 친일활동뿐 아니라 일제 강점기 동안 그리고 그 이후 우리나라 역사에 기여한 면을 동시에 고려하여 평가하는 것이 공정할 것이다. 그렇게 판단을 할 때 친일활동을 한 사실이 있고, 그 정도가 심해 우리 민족과 나라를 위해 긍정적으로 기여한 부분을 고려하더라도 도저히 용서할 수 없다면 그것은 '친일'이라기 보다는 '반민족'행위로 취급하는 것이 타당할 것이다.

문제는 앞에서 언급된 사람들을 포함하여 친일반민족행위자의 범주에 새롭게 추가된 인물들의 면면을 보면 대한민국의 건국과 관련하여 여러 분야에서 많은 기여를 한 분들이 있다는 것에 주목하게 된다. 현재 시점에서 이들의 존재를 부인하게 되면 대한민국의 건국과 발전이 부적절하고 없애야 할 청산 대상이 되고 만다. 과거의 흔적을 없애는 작업은 실제로 벌어져 왔고, 지금도 진행되고 있다. 잘못된 과거이기 때문에 없애고 새로 시작해야 한다는 주장도 일리가 전혀 없는 것은 아니지만, 작은 잘못이 있다고 모든 역사를 지워버려야 한다면 우리는 유구한 역사와 전통을 모두 버려야 할 것이다. 어느 사회, 어느 개인이 작은 잘못을 저지르지 않은 적이 있단 말인가. 중요한 것은 이런 과정은 상당히 객관적인 검증과정을 거쳐 이성적으로 이루어져야 한다는 것이다. 내 마음에 들지 않는다고 감정적으로 지워버린다면, 그것은 증거인멸과 같은 것이고 후대의 새로운 해석과 평가를 막아버리는 지극히 주관적인 행위인 것이다.

최근 김원봉에 대한 재평가 문제가 나오고 특히 독립유공자 서훈과 관련되어 첨예한 의견의 차이를 보이고 있다.14) 김원봉은 일제강점기에 항일무장투쟁에 참여하였으나 1948년 월북하여 북한정권 수립에 참여하였고, 한국전쟁 때에는 전시 노동상으로 전쟁에 참여하기도 하였다. 전쟁 후에는 전쟁 중의 공훈을 인정받아 북한으로부터 노력훈장까지 수여받았던 인물이다. 이런 인물에 대하여 항일무장투쟁을 했다는 사실만으로 북한의 최고위직을 지낸 사람을 독립유공자로 서훈해야 한다는 주장을 보면서 독립 이전의 친일활동은 당시의 상황이나 적극적인 친일 활동의 유무와 관계없이 특정 직위에 있었다는 사실만으로도 민족에 큰 해를 끼친 심대한 잘못으로 간주하는 데 반하여, 독립 이후에는 우리나라의 존폐를 위협하는 북한의 고위층으로 한국전쟁에서 동족상잔의 아픔을 겪게 하였어도 아무 문제가 없다고 주장하는 것은 필자로서는 이해하기 힘든 이중잣대를 적용하는 것이다. 이러한 주장이 가능한 이유는 역사를 철학적 추상적인 개념으로 접근하기 때문일 것이다. 역사의 철학적 추상적 접근에서 가장 중요한 것은 공감인데, 현실은 힘을 가진 집단의 주장을 공감된 사실인 것으로 오도하고 있으므로 실질적인 공감에 이르지 못하고 감성적 차원에서 머무르고 있기 때문일 것이다.

독립 후 공산주의 활동을 한 것이 문제가 되지 않고 일제 강점기에 독립

---

14) [아시아투데이 여론조사] 약산 김원봉, 독립유공자 지정 놓고 찬성 39.5% vs 반대 39.2% '팽팽', 아시아투데이, 2019.04.02. (기사 원본: http://www.asiatoday.co.kr/view.php?key=20190402000719467) (2020.03.05. 확인)

운동을 한 것을 공으로 인정할 수 있다면, 일제 강점기에 친일활동을 설령 하였다고 하더라도 독립 이전에 무장 투쟁이 아닌 다른 방식의 독립운동 혹은 민족운동을 한 것이나 해방 이후 국가의 발전에 기여한 공로를 왜 인정할 수 없는 것일까? 만일 친일반민족행위자 혹은 친일인물로 추가된 사람들의 존재가 이런 주장을 펴는 사람들이 추구하는 가치의 실현에 방해가 되기 때문에 제거해야 한다면, 그 공적이 아무리 크더라도 절대로 인정할 수 없는 이유가 설명이 된다. 이런 생각이 터무니없어 보이지만 최근 김원봉의 독립유공자 서훈 논란을 보면서 혹시라도, 그렇지 않기를 바라지만, 이들이 원하는 것이 현대사의 주인공들을 친일파로 몰아내고, 사회주의적 공산주의적 개념을 가진 사람들을 그 무대에 세우려고 하는 것이 아닌가 생각을 해 본다. 이는 필자 개인적인 의견이다. 만일 그런 의도가 있다면 그것은 역사를 자신들의 목적을 위해 왜곡하는 것이고, 훗날 역사의 준엄한 심판의 대상이 될 수밖에 없을 것이다. 이러한 가정의 사실 여부는 앞으로 학계에서 해결해야 할 과제라 생각한다.

■ 인촌 이야기

내용을 좁혀 인촌의 이야기를 해보려 한다. 반민규명위가 인촌을 '친일반민족행위자'에 포함시킨 이유는 인촌 명의로 친일신문 즉, 조선총독부의 기관지인 매일신보와 경성일보에 게재된 글, 강연, 친일단체의 간부 취임을 통해 친일반민족행위를 했다는 것이다. 이에 대하여 인촌기념회에서는 "이들 신문에 인촌 이름으로 게재된 글이 실상은 대필자의 작품이었는데 자료의 신빙성 여부에 대한 기초적 검토도 하지 않았다고 주장한다. 아울러 일제의 혹독한 탄압을 겪었던 원로학자들이나 당시 보성전문학교 제자들이 한결같이 '인촌 선생이 학병에 나가라고 한 사실이 없다'고 또렷하게 증언하며 항변하고 있음에도 이들의 증언을 무시하였다고 한다. 또 인촌은 일제시대 줄곧 민족자강의 기틀을 세우기 위해 언론과 교육, 산업에 헌신해 왔으며 3.1 운동의 태동을 지원했고 일제의 귀족 제의를 거절했으며 독립운동가들에게 군자금을 지원해 온 민족지도자였지, 결코 친일반민족행위를 한 적이 없다."고 주장하고 있다.[15]

인촌의 친일활동과 관련한 문제는 법정다툼으로까지 이어졌고, 2017년 4월 13일 대법원의 판결로 일단락되었다. 법원은 "비록 인촌이 3 · 1 운동에 참여하고 G사나 H학교 등을 운영하면서 민족문화의 보존과 유지 및 발전에 기여한 성과가 적지 아니한 사정이 있다고 하더라도, 그러한 사정이나 이 사건 증거들만으로는 위와 같은 친일행위의 주도성 · 적극성을 감쇄시킬 정도에 이르지 아니한다라고 하면서 이러한 판단의 기초가 된 사실인정에 대하여 다투는 취지의 주장은 사실심법원의 자유심증에 속하는 증거의 선택 및 증명력에 관한 판단을 탓하는 것에 불과하여 받아들일 수 없다고 판시하고 있다. 아울러 인촌이 S단체 준비위원, T단체 발기인 및 감사로서의 활동, 라디오 시국강연과 AW 일원에서의 시국인식 강연, 군용기 건조기 헌납, 매일신보를 통한 원호사업 협력 주장 등은 사회 · 문화기관을 통하여 이루어진 것이 아니거나 일본제국주의의 내선융화 또는 황민화운동을 주동하는 위치에서 이끄는 정도에 이르렀다고 보기 어렵다."고 하였다.[16]

법원의 판단은 독자적으로 존중되어야 하는 것임에 틀림이 없다. 이 판결은 인촌을 확실한 친일반민족행위자라고 선언하는 것이었고, 이를 근거로 우리나라의 역사에서 인촌이라는 인물을 지우는 과정이 하나하나 진행되고 있다. 참으로 안타까운 일이다.

---

15) 인촌 선생의 '친일' 시비에 대하여, 인촌기념회, 2009.11.27., 인촌기념회 홈페이지 (원본: http://www.inchonmemorial.co.kr/html/inchon/m_inchon_library01.html) (2020.03.05. 확인)
16) 대법원 판결문, 사건 2016두346 친일반민족행위결정처분취소, 대법원, 2017.04.13.

2017년 대법원 판결을 다시 보자. "비록 인촌이 3·1 운동에 참여하고 G사나 H학교 등을 운영하면서 민족문화의 보존과 유지 및 발전에 기여한 성과가 적지 아니한 사정이 있다고 하더라도, 그러한 사정이나 이 사건 증거들만으로는 위와 같은 친일행위의 주도성·적극성을 감쇄시킬 정도에 이르지 아니한다"라고 하고 있다. 또 이러한 증거는 "사실심법원의 자유심증에 속하는 증거의 선택 및 증명력에 관한 판단"을 믿는 것이라 하고 있다. 이러한 이야기는 재판이라고 하는 것이 객관적인 증거에 의존하여 순수하게 법리적으로 해석하는 것이 아니고, 재판관에게 허용된 권리인 자유, 자유심증에 의해 좌우될 수 있다는 것을 법원이 인정한다는 의미를 내포하고 있다. 물론, 모든 재판이 그렇다는 이야기는 아니다. 그렇지만 누구나 봐도 이견이 있을 수 없는 명백한 증거가 아니고, 해석을 필요로 하는 것이라면 다분히 재판관의 자유에 의해 달라질 수 있다는 의미이다. 지금도 법원에서 인촌이 기여한 바가 적지 않다고 인정하고 있다. 일제강점기에 우리 민족정신을 보존하고 교육을 통해 인재를 양성한 그 공이 분명히 있는 한 훗날 역사가들에 의해 객관적이고 이성적으로 평가가 될 것이라 생각한다. 그러한 학술적 연구와 평가 과정은 분명히 아무리 우수하고 존중을 받을 만한 법관들의 자유심증에 속하는 증거의 선택보다 더 믿을 수 있을 것이다. 속히 학술적 연구가 많이 이루어져 인촌에 대한 재평가가 이루어졌으면 하는 바람을 피력해 본다.

필자는 법학자도 아니고 법학에는 문외한이지만 최근에 공감이라는 개념을 법에도 도입하려는 시도가 있는 줄은 알고 있다. 네이버 사전에 의하면 '공감'이란 "남의 감정, 의견, 주장 따위에 대하여 자기도 그렇다고 느낌"이라는 의미를 갖고 있다. 법에서 공감을 논할 때 사전적 의미로 제한된 '남'이란 누구를 의미하는 것일까? 이상돈은 "인간의 지적 능력인 이성을 통해 평등한 자유의 이념을 최대한 실현하려는 기획을 좇아 구축된 규범인 이성법이 우리나라 법체계의 기초를 이루고 있으며, 법이 불합리한 차별을 하면서도 정의로울 수 있는 가능성은 합리적 사유를 통한 이성의 법이 아니라 공감을 통한 감성의 법이 될 때 비로소 열릴 수 있다."[17]고 공감법의 개념을 제시하고 있다. 즉, 공감법은 이성보다는 감성에 의존하는 법을 말하는 것이기 때문에 이성적인 판단보다는 감정과 직관에 의한 판단을 사용할 수 밖에 없다. 이성적인 판단은 다수의 논의와 합의에 따라 결정될 수도 있지만, 공감이라는 것은 감정적인 동화 과정이기 때문에 어쩔 수 없이 주관적인 면을 포함한다. 예를 들어 법원에서 특정 판결을 내리면서 '일반국민의 법감정'에 맞는다고 설명을 한다면[18] 이는 공감법적 판결이라고 할 수 있는데, 일반국민들의 입장이 항상 일치하는 것은 아니어서 훗날 문제가 될 수 있다.

인촌의 일제 강점기 동안의 행적과 관련한 대법원의 판결과 관련한 특별법이 객관적으로 공감법이라거나 대법원에서 공감법적 판결을 하였다는 증거는 없다. 그럼에도 불구하고, 우리나라 법관들이 법률을 해석함에 있어 "합리적 사유에 의한 논리적 분석보다는 '경험적 직관'에 의존하는 경향을 보여 왔었다고 평가할 수"[19] 있기 때문에 일부 공감법적 판결을 할 수도 있었을 것이라는 생각을 해 본다. 그것은 재판관에게 주어진 자유심증에 의해 증거들을 선별하거나 증거들의 의미를 해석할 때 일반국민들의 법감정에 맞는 것들 위주로 하였을 가능성을 제기하는 것이다. 이때 문제

---

17) 이상돈, 공감의 법,『법적 이슈 공감하기 2017』, 세창출판사, 2017, 26쪽.
18) 위 이상돈의 글 23쪽에서 인용한 '대법원 2014도3363 전원합의체판결의 반대의견'에서 "대물변제예약을 하는 채권자는 차용금변제보다 은근히 대물변제를 기대하는 입장을 가질 수도 있다. 이런 입장에서 보면 채무자가 등기협력의무 등을 이행하지 않아 채권자에게 회복하기 어려운 손해를 끼쳤다면 배임죄로 처벌하는 것이 '일반국민의 법감정'에 맞는다."는 주장이 더 설득력이 있다고 언급하고 있다.
19) 위 이상돈의 글 21쪽.

가 되는 것은 일반국민들 중 친일행위의 판단이 실제 반민족행위에 해당하는가보다 사회적 지위, 건국 후 성공에 의해 판단하는 것이 맞고 적절하다고 생각하는 사람이 얼마나 되는가 하는 것이다. 또 일제 강점기나 건국후 우리나라 광복을 위한 간접적 기여, 우리나라의 건국, 발전을 위한 기여도는 고려할 필요가 없다는 기준에 얼마나 동의하고 공감하는가에 달려있을 것이다. 그러한 공감의 기준이 변화된다면 결론은 달라질 수 있다.

인촌과 관련한 판결이 다시 법원에서 논의될 수 있을까? 대법원 판단이 나온 사건에 대하여 다시금 사실심법원의 논의가 가능하지 않을 수도 있겠지만, 적어도 과거사에 관한한 정의롭고 공정한 법집행과 사회의 발전을 위해 이러한 원칙으로부터 조금은 자유로웠지 않나 하는 느낌이 드니 언젠가 다시 분위기가 바뀌게 되면 재논의가 될 수도 있지 않을까 한다.

■ 마치면서

어떤 판단을 할 때, 그것이 법적이든 윤리적이든 정치적이든 상관없이 현재의 기준으로 판단을 해야 하는 것인지, 판단의 대상이 되는 일이 일어난 시점을 기준으로 해야 하는 것인지 논란이 있을 수 있다. 그러나, 일반적으로 어떤 일이든 당시의 기준으로 판단해야 가장 무리가 없다. 과거에는 허용되었거나 관례적으로 묵인되던 것이 최근에는 엄격하게 허용되지 않게 되었을 때, 현재의 기준과 잣대로 과거의 일을 들여다보면 모두가 잘못된 것일 수밖에 없다.

최근 청문회마다 교수출신들의 연구부정행위가 문제가 된다. 혹자는 교수들은 모두 연구부정행위를 저지르는 비윤리적인 사람들이라고 생각할 수도 있을 것이다. 그렇지만 과거에 혹은 지금도 분야에 따라서는 허용되는 것을 했다고 하면, "하지 않았더라면 좋았을 텐데…"라고 하면서 지적을 하고 앞으로 그런 일이 생기지 않도록 요구할 수는 있지만, 그것을 문제삼아 처벌을 할 수는 없는 것 아닌가. 그런데 과거의 일을 과거의 기준이 아닌 현재의 기준으로 평가하고 처벌까지 하는 것들이 심심찮게 보인다. 그것이 국민의 감정에 맞기 때문일 것이다.

과거에 잘못한 일이 있다면 한 번 정리를 할 필요는 분명히 있다. 그러한 정리까지 하지 말라는 것은 아니다. 그러나 그러한 정리는 그리고 그 과거는 잊고 앞으로 나아가는 것을 전제로 해야 정당성을 확보할 수 있다. 어두운 과거에 관한 이야기를 할 때 흔히 남아프리카공화국의 넬슨 만델라 이야기를 한다. 넬슨 만델라가 대통령이 된 후 인종차별정책, 흑인에게 가해졌던 엄청난 인권침해에 대하여 조사를 한 "진실과 화해위원회(Committee for Truth and Reconciliation)"의 원칙과 처리결과는 우리가 새겨볼 가치가 있다고 생각한다. 넬슨 만델라가 추구한 것은 인종차별의 철폐, 그래서 과거의 잘못에 대한 조사도 인종차별의 철폐라는 큰 목적하에서 용서할 것은 용서하고, 상처받은 사람은 치유하여 궁극적으로 화해로 이끄는 것이었고, 그러한 그의 의도는 성공한 것으로 평가받고 있다.

그런데 우리는 어떠했는가? 친일반민족행위진상규명위원회는 일제 강점기 때 살았었고, 조사 당시 이미 고인들이 되신 우리나라의 건국과 발전에 지대한 공헌을 한 위대한 선배들을 하루아침에 용서받지 못할 친일파로 만들었다. 그리고 최근에는 공산주의 운동을 했던 사람들을 영웅으로 돌려세우려는 시도가 벌어지고 있다. 거기에 용서나 화해는 없었다. 지금이라도 그런 용서와 화해의 과정을 통해 공은 공으로 과는 과로 정당하게 평가하고, 앞날을 향해 나아가는 우리가 되었으면 한다.

〈부록〉

1. 인촌의 탄생은 이 나라 이 민족의 福이었다
   − 故 의제 허백련 화백 특별대담 −

   보도: 교우회보 특집
   장소: 광주 무등산 춘설헌 화실
   날짜: 1975년 12월 21일 3-7시
   대담: 리 훈 교우

2. 생과 사를 초월한 우정
   − 인촌 문화상 시상식을 보고 −

   보도: 교우회보
   날짜: 1976년 11월 5일
   기고: 리 훈 교우

3. 근대 민족교육관과 인촌 김성수 선생

   보도: 고려지
   날짜: 1981년
   발표: 리 훈(홍익평화포럼 회장)

4. 인촌 동상을 지킨 교우들과 필자 사진
   − 교우회보 조선일보 1989년 5월 18일 보도사진과 설명 −
   동상 수호를 위해 나선 교우들의 모습과 삽을 들어 구덩이를 메우는 필자
   의 모습(고대 교우회보 1989년 5월 18일 보도 사진)

5. 광복 71주년 기념 강연회
   − 대한민국 100년 고려대학교 100년 −
   인촌 김성수 선생 구한말 구국계몽 교육철학과 애국애민정신

   장소: 봉황각 강당 우미동
   일시: 2016년 8월 15일 10-13시
   주최: 고려대학교 33동지회
   후원: 고려대학교 교우회
   발표: 리 훈(인류학 박사)

東洋畫의 大家 毅齋 許百鍊화백에게 듣는 仁村 金性洙先生과의 交友故.

仁村의 誕生은 이나라 이民族의 福이있다

意見 모을땐 말없지만, 實行엔 항상 앞장섰던 투철한 民主精神

藝術을 사랑하던 仁村, 先覺者, 畫家들과 交友하며 손수 그림공부도

친구위해 藥酒들고는 며칠씩 않아누워

副統領 취임 소식에 「식초 한되 먹을 決心섰나?」며 담부도

許百鍊(東洋畫家)

場所: 無等山春雪軒
日時: 1975. 12. 21
15 : 00

表紙畫 설명

▲1975년 1월 5일 고우회보에 보도된 기획특집기사 광주 무등산 故 의제 허백련 화백 화실(춘설헌)(대담자 필자, 1976년 12월 21일 오후 5시)

논·제로 게임
吳宗熙

校友 隨筆

가을의 女心
孫珍玉

내 귀여운 도둑
李多賣

生과 死를 超越한 友情
□ 仁村文化賞 施賞式을 보고 □ 李 勳

▲ 1976년 故 의제 허백련 화백께서 인촌문화상을 수상하게 되어 그 소감에 대해 필자가 쓴 기고문(고우회보 76.11.5. 보도)

근대 민족교육관과 仁村 金性洙 先生

리 훈(인류학 박사)
(사)교육개혁실천시민연대(교실련)상임대표
GKMWPCO(NGO)조직위원회 위원장

시작하며

　민족이나 개인이나 고난과 위기의 순간은 있기 마련이다. 그러나 이러한 고난
과 위기를 어떻게 극복해 가느냐는 사실을 이해하지 않으면 안 된다. 인촌 김성
수 선생은 개인적 측면에서도 성공적인 면학의 길을 걸었으며 국가 장래 즉 애국
적인 면에서도 성공적인 민족교육활동을 폈다는 것이 중론이고 역사적 사실로
입증된 바이다.

　알다시피 민족교육이란 민족이 진정한 의미에서 극일정신을 배양한다는 확고
한 목적이 없이는 불가능했기 때문이다. 그리고 이것은 자주적인 독립국가로 연
계됨은 물론 "민족 의지의 실체"를 회복한다는 원대한 계획이 있어야만 된다는
결론이 아닐 수 없다. 이러한 관점에서 볼 때 당시 시대적 배경에서 우리 민족이
처한 현실과 관련한 인촌 김성수 선생의 어린 시절과 청년 시절 그리고 민족 교
육활동에 관해 살펴볼 필요가 있다.

　특히 이러한 사실이 면학에 정진하는 청소년들에게 좀더 쉽게 이해되어 민족
정신 함양과 함께 민족의 장래에까지 연관된다는 사실을 깨달았으면 한다. 그리
고 이 글은 문헌과 그간 필자가 대학, 대학원 때 신문에 기고한 내용 등을 바탕으
로 기술했기에 미흡한 점이 없지 않다는 사실도 지적해 둔다.

1. 인촌 선생의 어린 시절

　인촌 선생은 전통적 유가의 가문에서 태어나 부모님의 극진한 사랑으로 행복
한 어린 시절을 보냈다. 인촌 선생이 태어날 때 태몽(어머님)은 "개천에서 한 뼘이
나 되는 새우가 헤엄치는 것을 보고 뛰어들어 치마폭에 감싸 언덕에 올라와 보니
석자가 넘는 잉어"였다고 한다. 인촌 선생이 태어난 곳은 전북 고창군 인촌리였다.

　한 가지 빼어 놓을 수 없는 점은 인촌의 부친의 형제(큰집)에 손이 없이 인촌이
태어난 2년 후 동생(연수)가 태어나 인촌이 큰집 양자로 입양되었다. 그러나 대가

족 제도에서 한집에 살았기에 친부모를 그리워하는 외로움 같은 것은 느낄 필요가 없었다.

인촌은 엄격한 부모님의 훈도 때문에 비록 한집에서 생활을 했지만 양가와 생가의 구별은 엄격했었다. 예를 들면 어쩌다 밤이 늦어져 생가에서 잠을 청하고자 하면 생모의 따뜻한 훈도와 배려로 잠은 양가에서 자게 하는 엄격함을 견지했으며 관대하고 인자해 늘 사랑을 독차지했다고 전해지고 있다.

인촌 선생이 어릴 때 이름은 판석이라 불리었고 귀여움을 독차지 했기에 장난기가 심하기도 했다. 이를테면 마을 아이들과 떼를 지어 오이나 참외밭에 뛰어들기 일쑤였고, 밤이면 새를 잡기 위해 마을 지붕을 더듬고 다녔다. 물론 이러한 행동은 양가 부모님들의 극진한 사랑 때문이었지만 너그러운 사랑이 자유롭고 활달한 품성을 지니게 했으며, 거의 열 세 살까지 이어졌으며 속칭 꼬마신랑으로 전남 창평 고씨 댁으로 장가를 들었다.

물론 신부는 인촌 선생보다 5살 위였다. 웃지 못할 일화는 처가에 가는 초행길에 시내물에 노는 마을 아이를 보자 물에 뛰어들어 함께 놀았으며 때문에 젖은 옷으로 처가에 당도했다고 한다. 물론 부부생활을 하면서도 장난이 심했다는 사실을 보더라도 얼마나 자유로운 생활을 했는지 짐작이 간다. 이러한 자유로운 태도는 생가와 양가의 너그러운 사랑이 있었기에 가능하지 않았나 싶다.

물론 자유로움과 방종은 엄연히 다르기 때문에 인촌 선생의 자유로움은 활달한 기개에 해당하는 것이기도 했다. 인촌은 어릴 때부터 친구를 좋아했으며 친구들과 지내는 하루는 마냥 즐겁고 짧기만 했다고 한다. 인촌 선생의 면학은 7세까지는 집에서 부모님으로부터 글을 배우고 익혔으며 이후 훈장을 청해 공부를 했으며, 얼마 후 인촌이 마을 친구들과 함께 공부하기를 원해 부모님 배려로 동네 아이들과 함께 공부하도록 조치되었다.

물론 인촌 선생은 자유로운 정신에서 면학을 했으며 때문에 글방 아이들과 우애가 두터웠으며 이에 동네 어른들은 자기 아이가 인촌과 친하게 되길 바랐다. 이 글방에서 배우는 책은 명심보감과 소학 등이었다. 천자문은 벌써 집에서 부모님으로부터 다 배워 면학의 열기는 높아만 가 사서삼경을 배우고 이어 자치통감을 배우고 공자, 맹자 등의 동양철학과 중국의 역사도 배웠다.

인촌의 한문 공부는 18세가 되어 일본으로 유학을 떠날 때까지 계속되었기에 그 능력은 상당한 수준에 있었으며 심지어 유학 철학과 성리학을 접하기도 했다.

또한 삼국지를 통해 가장 감수성이 강한 청소년 시절에 유교 철학의 바탕을 공고히 했으며 한학에 뿌리를 둔 학문은 평생을 통해서 인촌의 정신에 적지 않은 영향을 주기도 했다.

나아가 인촌의 신문학은 스승 고정주高鼎柱, 1863~1934에 의해 주도 되었으며 스승은 당시 문과에 급제한 경륜과 학식과 덕망을 지닌 분이었으며 후일 호남학회를 발기할 정도로 신학문에도 깊은 관심과 경륜을 지닌 스승이기도 했다. 물론 스승의 가르침은 담양군 창평면에 창흥의숙이었고 교과목은 한문, 일어, 수학 등이 포함되기도 했다.

이때 함께 공부한 친구는 고하 송진우 등이 있었고 인촌은 고하보다 한 살이 아래였음에도 불구하고 뜨거운 우정으로 깊이 있는 학문을 쌓아 갔다. 인촌과 고하는 조국을 빼앗긴 심정에서 실질적인 대화를 통해 큰 꿈을 갖게 되었고 나아가 망국의 비운을 삼키며 밤잠을 설치며 토론을 하기도 했다.

물론 고하는 인촌의 진정한 친구였으며 벗이었다. 고하는 나라가 망해 가는데 여기서 이렇게 공부만 할 수 있느냐는 항변을 토했으며 이에 인촌은 냉정한 비판과 충고를 해주었다. 그러나 고하는 면학보다는 행동을 중요시했으며 조국의 패망을 몹시 서러워했고 이에 인촌도 많은 날들을 정말 우물 속에만 있어야 하는가에 대해 자성하기도 했다.

고하가 떠나간 후 창평에서의 면학은 종료되었으며 이에 고향으로 돌아왔던 인촌은 왜 조국과 민족이 일본에게 빼앗겨야 했는가에 고심했다. 우리가 이런 꼴을 면하려면 무엇보다는 알아야 하고 알기 위해서는 배워야 한다는 생각에 몰두하기도 했다. 1905년 일본은 조선과 강압적인 보호조약을 맺어 국권을 강탈해 갔으며 이에 국민의 반일 감정은 날로 격화되었다.

뜻있는 우국지사들은 우리 민족의 국권 회복에 많은 노력을 경주하기도 했다. 이러한 분위기에서 인촌은 많은 것을 느끼고 깨달으며 스승의 실질적 가르침을 통해 나라를 경영해 가자면 반드시 영어와 중국어 및 일어를 배워 새로운 서양문물을 배워야 한다고 생각했기 때문에 신문학에 많은 애착을 갖기도 했다.

2. 인촌의 청년 시절

인촌에게 신학문은 많은 의문과 더불어 비전을 갖도록 했으며 급기야 심한 고민과 갈등을 겪게 했다. 고향 양부모의 뜻은 가능하면 유가적 전통의 가문을 이어주기를 원했기 때문이었다. 그러나 전통적 관습마저도 인촌을 그대로 놔두지 않았다. 이를테면 개화사상이 끓어오를 때 마침 줄포와 흥덕 사이에 있는 후포에서 대한협회의 시국 강연회가 있다는 소식을 듣고 달려가지 않을 수 없었다.

대한협회는 1906년 일본의 강압으로 조국이 도탄에 빠져 있을 때 설립된 대한자강회의 후신으로 계몽운동을 벌이는 단체이기도 했다. 연사 한승리韓承履는 주권 재민 사상과 만민 평등 사상을 강조하고 정치를 비판하며 정의에 입각한 사회를 건설하고 민권을 확립해야 된다는 연설을 했는데 이때 시골집 양가 젊은이로서 처음 듣는 강연이었다.

이 강연은 인촌에게 깊은 감명을 주었고 강연이 끝난 후 숙소로 연사를 찾아갔으며 여기서 시국에 관해 많은 이야기를 들으며 군산에 있는 금호학교를 소개받게 되었다. 당시 금호학교는 영어와 일어 그리고 수학, 지리, 역사를 가르쳤고 인촌은 다짜고짜 이 학교에 찾아가 입학했으며 점점 신학문에 빠져 들었으며 새로운 민주주의 사상에 더욱 감명을 받았던 것이다.

이때 친구 홍명희洪命熹를 만났으며 이 친구는 인촌에게 너무나 많은 영향을 주기도 했다. 물론 두 사람은 밤을 새며 시국을 논했으며 대한 남아의 진로를 토론하기도 했다. 마침내 인촌은 신학문을 익히기 위해 일본에 갈 마음의 준비를 했으며 때 마추어 고하 송진우가 군산으로 인촌을 찾아 왔었다.

고하는 서울 한성교원 양성고에 입학하려고 부모의 승낙을 받고 한양으로 가는 길에 들렀으며 고하는 이때 한양에 함께 가기를 간곡히 청했었다. 그러나 인촌은 고하를 만나자마자 곧 동경으로 같이 갈 것을 제의했다. 물론 고하도 인촌의 뜻을 따르기로 했던 것이다.

인촌과 고하는 한승리 선생의 도움으로 도일여권을 발부받는 등 준비에 만전을 기했다. 도일 준비를 하는 동안에 부모의 승낙을 얻고자 했으나 허사로 돌아갔기에 부모 모르게 떠날 결심을 했다.

인촌이 비밀리에 일본에 간다는 것을 하숙집 주인이 인촌 몰래 본가에 연락을 했는데, 이것은 비밀리에 인촌의 동정을 살펴 본가에 연락하도록 했기 때문에 이 사실이 노출되고 말았다. 이 사실을 알아차린 본가에서 모친 급환이라는 전갈을 보냈으나 인촌은 거짓말이라고 깨닫고 심부름꾼에게 몰래 일본으로 가는 불효를 범하게 되었다는 장문의 서한을 보내고 동경으로 떠났던 것이다.

이때가 1908년 10월이었고 군산항에서 출발해 마침내 인촌은 꿈에 그리던 신학문의 길로 가는 큰 걸음을 내디뎠던 것이다. 일본에 도착한 인촌과 고하는 친구 홍명희洪命熹의 하숙집에 짐을 풀었으며 두 시골 젊은이는 크게 발전하는 일본의 모습과 발전상을 보고 놀라움을 금치 못했다.

고하는 평소 일본의 경제력에 대해 가소롭게 여겨왔던 터였지만 일본의 발전된 모습을 보고 놀랐으며 우리나라의 경제가 참으로 비참하다는 것을 느꼈던 것이다. 그러나 두 젊은이는 그럴수록 이를 악물고 면학에 열정을 태웠던 것이다. 동경에 도착한 이듬해에 錦城中學校(사립: 東京神田區 소재) 5학년 예과에 진학했으니 이때가 1910년이고 보면 바로 일본이 국권을 빼앗아 간 해이기도 했다.

망국의 비보를 접한 동경유학생들은(8월 30일 일본 신문 호외에) 몸서리치는 슬픔을 삼키지 않으면 안 되었다. 고아와 인촌은 물론 장덕수, 이광수 최남선 등 많은 학생들이 항거하려 했으나 학생들의 힘에는 한계가 있었다. 이때 많은 유학생들은 참으로 비통해 했으며 그 충격으로 학업을 포기하는 이가 많았고 또 국권 회복을 위해 제3국(미국, 중국) 등으로 떠나는 경우가 허다했다.

결과적으로 독립운동도 제대로 못하고 학업을 마치지 못한 경우가 많았다. 그러나 인촌은 처음부터 차분한 마음으로 대처하며 생각해 보았다. 먼저 알아야 하고 그러기 위해서는 신학문을 중도에 포기할 수 없었다. 인촌은 합병 이듬해에 1911년 가을 예과를 마치고 그해 가을 본과에 입학하여 3년 동안 열심히 면학에 정진했다.

이때 대학 생활에 대해 후일 회고담에 "그때 나는 피가 끓는 청춘이었다", "대학(早大 本科)에 들어간 해가 21세 때이고 졸업은 24살이었기에 사지에 흐르는 방종한 정열과 내 오관五官을 싸고도는 로맨틱한 정조는 막을 래야 막을 수 없었겠지 않겠는가, 아마 이 뒤로는 대학 시절은 나의 청춘의 회상과 더불어 영원히 살아지지 않을 것이다"라고 회고했다.

여기서 살펴볼 점이 있다면 그것은 다름 아닌 인촌의 민족독립사상이 무엇이며 이러한 독립 사상은 어디에 근거를 둘 것이냐에 고민이 된다. 물론 한 인간이 어떤 사상이나 주의에 전념하고 몰두하는 일이 결코 하루 아침에 이루어질 수 없다. 하지만 인촌의 이러한 정신은 어릴 때의 가풍과 환경이 고려되지 않을 수 없을 것이다.

인촌의 애국심은 비참한 고국의 현실과 함께 일본 생활을 통해서 신학문의 기틀을 바탕으로 일본 유학 시절에 완성되었다 하지 않을 수 없다.

첫째, 계몽기의 도가니 속에서 인촌의 독립사상은 성숙되었다. 그것은 다름아닌 1900년대 일본은 이미 개화기를 지나서 개화사상의 노화기에 들어서는 때였으며 불란서 혁명 사상의 여파로 자유, 평등, 박애 사상이 밀물처럼 파고들었기 때문이다. 이른바 민주주의 사상이 새로운 사상으로 엄청난 기세로 파급되고 있었기에 가능했던 것이다. 그리고 일본은 이미 명치유신에 성공하였으므로 만국 공론에 의해서 결정한다는 대원칙을 천명하여 그들 나름의 계몽사상이 활발히 전개될 때였다.

둘째, 독립 사상은 재능, 달변, 토론 그리고 용기있는 여러 친구들과의 교우관계에서 자연스럽게 형성되었을 것으로 믿는다. 한마디로 인촌은 일본 유학은 많은 사람을 친구로 여기는 폭넓은 대인 관계를 유지했으며 후일 장덕수, 이광수, 현상윤, 김준연, 최두선, 현준호, 허백련 등과는 평생을 두고 그 우정을 지켰으며 경우에 따라서는 교육기관, 언론기관, 실업계, 문화예술계 등에서 상호 협력하며 관계가 지속되었으며 인촌은 이들을 통해 보다 많은 의식의 폭과 다양한 경험을 체험했으리라 믿는다.

셋째, 일본의 대학 설립자들의 영향을 들 수 있다. 인촌이 일본 유학 시절 일본 젊은이와 한국 유학생들 간에 크게 존경받는 인물이 있었는데 그들이 바로 오꾸마 시계노부(大隈重信)와 후꾸사와 유기리(福澤諭吉) 요꾸마는 早稻田大學을 후꾸사와는 慶應大學을 설립했는데 이 두 사람의 영향력은 일본에 거의 신격화 되어 있었다. 일본의 발전에 지대한 공적을 세운 그러한 인물들이었기 때문에 많은 것을 보고 배울 수 있었던 것이다. 특히 인촌은 어릴 때부터 배워야 한다. 그리고 알아야 한다는 교육관에 입각한 처지였기에 더욱 위 두 분의 영향이 크지 않을 수 없었다.

넷째, 일본의 다양한 사상적 성향에 의해서 많은 영향을 받았으리라 본다. 당시 일본은 사회사상의 백화점이라 해도 과언이 아니었기 때문이다. 그것은 다름 아닌 군국주의 사상에서 무정부주의 사상에까지 자유토론에 개방되지 않는 사상은 없었다. 공산주의 사상만 하더라도 원시 공산주의 사상에서 수정 공산주의 사상까지 논의되었다.

민주주의는 영국식과 불란서식의 민주주의가 판을 치고 있었기에 글자 그대로 사상의 자유시장이라 해도 과언이 아니었다. 이러한 때에 인촌은 6년 동안이나 젊은 시절을 일본에서 보냈기에 합리주의자인 그에게 체계적인 사상을 간직한 시기라 하지 않을 수 없으리라 믿는다.

3. 인촌 근대 민족 교육의 아버지

인촌은 일본 유학 시절을 기점으로 독립 사상의 골격을 세우기 위해 불철주야 노력해 왔다. 오로지 교육만 이 민족을 소생시킬 수 있다는 남다른 생각을 갖게 되었던 것이다. 이것이 바로 "구국사상의 정립"이 아닐 수 없다. 가벼운 철학이나 사상의 낭만주의 그리고 그토록 심한 유행병인 지식인의 공산주의자 추종의 병폐를 이겨낸 점을 보더라도 이해가 되리라 믿는다.

이것이 다름아닌 인촌의 가정교육과 유교정신으로 형성된 인품이 이를 용납하지 않았으리라 짐작해 본다. 오직 알아야 한다. 고로 배워야 한다는 자강의식은 확실히 남달랐으며 인촌의 실천적 봉사정신 또한 남달랐다. 그것은 고국에서 보내온 여유있는 학비를 쪼개 많은 어려운 동료 유학생이나 재능있는 사람들을 도와 면학에 전념토록 했으니 참으로 아름다운 미덕이 아닐 수 없다.

1975년 고대 고우회보 기획특집을 위한 故 의제 허백련 선생과 필자와의 대담에서 화가인 故 의제 허백련 선생은 1913년 일본에 고학생으로 신문 배달을 하며 면학을 하던 때 인촌이 머무는 하숙집에 머물도록 큰 도움을 받았으며 인촌 졸업 당시 타국에서 굶지 말고 요기라도 하라며 금일봉을 선뜻 옷소매에 넣어주었다는 사실만 보더라도 그 인품은 짐작하리라 믿는다. 이 점에 관해 인촌 선생은 밝힌바 없지만 고하, 설산 등 일본 유학생들은 거의가 신세를 졌다고 한다.

사실은 후일 인촌의 큰 뜻을 이해한 나머지 도움을 받았던 친구들이나. 동료들에 의해 널리 알려진 사실이다. 앞에서 말한 화가 의제 허백련 선생에 관한 이야기도 1975년 12월 21일 필자가 직접 광주 무등산에서 인터뷰(校友會報)를 함으로써 밝혀진 점을 보더라도 짐작이 간다.

일본에서 유학을 하는 동안 의로운 생활을 하며 착실하게 새로운 사상을 접하는 동안 더욱 굳건한 자유민주 사상을 채득하였으니 이것이 바로 인촌의 구국교육정신이 아닌가 싶다. 민족의 수난기에 어찌 인촌인들 여운형, 이광수, 장덕수, 신익희처럼 해외에서 독립운동에 헌신할 생각이 없었겠는가?

그러나 인촌은 민족이 있어야 하고 그러려면 배워야 한다는 장기적이고 기본적인 처지에서 장차 국가 민족에 이바지할 수 있는 길을 모색하고저 했다는 사실에서 관찰되지 않으면 안 된다. 교육을 통해 민중을 계몽해 애국애족의 정신을 길러 민족의 백년대계에 대비하는 것이 인촌이 추구했던 애국의 길이었다.

일본의 두 대학 설립자들의 건학 정신이 국적을 초월해 젊은이들에게 정신적 영향력을 끼친 사실을 감안해 볼 때 인촌은 학생들에게 꺼져가는 민족의 혼과 정신을 심화시켜야 한다는 생각과 함께 인촌은 이때 민주주의 사상과 더불어 독립정신을 불어넣어 주기 위한 사업을 추진해야겠다는 강한 의욕과 충동을 느꼈던 것이다.

인촌은 구국 교육사업이야말로 곧 민족 독립 운동의 일환으로 간주하기도 했다. 이러한 구국교육사상이 일본에서의 학생 생활을 통해서 확립되었음은 인촌에게는 극히 자연스러운 것이었기에 인촌이 1914년 대학을 마치고 귀국해 1915년에 중앙학교를 인수해 교육사업을 시작했다는 사실을 보면 인촌의 구국교육사상은 이미 동경에서 정립된 것이라고 보아야 마땅하다.

그 당시 일본 대학 졸업식에 오신 두 부친에게 교육사업에 뜻을 밝힌 것으로 보아 틀림없으리라 간주해 본다. 인촌은 일본에 수학하는 동안 이 문제에 구체적 대안을 마련했으며 귀국후 착착 진행했다. 그 일환으로 양가 부모님을 일본 졸업식에 초청하여 일본의 발전된 모습과 일본의 교육기관을 보시게 했으며 교육이 국가발전에 끼치는 영향에 대해 어른들이 이해할 수 있도록 세심한 배려를 기울기도 했었다.

인촌은 두 부친이 모처럼 어려운 길을 나선 터이라 이때를 놓치지 않고 대표적 교육기관을 차례로 방문했으며 일본의 유명사립학교(早稻田大學) 창립 30주년 기념행사가 펼쳐지는 순간 두루마기와 갓을 쓰고 스텐드 한 구석에서 이 광경을 바라본 두 분의 감정은 남달랐으리라 본다.

양가의 부친은 20여 일간 일본 방문을 마치고 귀국하는 전날 밤 인촌은 대학을 마치고 교육사업에 몸을 바치겠다는 결의를 조심스럽게 피력했었다 한다. 부언해 일본이 단시일 안에 이렇게 발전된 원동력은 교육에 있었다는 사실과 우리민족이 일본의 손아귀에서 벗어나려면 교육에 많은 노력이 요구된다는 사실을 말하지 않을 수 없었던 것이다.

이러한 사실로 미루어 보면 구국교육사업은 이미 일본에서 시작되었으며 일본에서 이루어진 셈이라 해도 과언이 아니다. 교육사업을 하는데 두분의 허락과 지원이 없는 한 불가능하고 두 분이 이 문제에 지원해 준다면 모든 것이 순조롭게 진행될 수 있기 때문이었다.

이를테면 두 분이 일본에 대한 견문을 넓히지 않았으면 도저히 자금을 지원받기가 어렵다고 느꼈기 때문에 인촌은 이 문제의 해결 방안으로 두 분을 일본에 오시게 하여 허락을 얻어내려고 전념했던 것이다. 마침내 1915년 중앙학교를 인수하기에 앞서 백산학교를 새로 세울 계획을 세워 제출했으나 총독부 당국은 한국인이 새로 학교를 세우는 것은 물론 기존 학교도 불가능하다며 폐쇄시키려고 안간힘을 썼던 때였다.

인촌의 중앙학교 인수와 새 교사 신축은 큰 화제가 되었고 어떤 의미에서는 민족의 자존심이었으나 총독부는 허가를 해 주지 않았다. 그러나 운좋게 인촌의 일본 스승의 한국 방문에 따른 협조와 노력에 의해 박차를 가하게 되었던 것이다.

맺으며

앞에서 언급했지만 인촌 선생의; 교육사상은 곧 나라의 진정한 독립정신에서 우러나온 것이며 이는 「자주적인 민족」 육성과 더불어 "민족정신을 일깨워 민족의 얼"을 심어 민족과 국토에 "조선인 상을 세우고 지켜나가자는 교육구국사상"이 아닐 수 없었다. 민족의 혼이 말살되어가는 일본 침략주의에 가장 효율적인 대처는 단기적 조처와 장기적 조처, 즉 실질적인 독립운동이 필요했기 때문이다.

그리고 독립 사상은 다시 발전하여 삼전사상으로 확산되었으니 그것은 첫째, 구국교육으로 일본과 투쟁하고 둘째, 민족 산업을 일으켜 민중의 힘을 기르고 셋째, 언론을 펴 민중의 계몽과 싸울 수 있는 가장 기본적이고 가장 효율적인 독립 사상이기도 했다. 인촌 선생은 구국교육사상의 근원으로 중앙학교와 고려대학교(보전)을 설립했으며, 민중의식과 민족자본을 위해 동아일보와 경성방직을 세웠던 것이다.

따라서 인촌 선생의 독립 사상은 고초를 감래하면 민족주의에 입각했으며 이를 지키고 가꾸기 위해서 선생은 전 생애를 통해 모든 열정을 바쳐 경주했던 것이다. 그러기 위해서 세가지 원칙을 세웠다.

1) 민족을 떠날 수 없다.
2) 국토를 떠날 수 없다.
3) 민족과 함께 한다는 것이었다.

인촌의 가장 위대한 정신은 혼자 할 수 있는 과업일지라도 동료들의 뜻을 존중했으며 많은 생각과 논의를 통해서 일관되게 추진해 성취했다는 사실과 특히 흩어진 민족주익자들의 힘을 한데 모으기 위해 전국을 순회하며 그분들의 뜻을 집결시켰다는 사실이다. 故 의제 허백련 같은 분은 인촌을 들어 "이 나라 이 민족의 복을 상징하는 분"으로 회고했다.

이당 김은호 화백 같은 분은 "극히 평범한 비범인"이라 칭송을 아끼지 않았으며 "한번 내린 결론은 밤잠을 자지않고 생각하고 연마해 과감히 추진하는 그러한 분"이었다고 회고했다. 그런 의미에서 인촌은 민족교육을 위한 "실천적 봉사자"였다는 사실을 상기하지 않을 수 없다.

끝으로 오늘날처럼 교육이 혼미를 거듭하는 시기도 없었던 점을 감안해 볼 때 구국교육과 민족 사학의 아버지격인 인촌 선생이야말로 직분을 다한 민족의 큰 스승이며 선각자라는 생각과 함께 오늘날 우리가 살아가는 참담한 시기에 인촌 선생이 살아계셨다면 어떤 결론을 내렸을까 하는 생각과 함께 선생에 대한 깊은 연민의 정을 느끼며 이 글을 맺는다.

참고문헌

 1. 평화신봉자 의제 허백련 선생 생애와 정신, 리 훈, 1969
 2. 인촌의 탄생은 나라의 福이었다, 고우회보특집, 리 훈, 1976
 3. 생과 사를 초월한 우정 고우회보기고, 리 훈, 1976
 4. 평화창조자 P.세레솔 생애와 정신, 백산출판사, 리 훈, 1978
 5. 인촌 선생과 이당 김은호 선생 고우회보, 리 훈, 1977
 6. 고대산맥, 임종국, 고우회보
 7. 인촌 김성수(사상과 일화), 동아일보, 1985
 8. 인촌 선생과 애국애민정신, 고려지, 리 훈, 1981
 9. 평화를 위해, 백산출판사, 리 훈 컬럼집, 1988
10. 민족교육과 재일동포, 민단 단장과 고문 정동화, 최학부, 김민석 등과 대담, 1990
11. 민족교육과 재중국동포 특별인터뷰, 로녕신문사, 심양, 리 훈, 1993
12. 홍익인간과 민족교육 인터뷰, 교육신문사, 리 훈, 1994
13. 홍익평화포럼, 리 훈, 경덕출판사, 2000
14. 한국독립유공자협회 독립운동사 총람
15. 3.1 운동지상좌담회, 동아일보, 1949.3.1
16. 홍익인간정신과 평화교육, 미국 워싱턴 메닐랜드 평화의 집 워크숍, 2014
17. 고려대학교 교육대학원 특별강의, 금강산과 평화통일, 2004

※ 이 글은 1998년 고려지에 발표된 내용을 다시 정리해 수록했음.

(19) 16版 第20989号　조선일보　西紀 1989年 6月 21日 水曜日 (陰曆 己巳 5月 18日 壬子)

高大 李準範총장 辞表

보직교수 30명도 辞意 분규 타결 실마리

仁村동상 밧줄·현수막 철거

경찰 3천명 어제 새벽 한때 校內진입

◇고려대 교우회이사들과 학생들이 20일오전 그동안 서창캠퍼 스학생들이 율성(栗性)선생동상에 붙여뒀던 밧줄을 풀어내고있다. 교 우회이사들은 학생들이 동상을 마구하기위해 파놓은 구덩이도 메 웠다. 〈사진=具滋虎기자〉

大宇 조선 罷業 강행할듯

實務委 공전…오늘오전 최종교섭

▲ 인촌 동상을 철거해 묻어버리기 위해 총장실을 무단 점검한 학생들과 직접 대화하기 위해 필자가 단신으로 아침 8시에 도착, 50여 분간
동상철거의 부당성을 구체적 설명해 학생들과 어머님들을 설득해 동상 보존에 합의한 후 밖으로 나와 동상에 흰 옷을 입은 법대생을 올려자
몇몇 학생들의 날선 항의가 있었으나 크게 문제되지 않아 무마되었다.
위 사진은 파놓은 구덩이에 삽을 들어 메꾸고저 함께한 교우들과 맨 앞에서 삽을 들고 흙을 파 구덩이를 메꾸는 필자의 모습 조선일보
1998년 5월 18일 보도

▲ 高大校友會報 1998년 7월 5일 보도사진

▲ 동상수호를 위해 나선 교우들과 오른쪽 삽을 들어 구덩이를 메우는 필자의 옆 모습(사진 고우회보 제공)

광복 71주년 기념 강연회
대한민국 100년 고려대학 100년

仁村 金性洙 先生
구한말 구국 교육계몽 철학과 애국애민정신

아, 民族高大여!
自由, 正義, 眞理여! 영원하소서…

〈차 례〉

발　표: 리 훈(인류학 박사)
장　소: 봉황각 강당(우이동)
일　시: 2016년 8월 15일(10~13시)
주　최: 고려대학교 33동지회
후　원: 고려대학교 교우회

仁村 金性洙 先生
구한말 구국 교육계몽 철학과 애국애민정신

리 훈(인류학 박사)
(사)교육개혁실천시민연대(교실련)상임대표
GKMWPCO(NGO)조직위원회 위원장

시작하며

인촌 김성수 선생(이하 인촌)께서 구한말 펼친 민족교육 계몽정신과 구국 교육철학인 애국애민정신을 살피고자 한 것은 민족이 도탄에 빠져 풍전등화격인 상황에서 민족과 나라를 구하기 위해 혼신의 힘을 다하신 분이었고 그토록 어려운 시기에 자주 자립 자강의 숭고한 정신과 철학 그리고 누구도 범할 수 없는 신념에 감탄했기 때문이다.

인촌의 이러한 업적은 그 당시로선 참으로 경이로운 실천이었기에 1976년 1월 교우회보 특집, "인촌 김성수의 탄생은 이 나라 이 민족의 복이었다"와 "생과 사를 초월한 우정" 1976년 11월 기고문을 참조했음을 밝힌다. 그뿐만 아니라 지난 56년 동안 필자의 봉사 활동과 평화 정신 그리고 평화 통일에 대한 경험과 이 분야에 관한 저서 10여 권 등을 참고해 기술했다.

특히 문교부 장관 故 안호상 박사, 연대 김형석 교수님의 대담과 인터뷰 자료 그리고 지난 54년 동안 사랑을 베풀어 주신 故 이철승 선배님의 평소 대화 내용과 28년 전 인촌 선생의 숭고한 건학 정신과 자유 정의 진리의 고려대학교 학풍과 전통을 온전히 계승하고 발전시키자는 취지와 목적에서 당시 故 이철승, 이희봉, 안만호, 이현성, 김형엽, 필자 등이 중심이 되어 고대 정통성을 확립하기 위해 "고대정통회"를 창립했던 것도 이런 맥락이었음을 밝힌다.

1. 구한말 한반도 정세와 민족교육

우리나라 근대제도는 구한말에 시작되었고 1884(고종 31년) 갑신정변 이전까지 조상 대대로 전래된 문묘, 향교, 서원, 서당 등을 중심으로 이루어진 유교적 교육 방식이었다. 전통적 유교 방식이었기에 한문교육을 전수받은 형식을 벗어나지 못해 급변하는 서양교육 제도와는 거리가 멀었고 거의가 암기(수동적)교육에 의존했다.

당시 서양교육은 이미 16C초 괄목할 만한 교육제도가 형성되었고 1521년 포르투갈인 마젤란의 원정으로 필리핀은 이미 스페인 영토가 되었고 1898년 스페인과 미국 전쟁에 의해 미국 영토가 되었다. 1769년 영국 제임스 와트에 의해 증기기관이 발명되어 산업화를 초래했고 이에 유럽은 생산성 증대와 무역 등 시장 확립에 힘을 모았으며, 서구 여러 나라는 자국의 이익을 위해 식민정책에 혈안이 되어 있었다.

조선은 이와 반대로 철저히 외부와 단절된 쇄국정책으로 천주교 등 박해와 학살이란 강경책을 펴 세계정세와는 정면으로 배치되는 고립을 자초했다. 1861년(고종 3년) 7월 미국 상선 제너럴셔먼호가 대동강을 거슬러 올라와 무례함을 저질러 이에 격분한 평양시민의 분노에 의한 공격으로 참화를 입었고 9월 프랑스 동양함대 로드 사령관도 두 차례나 조선에 왔으나 군의 완강한 저항으로 퇴각했었다.

이것이 조선인과 서양인의 첫 충돌이었고, 이를 병인양요라 하고, 1871년(고종 8년) 미국은 아시아 함대를 조선에 보내 강제 개국을 요구했기에 이를 신미양요라 해 결국 조선은 두 번의 도발적 개방요구가 있었지만 큰 피해와 손실은 없었다. 결국 조선의 강경한 쇄국정책으로 인해 고립을 자초했고 이로 인해 일본의 침략과 지배(36년간)를 받았다.

일본은 1854년 미·일 통상조약을 체결했고 1858년 명치유신의 계기로 나라를 일신, 여러 면에서 경쟁력을 강화하기에 이르렀다. 일본은 서방 여러 나라들과 교류를 하게 되어 나름의 개방정책을 펴 입지를 강화했을 뿐 아니라 국력을 크게 신장시키는 계기를 삼기도 했다. 이것이 명치유신이었고 이러한 정책은 결국 전쟁국가로 치닫는 역사의 비극을 초래했다.

2. 구한말 조선의 신교육문화운동

일본은 1875년(고종 12년) 9월 20일 운양호(군함)를 강화도에 무단 진입시켜 난지도에 닻을 내렸다. 한강에 진입해 수심측량이라는 구실로 침략을 정당화했으나, 이에 조선군은 포를 발사해 저지했다. 이에 일본군은 영정도 포대를 파괴한 후 나가사키로 퇴각했다. 그 후에도 일본 침략은 지속되었고 우리 조선은 36년간 침략으로 인해 민족의 엄청난 비극을 겪어야만 했다.

1876년 1월 6일 일본 정권대사 구로다와 부사 이노우에가 육군 800여 명과 군함 2적, 운송선 3척을 이끌고 강화도 근해에 2월 26일 한일수호 조약에 조인해 결국 일본과 맺은 조약은 침략을 정당화시켰다. 이것은 힘없는 조선 삼천리 금수 강산과 민족 전체가 통분을 금치 못하는 처참한 순간이었다.

결국 침략자 일본은 자국의 이익을 위해 36년간 한반도를 초토화시켰고 민족 정기와 정신을 말살시키고자 갖은 수단과 방법을 총동원해 정당화했다. 1880년(고종 17년) 친일파의 매국행위는 극에 달해 결국 개화당의 근거지가 되었고 1882년 (고종19년) 임오군란 후 다시 청국의 관계를 모방 내·외의 양 아문을 설치 신식무기를 제조하고 전환국을 설치하여 신식화폐를 주조했고 1884~1885년 우정국과 전신국을 설치했다.

1885년 최초의 서양식 병원과 의학교가 알렌의 청에 의해 한양(서울)에 광혜원을 세웠고 이것은 후에 제중원이 되었다. 1886년 미국 길모어, 번커, 헐버트 등을 교사로 초빙하여 귀족 자녀들을 위한 육영공원학교(Royal School)를 세웠고, 수학, 지리, 외국어, 외국역사, 정치학, 경제학 등을 가르치는 근대 교육이 설치되었다.[1]

1884년 독일의 밀렌도르프, 미국인 할리팍스가 영어 학교를 1885년 미국 북감리교회 선교사 아펜젤러에 의해 우리나라 최초의 중등학교인 배니앨러스가 세운 정신여학교와 1889년 세브란스 의학교를 세웠다. 같은 해 평양에 광성학교와 숭덕학교가 설립되어 우리나라 근대교육의 초석이 되기도 했다. 이와 같은 조선의 신교육은 강대국의 힘이 작용된 상황에서 시작된 점을 간과할 수 없다.

3. 갑오경장과 신문화 운동

1894(고종 31년) 농민 봉기인 동학東學 진압과정에서 조선의 정부는 관군만으로 역부족이었기에 청국에 출병을 요청했다. 따라서 일병군도 출병했다. 동시에 일본 세력을 등에 업은 개화당은 다시 갑오경장을 추진했다. 이것은 갑신정변의 실패를 경험했지만 이때가 기회라 여겨 개혁을 재추진하려 했으나 뜻을 이루지 못했다. 이러한 악순환은 결국 왕실의 권위를 크게 위축시키고 말았다.

이로 인해 왕실과 조정은 혼란에 빠졌으며 왕실은 이를 견제하기 위해 러시아의 힘을 빌리고자 했으나 분개한 일본은 이를 계기로 친일 내각을 구성했고 급기야 1890년 고종의 아관파천俄館播遷이 되었다. 일본에 대한 국민감정은 극에 달해 친일 내각이 무너지고 친러 내각이 들어섰기에 조선은 혼란의 늪으로 빠져 들었다.

---

1) 중앙 100년사, 백순지, 중앙교우회, 2008.12.

러시아는 국내에 산림벌채와 광산채굴 등으로 엄청난 이권을 독차지했고 심지어 나라 재정 고문을 러시아인 알렉세에프가 차지했다. 이에 일본, 영국, 미국, 프랑스, 독일 제국이 앞다퉈 이권 경쟁에 혈안이 되기도 했다. 나라 경제가 매우 어렵게 되어 국운을 바로 세우기 위해 전국적인 구국운동을 펼칠 수밖에 없었다. 조선의 운명은 참으로 참담했다.

뒤이어 미국 공사 알렌이 고종께 정부 고문으로 서재필 선생을 추천했고 선생은 갑신정변 후 미국으로 망명한 인사 중 한 사람이었다. 고종은 그를 중추원 고문관으로 임명했고 선생은 귀국 후 이완용, 윤치호, 이상재 등과 독립협회를 조직하고 독립건립과 독립신문을 발간해, 언론활동을 펴 6개조의 시국 개혁안을 임금께 주청했으나 효과를 얻지 못했다.

결국 서재필의 의욕적인 활동에 위협을 느낀 기존 정치세력은 이를 탄압하기 위해 민영기, 조병식 등으로 하여금 보부상 두목 이기동, 길영수 등 협회(독립) 간부를 대역죄로 단죄했다. 후에 황국협회를 조직에 맞섰으나, 일제의 집회금지로 해산되었다. 결국 갑오경장을 전후한 신문화운동은 시대에 따라 선진외국문화를 수용하는 데 한계를 갖게 되었고 개혁 세력은 그 뜻을 이루지 못했다.

1898년 독립신문(3월)에 남궁억 등은 황성신문을 이종일, 심상억은 8월에 재국신문을 1905년 양기탁, 배델(영국인)은 대한매일신보를 오세창, 이인직은 만세보를 각각 발간해 일본의 침략야욕과 맞서 독립정신을 고취시켰다. 중요한 사실은 이때 민족진영의 자각에 의해 국민적 지지를 얻은 소설 등이 다양하게 출판되었다.

4. 민족 구국정신과 신교육운동

1904년(광무 8년) 2월 러일전쟁이 발발하기 직전 우리 정부는 미리 중립국임을 표방했다. 하지만 일본은 한·일 의정서가 체결된 이상 한국과 러시아 간 체결된 모든 조약은 무효라며 미국과 영국 등의 묵인하에 우리나라에 군대를 상주시켜 침략성을 노골화했다. 1905년(광무 9년) 일본은 11월에 드디어 을사보호조약을 체결, 한양(서울)에 4만의 군대를 주둔시켰고 기마대를 동원해 궁성을 포위했다.

일본 총리대신(이등방문)은 하야시 주한 일본공사와 하세가와 주한일본군 사령관 등과 모의해 덕수궁에 침입, 참전 대신 한규설을 구금해 강제로 체결한 통감정치를 강행했다. 이에 대한제국은 망국의 늪으로 빠져들었다. 조약체결 후 조병세, 민영환, 홍만식 등 애국지사들이 잇달아 순절했다. 명성황후 살해와 단발령 등에 격분한 유림과 의병 최익현, 류인식 등이 일본군에 항전했으나 패하고 말았다.

1907년(융희 원년) 군대 해산 이후 무기를 가지고 의병에 참여한 사람은 무려 6만명에 이르고, 희생자도 1만 5,000여 명이나 되었다. 1904년 일제는 송병준을 앞세워 일진회를 조직, 이용구를 총회장으로 해 한일합방의 정당성을 강변케 했다. 이제 우국지사들은 국민계몽과 신교육을 표방한 정치 학술단체를 설립, 일제에 조직적으로 항거했으나 1898년 12월 민족독립협회마저 해산되고 말았다.

독립협회 해산 후 이준, 윤효정 등이 공진회를 조직했고 1906년 4월 대한자강회가 조직되어 회장에 윤치호 평의원에 장지연, 임진수, 백상규, 정운복이 선임되었고 기관지는 대한자강회일보가 발행되었다. 1907년 11월 대한협회가 결성되었고 당면과제로는 교육보급, 산업개발, 생명재산보호, 행정제도개혁, 관민폐습의 교정, 근면·저축 실행, 권리·의무·책임·복종 정신과 사상고취였다.

이 밖에 헌정연구회, 인민대의회 등이 있었고 합법적으로 민족항쟁을 시도했으나 일제의 잔혹한 탄압정책으로 대중문화 운동은 한계를 갖게 되었다. 이 시기를 계기로 국민 교육열이 고조되면서 민족 항쟁 수단은 합법적인 민족교육이 뿌리라는 인식하에 많은 학회 등이 발족되었고 비록 침략자라 할지라도 당시로선 교육기관이나 교육단체를 탄압하는 데는 어느 정도 한계가 있었다.

1907년 3월 김학진, 남정철 등의 발기로 광학회가 발족되었고 신기선, 이도재, 김윤식 등은 대동학회를 조직하고 1908년 3월 대동전문학교를 설립했다. 나아가 김종한, 민병석 등은 대동문우회를 조직했고 1907년 11월 유길준, 김윤식, 최병청 등이 호서학회를 설립했다.

5. 기흥학회, 기호학회의 탄생

1908년(융희 2년) 1월 19일 중앙학교의 모체인 기흥학교가 조직되어 기호학교가 설립되었고 박정동, 장지연, 상호, 이화영 등은 교남교육회를 안창호, 이희영, 이동녕, 최남선, 박중화, 윤기섭, 강도준 등은 청년학회를 남궁억, 박승빈은 관동학회를 조직했으나 일제의 조직적 탄압에 의해 활동이 크게 위축되었다. 이것은 일제 통감부의 강압적 탄압 때문이었다.

일세 봉감부는 법령을 제정 철저히 탄압했으나 1908년 7월 19일 기흥학회가 새 문밖 천연정天然亭 자리에 보성普成 소학교에서 창립총회를 가졌다. 이날 비가 많이 왔지만 참석 인사는 100여 명이 넘었고 거의 경기도와 충청도 출신 우국지사들이었다. 회의는 이종일이 임시의장을 맡고 발기인 대표는 정영택이 맡아 임원선출에 임했다.

회장은 이용직 부회장, 지석진 총무, 정영택을 선임했다. 평의원은 유성준, 석진형, 이상재, 윤효정, 장현식, 정교, 장도, 안종화 등이었고 1905년 을사늑약 체결로 나라가 일제의 손아귀에 들어가고 말았다. 이러한 상황에서도 우국지사들은 나라를 구해야 한다는 일념에서 민족계몽과 교육구국에 온 힘을 기울였다. 한글로 문맹을 퇴치해야 민족정신이 살아날 수 있다는 생각에서 민족자강운동에 동참, 오직 민족교육만이 살길이라는 신념으로 뭉쳤다.

1908년(1.22) 황성신문은 축하 기호흥학회라는 사설에서 "어제 기흥학회가 갑자기 한성(서울) 중앙에서 일어나니 이는 우리 선조들이 하늘에서 도와주심이고 우리나라의 운세를 태평의 기틀로 돌려놓은 것이며 백성의 운명이 살아나는 것이다"라 밝히고 있다. 1908년(12.25) 임시총회에 의해 자발적 성금 기부가 이어졌고 민영채, 이우규 회원 등이 집과 전답을 팔아 1,000환씩을 기부했다.

기호학회는 회관을 마련하는 데 어려움이 있었으나 임시사무소로 북서 송현(21통3호) 이재익 선생 댁을 사용했고 대한매일신보(1908년 3.14) 보도는 이용직 회장이 탁지부에 기호학회 회관을 포함하고 있다고 보도했고 기호흥학월보 1호에 의해 육군위생원을 쓰기로 했다고 밝혔다. 그러나 5월 26일 중부 교동 전법어학교(현, 교동초등학교)가 이전했다고 밝혔다.

1908년(6.1.3시) 학생모집 공고를 냈다. 이때에 비로소 기호흥학회는 처음으로 기호학회라 칭했다. 모집 대상은 사범과 학생을 우선 선발한다는 내용이었다. 이것이 중앙학교의 전신인 기호학교 실상이었다.

6. 인촌 선생과 중앙학교 출범

기호학교와 중앙학교 설립은 구한말 민족 구국과 애국애민 정신을 바탕으로 시작한 거국적인 민족진영의 희망이었고 꿈이었다. 이러한 사실은 당시 시대상황과 여러 기록에서 확인되고 있지만 학교 재정은 매우 어려웠다. 협소한 교실 교직원 봉급조차 지불하지 못해 학교 재단 유지가 매우 어려웠다. 이에 중앙학교는 총회(1913.11.7.)를 열어 회장에 유길준 등을 선임 인수자를 적극 물색했다.

1913년(11 기) 유길준 선생이 교장에 취임 개인 재산으로 학교 운영했으나 유교장(1914. 9월)께서 갑자기 타계하자 학교 경영은 너욱 이려웠다. 이때 중앙학교를 구하기 위해 나선 분이 인촌 선생이었다. 인촌은 1914년(7월) 일본 와세다 대학을 마치고 신병치료차 고창에 돌아와 요양 중인 고하 송진우를 만나 민족교육의 절실함과 시급함에 의견을 모았고 서울에 와 하나하나 추진했다.

　중앙학교 인수 과정이 결코 용이했던 것은 아니었다. 도탄에 빠진 민족과 민중의 계몽과 교육이 전념해야 한다는 굳은 의지가 있었기에 가능했다. 하지만 학교 인수 자금도 문제였지만 학교 설립과 운영자금 등도 쉽지 않았다. 인촌 선생은 당시 활발히 활동 중인 최남선, 안재홍 등과 교류하여 교육계 현실을 심도 있게 파악했으며 심사숙고 끝에 백산白山 사립학교 설립을 모색했다.

　인촌은 1915년 봄 백산 학원을 설립하기 위해 대리인을 세워 총독부에 타진했으나 학무국장(세게야)은 한마디로 거절했다. "백산은 백두산이 아닌가? 이런 사람이 설령 후지산이란 이름으로 신청한다 해도 안 된다."였다. 이것은 교명이 불손하다는 의미도 있지만 처음부터 허가해 줄 생각이 없었던 것이다. 당시 일본은 합병 후 탄압을 위해 강력한 교육정책을 폈기 때문이었다.

　중앙학교는 폐교에 직면해 인촌과 측근에게 적극적으로 인수를 제의해 왔으며 학회 김윤식 회장과 이상재, 류근, 유진태, 박승봉 등 선배들을 만나 학교 인수에 따른 의견을 듣고 중앙학교야말로 민족교육의 여망을 품고 탄생한 학교라는 사실을 공감했다. 이에 인촌 선생은 마음을 가다듬고 무조건 인수해 줄 것을 요청하며 경영에 막대한 자금이 소요될 것이라는 각오도 했다.

　인촌은 인수와 운영자금 확보가 시급해 양부 원파 김기중(장성)과 생부 지산 김경중께 집요하게 설득, 엄청난 전답과 토지를 하사 받기도 했으나 결국 생부께서 한양(서울) 명사들도 운영하기 어려운데 어찌 백면서생인 젊은 청년인 아들이 운영할 수 있겠느냐며 불가능한 일이라 간주하며 재산 기부를 난색을 표하자 인촌은 이를 관철시키기 위해 단식 투쟁도 불사했다.

　이에 놀란 두 부친은 중앙학교 설립의 중요성을 재인식, 적극 참여해 두 분을 설립자로 인수, 청원서를 학무국에 제출했다. 역시 여러 이유를 들어 허가가 유보되어 어려웠으나 일본 나가이다나카 교수가 서울에 와 마침내 허가를 받게 되었다. 이때가 1915년(4.27)이었고 인촌 선생은 그리도 염원하던 중앙학교를 설립했다.

　상해 임시정부를 당시 기록을 살펴보면 "경성중앙학교 김성수는 동경 와세다 대학 정치과를 졸업한 청년 재산가이니 인격과 사견이 한인 사회에서 존숭을 받왔다. 1915년 당시 기호학회에서 관리하던 중앙학교를 인계하려 할 때 조선 총독부 학무국장(세기야)과 약 1년을 두고 100여 차례 청원과 면담을 마친 끝에서야 겨우 학교인가를 얻었으니 참으로 놀랍다.

이 사실은 구전과 선생의 일기에서 밝히고 있다. 인촌은 학무국장을 만나기 위해 오전 8시 40분경 학무국에 도착했으나 명함을 통한 후 4시간여를 기다리게 하고 오후 1시 20분경 국장실에 들어가니 국장(세기야)은 다른 서류를 들어다보면서 사람이 오는 사실을 모르는 듯 약 10여 분이 지나서야 고개를 들며 말하길, "그대가 김성수인가?",

"그렇소", "그대는 왜 중앙학교를 인수하려 하는가?", "청년교육이 소원인데 신설은 당국에서 불허하므로 경세가 군색하여 폐교의 지경에 처한 중앙학교를 인수하려 함이요.", "바보 같은 소리"라며 화를 내더니 "조선인의 교육은 조선 총독부가 하지 않는가? 그대들은 돈이 있거든 산업이라 하라"였다.[2]

인촌 선생은 이와 같은 모욕을 수없이 당했지만 다나카 교수의 중재로 중앙학교 인가를 승인 받게 되었다.[3] 양부이신 김경중은 월보 호남학보를 발행한 호남학회의 평의원(이사)이 되어 강력한 재정지원을 했다고 밝히고 있다. 인촌은 이런 저력을 바탕으로 전남 광주 현준호, 화가 의제 허백련, 우석(우석학원 및 우석병원 설립) 선생 등 호남 유지들이 적극 동참해 인촌은 큰 힘이 되었다.

인촌은 대한협회 강연회에서 금호학교 교사 한승회로부터 민권民權이란 말을 처음 듣고 감동 신학문과 영어를 배우기 위해 금호학교에 나갔다. 당시 협회회장은 윤효정(기호학교 초대교장)이고 창평 동창 송진우(고하)와 화가 의제 허백련과 일본 동경 유학을 함께 했으며 평생 동지가 되었다. 호남학회 고정주 회장의 아들이 고광준이고 손자가 고재욱(중앙12회 전 동아일보 사장)이었다.

인촌이 중앙학교를 인수했을 때 학교는 한옥을 개조했고 약 300여 명의 졸업생이 배출되었으며 당시 일인日人들은 조선인에 의해 세워진 학교를 처음부터 탐탁하게 여기지 않았다. 특히 민족주의 성향이 강했던 서북학회와 기호학회가 세운 학교는 학회령을 제정해 조직적으로 탄압하며 감시와 탄압을 가했으며, 심지어 학교에 비밀사찰을 두기도 했다.

인촌 선생의 중앙학교 인수는 한마디로 애국애민 정신, 바로 그것이었다. 민족

---

2) 중앙100년사, 백순지, 중앙교우회, 2008.
3) 대한민국 임시정부 편찬, 한일관계 사료집 제2.2019년 9월 23일 현대문역

계몽과 교육구국이라는 절대 절명의 과업이었다. 이런 의미에서 보면 중앙학교 인수는 필연적 과제였다. 나라가 위기일 때 전국 방방곡곡에 민족 선각자들이 조국을 구하겠다는 일념에서 한마음 한뜻으로 세운 유일한 민족민립학교였기에 더욱 그러했다. 인촌 선생은 꺼져가는 민족교육에 불씨를 살리기 위해 불철주야 헌신했다.

중앙학교와 동아일보에 고하 송진우 선생은 3.1 운동에서 다음과 같이 밝히고 있다. "고하가 병중일 때 인촌은 고하와의 약속을 하나하나 실천했다. 이런 약속은 동경 유학 때 민족교육은 광복운동의 제1단계 사업이니, 교육기관을 설립하자는 약속을 누누이 해 왔던 터였다. 인촌은 고하보다 1년 먼저 귀국 중앙학교 인수에 전력을 다했다."고 밝히고 있다.

인촌은 와세다 대학 나가이다나카 교수가 후원자가 되길 자청 어렵게 학교 인가를 득했으나 총독부는 교원 허가를 가지고 말썽을 부리며 사사건건 반대했다. 그것은 인촌이 동경유학 시절부터 불온사상을 품고 있었다는 이유였다. 이에 인촌 선생은 온갖 방법을 동원했고 생전 처음 요리집에 끌려 다니며 술자리를 함께 했다. 오라면 가고 가면 돌아서고, 요리를 사라면 사며 노심초사했다.

"이것은 독립운동이니까?" 즉 민족계몽과 민족운동은 구국을 위한 유일한 실천이었기에 한없는 애족애민 정신으로 중앙학교 설립에 온 몸으로 전심전력했다. 대한매일신보(1916년 6.29.3면) 기사를 보면 "전도 다망한 중앙교"였고 그 다음 부제는 금명간 새 교사를 신축할 계획이라 밝히고 있다.-중략- 이 기사는 인촌의 헌신적 노력으로 모든 경비를 출원 운영된다고 밝히고 있다.

7. 3.1 독립운동 발생지 중앙학교

강압에 의한 일본의 한일합방은 한마디로 민족정신 말살과 국토장악이었기에 조선은 일본의 처참한 노예생활로 전락되고 말았다. 때문에 우리 민족의 분노와 원한은 골수에 사무쳤다. 이에 삼천리금수강산은 고통과 슬픔의 바다가 되었다. 그러한 현상은 조국 산천과 하늘과 땅에 가득해 우리 민족은 사소한 권리도 없었다. 물론 정치 참여권뿐만 아니라 민족교육은 더욱 비참했다.

일본의 탄압 중에 가장 혹독한 것은 민족정신 말살에 목적을 둔 교육탄압 정책이었다. 조선총독(데라우치)은 일정수준 이상의 교육을 매우 위험한 도전으로 간주, 금지시켰고 일본 정부 감독에 의한 사상성思想性을 배제한 교육만을 강조, 한글 말살과 창씨개명을 조직적으로 강행했다. 심지어 자비 구미歐美 유학마저 금지시켰다.

특히 일본 동화정책에 의해 일본어 교육이 강화되었다.(주당 32시간 중 8시간이 일본어 시간) 일본 총독부(학무국) 교활한 식민통치를 강행키 위해 소수의 권리를 조선인으로 삼았고 이들은 모두가 일본을 위해 개처럼 복종했다. 심지어 친일파가 되어 아첨하는 개犬가 되어 고립무원의 처치로 군림했다. 이런 상황에서 언론의 자유는 두말할 것도 없었고 3인 이상의 집회는 모두 불허했다.

그리고 조선인들이 만든 신문은 거의 허용하지 않았고 민족의 문화말살 정책을 조직적으로 폈다. 1919년 3.1 독립운동은 일본의 침략에 따른 민족자주권과 생존권을 쟁취 하고자 한 유일한 민족독립정신의 활화산이었다. 이는 강탈당한 나라와 국토와 주권을 되찾아 민족정기를 되살리고자 하는 범민족적운동이었다.

일반적으로 3.1 독립선언서 33인 민족대표에 의해 추진되고 성취된 것이라 발표되어 이해되고 있으나 여기엔 독립 선언서가 탄생되는 모든 과정이 반영되어야 한다는 사실을 이해하지 않으면 안 된다. 3.1 독립운동을 실질적으로 주도한 분들의 노력 자체가 다름 아닌 중앙학교가 산실이 된 점과 그 핵심인사가 인촌 선생과 고하 송진우 등의 민족정신이 작용되어 탄생되었기에 3.1 독립 선언서 완성은 49인에 의한 것으로 판명되어야 한다.

3.1 독립운동이 처음 논의된 곳이 중앙학교[4] 숙직실이었다. 그리고 그 논의 당사자도 중앙학교의 핵심 인물이었던 것이 역사의 진실이다. 중앙학교 실질 교주 인촌과 교장 고하 송진우, 교사 기당 현상윤에 의한 민족과 나라 사랑하는 순수한 열정과 노력 그리고 비밀 결사에 의한 민족자결주의 원칙을 만천하에 알리고저 하는 열정의 결과였다.

이 분들의 3.1 독립운동의 철저한 모의가 중앙학교에서 시작된 것은 역사적 필연이었다. 인촌은 평교사로 재직했고 고하가 교장으로 학교 운영을 맡았다. 고하는 인촌과 어릴 때 친구였고 일본 동경 유학 때 하숙집에서 함께 생활했고 이때 만난 후배 현상윤을 교사로 초빙한 것도 그 때문이다. 세분은 동경 유학 시절에 그랬던 것처럼 중앙학교 숙직실에서 함께 기숙하며 하루가 멀다 않고 조국독립에 대해 실질적 논의를 했었다.

인촌 친구 김우영(동경제대생)은 당시 중앙학교 교장 사택 숙직실에 대해 다음과

---

4) 중앙199년사 2008, p.201.

같이 설명하였다. "방학 때 귀국하면 중앙학교 숙직실은 우리 동지들의 집회 처였다. -(중략)- 인촌, 고하, 기당 등이 함께 기숙하여 기개만장으로 세계정세를 통론하여 일·미 전쟁을 예언하며, 불원한 장래에 우리의 독립은 필연적으로 도래할거라(고하) 주장하면 인촌은 묵묵히 경청하며 우리 민족의 능력을 양성해 호기를 잃지 말자고 했다."(선생공론 1955년, 내가 아는 인촌에서)

인촌을 중심으로 일어나는 이러한 논의는 학교 교장 숙직실에서 극히 자연스럽게 성숙되어 3.1 독립정신이 구체화 되었다. 그리고 1918년(1월) 미국 윌슨 대통령이 발표한 "민족자결주의" 등 14개조의 강화원칙이 제창되고 그해 11월에 세계 1차 대전이 독일의 항복으로 끝나자 1919년 7월 파리 강화 회의가 열렸고 이 과정에서 민족자결주의 선포는 모든 피압박 민족에게 큰 빛이요, 희망이 되었다.

독립운동이 거국적으로 성공하려면 국내외 조직과 협력이 긴요했을 뿐 아니라 여기에 따른 경제적 문제도 난관이었다. 민족자결주의 발표는 국내외 독립투사 뿐만 아니라 국민 모두에게 큰 방향을 일으켰다. 워싱턴의 서재필, 안창호, 이승만이 윌슨 대통령에게 한국 독립을 요망하는 진정서를 제출하고 파리 강화 회의에 민족대표를 파견하려는 움직임이 있었고 중국 상해 신규식 등도 함께 하고자 했다.

인촌, 고하, 기당 등은 이제 때가 왔다며 거국적인 항일 독립운동을 본격화했다. 세 분은 협의 장소를 중앙학교(숙직실)로 정하고 이곳을 중심으로 애국지사들의 뜻을 모았다. 당시 모든 민족단체와 인사들은 사찰대상이었고 탄압이 극에 달해 독립운동 자체가 불가능했으나 위 세분이 구심점이 되어 조직을 확대했고 100만여 명에 달하는 천도교 조직과 연대를 위해 손병희 선생의 힘이 절실했다.

의암 손병희 선생 조직인 천도교를 움직여야 한다는 데 뜻을 모으고 권동진, 오세창, 최린 중 한 사람을 택해 설득하자는 데 합의했다. 보성학교 최린 교장을 설득하는 임무를 현상윤이 담당해 논의하자 호의적이었다. 이때 손병희 선생의 참여를 약속했다. 그리고 육당 최남선 선생도 참여시키자고 해 고하와 기당은 천도교의 핵심세력들을 포함하는 데 최선을 다했다.[5]

8. 중앙학교와 일본 유학생 독립운동

그뿐만 아니라 동경 제일본 유학생 조선독립청년단 실행위원회 송계백 동지가 1월 초순 중앙학교를 방문했다. 이것은 백관수 선배의 소개에 의했다. 금촌 백관

---

5) 중앙100년사 백순지, 중앙교회, 2008, p.214.

수는 인촌의 고향친구이자 중앙학교 교사를 역임했다. 이때 송계백은 모자 속에 숨겨온 장차 일본에서 발표하려는 조선유학생들의 "독립요구 선언서" 초고를 기당에게 보여주었기 때문에 3.1 독립선언서가 구체화되었다.

일본 유학생 "독립요구선언서"는 백관수가 초안을 잡고 춘원 이광수가 마무리했다. 한마디로 결의에 찬 조선청년의 독립의지를 감동적으로 표현한 내용이었다. 이에 놀란 고하와 기당은 학교를 방문한 최남선에게 보여주자 이것을 본 최남선은 놀라며 향후 국내에서 벌어지는 독립운동에 적극 참여할 것을 다짐하면서 국내 독립선언서는 자신이 쓰겠다고 제안하기도 했다.

최남선은 당시 신문관이란 출판사를 운영했고 일본 유학생 독립선언서를 책자해 그 활자를 동경으로 가져가게 했다. 동경에는 한글 활자가 없어 선언서 대량 인쇄가 불가능했기 때문이다. 활자를 가지고 동경으로 가는 송계백에게 인촌 선생은 여비와 활동비를 마련해 주며 동경거사와 국내 거사날을 같은 날짜에 했으면 좋겠다고 주문했다.

1919년(1월) 당시 송계백과 함께 와세다 대학에 다니던 나용균이 재정을 담당했기에 고향 정읍에 가 거사금 700환을 만들어 상경했다. 나용균 역시 중앙학교를 방문, 송진우 교장을 만나 일본 유학생들의 독립운동 거사 계획을 설명했고 상당한 자금이 필요하다는 말을 했다. 송진우는 나용균에게 180환을 마련해 주었고 도합 880환을 가지고 동경으로가 활동했다.

고하 송진우(중앙학교 교장)가 나용균에게 준 자금 180환은 중앙학교 실질 사주인 인촌 선생이 지급한 자금이었다. 당시 나용균은 서울에 와 송진우, 김성수, 최린 등을 만나 거사자금을 만들었다. 인촌 선생은 항상 나라를 위해 헌신한 애국지사들을 돌봐 주었기에 극히 자연스러운 후원이었다.[6] 사실이 여러 논단에서 밝혀지고 있을 뿐 아니라 역사적 진실로 밝혀지고 있다.

1919년 2월 초 동경에서 한통의 전보가 중앙학교로 왔다, 발신은 송계백이었고 전문은 "2.8 샀다" 이에 인촌은 결정적 시기가 도래했음을 직감했다. 이것은 동경 유학생들이 2월 8일 거사한다는 신호였다. 국내에서도 같은 날 거사하기로 약속했으나 일본유학생들은 이미 모든 준비가 끝났다는 암호(신호)였기에 인촌 선생은 더욱 안타까웠다. 이것은 아직 국내 준비가 미흡했기 때문이었다.

---

6) 사단법인 한국독립유공자협회와 2.8독립운동선언서의 실상과 사적의의 독립유공자 인물록: 독립운동사 총람 참조

1919년(2.8) 일본 조선유학생들은 동경 간다구에 있는 조선기독교청년회관에서 학우회 총회를 연다는 명분 아래 모였고 이때 독립선언서를 낭독하고 대한독립 만세를 외쳤다. 유학생 대표는 와세다 대학교 김도연, 김철수, 동양대학교 이종 근, 청산학원 윤창석, 고등사범학교 서 춘, 김상독, 최근우, 백인수 등이 맡았고 2월 8일 동경 조선청년독립선언서가 발표되었다.

이때 모인(조선기독교청년회관) 조선유학생은 무려 400여 명에 이르렀고 개회선언 백남규, 조선청년 독립대회 독립선언서 낭독 최필용과 김도연 결의문 낭독으로 이어졌다. 이에 일본 경찰과 유학생들은 충돌했다. 결과적으로 학생 십여 명은 경찰에 연행되었으며 주동자 11명은 출판법 위반 등으로 약 9개월 동안 모진 고문과 투옥으로 옥살이를 해야만 했다.

1919년(2월 11일) 계동 인촌 병택에 남강 이승훈(일명 이인한) 선생이 찾아와 인촌, 고하 기당과 회동을 갖고 그간의 결과에 대한 논의를 했다. 여기에서 기독교의 참여와 동지 규합을 청하자 남강 선생은 즉석에서 흔쾌히 승낙했다. 이에 인촌은 수 1,000환을 활동비로 후원했다. 결과적으로 남강을 찾아가 서울로 초청한 사실 이 김도태의 동아일보 지상 좌담회서 밝혀져 이를 입증해 주고 있다.

그 내용인즉 "인촌이 수 1,000환을 관서 방면 독립운동 활동비 명목으로 내놓 았다."(3.1 운동지장좌담회, 동아일보, 1949.3.1.) "남강은 그날 관서 지방으로 떠났고 남 강 선생은 평안 남북도를 오가며 장로교 김선수, 이명룡, 유여대, 김병조 등과 감 리교 신홍식 등을 만나 민족 대표자로 서명하는 데 동의를 얻었다. 그 증거로 이 분들의 인장(도장)을 인수받아 신홍식과 함께 경성(한양)에 왔다.

남강 선생은 경성(한양)에 도착, 송진우와 최남선을 만났고. 천도교와 연계가 지 연되는 상황에 대해 설명하고 이 문제에 대책을 강구했다. 나아가 기독교청년회 간사 박희도와 의논한 결과 기독교 단독거사로 마음을 굳히기까지 했다. 이에 남 강은 2월 20일날 감리교 오하영, 정춘수, 신석구, 최성모, 박동완, 이필주, 오기선, 신홍식 등과 의논하며 독립운동의 활로를 모색해 나아갔으며, 중앙학교가 그 중 심이었다.

다음날(2.21) 최남선이 남강이 묵고 있는 여관에 찾아가(재동) 최린을 만나 회동 했다. 이때 최린은 독립운동이 우리 민족 전체에 관한 문제인 만큼 종교를 초월 해 연합해야 한다는 데 의견을 모았다. 이에 남강은 기독교 측 의견을 수렴(2.24) 하며 대동단결 합동추진에 동의했다. 남강, 함태영, 최린은 천도교 중앙본부(송현동 34.

현 덕성여중) 손병희 선생을 방문 독립운동의 일원화를 확정했다.

천도교 최린 등의 노력에 의해 남강과 손병희 선생이 만나기 전날 최린을 통해 독립운동 자금 5,000환을 남강에게 전달했다. 최린, 이승훈, 함태영은 숙의 끝에 독립선언은 고종황제 국장일(3.3) 이틀 전인 3월 1일 정오 탑골공원(종로)에서 갖기로 했다. 선언서는 천도교 소속인 보성사에서 비밀리에 인쇄했다. 이들은 불교단체 대표 한용운, 백용성 등의 승낙도 구했다.

최린은 2월 24일 유심사(계동43) 한용운 스님을 찾았고 당시 스님은 종합월간지 유심唯心을 발행했다. 이에 2월 27일 저녁 한용운은 원로인 대각사 백용성을 방문 독립운동에 불교계 대표로 참여할 것을 논의했고 이에 백용성은 즉석에서 쾌히 승낙 자신의 인장(도장)을 맡겠다. 이들 모두는 마지막 회의를 2월 28일 밤 손병희 댁에서 가졌다.

3.1일 탑골공원 독립선언은 국민적 성원이 용솟음칠 민족 독립운동의 시발이었기에 큰 방향이 예상되었다. 이에 부흥하기 위해 여러 방안이 모색되었다. 운동을 장기화하기 위해 33인에 의암, 청암(권병덕 중앙학교 교장) 등이 서명했다. 이러한 맥락을 보면 중심축에 인촌, 고하, 기당의 역할이 지대했다는 증거이다. 그리고 독립운동의 지속을 위해 이 분들은 33인에 포함되지 않았다.

3.1 운동의 핵심인 고하, 기당은 3.1 운동 추진 최종계획 단계에서 인촌에게 경성(한양)을 떠나도록 독려했다. 이러한 조치는 향후 지속적인 독립운동을 하자는데 목적이 있었다. 도산 선생이 105인 사건에 연루되어 평양 대성학교가 폐교되었기 때문에 고하와 기당은 인촌에게 경성을 미리 떠나도록 권했던 것이다. 그런 의미에서 보면 중앙학교는 구국운동의 산실이요, 요람이었다.

마침내 인촌은 고하와 기당의 권유에 따라 2월 27일 고향 줄포로 갔다. 이것은 중앙학교가 독립운동으로 폐교된다면 민족교육과 인재양성이 수포로 돌아가기 때문이었다. 독립선언이 있은 후 일제 수사당국은 중앙학교 숙직실(교장사택)에서 3.1 운동을 모의한 사실을 알았지만 인촌이 관련된 사실은 밝혀내지 못했다. 때문에 잔인한 일제 총독부도 중앙학교 폐교 조치를 취하지 못했다.

고하와 기당은 독립운동 추진 과정에서 미리 보성전문 졸업생인 주익을 통해 전문학교 학생들을 연결하도록 해 놓았다. 조직망을 동원해 독립선언에 만전을 기했나. 보성 강기덕, 연희 심원벽, 의전 한위건은 숭농 예배당에서 시내 중학생 대표 200여 명을 소집했다. 적극 협력자들은 구체적 실천 지령에 결의했다.[7]

드디어 3월 1일 정오가 되자 독립선언서에 서명 날인한 민족대표 33인 가운데 길선주, 유여대, 김병조, 정춘수 등 4인을 제외한 나머지 29인이 예정대로 태화관(종로2가 인사동)에 모여 회합하며 독립선언서 선포식을 엄숙히 거행했다. 이 자리는 역사적으로 조선과 일본의 합방에 주역을 담당했던 이완용이 살던 곳이었다. 같은 시각 탑골공원에서도 조선청년 학도들과 시민들이 모여 자손만대에 길이 빛날 독립선언서를 낭독했다.

9. 인촌 선생의 애국애민정신과 문예관

인촌 선생의 애민정신과 예술문화관에 대해 알기 위해 우선 한국 화단의 큰 어른인 故 의제 허백련(의도인 말년 예명) 선생과 일생 동안 함께한 인촌의 우정과 예술에 대한 관심사를 살펴보지 않을 수 없다. 두 분의 우정은 참으로 남달랐다. 첫 만남은 20대 청년시기였고 동경 유학 시절 하숙집에서 함께 유숙 호형호제하며 민족의 자주독립을 위해 고하 등과 매일 토론을 했다.

인촌은 스스로 가난한 유학생 의제 후원자가 되었다. 후일 의제 산수화 작품을 처음 서울 화단에 선보였으며 선전(일제시대국전)에 의제 작품을 출품하도록 끝까지 종용해 조선인으로서 1등 없는 2등에 당선되도록 도와 동아일보에 대서특필케 했다. 나아가 서울 첫 전시회가 성공하도록 후원을 이끼지 않았을 뿐 아니라 서울 첫 전시회 후원을 위해 계동 인촌 댁(2층)에서 유숙하며 오직 작품에만 전념하도록 했다.[8]

두 분이 처음 만난 것은 1913년 3월경이었고 의제 선생이 동경 유학 시절 신문 배달 등을 한 어려운 고학생이었다. 의제는 좀 더 나은 일자리를 찾기 위해 동경 YMCA를 방문해 간사에게 딱한 사정을 말하자 다른 방도가 없다며, 인촌과 고하가 묵는 하숙집 주소를 알려 주었다. 의제는 즉시 하숙집에 찾아가 인촌과 고하를 만나 어려운 형편을 얘기하자 인촌은 흔쾌히 맞아주며 당분간 어렵더라도 이곳에서 함께 지내자고 해 참으로 기뻐했다.

인촌은 1914년 와세다 대학을 졸업. 귀국 직전까지 의제에게 수시로 생활에 보태라며 용돈을 주며 격려를 했다. 특히 인촌은 의제에게 늘 아무 짝에도 쓸데없

7) 기당 윤상윤의 3.1 운동 발발의 개략, 기당 만 필 초고 1948년 신천지 1940년 3월호, 사상계 1963년 3월호 게재
8) 교우회보 기획인터뷰, 이훈, 1975.1.5.

는 법학공부를 접고 그림공부에 전념하라고 했다. 의제는 인촌의 이런 격려에 고무되어 시간 있을 때마다 일본 화단을 전전하며 박물관과 미술 전시장을 배회했다. 가난한 고학생인 의제에게 "인촌의 배려는 참으로 잊을 수 없는 계기가 되었다.

의제는 1914년 인촌이 와세다 대학을 졸업해 축하 겸 인촌을 방문했고 때마침 동경에 오신 인촌의 양부와 형제분을 만나 인사하자 인촌이 고맙다며 옷소매에 용돈을 넣어주며 타국에서 굶지 말고 요기라도 하라며 손을 잡고 격려해 주었다. 그 후 인촌이 귀국해 민족교육과 민족언론, 민족자본 등에 큰 뜻을 펴 나갔다. 일본에 혼자 남은 의제는 이런 인연으로 법학공부를 접고 화가로서 본격적인 그림 연구에 전념했다.

인촌과 의제가 다시 만난 것은 동경에서 헤어진 후 7년(1921) 만에 전남 화순에서였다. 인촌은 중앙학교 보성전문 경성방직 등을 위해 전국 유지들과 주주들에게 참여와 증자를 요청하기 위해 화순 박 모 유지를 만나기 위해 방문했고 이때 의제는 이곳에 와, 호남 유지 현준호 등이 주문한 작품에 전념하고 있을 때였다. 의제와 인촌은 서로 놀라며 손을 마주잡고 어찌할 바를 몰랐다.

인촌은 의제가 그린 작품(산수화)을 보며 감탄했다. "아! 그림이 좋구만 서울에 가져가도 되겠느냐"며 물었다. 의제는 광주 현준호의 청에 의해 그린 그림이라고 해도 막무가내였다. 인촌은 "그것은 걱정 말게 현준호와 단판을 짓지"라고 했다. 후일 서울에서 의제를 유명하게 만들었고 인촌은 "내 친구 의제 허백련 작품이네 소취 선생 방손이야 어때! 정말 놀랍지" 계동 인촌집은 일약 의제 작품홍보 전시장이 되었다.

의제는 1922년 서울에 와 동대문 밖 여인숙에 여장을 풀고 종로 거리를 배회하던 중 당시 동아일보 사장인 고하 송진우를 우연히 만났다. 반갑게 인사를 나눴고 고하는 의제를 "잠시 기다리게 인촌이 자네를 많이 보고 싶어 해"라며 인촌에게 전화를 하자 놀라며 의제가 동대문 허름한 여인숙에 묵고 있다 하니 즉시 인력거를 보내 짐을 실어와 계동 집 2층을 쓰도록 하며 오직 작품에만 전념토록 배려했다.

결국 계동 2층은 의제 서울 전용 화실이 되었다. 이곳에서 제11회 선전에서 최고상을 받은 추경산수가 탄생되었고 인촌과 고하는 동아일보에 "이름이 새로 높은 청년화가"라며 크게 보도했다. 인촌 선생의 격려와 선전 출품에 대한 강력한 청이 없었다면 이런 계기는 결코 오지 않았을 것이다. 의제는 일본인들에게 자신의 작품을 심사받는다는 사실이 정말 싫었기 때문에 선전 출품을 그토록 반대했던 것이다.

의제 또한 남다른 고집과 근성이 있었기에 선전출품을 청한 인촌에게 수차례 출품을 거절했지만 인촌은 굽히지 않고 "자네가 조선인의 기개를 보여주면 돼! 부디 출품해 그들에게 우리 민족의 우수성을 보여주란 말일세 상은 그다지 중요하지 않아 무슨 말인지 알제!" 인촌은 "자네 마음을 잘 알아 그들에게 작품을 보이지 않겠다는 심사 아닌가?" 의제는 할 수 없이 출품을 결심 1등 없는 2등을 했다.

급기야 동아일보는 그해 가을 의제 첫 전시를 주선했는데 이것은 다시 일본과 중국을 가보고 싶어 하는 의제의 속마음을 알았기 때문이었다. 인촌의 특별 배려였다. 의제의 첫 전시는 서울 중앙학교 강당에서 열었고 출품된 40여 점이 다 팔리는 대성황을 이뤘다. 점당 30환씩 받았던 수익금은 1,200여 환에 이르렀고 동아일보가 관리토록 했다. 이런 점은 인촌 선생의 예술문화 사랑의 진면목을 보여주는 대목이다.

인촌은 의제가 일본과 중국 전통 화법에 대한 견문을 넓히는 계기를 마련. 한국 화단의 큰 화가이길 바라는 마음 간절했다. 의제는 회고하길 "인촌은 국가와 민족밖에 모르는 분이었다" 했고 "이런 분이 태어났다는 것은 큰 복이었고 그토록 일직 타계하심은 이 나라 불행이다"고 했다. 인촌은 근대한국교육, 문화, 실업 언론 진흥을 위해 전심전력한 개척자라 술회했었다.

계동 댁은 매우 소박했고 주위에 좋은 집이 많아 재력가인 인촌에게 사주길 간청하면 신분에 과하다며 사양했다. 집에서는 항상 한복을 입었고 의식생활은 무척 간소했다. 사생활은 놀랍도록 검소했다. 특히 공선사후公選事後 정신이 투철했고 의견을 모을 때 말이 없었지만 실행에 항상 앞장서신 분이었고 모든 일에 만전을 기하는 분이라고 회고했다.9)

의제가 이당(김은호) 화백과 북경 여행을 꿈꾸던 어느 날 인촌은 선뜻 여행경비로 200환을 내놓았다. 물론 두 분의 북경 여행은 예술세계 등에 폭넓은 경험이될 것이기에 인촌은 조선 최고의 화가가 되길 원했다. 이러한 인촌의 배려는 전생애에 걸쳐 유지되었고 의제, 이당, 청전, 심산, 선생 등 당대 최고 작가들을 초청해 경비 일체를 지원해 금강산 유람(사생)을 하도록 후원했다.

---

9) 고대고우회보 특집 인터뷰 중, 1975.1.5.

의제는 전남 광주 무등산 계곡 춘설헌 화실에 머물며 춘설차를 가꾸고 민족이 잘 살려면 무엇보다도 농업 기술이 우선이라며 농업 기술학교를 설립하고 그림 공부에 전념하는 후학들을 지도했다. 마침내 인촌은 제2대 부통령이 되었다. 의제는 우정 어린 조언을 했다. "자네가 부통령이 되었다니 대단히 반갑네 중국 고사에 높은 벼슬에 나서려면 식초 한 되를 마실 각오가 서야 한다는 말이 있다네. 나 또한 자네에게 똑같은 말을 전하네. 부디 몸조심하고 잘 견디길 바라네."

결국 인촌은 이승만 대통령과의 독재에 항거하며 부산 피난 시절 병석에 눕고 말았다. 의제는 부산에 가 상면했으나 인촌은 의제의 손을 잡고 하염없이 눈물을 흘렸다. 인촌은 좀처럼 남의 말을 하지않는 성격이지만 자유당 정권의 독선과 횡포에 대해 소상히 이야기 해 주었다고 회고했다. 그래서 그 어른이 심적 충격을 받아 병석에 눕게 되었다고 회고했다.[10]

마치면서…

인촌은 일제 식민지하에서 중앙학교, 동아일보, 경성방직, 고려대학교(보전) 등 그 어려운 사업을 이룩했지만 중론을 모으는 과정에서 단 한 번도 자기주장을 앞세운 적이 없고 친구를 배려하는 마음 지극해 마시지 못한 술을 마시고 며칠씩 앓아눕기까지 했고 인촌의 예술문화에 대한 열정은 대단했으며 예술인들을 지극히 아끼고 사랑했다고 회고했다.

인촌과 의제 선생의 우정은 지극해 결과적으로 생과사를 초월했다. 1976년 제4회 인촌문화상 수상자로 원로 동양화가 의제 허백련 선생이 추대되었기 때문이다. 의제는 76년지의 필자와 고우회보 특집(인촌 의제 선생의 생과 사를 초월한 우정) 인터뷰에서 회고하길 "참으로 기이한 인연이다"라며 "뜻이 있으면 만날 수 없는 사람도 만나게 된다. 인촌과의 생활이 다르고 부유했기에 쉽게 만날 수 있는 분이었지만 그토록 훌륭한 분과 함께 할 수 있어 큰 복이었다"고 술회하기도 했다.

인촌 선생의 금강석 같은 정신력과 탁월한 실천력은 선생의 의식과 철학에 근거로 하지 않을 수 없기에 전 생애에 걸쳐 단행된 力動的 삶을 살펴보며, 감히 다음과 같이 요약해 본다.

---

10) 인촌과 의제 선생 기획 특집 고우회보, 리 훈, 1975.1.5.

1. 검소한 생활과 솔선수범에 헌신한 분
2. 중론을 모으고 따르는 합리주의자
3. 현재와 미래를 융합시키는 지혜로운 분
4. 실천적 봉사 정신과 공선사후에 헌신하신 분
5. 인재를 기르고 문화예술을 소중히 여기는 분
6. 민족교육과 애민애족의 실천적 봉사자
7. 신의를 중시한 진정한 민주주의자였다고…

참고문헌 및 필자 주요활동

평화신봉자 의제 허백련 선생 생애와 정신, 리 훈, 1967
중앙 백년사백순지, 중앙 교우회, 2008
인촌 의제 기록특집 인터뷰, 리 훈, 교우회보, 1976
인촌 선생의 민족교육관과 철학, 리 훈, 고려지, 1988
평화창조자, P. CEYESOL의 생애와 정신, 리 훈, 백산출판사, 1978
인촌 선생과 애국애민 정신, 리 훈, 고려지, 1981
평화를 위해, 리 훈 칼럼집, 백산출판사, 1988
민족교육과 일본 제일동포, 제일본민단, 동경시민센터강연, 나고야 좌담회, 1990
민족교육과 중국동포 특별 인터뷰, 중국료녕신문사, 리 훈 심양, 1993
홍익인간과 민족교육, 리 훈, 교육신문사, 1994
홍익평화포럼, 리 훈, 경덕출판사, 2000
한국독립유공자협회, 독립운동사 총람
3.1 운동지상좌담회동아일보, 1949.3.1.
홍익인간 정신과 평화교육, 미국 워싱턴 메닐렌드 평화의집 워크숍, 2014
고려대학교사대 강의, 선임연구위원(철학분과위원장) 교육대학원 특별강의
국제대학생 하계work camp Leader(1968-1971)
제1차아스팍청소년개발세미너한국대표참석(unesco추천, 1978년, 중국)
국제시민봉사회 sci korea 동남아 6개국 친선 방문단장 1981
코리아라이프논원위원사장, ASIAPRESS 논설실장 1991-2000
남북경제협력위원장 1993-1996
북한, 금강산평화방문단단장 2003-현
일본동경TV특별인터뷰(남북 오늘과 내일)
평화통일과 금강산 일본 동경 우에노 상공인 단체 특별강연, 2001
금강산사랑공동대표 2000-
한반도평화통일워크숍 및 토론회미국메닐랜드버지니아 평화의집 2014년
고려대학교정통회창립 및 33동지회자문위원前, 2002-현

※ 이 글은 2016년 8월 15일 발표되었으나 수정 보완해 수록했음.

저자와의
합의하에
인지첩부
생략

仁村 金性洙

2020년 8월 10일 초판 1쇄 인쇄
2020년 8월 15일 초판 1쇄 발행

지은이 김형석 외 18인
펴낸이 진욱상
펴낸곳 백산출판사
교 정 박시내
본문디자인 오행복
표지디자인 오정은

등 록 1974년 1월 9일 제406-1974-000001호
주 소 경기도 파주시 회동길 370(백산빌딩 3층)
전 화 02-914-1621(代)
팩 스 031-955-9911
이메일 edit@ibaeksan.kr
홈페이지 www.ibaeksan.kr

ISBN 979-11-5763-895-6 03800
값 20,000원